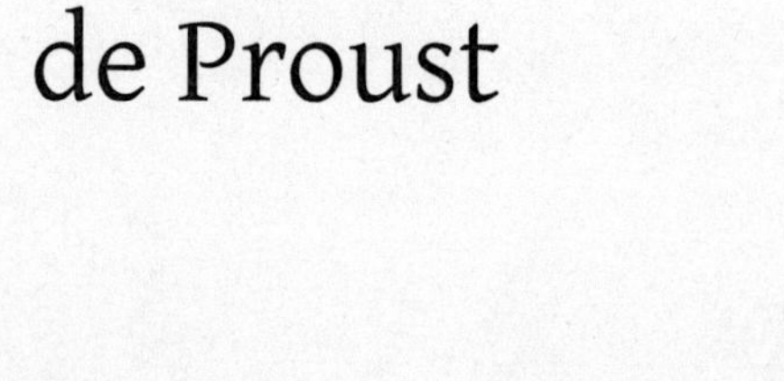

A amante de Proust

Gilberto Schwartsmann

A amante de Proust

Editora Sulina

Capa: Humberto Nunes
Editoração: Niura Fernanda Souza
Revisão: Simone Ceré
Editor: Luis Antônio Paim Gomes

Bibliotecária responsável: Denise Mari de Andrade Souza CRB 10/960

S399a Schwartsmann, Gilberto
A amante de Proust/Gilberto Schwartsmann. – 2º ed. – Porto Alegre: Sulina, 2022.
390p. ; 14x21 cm.

ISBN: 978-65-5759-056-0

1. Literatura Brasileira – Romance. 2. Romance Brasileiro. I. Título.

CDU: 821.134.3(81)-31
CDD: B869.3

Rua Leopoldo Bier, 644, 4º andar – Santana
CEP: 90620-100 – Porto Alegre/RS
Fone: (0xx51) 3110.9801
www.editorasulina.com.br
e-mail: sulina@editorasulina.com.br

Setembro/2022

Ao amigo Jorge Alberto Costa e Silva –
talvez Palais.

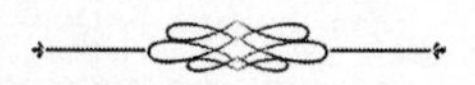

"Como saber até onde vai a minha imaginação? E como separá-la da loucura?", eu perguntei. Ele respondeu que, juntos, nós iríamos descobrir os limites entre essas duas coisas. O Professor Palais era realmente uma pessoa incrível. Ele sabia ler os meus pensamentos mais íntimos. Não era à toa que todos na França, e no famoso Hospital Pitié-Salpêtrière, de Paris, na virada para o século XX, consideravam-no um grande médico e professor. No começo, eu o achei arrogante e até incompetente. Eu questionava todos os seus diagnósticos. Entretanto, o tempo produziu nele – e imagino que em mim – transformações surpreendentes. Foi ele, o doutorzinho antes irritante, o tal Professor Palais, que resolveu descer de seu "*palais*" e me fez sorrir novamente. Eu passei a ter esperanças no futuro.

Com o passar do tempo, eu comecei a ouvi-lo com mais atenção. Não quero dizer com isso que eu aceitei tão facilmente as suas estapafúrdias observações e hipóteses diagnósticas, mas aos poucos, eu devo confessar, o Professor Palais me fez repensar muitas coisas. Depois de conhecê-lo melhor, eu entendi também o seu senso de humor. E que senso de humor possuía o Professor Palais! Eu notei que ele adorava metáforas! Como os grandes poetas, ele costumava dizer algo fazendo uso de outra coisa completamente diferente, com a qual ele me fazia entender o que ele queria inicialmente dizer. Por exemplo, se ele tivesse a intenção de me falar sobre a vida e dizer que ela segue o seu rumo de modo independente, ele diria "a vida é como um rio".

Um dia, eu não recordo exatamente quando, em meio à nossa conversa, ele me convidou para celebrarmos uma boa notícia. E tinha que ver com uma de minhas metáforas. O Professor Palais me convidou para comemorarmos o meu tempo futuro! Ele se tornou tão amável comigo! Sua proposta era que eu desse um melhor destino ao meu "tempo perdido" – como fez Marcel Proust em sua obra-prima, *À la recherche du temps perdu*. Não há romance que se compare a esse, em todo o século XX! Escrever sobre o meu "tempo perdido", que a mim parecia inútil, e ele me ajudaria a reconquistar, foi maravilhoso! Nós estávamos conversando, como de costume, em seu gabinete, no prestigiado Hospital Pitié-Salpêtrière, quando a sua sorridente secretária adentrou o recinto e nos serviu uma deliciosa fatia de *tarte au citron*.

Nós a degustamos com uma xícara de chá de *darjeeling*, a famosa infusão produzida no norte da Índia! Não se trata de um encantamento? Isso porque o Professor Palais, na sua cada vez maior e surpreendente doçura, havia se tornado, com o desenrolar do tempo em que convivemos e que eu considerava *perdu*, mais doce do que uma fatia da incrível *tarte au citron*! Essa bendita torta parecia às minhas papilas gustativas a porta de entrada para as sensações mais profundas e deliciosas de meu ser – como as *madeleines* de Proust. Antes de iniciar a minha narrativa, eu desejo compartilhar com o leitor o amor que tenho pela leitura e, em especial, pela obra-prima deste grande escritor: Marcel Proust.

Eu já mencionei o quanto adoro *À la recherche du temps perdu*! O escritor passou mais de catorze anos trabalhando na elaboração de sua obra, incluindo mais de um milhão de palavras. Um milhão de palavras! Como ele mesmo afirmou numa entrevista a Joseph-Elie Bois, "o prazer que nos dá um artista é que ele nos faz descobrir um novo universo". Isso aconteceu em 1913, o mesmo ano da publicação de *Du côté de chez Swann*, primeiro volume de sua obra. Cá entre nós, Joseph-Elie foi um de meus amantes logo que cheguei em Paris. Ele era um jovem repórter do jornal *Le Figaro* e me presenteava com o jornal – uma espécie de pagamento por meus "favores".

Eu acho que foi o compositor alemão Richard Wagner, no século XIX, quem falou na ideia de "arte total" ou "*gesamtkunstwerk*". Seria a síntese de todas as artes num mesmo espetáculo, mais ou menos o que ele buscaria com suas óperas. Quantas noites maravilhosas eu passei, entrando no teatro, de braços dados com homens sérios e de intermináveis bigodes, que apontavam para o céu, gente que eu mal conhecia e depois levava para passar a noite debaixo do meu dossel, simplesmente pelo prazer de desfrutar – gratuitamente – da "Liebestod", a ária final da ópera *Tristão e Isolda.* Ela seria o que Wagner chamava "a consumação do amor na morte". Pessoalmente, eu nunca gostei de espetáculos com finais trágicos, como na história de *Romeu e Julieta,* de William Shakespeare. Eu sou do tipo que substituiria, sem pestanejar, o "Liebestod" por algo mais alegre, garantindo que o rei Marke, marido de Isolda, na ópera de Wagner, ao contrário do original, nada soubesse de seu amor por Tristão e que o coitado não acabasse assassinado por um dos cavaleiros do rei.

A "arte total" seria como oferecer às pessoas a possibilidade de serem impregnadas por várias formas de expressões artísticas numa mesma obra. Marcel Proust fez isso em *À la recherche du temps perdu.* Além do primor de seu texto literário, da beleza e dos detalhes que ele nos oferece, sobre os elementos existentes na natureza e no intelecto humano, ele soube injetar muito de seu gosto pelas artes.

No sétimo e último volume, intitulado *Le temps retrouvé,* Proust escreve: "A verdadeira vida, a vida que por fim descobrimos e nos é revelada, é a vida ela mesma, mas plenamente vivida. É como a literatura, cuja expressão pode ser resgatada pelas palavras do escritor, mas poderia ser como as cores da tela de um pintor, pois não é uma questão de técnica, mas de visão". Que beleza de texto o de Proust! O ano de 1913, do lançamento de *Du côté de chez Swann*, primeiro volume da obra, não seria um ano qualquer. Foi quando o mundo culto viu o lançamento de *A sagração da primavera*, do compositor e pianista russo Igor Stravinsky, e o lançamento da obra clássica *Totem e tabu*, do pai da psicanálise, Sigmund Freud! E se isso não bastasse, logo depois, em meados de 1914, Charles Chaplin nos encantaria com a exibição de *Making a living*, seu primeiro filme. E que tempos eram aqueles!

Eu recomendo a leitura de *À la recherche du temps perdu*, pois ela nos mostra as coisas, como diria Proust, através de um par de "óculos de lentes grossas, feitas com um vidro retirado do fundo de uma misteriosa garrafa e que nos faz ver o que realmente interessa na vida". O leitor não deve subestimar o impacto da leitura da obra de Proust na alma de um ser humano. Há poucos autores capazes de produzir transformações profundas nas pessoas. Eu, por exemplo, nunca mais fui a mesma mulher depois de ler Shakespeare e Proust. Eu imagino que o leitor tenha algum tipo de interesse literário, não fosse assim, ele não teria aberto este livro. Entretanto, se ele não o tiver, penso que deva possuir ao menos o desejo oculto de bisbilhotar um pouco sobre a vida das outras pessoas.

Na prática, é para isso que servem os livros! Para que possamos viver, em nossa imaginação, outras vidas! Conhecer outros mundos! Como a maioria dos autores, Proust utilizou-se de elementos ficcionais e de sua própria realidade – e sua vida era cheia de assuntos interessantes – para construir as suas personagens. Quando perguntado sobre essas influências, ele teria dito "não foi apenas uma pessoa, mas várias delas, por vezes uma dezena, que contribuíram na formação de uma única personagem". Particularmente – e o Professor Palais me dará razão – eu tenho certeza de que a senhora Jeanne Proust, mãe de Marcel, foi uma influência fundamental na vida e obra do autor.

Madame Jeanne Weil nasceu em 1849 e era filha de um casal vindo da região da Alsácia e da Alemanha. Ela era uma mulher especial, culta, sensível, fluente em várias línguas, como o alemão e o inglês, adorava a boa literatura e era uma excelente pianista. Eu diria que madame Proust foi uma interlocutora privilegiada de seu filho Marcel e certamente a figura que inspirou a personagem da mãe do narrador em *À la recherche du temps perdu*. Igualmente, vem dela o perfil da mãe de Jean Santeuil, personagem central de uma obra anterior e inacabada de Proust, um trabalho preparatório do autor, para a criação de sua obra-prima. Foi a fluência de sua mãe, no idioma de Milton, que possibilitou a Proust enfrentar a tradução para o francês de duas obras importantes do famoso crítico de arte inglês John Ruskin – *La Biblie d'Amiens* e *Sésame et les lys*. Madame Proust o ajudou muito na realização dessa tarefa.

O Professor Palais insiste que eu devo compartilhar com ele todos os meus segredos, tudo o que eu imagino ser importante e que eu guardo a sete chaves, escondido, dentro de meu coração. Ele repete várias vezes que, enquanto eu não for capaz de enfrentar os meus "fantasmas", eu não obterei progressos significativos. Nesse particular, segundo o Professor Palais, os assuntos relacionados à maternidade e paternidade, a exemplo de Proust, são fundamentais para o enfrentamento de nossos problemas existenciais. Contudo, seria leviano de minha parte eu não preparar o leitor para o que está por vir, e que, em minha opinião, nada tem que ver com a beleza que emana da boa literatura proustiana.

Infelizmente, minha narrativa tratará de aspectos da vida de uma pessoa comum, os quais prefere-se omitir, minimizar ou mesmo deixar de lado. Nada minimamente próximo ao grande Marcel Proust. O leitor não deve estar habituado a abrir uma obra literária e de imediato se ver defrontado com um perfil moralmente baixo da protagonista da história. O meu caso é o de uma mulher sem o menor escrúpulo! Eu ouso chamar meus escritos de "obra literária", pois é difícil prognosticar o futuro de um livro. Até mesmo Proust enfrentou enormes dificuldades e se viu forçado a cobrir, pessoalmente, os custos da publicação do primeiro dos sete volumes de sua obra.

O destino de um livro não está apenas nas mãos de seu autor, mas é fortemente influenciado pelas circunstâncias e acasos. Um bom amigo na imprensa ou um padrinho de prestígio podem ser determinantes para o sucesso de vendas de uma obra. Contudo, poucas narrativas se sustentam, ou resistem ao tempo e à crítica, quando são pobres do ponto de vista literário. Retornando ao meu caso específico, por se tratar de uma pessoa moralmente discutível, os escritores, em geral, utilizam-se de subterfúgios, sutilezas, antes de expressar sua visão mais definitiva sobre a falta de virtudes da personagem.

Eles costumam fazer uso de algumas páginas introdutórias antes de promulgar sua sentença mais definitiva. Outros esperam até o último capítulo, para só então, com a estrada já pavimentada, revelar o seu pesar em relação à falta de caráter da personagem. Raros escritores ocultam a verdade ou disfarçam o seu juízo, quanto à baixeza da protagonista da obra. Eu admito que exista certa cumplicidade entre esse autor e sua personagem. O Professor Palais, do alto de sua onipotência, o médico do famoso Hospital Pitié-Salpêtrière, da cidade-luz, a bela Paris! Ele que não subestime a narradora desta história! Eu fui uma menina pobre, mas que sempre frequentou a escola.

Fui considerada pelos professores uma aluna muito inteligente e que passava horas na biblioteca a admirar as capas dos livros! Eu nunca pude resistir aos encantos de uma bela capa de livro! O que dizer de seu conteúdo! E seria possível resistir à edição de André Sauret, de *À la recherche du temps perdu*, de 1954, pela Gallimard, com as litografias originais de Jacques Pecnard? Eu mataria o duque de Guermantes, ou Thérèse d'Espinoy, para tê-la debaixo de meu colchão. A França sempre se orgulhou da qualidade de suas escolas públicas. Além disso, eu gostava muito de ler os jornais, os quais de um jeito ou de outro sempre acabam circulando entre os mais pobres – os ricos leem as notícias e depois usam as folhas de jornal para embrulhar o lixo. Foram incontáveis as vezes em que eu, depois de procurar algo comestível nos latões repletos de sujeira, encontrei-me frente a frente com uma manchete de jornal. "*J'Accuse!*", artigo de Émile Zola, no *L'Aurore!*, sobre o Caso Dreyfus, eu li no mesmo dia de sua publicação – sujo e amassado, mas eu li.

Mais tarde, eu tive o privilégio de conviver com pessoas importantes da intelectualidade francesa. Foi assim que passei a conhecer mais profundamente a boa literatura. Contudo, isso teve um preço: eu fui o que os homens chamam de "uma mulher fácil", um tipo que qualquer um se sente no direito de levar para a cama, satisfazer-se, virar para o lado e dormir. E ao amanhecer, vestir-se rapidamente, sem lhe dirigir sequer uma palavra e desaparecer. Na linguagem popular, eu sou o que os mais velhos costumavam descrever como uma mulher "baixa".

Se o interesse de quem abrir este livro é conhecer a história de alguém que tinha tudo para viver na sarjeta, mas usou o seu corpo para conviver com pessoas de um nível cultural superior – refiro-me a quase todos os notáveis intelectuais franceses de meu tempo , nele o leitor encontrará o que buscava. É exatamente esse o meu caso. Meu nome é Odette Martin. Obviamente, eu não sou Odette de Crécy, a cortesã disfarçada de madame, que frequentava a mansão do casal Verdurin, na obra *À la recherche du temps perdu*, de Marcel Proust. Por favor, não se assuste: não é fundamental que o leitor já tenha lido a obra-prima de Proust, para que possa desfrutar desta narrativa. Obviamente, isso ajudaria em sua compreensão, mas não é condição indispensável. Eu me sentiria realizada, contudo, se o leitor se sentisse compelido a abri-la durante a leitura dos meus escritos.

Odette de Crécy conseguiu enfeitiçar o senhor Swann. Eu sou uma pessoa completamente diferente. Não seria capaz de enfeitiçar homem nenhum. Sou uma mulher vulgar, daquelas que se entregam facilmente e por muito pouco. Sim, eu conheço bem a obra de Proust. O leitor está surpreso? Ele poderá confirmar o que eu digo nas páginas seguintes, pois darei detalhes dos sete volumes. Eu insisto em afirmar que se trata de uma obra-prima, pois ela se tornou refratária ao efeito do tempo, tão ao gosto de Proust, em seu "tempo perdido". Ela venceu o tempo, como somente os clássicos da literatura sabem fazê-lo. Será, portanto, compreensível aos leitores de qualquer tempo.

O senhor Swann, personagem importante da obra, era um judeu rico, representante da burguesia francesa, e eu diria que bem apessoado, culto e amante das artes. Dizia-me Jean-Paul que o senhor Swann foi inspirado na figura de Charles Haas, um intelectual poderoso, que foi inspetor-geral dos monumentos históricos de Paris, na segunda metade do século XIX. A qual Jean-Paul eu me refiro? Jean-Paul Sartre! Aquele ratinho genial, de óculos que pareciam com o fundo de uma garrafa e que passou muitas noites em minha cama! O senhor Swann gostava de uma bela mulher e foi enfeitiçado pela cortesã Odette de Crécy, cujo corpo já havia passado pelas mãos de metade da aristocracia parisiense. Temporariamente enfeitiçado, eu diria. Depois, Swann resignou-se. Eu afirmo isso porque a obra de Proust nos diz que o amor verdadeiro é algo inatingível.

Eu vivi a vida inteira valendo-me dessa premissa, embora eu vá concluir ao final desta narrativa – assim espero – que possa haver um amor verdadeiro. Proust sugere que este seja o amor materno. O narrador deixa claro no início da sua obra que o pequeno Marcel estava sempre à espera do beijo da mãe, para só depois poder dormir em paz. Excluído esse tipo de amor, para Proust e para mim, vive-se com pragmatismo. Além do que, de acordo com a minha avaliação criteriosa da personalidade do senhor Swann, Odette de Crecy não era o que se chamaria de um tipo de beleza. Ao ler a obra, o leitor saberá que ele a comparava com a personagem bíblica de Zéfora, filha de Jetro e futura esposa de Moisés, a qual aparece num dos afrescos pintados por Sandro Botticelli, na Capela Sistina.

Odette de Crécy não era de fato um exemplo de beleza, mas, ainda assim, era atraente e fazia muito sucesso com os homens. Na obra de Proust, Swann foi o seu segundo marido e eles tiveram uma filha chamada Gilberte, por quem o adolescente Marcel se apaixona, mas não é correspondido. Odette de Crécy se casaria uma terceira vez, depois da morte de Swann, com um nobre de nome Forcheville, um de seus ex-amantes.

Aliás, no período em que Swann e ela tiveram um caso – isso antes dos dois se casarem –, ele teria ficado muito enciumado com os encontros de Odette com o tal Forcheville. Eu mencionei que o senhor Swann havia sido por ela enfeitiçado, mas temporariamente. Na realidade, o mundo proustiano dá muitas voltas. André Gide – sim, o grande Gide, que foi também um de meus amantes! – diria que tudo na obra de Proust revela o poder corrosivo do tempo, que é capaz de nos modificar e de mostrar a futilidade da vida daqueles que se dedicam às aparências. Privilegiados são os indivíduos que podem desfrutar de sentimentos mais elevados, como os provocados pela arte, e através deles, transcender.

No primeiro volume, *Du côté de chez Swann*, o senhor Swann diz, muito antes dele e Odette de Crécy se casarem, que sua curiosidade era por uma simples necessidade de encontrar uma resposta a uma indagação e nada mais. Refiro-me ao período de sedução, inicialmente dela e depois dele, quando Swann se vê desprezado por Odette e é tomado por uma grande ansiedade, até confirmar que ela o traía com outros homens, entre eles Forcheville. Noutras palavras, nada havia de muito complicado do ponto de vista afetivo nessas histórias de traição. Para o charmoso e envolvente Charles Swann, a vida deveria seguir adiante. Afinal, Odette de Crécy "nem era o seu tipo de mulher". É mais ou menos isso que Proust nos diz sobre o amor – um sentimento que não deve ser levado muito a sério.

Na obra, o jovem Marcel não tem certeza ainda de seu talento literário e passa a adolescência e parte da juventude envolvido com as aparências e futilidades dos temas mundanos, tentando penetrar a todo custo nas altas rodas da aristocracia francesa e assim privar da intimidade das madames e de suas "belas mocinhas em flor", inspiração para o título do segundo volume de sua obra, *À l'ombre des jeunes filles en fleurs*. Como aludi ao início de minha narrativa, os amores de Proust não se parecem com as histórias trágicas ou febris das paixões de *Tristão e Isolda* ou *Romeu e Julieta*. Tampouco seria como o amor de Lancelot e Genebra, ou o amor idealizado de *Dom Quixote de la Mancha* pela senhora Dulcinéia del Toboso, no clássico de Miguel de Cervantes. Os amores de Proust, ao contrário, parecem sempre calculados, premeditados, feitos para atender a outros interesses, como a posição social, dinheiro, mas jamais o amor – este último, sentimento tão nobre e único, seria por ele reservado à sua querida mãe, Jeanne Weil.

Se o jovem Marcel sonhava em ser aceito pela intelectualidade francesa, depois de publicar o primeiro volume de sua obra-prima, *Du côté de chez Swann*, a realização de seu desejo teve de ser adiada. E isso aconteceu depois de ele receber o prestigiado Prêmio Goncourt em 1919, o qual reconheceu o valor literário do segundo volume da obra, *À l'ombre des jeunes filles en fleurs*. É a partir desse momento que ficaria claro ao mundo literário o grande talento do escritor Marcel Proust. Sua prosa é quase poesia dentro da prosa, com uma elegância ímpar e sofisticada, como ele imaginaria as madames da alta sociedade parisiense, mas, ao contrário delas, algo verdadeiro – jamais revestido da falsidade que o autor reconheceria anos depois na futilidade daquelas mulheres.

Proust era um escritor capaz de produzir poderosas imagens, como aquelas que surgiam dos pincéis de Monet. E isso, em grande parte, seria o resultado de sua paixão e dedicação profunda à leitura desde os seus primeiros anos de vida. Ele fora um menino asmático – sua primeira crise ocorreu enquanto brincava no Bois de Boulogne, em 1881, a segunda crise aconteceu no elegante Parc Monceau, em Paris, isso entre os nove e dez anos de idade. Desde então, a doença e o medo de que ocorressem novas crises passaram a impedi-lo de praticar esportes como os outros meninos de sua idade. Esse fato fez com que, desde muito cedo, o menino Marcel Proust passasse a se debruçar sobre os livros, sobretudo os de boa qualidade, cuja leitura sua mãe lhe recomendava. No prefácio, hoje tão conhecido, da tradução de uma das obras do grande crítico de arte inglês John Ruskin, *Sésame et Lys*, o que Proust nos dirá é que a leitura se tornaria para ele, desde cedo, uma necessidade e um prazer mais importantes do que qualquer outra atividade cotidiana – e nisso incluíam-se até mesmo as refeições ou os lazeres mais comuns de uma criança ou adolescente.

Ao final de sua obra, Marcel Proust nos fará compreender também que os verdadeiros "paraísos" são os que ficam registrados num compartimento muito especial de nossa memória, o qual pode ser acionado por sensações aparentemente banais, como sentir um prazer especial, ao engolir um pedaço de *madeleine* dissolvido num gole de chá, como acontecia nos tempos de infância, quando ele visitava a sua avó, sua tia-avó Léonie e a empregada Françoise, no bucólico vilarejo de Illiers. O prazer vinha da sucessão de imagens, sons e aromas que, instantaneamente, eram trazidos à sua mente pelo gosto de um simples pedaço molhado de *madeleine*.

Longo o parágrafo anterior? Depois de ler *À la recherche du temps perdu*, o leitor verá a que ponto chegou Proust com a extensão dos seus parágrafos. Há um parágrafo de dimensões impressionantes, em *Sodome et Gomorrhe*, título do quarto volume de sua obra, o qual possui mais de novecentas palavras! Paradoxalmente, há outro anterior, no primeiro volume, *Du côté de chez Swann*, no qual ele inclui uma frase tão pequena, que surpreende por conter uma única palavra, a interjeição “Ah!”. O leitor está impressionado com os meus conhecimentos? Eu provarei a quem enfrentar a minha narrativa como é possível uma mulher sem escrúpulos, como eu, sobreviver neste mundo tão cheio de hipocrisia e ainda ler a obra-prima de Proust por inteiro e mais de uma vez.

Mesmo sem eu ser uma mulher com grandes formações acadêmicas, pude interagir com homens muito preparados e privilegiados intelectualmente. Minha vida foi uma simples troca de favores e serviços. Nada de romances mais sérios, mas sempre bem recompensados. Em minhas relações, eu prescindia de grandes esforços afetivos, deixando-me vencer pelo atendimento aos interesses de ambas as partes. Eu me vendia por pouco! Se um homem me oferecesse uma fatia de *tarte au citron*, acompanhada por uma xícara de chá – *darjeeling*, por exemplo –, ele me teria em sua cama imediatamente! Eu desconfio que essa torta, se for preparada por quem saiba fazê-la, é capaz de evocar lembranças muito bem escondidas em alguma parte misteriosa de minha mente.

Eu não sei bem a razão, mas antes da primeira dentada, mal o seu aroma penetre em minhas narinas, produz-se em mim uma verdadeira metamorfose: eu volto ao tempo em que nós, crianças pobres de meu bairro, na periferia de Paris, com as nossas barrigas vazias e os olhares famintos, ficávamos esperando pelas sobras de doces, deixados pelos clientes da confeitaria. O Professor Palais acha que esse tema pode ser um bom começo para que eu retorne à sanidade! Como as hienas aguardam o que sobra de carne da carcaça de uma presa, terminado o farto jantar dos leões, éramos nós que ficávamos à espreita, esperando pelos restos, próximos à porta dos fundos da confeitaria. Eu e outros maltrapilhos disputávamos cada farelo que encontrássemos de algo comestível.

Eu era fascinada por *tarte au citron* e mataria quem comigo disputasse essa parte tão especial do conteúdo dos latões de lixo. Tudo pelo prazer – o imenso prazer – de me deliciar com os restos de creme de limão que ficavam grudados nos pratinhos de papelão deixados pelos clientes. Eu comemorava cada pedaço de *tarte au citron* descoberto, por mais minúsculo que fosse, e que eu encontrasse em meio às porcarias que lá havia. Como as pombas fazem com os pedaços maiores de pão jogados ao vento pelos turistas, nas praças de Paris, ao observar um resto de torta mais avantajado, eu o catava rapidamente e escondia-o na manga de meu casaco. Depois, eu disfarçava e me retirava lentamente da cena, sem provocar suspeitas, para sozinha degustar a minha *tarte au citron*, num local mais seguro, bem longe dos olhos e das garras afiadas dos meninos mais velhos, os meus predadores. Sem saber bem a razão, por toda a minha vida, eu guardei na memória a mesma sensação, algo inexplicável, mas infinitamente prazeroso, que era o ressurgir de um universo maravilhoso dos aromas, sabores e imagens, quando acontecia o meu reencontro, em meus lábios e em minha língua, com uma fatia de *tarte au citron*.

Como era bom retornar a um "tempo recuperado", como em *Le temps retrouvé*, da obra de Proust! Aquilo representava para mim algo instintivo, de meu passado quase sempre triste e ameaçador, exceto naqueles preciosos momentos, nos fins de noite, quando a confeitaria se preparava para fechar as suas portas ao público e os funcionários da limpeza despejavam os restos de comida nos latões. Eu não sei bem a razão de eu me vender tão facilmente aos homens, por mais repugnantes que eles parecessem. Era como se eu tivesse uma conta a ser paga ao mundo com meu corpo. Essa sensação de depressão profunda, que me invadia o tempo inteiro, do despertar até pegar no sono, só desaparecia quando eu dava uma dentada num pedaço de *tarte au citron*. Era como se o sabor de limão doce me fizesse esquecer de meu "tempo perdido", da vida real, dura e triste, e eu fosse transportada instantaneamente a outro mundo, um tempo somente meu, onde havia aromas, gostos e imagens tão maravilhosos e importantes para mim.

Depois de ler Proust, eu pude entender de onde poderia vir esse prazer oculto, que repousa em minha "memória involuntária" – termo proustiano muito em voga até hoje –, e esse lugar mágico era um espaço de memória independente do tempo real e que não poderia ser acionado por mecanismos normais de lembrança, mas por um botão secreto, que dependia para ser disparado do encontro de minhas papilas gustativas com os farelos daquela deliciosa *tarte au citron*. E se para Proust o tema do tempo e da memória foram tão caros, para mim as coisas do cotidiano eram só tristezas e suas lembranças totalmente dispensáveis. Eu me considero uma mulher vulgar, daquelas que vendem o corpo por quase nada, bastando que eu receba um pouco de conforto para seguir vivendo. Não obstante, tudo se transforma numa inexplicável e estonteante epifania, quando meus lábios e minha língua percebem a infinita presença de um simples pedaço daquela torta.

O Professor Palais me fala que, se nós trabalharmos seriamente, poderemos, juntos, entender melhor o significado de minha sensação de desvalia. Para mim, o que vale é o momento e o prazer imediato. Gente pobre como eu sabe que o mais importante nessa vida é sobreviver. Os especialistas em Proust, muitos dos quais eu tive o prazer de conhecer na intimidade dos meus lençóis, sugerem que a sua vocação literária viria de seu aprendizado sobre a vida, ao longo do registro de sua obra. Pode ser. Como eu poderia aprender com a vida? Eu concordo que *À la recherche du temps perdu* termina quando o narrador – um Marcel já maduro – completa a narrativa de um tempo que teria sido aparentemente perdido, mas que ele reencontra. O Professor Palais me explicou que isso se dá através do reconhecimento de seu caminho como escritor em formação, um Marcel Proust que então nascia para a literatura.

O registro de um tempo aparentemente "perdido" seria o tema de sua obra. De acordo com os comentários – no caso, sábios – do Professor Palais, eu poderia seguir pelo mesmo caminho: "entre o de Swann e o de Guermantes". Minha vida foi um acúmulo de abandonos e privações, seguido depois por uma série quase inesgotável de amantes, pelos quais eu jamais tive qualquer sentimento mais profundo. De onde será que viria essa falta de amor a mim mesma? O Professor Palais tinha certas explicações para o meu comportamento. Ele me explicou que poderia ser alguma coisa, bem dentro de meu ser, relacionada a um sentimento de baixa autoestima de minha parte. Eu não perdi tempo – "*temps perdu*" – e perguntei a ele se seria algo relacionado ao "Complexo de Electra". Teria eu algo com a mitológica figura? Eu mencionei o nome de um colega de Sigmund Freud, de nome Carl

Jung. Eu lembrei de um rapaz chamado Max Jung, que eu levei para a minha cama. Eu tirei dele uns bons "*deutsche marks*".

Max estava sentado num banco da *Place de Vosges* feito um idiota, com um mapa de Paris sobre os joelhos, quando eu me aproximei dele como se fosse uma gazela, uma menina inocente, e dei o bote. Dito e feito! Garanti que ele me pagasse almoço e janta por uma semana! O Professor Palais me explicou que o que eu fizera nesse exato momento Sigmund Freud denominava "livre associação". O paciente se deitava no divã e era estimulado a falar o que lhe viesse à mente, sem freios. Depois, ele analisava o conteúdo das fantasias, sonhos e "associações livres", para ver se através deles – essas lembranças ou fantasias – seria possível entender os desejos, conflitos e medos das pessoas. Eu completei, dizendo a ele que as metáforas não eram tão diferentes das "associações livres" de nossos pensamentos. Quando Proust descrevia em detalhes os atributos de uma flor, ele dava-me às vezes a sensação de que eu participava de um "*ménage à trois*" – ele, eu e uma orquídea, quase como uma relação íntima entre pessoas nuas.

O Professor Palais soltou outra de suas gargalhadas! Aqui eu esclareço ao leitor que minhas suspeitas são de que ele ri nesses momentos mais difíceis, não porque seja apenas engraçado, mas para que eu me sinta mais à vontade e alimente a nossa conversa com outra carga de "livres associações". Segundo ele, o doutor Carl Jung teria dito que há uma fase do desenvolvimento psicossexual das meninas em que há uma grande afeição pelo pai e um sentimento de rancor, ou má vontade, em relação à mãe. Imagine, por exemplo, se eu fosse filha de madame André – eu já falei sobre madame André? Se não a mencionei ainda, falarei depois. Segundo Jung, a menina tenta competir com a mãe para ganhar a atenção do pai. Eu deixei escapar, numa das minhas "associações", que queria só para mim a atenção do meu papai. Madame André tinha a sua menininha de cinco anos, meio parecida comigo, ao menos o cabelo e a cor dos olhos eram idênticos aos meus.

O Professor Palais dizia que o tal "Complexo de Electra" ocorre porque o pai é o primeiro contato que a menina tem com o sexo masculino. Veja o leitor se não seria ridículo: eu me interessar pelo senhor André, o meu patrão e que passava todo o seu tempo livre a ler os jornais e os livros de sua biblioteca. Não sei se é sonho ou realidade, mas ele adorava me ver sentadinha em seu joelho. Nós brincávamos de cavalinho. Como era bom o cavalgar de seu joelho, tão firme entre as minhas coxas. E o Professor Palais que não invente de me perguntar a razão de eu trazer o senhor André ao centro de nossa discussão. Ele não merece ser injustiçado, como o capitão Dreyfus, naquela primeira página de jornal! Ao contrário dessas "livres associações", que eu reputaria como altamente perigosas, o senhor André era muito respeitoso comigo e me falava dos livros que eu um dia adoraria ler. É uma pena que aquele momento maravilhoso tinha sempre de ser interrompido pelas duas diabinhas que ele também havia produzido com a sua irritante e perturbadora mulher.

O Professor Palais me perguntou se eu me referia à leitura ou ao cavalinho no joelho de papai. Eu nem me dei ao trabalho de responder a uma pergunta tão ridícula e moralmente suja como essa. "Porque eu insisto em incluir o senhor André em nossas conversas?", eu perguntei a ele. E sabe o leitor o que o Professor Palais fez? Ele me devolveu a mesma pergunta. A propósito, os meus sentimentos em relação à madame André sempre foram ambivalentes. Era amar e odiar! Do mesmo modo como o "Complexo de Édipo", desenvolvido pelo Professor Sigmund Freud, o doutor que fazia sucesso em Viena, o de "Electra" era algo semelhante, mas aplicável à mulher. A sua resolução poderia influenciar o desenvolvimento sexual das meninas. Viriam daí as dificuldades com o sexo oposto, segundo o Professor Palais. Eu protestei de modo veemente quando ele trouxe esse tema aos nossos debates, que eram bem mais agradáveis sem esses assuntos.

Eu havia contado a ele que eu sempre dava um jeito de me colocar entre o papai e a mamãe – eu não desistia antes de vê-los afastados! E me derretia em choros quando o senhor André dizia que teria de sair de casa, para trabalhar. Eu não aceito de jeito nenhum que meu papai saia de casa e me deixe sozinha. O Professor Palais teria me dito – e eu custo a acreditar – que eu até mencionei a ele um segredo: eu queria tanto me casar com o meu papai! Mas que assunto mais ridículo e absurdo! Por sorte, eu já superei essas coisas há muito tempo. Do contrário, como eu teria condições de ser selecionada em primeiro lugar no programa de doutorado da Universidade de Sorbonne? Ah, eu tenho encantos pela Sorbonne! Eu espero que meus estudos sobre a vida e a obra dos grandes autores me faça crescer profissionalmente.

Eu tenho um interesse especial por Marcel Proust. Eu confesso que sou fascinada por sua liberalidade com os assuntos que dizem respeito ao sexo. Proust fala de sexo entre homens e mulheres, mas também sobre outras apetitosas e proibidas variações. Minha mamãe me mataria se soubesse que eu, às vezes, tenho sonhos eróticos dos mais pecaminosos – daqueles que nem mesmo as medalhinhas da santa milagrosa da capelinha da Rue de Bac conseguem fazer a Virgem perdoar. Graças a Deus, o Professor Palais me disse, e isso eu escutei de seus próprios lábios, que são fantasias normais. Contudo, eu espero que essas coisas mais íntimas em relação ao meu corpo – o que eu sinto, por exemplo, quando um bebezinho resolve se alimentar de meu seio – não me atrapalhem, pois o "Complexo de Electra" geralmente se resolve sozinho, de acordo com as palavras de Freud e Jung, trazidas a mim pelo famoso Professor Palais.

Eu deveria ter resolvido esse assunto há muito tempo, segundo a opinião de minha mãe. Eu tentei o que pude imitá-la em sua forma de lidar com os homens, no caso, eu me refiro a meu pai e a meu avô. Mas eu nunca tive um bom pai, que dirá um avô! Meu pai morreu há muito tempo, em consequência de sua mania de passar os dias e as noites na bebedeira. Madame André até que se dava bem com o meu pai. Mas eu adorava quando ele me escolhia para ficar sentada em seu joelho. O Professor Palais me perguntou e eu respondi a ele que eu venci essa queda de braço com mamãe! Ela simplesmente percebia que quem ficaria com ele era eu e então ela desistia: ia para a biblioteca fazer suas leituras ou preparar os seus quitutes na cozinha.

Eu nunca imaginaria que essas coisas – eu me refiro à minha dificuldade de brincar com as outras crianças – voltariam como um furacão nos tempos da Sorbonne. O Professor Palais me disse que talvez eu não aceite dividir o meu papai e as minhas coisas com mais ninguém! Os professores da Sorbonne que tratem de arranjar um jeito de se livrar de suas alunas e se dediquem unicamente a mim. O "doutorzinho do Salpêtrière" me perguntou se eu percebia que minha mãe ficava ausente em nossas disputas pela atenção de meu pai. Eu respondi que nem me lembro mais! O que eu sei é que minha avó discutia muito com ela. Dizia que ela deveria ser mais firme comigo. Aquela velha rabugenta me deixava de castigo. Pensando bem, mamãe era tão boa! A coitadinha perdeu o nosso "duelo". Proust, em sua vida real, enfrentou alguns duelos: não seria uma bela coincidência entre nós?

Uma coisa que eu jamais direi ao Professor Palais é sobre os meus pesadelos. Onde é que já se viu uma menina direita como eu sonhar que é casada com seu pai? Casada no sentido verdadeiro da palavra. Eu nunca repetirei isso na presença de ninguém, talvez somente para o Professor Palais. Não vejo motivo para que eu não possa contar como eram os meus "sonhos de uma noite de verão" – não é esse o nome da peça teatral de William Shakespeare? Eu adoro Shakespeare! Mas que horror! Uma estudante da Sorbonne falando coisas tão feias! Meu papai me contava, claro que resumidamente e numa linguagem que eu pudesse entender, os dramas de Shakespeare. Eu adorava a personagem de Iago, em *Otelo, o mouro de Veneza*, com seu jeito de serpente, enganando a todos, com sua forma dissimulada de agir. Acho que foi dele que eu copiei minha maneira de lidar com os homens. Eu já mencionei ao leitor o jeito como eu tirei proveito da inocência do pobrezinho do Max Jung? Deste modo, eu aproveito e me vingo de Carl Jung!

O Professor Palais me explicou que quando eu falo em vingança em relação à Carl Jung, o assunto "respinga" em Freud e nele próprio. Outra vez o Professor Palais com suas metáforas! Quando um assunto mais sério surge entre nós, segundo ele, as minhas respostas acabam "respingando" em outras pessoas que nem mesmo eu esperaria. Ele insiste em me explicar que isto é muito útil para que eu retorne à vida normal. O leitor pode ter certeza de que eu não sou a filhinha de Agamenon, da mitologia grega. Marcel e eu fomos assistir a uma peça de Sófocles, montada pelo pessoal da Sorbonne, que falava de Electra. Ou era a que Ésquilo escreveu? Eu amo Agamenon! Mas estou confusa, porque Marcel Proust entra sempre em meus pensamentos, quando os meus neurônios inventam de correr livremente. Eu jamais me identificaria com uma Electra como a de Sófocles, amargurada, impulsiva e furiosa! Entretanto, seria uma boa solução para o meu problema, se eu tivesse um irmãozinho de nome Orestes. Ele acabaria com a minha mãe, pois a malvada mandaria assassinar o senhor André. Senhor André?

Acho que estou fazendo uma grande confusão, mas porque a solução é matar a mãe? O Professor Palais me perguntou se eu já havia sonhado em matar a minha mãe. Ele me tranquilizou, dizendo que nos sonhos tudo é possível e desculpável – são fantasias. Eu, por acaso, sei quem foi a minha mãe? Uma criança com uma infância como eu tive poderia, sim, desejar a morte de sua mãe! Pois ela jamais existiu! E como eu iria matar uma mãe que eu nunca conheci? Eu gostaria de saber que resposta o Professor Palais tem para essa questão. Serei eu Orestes, da mitologia grega, por acaso? Eu perguntei a ele de onde vinham essas confusões que eu fazia em meus pensamentos e o que isso significava. Ele me respondeu que se tratava de distorções que eu fazia da imagem de mim mesma – o quanto eu me desvalorizava, quando me olhava no espelho, não o espelho real, mas outro, o que refletia quem eu sou.

O Professor Palais é ótimo quando produz metáforas! E se Marcel Proust fosse, para mim, uma metáfora da perfeição literária? Ele riu muito e disse que a obra de Proust poderia ser um horizonte interessante para um jovem escritor, que o escolhesse como um lugar imaginário onde ele desejasse chegar. Eu acho que entendi a metáfora do Professor Palais: um "horizonte", que linda metáfora para falar de uma obra literária. O leitor deve se perguntar por que eu insisto em narrar a minha história com frases quase intermináveis e difíceis de ser compreendidas. Eu respondo que a razão é simples: eu quero imitar Proust! E copiar outros, como Joyce, cujo *Ulisses* eu tive o prazer de conhecer depois de entregar meu corpo por mais de uma dúzia de vezes a um velho livreiro, horroroso, sujo e com um hálito terrível, da Boulevard Pasteur, em Montparnasse. Ele comercializava livros velhos e abusava de mim quando eu tinha uns quinze anos de idade. E eu deixava. Ele se chamava Bonnet: eu o odiava. Ele me pagava alguns tostões para ajudá-lo na limpeza da sujeira do chão de sua livraria. Eu deixava que ele se satisfizesse com meu corpo, nós dois em pé, espremidos atrás das estantes de livros, nos fundos daquela livraria imunda. Eu ficava olhando para a capa de um livro, cujo título era *Ulisses*, até que ele terminasse.

Um dia, eu pedi ao senhor Bonnet que me desse o tal livro de presente. Ele perguntou o que uma vagabunda como eu faria com um clássico de James Joyce. Eu aguentei a sua ofensa em silêncio, como eu havia aprendido com minhas amigas de bairro. Eu sorri e menti a ele que o livro seria uma maneira de eu recordar os nossos momentos de prazer. Ele acreditou! O velho porco acreditou em minhas mentiras! Foi assim que Joyce entrou em minha vida. E que leitura mais difícil! Ler *Ulisses* é uma tarefa quase impossível, mas vale a pena. Um de meus amantes, e o leitor não tenha pressa, pois conhecerá ao longo de minha narrativa a maioria deles – e eu me refiro aos mais conhecidos do público literário francês –, ensinou-me que o Marcel Proust personagem compreenderá, ao longo de sua obra, que sua genialidade reside na expressão estética e não no enredo propriamente dito da história. Eu jamais havia pensado que a forma poderia suplantar o valor do conteúdo. É quase como o impacto de uma grande obra, quando a vemos pela primeira vez.

Essa lição de literatura eu aprendi com um homem brilhante e que adorava gesticular, nu em minha cama, explicando-me os assuntos mais controversos da literatura. Era André Malraux! Sim! O grande André Malraux! Sim, nu em minha alcova! Os homens fazem de tudo até conseguirem o seu objetivo e André nesse sentido não era diferente. O que eles querem é levar uma mulher para a cama e satisfazerem-se com seu corpo. Até obterem o gozo, eles fazem o que for necessário para obterem o seu intento – até gesticulam nus, como se fossem macacos. Depois, resolvida a questão do sexo, o entusiasmo desaparece e eles se tornam monossilábicos. Rapidamente, eles dão um jeito de ir embora, para cuidar de seus próprios interesses. A bem da verdade, André não era assim. Ele tinha um prazer muito grande em me ensinar a importância da leitura de bons livros.

Eu falava dos tais "predadores sexuais" que conheci ao longo de minha vida. Não é mesmo? Outro foi

André Gide – sim, o famoso André Gide, o figurão da *Nouvelle Revue Française*! Ele me ensinou que a memória, na obra de Proust, assume um papel além do simples registro dos fatos, mas passa a ser uma espécie de "nova sabedoria", que permite ultrapassar os limites do tempo real. Assim, ela se torna mais ampla e complexa, como se fosse uma memória involuntária, que nos devolve um conjunto de sensações e imagens do passado. Gide gostava de meu corpo, mas disfarçava seus interesses mais paroquiais com algumas "aulas particulares" de literatura que ele me dava. Foi por essas e outras que eu passei a gostar de fato da leitura. Contudo, aprendi cedo a ser crítica, muito crítica. Veja o leitor, a título de exemplo, a questão das *madeleines*, os biscoitinhos ridículos, em forma de concha, que tomamos com o chá – eu digo "tomamos" como uma força de expressão, porque na realidade quem os costumava saborear era o menino Marcel – ao menos é o que consta na obra de Proust.

Eu só conheci esse tipo de prazer depois de passar a conviver com alguns intelectuais apaixonados por seus livros. Posso antecipar que os biscoitos não possuem nada de extraordinário para uma mulher de origem simples como eu. Eu os trocaria, sem pestanejar, por um pedaço de *tarte au citron*! Quando me lembro da forma como alguns escritores ou críticos de literatura fazem menção a esses biscoitos, reconheço que Proust emprestou a eles um significado surpreendente. Eu devo confessar que entendo o que Proust quis dizer sobre o efeito das *madeleines* em sua memória. Seria o equivalente ao que me desperta uma fatia de *tarte au citron*. Contudo, há outra recordação que tenho de minha infância, das raríssimas vezes em que meu pai – o desprezível François Martin –, em meio ao seu estado quase permanente de embriaguez, encontrava dois ou três minutos de gentileza, para dedicar à minha minúscula e desajeitada figura de menininha, de uns sete ou oito anos de idade.

Mesmo sem ser um ato de ternura verdadeiro, ele sorria, com ar de menino travesso, abria um armário velho da cozinha, puxava uma garrafa de cidra já quase vazia e oxidada, retirava a rolha e me oferecia um gole. Eu era uma menininha que mal havia trocado os dentes! Entretanto, a sensação da bebida, ardendo em meus lábios, provocava um gosto de maçã cozida e ao mesmo tempo ácida em minha língua, fazendo entrar um aroma alcoólico forte, mas doce, através de minhas delicadas narinas. Esse momento raro de delicadeza de meu pai, quase proibida, eu jamais esqueceria. Não era um tempo vivido, mas um tempo eterno, uma memória que vinha de uma parte profunda do meu ser, na qual o meu "eu" racional cedia espaço para outra forma de recordação. Eu arriscaria sugerir que se trata de um reencontro com a própria alma ou outra forma de vida, infinita e de inexplicável transcendência.

Irresistível para mim, como eu já disse, será sempre uma fatia de *tarte au citron*, a qual é uma espécie de chave mestra, para abrir a porta de meu compartimento espiritual – eu uso aqui uma metáfora

– de acesso ao meu coração. Serei forçada a antecipar ao leitor alguns fatos, pois não encontro melhor forma de expressar meus sentimentos. Quando Jean Schlumberger, um dos fundadores da *Nouvelle Revue Française* – o leitor saberá de quem se trata depois, pois ele foi outro de meus amantes –, levou-me ao Musée du Louvre, para ver *La Belle Ferronière*, uma pintura a óleo de Leonardo da Vinci, do fim do século XV, que poderia ter sido inspirada em Lucrezia Crivelli ou Cecilia Galleriani, tanto faz – as duas foram amantes de Ludovico Sforza, soberano de Milão, na segunda metade do século XV –, ele nada me antecipou. Propositadamente, Jean deixou que eu desfrutasse da beleza da obra sem que houvesse qualquer preparação. Eu fiquei hipnotizada.

Quase perdi os sentidos. Era a contemplação da arte suprema. O suficiente para que eu pudesse, dali em diante, imaginar o que seriam as belezas da vida. A personagem do escritor Bergotte, na obra de Proust, morre de modo teatral, mas em "êxtase" semelhante, ao deleitar-se com uma paisagem do pintor holandês Vermeer, de nome *Vista de Delft*. A tela mostra um espelho d'água com as imagens das casas e do porto, tendo acima um céu com nuvens brancas e cinzas. Na parte inferior, há duas mocinhas a passear, próximas a um barco de pesca, que parece estar à vista de alguns curiosos, à beira-mar. O impacto emocional causado pela *Vista de Delft* teria sido tão intenso que a alma da sensível personagem do escritor Bergotte não pôde resistir. Não é incrível o poder da arte?

Por acaso o leitor já se sentiu alguma vez como Bergotte? Se uma pintura de Vermeer tem o poder de nos fazer mergulhar nesse mundo fantástico, não seria o intelecto – em minha opinião – o instrumento para apreciá-la. O ser humano deve contar com outras formas, talvez ocultas e superiores, de perceber o que é belo e grandioso. Quantos artistas eu conheci em minha vida – pintores, nem falar – que eram seres intuitivos, muito mais do que eruditos. E a razão é simples: a arte não é percebida pela inteligência, mas pelo coração. E aqui eu me permiti o uso de uma metáfora. Por períodos variáveis, eu fui amante de vários artistas, alguns deles pintores – de Pablo Picasso a Georges Braque, este último, em minha opinião, muito mais bonito que o primeiro.

A beleza, como querem encontrar Proust e os artistas, nas coisas, nas paisagens, nas flores, isso para mim não parece necessário à sobrevivência. Posso com isso até decepcionar o leitor, mas para uma mulher como eu, na vida vencerá sempre o pragmatismo. Eu precisei sempre acordar e planejar a melhor forma de conseguir comida para o meu longo dia. Depois, numa escala de importância, vinha a minha proteção, ou seja, como sobreviver sem ser atacada por algum bandido; ou por um homem qualquer, querendo satisfazer as suas necessidades sexuais, abusando de meu corpo. Somente após essas duas exigências básicas é que eu poderia encontrar alguma beleza nas coisas. O Professor Palais me perguntou a razão de eu falar sempre de homens que "abusam de meu corpo".

Eu nem perdi o meu precioso tempo em tratar de responder a ele. Esses assuntos são de ordem íntima e não seria um médico almofadinha do Hospital Pitié-Salpêtrière que me faria revelar meus segredos. Ele me explicou que o fato de eu insistir em não compartilhar com ele esses assuntos fará com que não haja progressos em nossas conversas. Eu não dou a menor importância aos seus comentários.

O escritor é capaz de sonhar, procurar belas metáforas e dedicar frases imensas à beleza de uma rosa. Eu não tenho tempo para essas coisas, exceto, talvez, para as minhas lavandas. Ah, as lavandas do jardim que havia atrás da igreja! Como eram perfumadas as minhas doces lavandas! Era com elas que eu besuntava o meu pescoço, como faziam os deuses ao ungir os seres humanos a categoria de reis! Eu pertenço a outra laia. Sou uma mulher criada na rua. Por uma boa recompensa, eu me deixo seduzir por qualquer um. Até mesmo um anão ou um aleijado. Se eu tivesse a ocasião de levar para a minha cama um pintor como Toulouse-Lautrec, por exemplo, eu o envolveria como fiz com os demais.

O meu pequeno Henri! Por dinheiro, eu satisfaria todos os seus desejos, até os mais sujos. Para mim, sua importância e valor estratégico bastariam. Toulouse-Lautrec conhecia muita gente famosa na noite de Paris, o suficiente para que eu desse a ele o que me pedisse na cama, com a condição, obviamente, de que eu pudesse tirar dele algum benefício. Ah, o pequeno e torto Toulouse-Lautrec! Eu jamais resistiria a um impressionista! Imagine um pós-impressionista! E muito mais se ele tivesse produzido no povo francês uma imagem de boêmio triste e solitário. Some-se a isso o fato de que o coitadinho do Henri contraiu sífilis das prostitutas de Paris e bebia até cair. Então, a fórmula de sucesso seria perfeita.

Eu adorava os cartazes publicitários inspirados em suas pinturas no estilo *art nouveau*. Essa forma de "arte nova" foi um movimento artístico que, na verdade, teria surgido na Bélgica, fora da efervescência cultural parisiense e vigorou entre 1880 e 1920. Havia um desejo na sociedade em geral de que se buscasse um novo estilo, que acompanhasse as inovações desse novo mundo da indústria. Houve, nesse período, uma mudança estética nas artes, deixando um pouco para trás a inspiração na Antiguidade e no Renascimento. A ideia seria opor-se ao historicismo, buscando o que fosse original e artesanal. E surgiram os novos objetos, móveis, anúncios, tecidos, roupas, joias e acessórios criados, com base em curvas assimétricas, formas botânicas, angulares ou motivos florais.

Malraux me contava que eles falavam, na época, no "*jugendstil*", o "estilo jovem", na Alemanha. E havia os "modernistas" na Espanha; os "*sezessionstil*" na Áustria; o "*stile liberty*" na Itália e o "*style moderne*" na França. Dizia Malraux que a *art nouveau* fazia uso de linhas graciosas, exageradas e espiraladas, traços alongados, com formas de arabescos, entrelaçamentos de folhagens e flores! Em resumo, era de uma exuberância decorativa impressionante, com formas ondulantes e elegantes. Na realidade, a era industrial havia neutralizado o impacto das formas clássicas e históricas, com a incorporação de novos materiais e tecnologias, ferro, muito ferro! E com uma forte orientação para o design, com decorações elaboradas e exóticas, ascendentes, entrelaçados, como o mover dos galhos e folhas das árvores. E com grande influência das gravuras japonesas, do barroco e do rococó francês. Ah, eu aproveitei tanto as minhas disciplinas de artes na Sorbonne! O Professor Palais me perguntou se eu gostaria de falar um pouco sobre a Sorbonne. E eu por acaso tenho algo que ver com essa respeitável universidade?

Eu prefiro continuar com meus comentários sobre a *art nouveau*. Foi um tempo em que surgiram a arquitetura de Gaudí, com sua Casa Milá, na Espanha; ou os belgas Victor Horta e Henry van de Velde, este último pioneiro do movimento Bauhaus. Em Praga, surge Alfons Mucha! E em Paris, Hector Guimard, com sua obra belíssima da estação do metrô de Port Dauphine. Contudo, nada superaria a Escócia, com a arquitetura de Mackintosh. Falando de minhas intimidades – como gosta tanto o Professor Palais –, eu quase enlouqueci quando vi pela primeira vez as telas do austríaco Gustav Klimt. *O beijo*, *O retrato de Adele Bloch*, *Morte e vida*! Mas havia os trabalhos de Beardsley, René Lalique, Charles Rennie e Tiffany.

Voltando ao meu devaneio anterior, eu sonhei que eu levava o pequeno Henri para a minha cama. No sonho, eu era bem mocinha e era a sua modelo, correndo nua por seu ateliê. Ele tinha idade para ser meu pai, mas eu fazia amor com ele de um jeito que o deixava nas nuvens. O Professor Palais me interrompeu, perguntando se eu havia me dado conta de que eu falara a palavra "amor" e não "sexo". E que isso havia acontecido exatamente quando eu descrevia uma relação com alguém "com idade para ser meu pai". Ele que tenha a paciência com essa mania de sugerir que eu teria alguma fantasia – não é esse o termo que ele adora? – de fazer essas coisas com o meu papai. E quem faria algo dessa natureza com aquele bêbado imundo? Se fosse ao menos alguém mais bem apessoado... "Como quem? O senhor André?", perguntou Palais. Eu nem me dei ao trabalho de lhe responder.

Marie, minha amiga de adolescência, ensinou-me que é possível fazer sexo com os mais horrendos tipos humanos: basta fechar os olhos e pensar noutra coisa. Imaginar-se numa praia, deitada na areia a deliciar-se com os raios quentes de sol. Depois, terminado o serviço e recebido o devido pagamento, nada melhor do que comprar uma "*baguette*" bem fresquinha, recheá-la com queijo e presunto, e saboreá-la com uma taça de vinho tinto! Esquece-se tudo! Num de meus encontros secretos com André Gide, Prêmio Nobel de Literatura de 1947, depois de concluída a nossa cena de prazeres carnais, ele me disse que o ano de 1886 havia sido muito importante para o pós-impressionismo, especialmente devido às transformações que ocorreriam em Paris.

Digo isso porque estamos conversando sobre Henri. O tal ano foi quando Gustave Eiffel venceu o concurso para a construção do monumento em homenagem ao centenário da Revolução Francesa, que seria três anos depois, em 1889. Gide me explicou que haveria depois, em 1900, a Exposição Universal de Paris, que mostraria ao mundo a imponência de uma nova estética arquitetônica. A Torre Eiffel era um gigante feito de material industrial, pesado, de desenho simples, mas valor estético impressionante. Seria o tempo das construções como o Grand Palais, grandiosas, que impactariam a alma dos artistas, ao ponto de eles se envolverem até mesmo na decoração da cidade de Paris. Além disso, a exposição traria aos olhos dos parisienses – e de todos – elementos exóticos, vindos do Oriente, como os templos da Índia e as danças sensuais javanesas.

Pintores como Paul Gauguin, Cézanne, Rousseau, Seurat e o meu pequeno e torto Henri Toulouse-Lautrec tornam-se parte desse novo movimento pós-impressionista. Como eu havia mencionado, em minha vivência, a maioria dos artistas não são especialmente letrados ou dotados de um intelecto superior, mas são indivíduos capazes de entender a força intuitiva da arte, a percepção do que nos impacta instantaneamente, sem qualquer preparação ou instrução. *O nascimento de Vênus*, de Sandro Botticelli, por exemplo, e que nada tem que ver com *art nouveau*, é um clássico do século XV, que bate em meu peito como se fosse a carga de uma imensa, súbita e incontrolável onda do mar (acho que concebi, sem querer, outra metáfora). Quem me levou para vê-lo na Galleria degli Ufizzi, em Florença, quando eu tinha uns vinte e poucos anos – aquela imensa tela de quase dois metros de altura, em que a deusa Vênus está representada saindo de uma concha –, foi um italiano lindo de nome Carlo, que eu conheci em Paris, dormiu comigo por uma semana e pagou todas as minhas despesas.

Para o escritor argentino Jorge Luis Borges, o que mais vale num poema é o primeiro impacto que ele causa nas pessoas. Lembrei-me de Elstir, a personagem de *À la recherche du temps perdu*, um artista, culto e apreciador da razão, mas que para criar suas telas metamorfoseava-se em puro instinto. E assim ele concebia suas notáveis pinturas. Ele criaria mundos fantásticos, com "céus que se unem aos mares"! Eu imagino que Proust deva ter se inspirado em Monet, Turner, Renoir ou outros grandes artistas quando o concebeu.

Havia um garçom de nome Manon que trabalhava à noite no restaurante Le Procope. Ele dava a comida que sobrava para a minha amiga Marie. Manon adorava arte e conhecia todos os museus de Paris. O restaurante era de propriedade de um italiano chamado Francesco Procópio e se localizava na Rue de L'Ancienne Comédie, quase na esquina do Boulevard Saint-Germain e da Place de l'Odéon. Em troca da comida, Marie acariciava Manon, em suas partes proibidas, no fundo do restaurante, até ele se sentir contente. Ela me pedia para ficar por perto, cuidando para que ninguém os surpreendesse fazendo sexo.

Depois, ela compartilhava a comida comigo. Marie dizia que Manon era um tipo estranho. Ele quase não falava com ela, mas a convidava a acompanhá-lo nas exposições no Musée du Louvre. Ele era gentil com ela. Uma vez, eles me convidaram para ir junto com eles ao museu. Eu jamais esqueci do que vi. As telas de Monet! O pintor impressionista me conquistou no instante em que eu pus os meus olhos em suas telas! Eu poderia ficar o dia inteiro a olhar para aquelas paisagens, as flores que brotavam, cor-de-rosa, do fundo azul e esverdeado das águas quase estáticas.

André Malraux me contou que Monet e Clemenceau – o primeiro-ministro francês – eram muito amigos. Ambos amavam a natureza. Monet criaria mais tarde os seus famosos jardins, em sua propriedade na bela e bucólica Giverny, que se situava a setenta quilômetros de Paris. Quem me levou para vê-los foi Jean – outro de meus homens – e me deixou emocionada ao ver de onde Monet tirava a inspiração para as suas telas. Eram imagens de uma beleza e paz simplesmente indescritíveis. Eu entendi de onde vinham *A ponte japonesa*, *Lírios d'água* e tantas outras pinturas incríveis. Eu brinquei com o Professor Palais que, antes de ser um grande estadista, Clemenceau foi médico, como ele. Mas foi também jornalista. Eu sentia um prazer especial em mexer com a vaidade do professor Palais. Ou seja, insinuando que Clemenceau foi mais longe do que ele. Aliás, foi Clemenceau quem criou o jornal *La Justice* e depois, em 1897, fundou o *L'Aurore*, onde Émile Zola publicou o seu indignado artigo "*J'accuse*", a propósito do Caso Dreyfus.

Eu imagino que foi desta maneira, por captar a beleza que pode existir num belo texto literário, sobretudo no poder que a palavra possui de construir imagens quase tão perfeitas quanto à própria natureza, que o jovem Marcel se transformou no Proust que hoje nós reconhecemos. Sua obra trazia as suas ambivalências, impulsos, sonhos, tristezas, decepções, mas era igualmente dotada de uma carga de humor, alegria e uma indescritível beleza. Seus amigos mais próximos diziam que ele tinha um senso de humor muito fino e inteligente, mas, sobretudo, um texto de uma qualidade literária inigualável. Alguém diria que ler *À la recherche du temps perdu* seria como flutuar pelas páginas do romance, ao som de uma melodia. Proust cria para a sua obra uma sonata imaginária e bela, a *Sonata de Vinteuil,* fazendo-nos sentir a nostalgia de uma música que nunca na realidade existiu, linda e delicada como uma partitura de Debussy!

Dizia o meu amante André Malraux que seria esse o motivo pelo qual os leitores desejam reler a obra de Proust. É para desfrutar da revelação de um mundo instintivo, decorrente de sensações guardadas nas partes mais obscuras de nossa mente e que brotam de suas páginas. Acho que quando Proust cria a personagem do escritor Bergotte, o narrador deixa claro que o admira muito. Seria ele inspirado no grande Anatole France? É Swann quem apresenta Bergotte ao narrador, quando Marcel era ainda uma criança. Malraux insistia que Bergotte possuía algo de Anatole France – o grande escritor francês que ganharia o Prêmio Nobel de Literatura em 1921. Ele possuía também os ares de Henri Bergson, primo de Proust por parte de mãe, grande filósofo e diplomata francês, e ganhador do Prêmio Nobel no ano de 1927. Bergson ficou famoso por seus estudos sobre a consciência, a memória e a matéria. Ele teria grande influência sobre Proust.

Em *À la recherche du temps perdu,* são indiscutíveis os elementos extraídos das obras de John Ruskin, o grande crítico de arte inglês, de quem Proust traduziria dois de seus livros para o francês, e que o influenciariam marcantemente na construção da personagem de Bergotte, que – como disse – falece de uma forma muito peculiar: ele sofre um ataque fulminante, ao ver pela primeira vez um quadro de Vermeer. Malraux – meu amante – dizia que a personagem de Vinteuil poderia ter também algo de Debussy. Ele era um professor de piano e compositor, um homem severo, reservado e pudico, que dava aulas à tia-avó do narrador, na bucólica Combray. Esta última foi mais uma criação de Proust, inspirada na pequena Illiers, cidade onde nasceu seu pai Adrien e, quando criança, o autor passava as férias com sua avó e a tia--avó Léonie.

Na obra, Vinteuil viajaria a Paris, onde se tornaria um compositor renomado. Uma de suas sonatas, registradas na obra de Proust, era muito requisitada nos salões do casal Verdurin, e seria "o hino de amor" de Swann e Odette de Crécy. A construção da personagem de Vinteuil envolvia alguns traços do organista e compositor belga César Franck, do compositor e músico romântico francês Camille Saint-Saëns, do compositor Claude Debussy, bem como de outros compositores notáveis, como Wagner, Schubert e Beethoven. Mas havia também a influência de um dos mais fiéis amores de Proust em sua vida, e que o acompanhou até a sua morte: o pianista e compositor Reynaldo Hahn. Hahn foi o primeiro a ver o escritor em seu leito de morte e seu corpo seria enterrado numa sepultura não muito distante de Proust, no Cimetière du Père-Lachaise, no imenso quarteirão da Rue du Repos, em Paris.

Como são produtivas essas aulas na Sorbonne! Pudesse eu construir uma metáfora sobre alguém de força quase incontrolável, eu escolheria a personagem Albertine, uma jovem mulher, cheia de segredos, difícil de ser entendida à primeira vista, mas provocante, livre, sobretudo quando se tem como fundo, diria Proust, "uma praia e o horizonte". É assim que o jovem Marcel, já adolescente, a descreve. Ela se diferenciava da maioria das meninas inocentes e "em flor", descritas no segundo volume da obra, intitulado *À lómbre de jeunes filles en fleurs*, obra com a qual Proust ganha o Prêmio Goncourt 1919.

Eu não entendo o que o Professor Palais quer me dizer com suas perguntas sobre a Universidade de Sorbonne. Como uma moça de família pobre como eu iria sonhar em frequentar aulas na Sorbonne? Eu jurei de pés juntos ao Professor Palais que eu sequer visitei aquele lugar! Essa universidade francesa é privilégio de mentes muito especiais! Voltando ao assunto de Albertine, ela deixaria o jovem Marcel confuso e ao mesmo tempo excitado e curioso, num ambiente de erotismo mais ou menos inocente, mas não tanto, pois ela gostava de fazer sexo com meninos e meninas. Eu sempre achei as cenas de sexo entre mulheres tão atraentes!

Já convencido de que seus sentimentos pela jovem Gilberte, filha de Swann e Odette de Crécy, por quem antes o narrador havia se apaixonado em um de seus elegantes passeios pelos Champs-Élysées, não haviam sido correspondidos, ele passa a conviver mais intimamente com Andrée, Gisele e Albertine, nas areias de Balbec. Essa seria uma versão proustiana da região de Cabourg, na Normandia. O narrador se sente muito atraído por Albertine e sem entender bem as razões. Numa passagem de *À l'ombre des jeunes filles en fleurs*, o narrador descreve Albertine como uma jovem mulher que "havia dias em que parecia tomada de uma tristeza de exilada, magra, a pele cor de cinza, um ar de tédio, uma transparência violácea descendo obliquamente ao fundo dos olhos, como por vezes acontece com o mar".

Noutra parte, o narrador a descreve da seguinte maneira: "eu olhava para as suas faces, enquanto ela me falava e perguntava-me que perfume, que sabor elas poderiam ter. Naquele dia, ela estava não fresca, mas lisa, de um rosa homogêneo, violáceo, cremoso, como certas rosas que têm um verniz de cera. Eu estava apaixonado por Albertine, como o estamos, por vezes, por alguma espécie de flor". Como é belo o texto de Proust! O narrador passa a encontrá-la com maior frequência, passeiam de automóvel pelas belas praias.

Como disse, o pano de fundo era a ficcional Balbec, a qual corresponderia no mundo real de Proust a Cabourg, para onde sua avó e Françoise costumavam levá-lo nas férias, desde criança, em busca de um clima de menor risco para as suas crises asmáticas. Proust descreveria, nas palavras do narrador, o Grand Hôtel, onde a família se hospedava, com seus salões elegantes e sua estupenda esplanada. Na realidade, acho que foi André Malraux quem me explicou que depois, com o início da Primeira Guerra, o hotel passou a servir como um hospital improvisado, para receber os soldados feridos. Malraux podia recitar de memória uma parte de *À la recherche du temps perdu* na qual o narrador descreve as diferentes vistas do mar, a partir dos distintos ângulos de visão, obtidos por Marcel, da janela de seu quarto do hotel.

Eu me sinto tão confusa! Eu mencionei a palavra "hospital" e dei-me conta de que eu não conheço ninguém neste lugar! Por que razão alguém faria uma maldade como essa? Deixar uma pessoa tão sofrida como eu fechada contra a sua vontade num hospital? Papai, mamãe, Marcel, venham me socorrer! O Professor Palais me pergunta se eu desejo falar sobre essas pessoas. A que pessoas ele se refere? Agora lembrei! O narrador passa a desconfiar cada vez mais do comportamento sexual de Albertine – ele na obra é heterossexual, ao contrário do Proust real, que tinha claras preferências homossexuais. Ela parece preferir a companhia de mulheres, em especial Andrée, a quem o narrador surpreende na cama com Albertine. É em Balbec que ele passa a viver outras de suas "intermitências amorosas".

O narrador tem agora certeza de que Albertine priva das intimidades de mademoiselle Vinteuil e sua amiga, mas também de Andrée. Tudo isso aumenta mais o seu ciúme doentio por ela. Se fosse o caso de o Professor Palais opinar sobre o assunto, imagino que ele diria que Proust se sentia atraído justamente por esse aspecto da personalidade de Albertine, algo um pouco masculino e que o atrai. Ele decide se casar com ela, convidando-a a morar com ele em sua casa. Entretanto, não é apenas ele, o narrador, que tem suas suspeitas quanto às traições de Albertine com Andrée. Françoise, a fiel empregada da casa de sua avó, também desconfia das relações íntimas entre as duas mulheres. O que eu faço da vida presa num hospital? Parece que me vêm à mente pensamentos muito estranhos. Onde está o Professor Palais? Podem chamar, por favor, o Professor Palais?

Enfim, ela foge da casa do narrador, que demonstra total desespero, em razão de seu desprezo. Eu adoro saber das intimidades de Albertine com sua amiga Andrée! Para mim, uma mulher que gosta de levar homens e mulheres para a cama sempre foi algo aceitável. Minha amiga de infância, Marie, ganhava um bom dinheiro fazendo sexo com homens e mulheres ao mesmo tempo. O Professor Palais diz que deve haver uma razão para eu me deliciar tanto com a sexualidade dos outros. Ele brinca comigo que não conhece ninguém que saiba tanto sobre as intimidades das personagens de Proust. Acho que foi numa de nossas conversas que eu expliquei a ele que, ao contrário do autor, o narrador é certamente heterossexual, pois havia se interessado por Gilberte, Albertine, Odette e Oriane de Guermantes – o que parece uma diferença curiosa entre os dois.

Odettte de Crécy, por sua vez, gostava de intimidades com mulheres, mas teve casamentos com homens, como Swann e Forcheville. Robert de Saint-Loup amou Raquel, casou-se com Gilberte, mas teve um caso homossexual com Morel. O barão de Charlus era claramente interessado em homens, como Jupien e Morel, mas fora casado no passado. E Albertine! Ela tinha atração por Andrée e pelo narrador. Em resumo, Proust foi provavelmente um dos primeiros escritores a mergulhar com tanto interesse na sexualidade das pessoas. Haveria de se ter coragem para, numa época ainda de muitos preconceitos, um escritor descrever tão abertamente um universo de tipos humanos que representavam a chamada "*race maudite*" dos "invertidos" – Sodoma – e das lésbicas – Gomorra. Ou mesmo de bissexuais, todos tão presentes, como Albertine, Robert de Saint-Loup e Odette de Crécy. O Professor Palais insiste em falar sobre sexo! Será que esse homem poderoso e tão atraente também quer me levar para a cama?

O terceiro volume da obra de Proust, *Le côté de Guermantes*, coincide com a mudança da família do narrador para um novo apartamento, próximo da mansão dos Guermantes. É interessante que há uma passagem da obra na qual ele descreve a sua ida à ópera, para ver a envolvente figura de Berma, no papel principal de *Phèdre*. Seria na realidade a sua segunda ida ao teatro para vê-la. A primeira foi quando Marcel era adolescente e seu pai só deixou que fosse ao teatro assistir "Berma" por insistência de alguém. Segundo me falou Sartre, a personagem seria inspirada em Sarah Bernhardt e a famosa atriz Réjane, uma das rainhas do Théâtre de Varietés, de Paris. O narrador passa a conviver mais com a alta burguesia e a aristocracia parisiense, nas festas nos salões das mansões dos Verdurin e dos Guermantes, quando se revela fascinado pela figura da duquesa Oriane de Guermantes, mulher bem mais velha, e por quem ele se imagina agora apaixonado. O Marcel que se revela nesta parte do romance é alguém que idealiza esse mundo de suposto charme e elegância da nobreza francesa.

O Professor Palais comentou que Phèdre é uma tragédia muito interessante. Sêneca e Eurípedes já haviam tratado desse tema mitológico, sobre o qual Racine depois também escreveu. Baseia-se na *mímesis*, bem ao gosto de Aristóteles, a ira divina e o castigo que lembra o homem de seus limites. *Phèdre*, mulher de Teseu, que todos consideravam morto, tomada por sua pecaminosa paixão por Hipólito, filho de seu esposo – que, por sua vez, amava a jovem Arícia –, quebra a ordem moral, familiar e social. E por isso é punida pelos deuses por seu mau comportamento.

Morrem os dois – Hipólito e Phèdre – e sobram Teseu e Arícia, que termina por ele adotada. A peça não é uma simples imitação da realidade, mas a sua reelaboração através da criação poética. Desse modo, torna-se uma história que o espectador considera possível na vida real. A trama amorosa trata da paixão proibida da rainha, que acaba punida com a morte. Eu brinco com o Professor Palais sobre como ficaria a minha *mímesis*, no que diz respeito às minhas transgressões.

Voltando à obra de Proust, segundo me explicou Jean – como eu disse, ele foi um de meus amantes –, há uma descrição de outro fato relevante nessa parte da obra. O narrador relata uma visita do senhor Swann, antes tão bem recebido por todos, na mansão dos Guermantes, justamente quando o nobre e elegante casal está de saída para uma festa das mais requintadas. Swann está visivelmente abatido e lhes informa sobre o seu grave estado de saúde e que não teria mais do que alguns meses de vida. Não obstante, o casal reage friamente, demonstrando estar mais preocupado em combinar os sapatos de madame Guermantes com a cor da roupa e não chegar tarde ao seu compromisso social.

Parece a mim um primeiro indício do desapontamento que o narrador – e Proust – teria, com o passar do tempo, com uma sociedade de aparências contra a qual o escritor reagiria ao final de *Le temps retrouvé*, buscando dar um melhor destino ao seu "tempo perdido". "O tempo perdido de quem?", perguntou-me Palais. Eu não aceito essa insistência do Professor Palais com certos assuntos. Ele me olha com seus ares de sedução. Os médicos são todos iguais! Ele me perguntou se eu queria dizer "os médicos" ou "os homens". Lá vem ele novamente a buscar em minhas palavras os tais "atos falhos"! Ele me explicou que Freud disse que a porta para o nosso inconsciente não é fácil de ser aberta. Em geral, podemos abri-la, a partir de lapsos, distrações ou trocas de palavras. Ele brincou comigo que uma esposa pode chamar o esposo pelo nome do ex-marido, mesmo depois de ela jurar que já esqueceu o seu parceiro anterior: seriam "atos falhos". É por esses conteúdos que brotam de nosso inconsciente que podemos, muitas vezes, penetrar nas partes mais escondidas de nossa mente. Ele disse que eu às vezes chamava o senhor André de papai. "Seria um ato falho?", ele me perguntou. Eu respondi que não sabia sobre o que ele estava falando. Ele riu bastante da minha reação.

No quarto volume da obra, *Sodome et Gomorrhe*, revela-se claramente a homossexualidade do barão de Charlus, quando Marcel observa o seu comportamento "semelhante a uma flor prestes a ser fecundada por um inseto polinizador" – que figura de linguagem! – ao trocar olhares com a personagem do jovem de nome Jupien. Charlus era viúvo, seu apelido na intimidade de seus amantes era "Mémé". Jupien o chamava de "*Ma petite gueule*". Ele era um homem culto, orgulhoso, mas colérico. Charlus havia encontrado o narrador inicialmente em Balbec e depois em Paris, no salão de madame de Villeparisis. Homossexual não assumido e antissemita delirante, o barão teve vários amantes, entre eles um músico talentoso de nome Morel.

Como já mencionei, o narrador é tomado por um ciúme violento em relação a Albertine e termina por deixá-la confinada em seu apartamento, em Paris. Ele a cobre de presentes para que ela deixe de se encontrar com sua amante, Andrée, aparentemente sem sucesso. Foi o meu amante André Gide quem me contou esses detalhes sobre o assunto, pois na época eu ainda não havia lido além do primeiro volume da obra. O narrador passa a viver sua própria *Sodome et Gomorrhe*, a qual termina com o verdadeiro aprisionamento de Albertine em sua casa, quando ele se vê tomado por um ciúme incontrolável. *La Prisionnière* descreve essa parte e é nome do quinto volume de sua obra.

Em *Albertine disparue*, o sexto volume de *À la recherche du temps perdu*, Albertine foge e vai para Touraine, onde morre devido a uma patada de cavalo. Eu nunca entendi bem essa história da morte de Albertine, a razão pela qual Proust a eliminaria do romance de forma tão violenta. André Gide jurou para mim que a personagem Albertine era em parte inspirada na paixão de Proust pelo seu motorista e amante, Alfredo Agostinelli, que faleceu num acidente aéreo. Poderia vir daí o fim trágico de Albertine. Contudo, havia outros homens que inspiraram a construção da personagem, como Albert Le Cuziat ou ele próprio, Proust. O que eu direi agora é fruto de minhas próprias investigações. Sabe-se que Proust frequentava um bordel, que oferecia também banhos eróticos, na Rue de l'Arcade, número 11. O local era conhecido como ponto de prostituição homossexual. Houve quem afirmasse ter visto o nome de Proust na lista de clientes de um jovem que lá trabalhava. De modo que há muitas fontes de inspiração, entre homens e mulheres, para a construção da personagem de Albertine.

Eu viria a saber, anos mais tarde, por alguns amigos que fiz na *Nouvelle Revue Française*, que Proust ajudou financeiramente Albert Le Cuziat na aquisição desse estabelecimento. Ele havia sido ajudante pessoal do príncipe Radziwil e do duque de Rohan, que – diziam – fora a inspiração para a criação da personagem de Jupien, um dos amantes do barão de Charlus. Foi para esse bordel que Proust teria enviado parte da mobília do apartamento de seus pais, na Rue de Courcelles, número 45, quando depois da morte deles o escritor se transferiu para um apartamento de menores dimensões no Boulevard Haussmann, número 102. Alguns de seus amigos reconheceram a mobília que encontraram no bordel como sendo a que fora pertencente à família Proust. Mas isso não é tão relevante em minha narrativa.

Do ponto de vista psicológico, tanto para o menino Marcel como para o adulto Proust, sua mãe Jeanne era o seu maior tesouro. Metaforicamente, ele esperaria por seu beijo, antes de dormir, pelo resto de sua vida. O Professor Palais falava muito sobre a importância das relações entre filhos e pais. Ele dizia que em nossas conversas eu poderia, por vezes, reproduzir cenas que corresponderiam a etapas mais precoces de meu desenvolvimento. Como se eu pudesse assim dar a ele indícios dos períodos de minha vida nos quais eu teria apresentado algum problema. Eu disse a ele que minha vida foi um verdadeiro inferno, no qual nunca parece ter havido paz. Ele insistiu em dizer que muito do que eu achava ter vivido poderia ser fruto de minha própria mente, e não da realidade. Ele me explicou sobre Freud e sobre um mecanismo que poderia ser explorado em nossos encontros chamado "transferência".

Nós ficamos falando sobre a tal "transferência" por quase uma hora. Dizia ele que, por meio da transferência, poderíamos chegar a certas partes de minha vida interior que eu apresentava dificuldades em enfrentar ou mesmo revelar. Havia lembranças de minha infância, por exemplo, que eu bloqueava de minha memória, mas que poderiam ser trazidas à superfície através da "transferência", que seria como uma projeção da figura de meu pai ou de minha mãe na figura dele. Dele? Do Professor Palais? Eu dei uma gargalhada! Imagine o Professor Palais sendo o meu pai! Aquele bêbado irresponsável que dizia ser meu pai jamais poderia ser comparado a um homem tão ponderado e amoroso como o Professor Palais.

Dentre as rejeições femininas que aparecem na obra de Proust, havia a paixão não correspondida do narrador por Gilberte, filha de Swann e de Odette de Crécy, quando ele se encantara por ela nos passeios pelo Champs-Élysées. Depois, viria Albertine, a qual, como já mencionei, poderia representar uma imagem híbrida, uma figura feminina, mas talvez com traços masculinos – ela era bissexual –, podendo ser, como disse, uma representação inconsciente da figura de seu amante e motorista particular Alfredo Agostinelli. Falando de perversões deliciosas, lembrei do barão de Charlus. Ele daria um "prato cheio" para as interpretações do Professor Palais. Estoura a Primeira Guerra em 1914. Robert de Saint-Loup é morto em combate. Durante o bombardeio de Paris, o narrador se abriga num bordel de homossexuais, onde surpreende o barão de Charlus numa das salas íntimas, em meio a uma cena de sadomasoquismo.

No último volume da obra, intitulado *Le temps retrouvé*, o narrador, que havia ficado afastado de Paris por longo tempo, devido a complicações de sua doença, retorna aos encontros sociais na mansão dos Guermantes. Durante a sua permanência naquele ambiente, quando entra na biblioteca e observa as estantes de livros, o narrador experimenta o que o Professor Palais me havia explicado que seria um *insight*, uma compreensão imediata do sentido de um fato ou comportamento. Trata-se de uma espécie de visão mais clara sobre o sentido de algo antes não percebido. O narrador faz uma reflexão profunda sobre o que significava realmente aquela sociedade, que ele por tanto tempo havia buscado conquistar ou por ela ser aceito como um deles – ela significava muito pouco.

Ele se dá conta de que todos haviam envelhecido e, ao mesmo tempo, formara-se uma nova sociedade, na qual os descendentes do senhor Swann e de

Odette de Crécy – pertencentes antes ao "caminho de Swann" – terminam por unir-se com a antiga aristocracia francesa, do "caminho dos Guermantes". Havia agora um caminho comum a ambos, convergente. Gilberte Swann havia se casado com Robert de Saint-Loup e tinham uma filha, que representava a união dos dois caminhos por um longo e distante tempo claramente separados. André Gide me disse que *Le temps retrouvé* o fizera recordar de uma cena de *Il Gattopardo*, obra literária da autoria de Giuseppe Tomasi di Lampedusa, na qual, após as tensões entre burgueses e nobres, tudo parece novamente acomodar-se. E ambos decidem fingir que tudo mudou, quando quase nada, na realidade, teria mudado.

Como diz a personagem de Tancredo Falconeri, sobrinho de Dom Fabrizio Salina, um nobre italiano dos mais conservadores, na obra de Lampedusa, Tancredo faz uso do mesmo pragmatismo dos "Swann" e "Guermantes", na obra de Proust, explicando ao tio que, para resolver as tensões entre a velha aristocracia e a burguesia ascendente, no conturbado reinado de Francisco II das Duas Sicílias, durante o processo de unificação italiana, havia que acomodar as coisas – como a aristocracia e os mais ricos costumam fazer através das alianças, traições e casamentos. Quando parece óbvio que a nobreza cederia à pressão de Giuseppe Garibaldi e suas tropas, Tancredo adere ao movimento e depois casa com a bela mas simplória Angélica, filha de um burguês rico e poderoso, porém inculto e nada sofisticado. Vem daí a célebre frase de Tancredo ao seu tio Dom Fabrizio Salina: "*Se vogliamo che tutto rimanga come è, bisogna che tutto cambi*", ou seja, "se desejamos que tudo continue como está, é necessário que tudo mude". Aparentemente, é claro. E mantendo os poderosos com o controle sobre as coisas.

O idioma italiano eu aprendi na cama, com Carlo, um de meus amantes da juventude, um jovem estudante de história, vindo de Milão, que conheci em Paris. Eu cismei que deveria aprender algumas frases em italiano e a melhor forma de fazê-lo, que eu saiba, é na cama. O leitor, que ainda não me conhece, deve ter quase caído em minha armadilha, de eu parecer uma dedicada estudante de pós-graduação da Universidade de Sorbonne, especialista na vida e obra de Marcel Proust. Engana-se o leitor! Ele logo verá que há uma elevada dose de vaidade, sobretudo quando eu passo a tecer comentários mais elaborados sobre a obra deste que foi para muita gente o maior romancista do século XX. Mas eu penso que domino razoavelmente a obra de Marcel Proust, ao ponto de ter a sensação de que, em outra vida, eu deva ter sido uma estudiosa do assunto.

Não é à toa, meu ilustre e renomado Professor Palais, que o senhor e outros conspiradores decidiram me internar nessa espelunca que chamam Salpêtrière. Minhas pesquisas na Universidade de Sorbonne fizeram com que eu descobrisse que o projeto do arquiteto Louis Le Vau, no século XVII – o senhor nem sonha quem seja ele, eu posso afirmar! –, desse pretenso hospital seria construído sobre a velha fábrica de pólvora de Paris. O senhor sabe o que significa a palavra "*salpêtre*", Professor? É "salitre"! Sim! O salitre que se usa até hoje para fazer pólvora! Essa coisa disforme que os senhores insistem em chamar de hospital foi projetada para receber – confinar, melhor dizendo – os famintos, os pobres – como eu –, os desocupados e os marginais de todas as espécies, os perturbadores da ordem da cidade de Paris!

E eu obviamente devo estar incluída nessa categoria de indivíduos, já que faço parte desta lista de condenados ao esquecimento. O senhor sabe, Professor Palais, que nos idos de 1600 e poucos este lugar foi também a cadeia, onde as prostitutas e os doentes mentais, criminosos, epilépticos, insanos e desvalidos eram depositados? E sabe o que mais havia neste lugar, muito mais do que os representantes da espécie humana? Ratos, Professor Palais! Ratos! Muitos ratos! Os revolucionários, em 1789, derrubaram os seus portões e libertaram as mulheres como eu – as prostitutas! Dizem que mataram muitas loucas no caminho, mas isso é secundário, não é mesmo, Professor Palais?

Por isso, até hoje esta pocilga é a preferência dos discípulos do seu querido e adorado doutor Pinel e do famoso Professor Charcot – este último o mentor do pretensioso vienense Sigmund Freud, que o nosso querido Professor Palais tanto admira. Para quem queira saber a verdade, isso é simplesmente um asilo e depósito de loucos, sobretudo se forem mulheres! E quem não conhece o famoso quadro intitulado *Pinel em Salpêtrière*, de Tony Robert-Fleury, que ainda está pendurado numa de suas paredes? O grande Professor Pinel, em fins do século XVIII, aparece na pintura retirando as correntes dos pobres loucos! Em fins do XVIII! No ano de 1795, Professor Palais! E eu aqui amarrada, com os meus braços e pernas atados a esta cama pestilenta e cheia de ratos! O mundo não mudou tanto assim nesses quase dois séculos, não é mesmo? O senhor conhece essa obra de arte, Professor Palais? Aposto que não! A arte pouco lhe importa! Quantos infelizes, portadores de neurossífilis ou de epilepsia passaram por loucos nesse arremedo de hospital!

Mas eu sou, essencialmente, uma mulher que veio de baixo, o mais baixo que se possa imaginar, e que vendeu seu corpo, de todas as maneiras possíveis, para sobreviver e chegar aonde chegou. Mas burra é certo que não sou e nem nunca o fui! Quando o meu querido Jean – de quem falarei depois – me ensinou que no último volume de *À la recherche du temps perdu* eu entenderia tudo sobre a hipocrisia, ele tinha toda a razão. Depois de um encontro do narrador com a senhorita de Saint-Loup, filha de Gilberte Swann e Robert de Saint-Loup, o narrador percebe como os "caminhos" outrora separados agora se confundem através dos novos casamentos e acomodações.

Em *Le temps retrouvé*, temos um retrato da corrupção trágica de todas as coisas, em que as pessoas que o narrador julgara amar ou admirar tornam-se simplesmente nomes e lhe parecem agora frágeis, envelhecidos e enfraquecidos pelo curso inabalável do tempo. Nada do que ele imaginara sobre a grandeza dessas pessoas havia se confirmado com o tempo, e sua vida passada era agora parte de um tempo desaparecido. Ele próprio é então um senhor de meia-idade e dá-se conta da futilidade que havia naquela vida que ele parecia tanto admirar. Surgem em sua mente uma série de sensações e lembranças que o transportam no tempo.

Quem poderia imaginar! Robert de Saint-Loup, um nobre que se casaria com Gilberte, uma mulher que não era de origem nobre, filha de um judeu burguês e de uma antiga cortesã! E mais ainda por tratar-se dele, Robert de Saint-Loup, que traía Gilberte com várias mulheres e homens, um deles Morel, o músico que, por sua vez, era um antigo amante do barão de Charlus. Quem diria que seria ele a dar uma paternidade nobre à filha de Swann e de Odette de Crécy! Esta última uma antiga cortesã que passara a juventude a dormir com vários amantes ao mesmo tempo, e que se tornaria anos depois uma senhora respeitável da sociedade parisiense. É a avó da filha de um nobre!

O narrador percebe que a sociedade pela qual ele, em sua juventude, teria dado qualquer coisa para ser por ela aceito, era um mundo de pessoas vazias e interesseiras. Ele perdera tanto tempo com assuntos sem o menor valor! André Gide me afirmaria que a personagem de Robert de Saint-Loup fora inspirada num amigo de Proust, que faleceria na guerra. Sua personagem teria sido construída principalmente a partir de Bertrand de Fénelon, um conde e diplomata, que morre em 1914, ao início da Primeira Guerra. Ele era filho de um ministro francês e amigo próximo de Proust. Ele era belo e tinha os olhos azuis. Proust o conhecera em 1901, através do príncipe Antoine Bibesco. Os três haviam feito um pacto secreto de amizade. Fénelon era muito leal a Proust e com ele viajara a outros países. Dizem que Proust reprimia seus sentimentos homossexuais em relação a ele.

Veja o leitor que, ao final da obra, a vida para Proust torna-se uma sucessão de interesses, hipocrisias e um tempo, portanto, que ele consideraria perdido. Como, então, recuperá-lo? Em minha opinião, o caminho escolhido pelo autor é simplesmente escrever, buscar a recuperação desse tempo perdido, eternizando-o através do livro, noutras palavras, fazendo uso da arte. Tornando-se ele próprio – o narrador – um escritor, ele transformaria esse relato de um tempo supostamente "perdido" numa obra literária de valor para a humanidade. E haveria melhor modo de transcender? Estaria, assim, completa a metáfora da perfeição da catedral gótica, símbolo da elevação, tão festejada nas obras do grande crítico de arte inglês John Ruskin. O narrador percebe o que significa o apelo das várias sensações e lembranças que tivera em toda a sua vida. A sua missão como escritor seria fazer parar o tempo real, deixando-se levar por outra forma de tempo, que não fosse como a vida simplesmente vivida e perdida, mas uma outra, mágica e redescoberta, eternizada através da arte de escrever.

O leitor deve apreciar esse jeito sedutor de se contar uma história, mesclando-a com os comentários inteligentes de meus antigos amantes. Mas que ele não alimente ilusões! Eu sou outra cepa de Odette, sou Odette Martin, sei bastante sobre Proust, mas sou igualmente calculista, como Odette de Crécy. Eu sou incapaz de decidir algo em minha vida com base puramente nas razões do coração. Meu Martin nada tem que ver com Saint Martin, um dos santos padroeiros da França e de reputação ilibada. No meu caso, receber um nome de santo deve ter sido consequência das ironias da vida, pois – que eu saiba – eu não me sinto protegida por ninguém, quanto menos por um santo tão reconhecido entre os franceses.

Minha passagem pelo mundo não poderia ser classificada como algo santificado. Ao contrário, a julgar por minha família e o lugar de onde vim, não há o menor indício, de minha parte, que sugira a presença de atitudes nobres ou beatificantes. Tampouco detecto sinais de que eu tenha sido favorecida pelo destino, salvo em alguns episódios bem específicos. Se alguém me protegeu ou alguma circunstância me foi favorável, isso pode ser atribuído, acredito, ao meu próprio instinto de sobrevivência. Talvez seja por essa razão que, mesmo privando da intimidade de gente famosa, eu tenha sido por toda a vida alguém facilmente descartável.

Eu sei perfeitamente que fui usada pela maioria dos homens que conheci. É isso que eles fazem com mulheres que se vendem por alguns tostões. O dinheiro pequeno a que me refiro pode vir disfarçado de várias maneiras, pois existem muitos tipos de moeda. Pode ser dinheiro vivo, o que dá maior liquidez, mas há igualmente o dinheiro que é dado de modo mais sutil ou dissimulado, como uma caixinha de chocolates, uma pulseira que pode servir um dia como penhor, um vestido ou mesmo algo mais simples e imediato, como um convite para jantar, um ingresso para a ópera ou, mais importante, um bom emprego.

Eu tenho certeza de que muitos de meus trabalhos foram garantidos por algumas noites de sexo. Que eu me lembre, eu nunca fui realmente amada por ninguém. Eu jamais fui objeto de carinho verdadeiro, de parte de alguma pessoa, a exceção, talvez, do período em que vivi sob a proteção do casal André e dos afagos que recebi, desinteressadamente, de Louis, um transexual que vivia nas imediações de minha casa, na periferia de Paris. Eles, sim, foram anjos que passaram por minha vida. Mas a passagem de anjos foi sempre algo inusitado. De resto, minha existência se resume numa luta diária por um lugar ao sol. Contudo, seria hipocrisia de minha parte se eu deixasse de reconhecer que eu também explorei muita gente. Eu sou daquelas mulheres que, de modo premeditado, costumam ser abordadas pelos homens numa mesa de bar, ou mesmo nas calçadas, para serem levadas para a cama, num fim de noite.

Em geral, isso acontece depois de uma rápida conversa ou um simples flerte. Houve vezes até em que entreguei meu corpo a pessoas que, na manhã seguinte, eu sequer lembrava de seu rosto. Os mais aquinhoados não imaginam o que uma pessoa pobre é capaz de fazer, num momento de desespero, para garantir um bom prato de comida ou alguma forma de segurança. Somente outro representante deste mundo de humilhados e infelizes, vivendo em iguais circunstâncias, seria capaz de entender. Imagine o leitor a seguinte cena: você não comeu nada na noite anterior. Em casa, não há nem um café ou um restinho de pão. Você acorda e começa a perambular pela cidade. Passa pela frente de uma padaria e sente aquele aroma de pão recém-saído do forno. Olha através da vitrine e vê um homem sentado, tomando o seu café. Quando ele vai passar a manteiga no pão, dá-se conta de que está sendo observado. Se você é uma mocinha bonita, com um bom corpo, as pernas bem torneadas e os seios atraentes – como seria o meu caso –, sobretudo se estiver razoavelmente apresentável, disfarçando sua pobreza, basta sorrir e retribuir-lhe o olhar.

A chance de que ele lhe faça um discreto sinal, convidando-a para entrar e com ele compartilhar a mesa do café da manhã não é pequena. A conversa pode ser simples, qual o seu nome, o que você faz, onde mora e onde estuda. E é tão fácil mentir! Dizer qualquer coisa que passar pela cabeça. Ele jamais desconfiará de nada, pois não está de fato interessado nos detalhes de sua vida. O que o homem deseja é um bom passatempo. Eu perdi a conta dos homens aos quais paguei com meu corpo por um café da manhã. Sem falar das situações em que usei da mesma estratégia apenas para me sentir acolhida num fim de noite. De resto, minhas relações afetivas – que pretensão a minha dizer que foram afetivas! – costumavam ser previsíveis: um breve encontro com um desconhecido, com quem eu houvesse cruzado na rua ou numa praça, uma noite ou duas de sexo, a expectativa de que dali brotasse uma relação mais séria ou amorosa, mas, invariavelmente, a decepção por ter sido vítima de abandono.

Afinal, o que uma mulher da rua poderia esperar de um homem casado ou bem de vida? Somente uma ou duas horas de sexo, alguma recompensa e nem mesmo um beijo de adeus. O mais triste de tudo é a indiferença. Mesmo homens mais simples e que, em minhas fantasias, poderiam combinar comigo, por serem de minha laia e, quem sabe, com a possibilidade de embarcar num relacionamento mais sério, nem mesmo eles me queriam. O que acontecia, invariavelmente, no dia seguinte a uma noite de amor era uma ou duas frases protocolares, de despedida, e depois, simplesmente, viravam o rosto para mim na rua, como se não tivessem passado a noite aos beijos e abraços comigo. Se eu fizesse uma lista com os nomes dos homens com os quais eu já fui para cama, entre patrões, supervisores ou colegas de trabalho, esse número seria assustador.

A realidade é que sobrava sempre alguém sozinho, num final de festa ou após uma reunião de trabalho que fosse até mais tarde, o qual, sem que tivesse outra opção, aproximava-se de mim, puxava uma conversinha e acabava passando a noite em minha cama. Eu fui amante de tanta gente que me pareceu estratégica, que até perdi a conta. Como eu já disse, desde pequena aprendi que fui abençoada por Deus com um rosto bem formado, dentes brancos e alinhados, e um corpo de contornos atraentes. Meus seios sempre foram grandes e perfeitos. E como os homens valorizam um par de seios bonitos!

Meu caráter, contudo, é duvidoso. Quanto a esse fato, eu não tenho o menor questionamento. E isso se deve, em grande medida – eu penso –, ao ambiente onde eu cresci. Eu sou o resultado da delinquência, pobreza e desagregação familiar. Nunca tive bons modelos. Eu sou um tipo de ser humano mais comum do que se imagina, forjado em ambientes em que há falta de amor. São esses os fatores que costumam produzir gente como eu, sem a menor autoestima, que se vende por nada. São tipos humanos feitos à perfeição, para serem explorados pelos outros, mas ao mesmo tempo tirar deles o que puderem. Eu poderia perfeitamente ser uma Odette de Crécy – por que não? A personagem de Marcel Proust, de *À la recherche du temps perdu*, e eu somos praticamente a mesma pessoa, sem ter o que tirar ou o que botar. O leitor faça, ele mesmo, uma comparação. O fato de eu tecer alguns comentários sobre uma boa literatura, isso não deve surpreendê-lo. Há muita gente por aí, vivendo como indigente, mas que, na infância ou na adolescência, estudou por algum tempo em uma boa escola.

Há também pessoas que perderam tudo o que tinham, e dentre elas podem existir alguns que vieram de famílias que liam livros e jornais. Nunca se sabe. Eu conheci na rua alguns leitores contumazes. Recebiam os jornais do dia que, depois de serem lidos por cavalheiros e madames, eram jogados para fora de casa, junto com o resto do lixo. E essas sombras humanas, com certo interesse na cultura ou na vida formal, alimentavam seus espíritos com as páginas de política, assuntos gerais ou crimes. Mais raramente, havia alguns – como eu – que liam atentamente as resenhas literárias. Acho que conheci Marcel Proust no tempo em que ele passou a escrever artigos para o *Le Figaro*, o *Le Mensuel* ou mesmo para revistas especializadas, como a *Revue d'Art Dramatique* e a *Revue Blanche*, que eu sabia exatamente onde encontrar – em frente aos teatros e cafés mais elegantes.

E direi mais: Proust assinava muitas vezes o seu nome, mas eu soube bem depois que os artigos que eu lia, e que eram assinados por um tal Horatio ou por uma cronista de nome Dominique, eram os três uma só pessoa: o próprio Marcel. E havia "*Étoile Filante*", "*De Brabant*", "*Bob*", "*Pierre de Touche*" e outros. Eu não esqueço duas crônicas: uma intitulada "Sentimentos filiais de um parricida" e outra "Dias de leitura", ambas publicadas no *Le Figaro* e assinadas pelo então jovem Marcel Proust. Houve outros textos primorosos, escritos por ele e que prenunciavam o que aconteceria depois, em sua obra-prima. Eu me recordo de "O salão da condessa Potocka", que deve ter sido publicada no *Le Figaro*, talvez nos anos de 1904 ou 1905. No texto, já é possível reconhecer o escritor de frases saborosas, de grande beleza, irônico, mas sedento por mergulhar na intimidade da alta sociedade parisiense. Quem assina é um de seus heterônimos de então,

Horatio. E termina com uma frase irônica da condessa: "Meu Choubersky! É tudo o que me resta da Polônia!". Um "Choubersky", caso o leitor desconheça, é o nome de um tipo de aquecedor antigo, que queimava madeira ou carvão, uma espécie de salamandra, por vezes muito decorativa.

De modo que o leitor não deve ser preconceituoso comigo. Há muitas mulheres moralmente baixas, do meu tipo, que já leram Baudelaire, Flaubert ou até mesmo um bom autor russo, como Gógol ou Dostoiévski. Como eu, elas podem ter aprimorado o gosto pela leitura com seus amantes, no meu caso com muitos deles. Eu tive um namorado que era artista – um pintor. Chamava-se Eugène Charbot. Era um pobre diabo, que mal podia sobreviver de sua arte. Eu lhe servia de modelo em seus nus de meninas adolescentes. E ele me levava para comer algo depois. Mas nem por isso ele deixava de ser o meu Elstir, como na personagem de Proust, com seus ingredientes, eu diria, de Whistler, Degas, Monet e – dizem alguns – Cézanne.

Houve também um senhor muito culto, de nome Vincent, com quem troquei sexo por dinheiro, conversas sobre arte e abrigo temporário. Se valesse a minha mania de comparar qualquer coisa ou pessoa com minhas leituras de *À la recherche du temps perdu*, ele se pareceria com o senhor Swann. Possuía uma estatura que se impunha. E como dizia o narrador, na obra-prima de Proust, "seus cabelos eram louros, quase ruivos, penteados à moda de Bressant", fazendo menção ao estilo das personagens elegantes da obra de Julian Hawthorne.

O senhor Vincent tinha os mesmos olhos verdes e o nariz era adunco, de traços semitas, como o de Swann. Lembrava a personagem de Proust, mas na velhice, quando o seu tipo físico se havia tornado mais "característico de sua raça", uma raça que a tensão criada com o Caso Dreyfus e a propaganda antissemita, que sempre existira entre os aristocratas franceses, haviam escancarado. Nos últimos meses em que o senhor Vincent e eu fomos amantes, ele já não era nem a sombra da personagem de Charles Swann no auge de sua virilidade. O senhor Vincent não me servia nem mesmo para o sexo, mas era gentil e me oferecia dinheiro sem qualquer serviço sexual a ele prestado. Era simplesmente para fazer-lhe companhia. E ele me falava sobre a obra literária de Flaubert, Baudelaire, além de fazer intermináveis discursos sobre a pintura de Monet, seu artista preferido.

Nada comparável ao senhor Swann, o qual, mesmo velho e doente, sabia lançar o olhar na direção dos seios de uma mulher. Ele mirava, absorto, nas "profundezas do corpete e suas narinas, inebriadas pelo perfume da mulher, fremiam como as asas de uma borboleta pronta a pousar na flor vislumbrada". Esse era o instinto de caça do senhor Swann, personagem de Marcel Proust. Recordo-me de que antes, quando eu tinha uns doze ou treze anos, eu saía da escola e ia ganhar alguns tostões, ajudando um senhor muito gentil e culto a organizar, por assunto, o acervo a ser posto nas estantes de uma livraria próxima à Place d'Italie. Em relação a ele, nada houve de abusos ou atitude condenável. Ao contrário, ele me ensinou várias coisas sobre um bom livro. Através de seus conselhos, pude rapidamente entender o que significava um clássico: sua universalidade e atemporalidade.

Monsieur Lavalle era o seu nome. Era um homem de mais idade, de modestos recursos financeiros, mas muito educado. Ele sentia em mim um especial interesse pela leitura. Acho que foi ele quem me deu uma edição meio esfarrapada, de *A bela e a fera*, de madame de Beaumont. Ele me explicou que essa história infantil, cujo original fora publicado por madame de Villeneuve, no século XVIII, mesclando realidade e fantasia, havia sido posteriormente adaptado por madame de Beaumont, tornando-se muito conhecido entre os estudantes franceses. Sua leitura era recomendada pelas escolas. Tratava-se da história de um comerciante que promete presentear a filha com uma rosa. Quando volta de uma viagem, ele rouba uma rosa de um castelo. Mal sabia ele que quem o habitava era a Fera. Esta, como forma de punição ao seu delito, exige que o comerciante pague pelo seu roubo com a sua própria vida. Resignado com o seu destino, ele pede então à Fera que o deixe ao menos despedir-se de suas filhas. Bela, uma das filhas, contudo, acompanha-o pelo caminho de volta ao castelo, oferecendo-se para se submeter ao sacrifício em lugar de seu pai.

O final é lindo e emocionante! Fera, na realidade, era um príncipe, o qual havia sido transformado num monstro por causa de um feitiço. Eu lembro de ter relido este livro mais de dez vezes. Eu o guardava num lugar bem seguro, debaixo de umas caixas de frutas vazias, com medo de que alguém o tirasse de mim para ler ou ajudar a alimentar o fogo, nos meses frios de inverno. Era lá que eu também guardava outros livros sem capa, os quais Monsieur Lavalle me autorizara a levar comigo para casa. Um deles era *Les misérables*, de Victor Hugo, que eu tratei de ler imediatamente. A pobreza e os miseráveis descritos na obra eram exatamente como eu, que poderia ser uma espécie de Cosette, maltratada pelo casal de donos da hospedaria, e sonhando ser resgatada, quem sabe um dia, por um homem bom – uma versão evangelizada do horror que era meu pai –, um ser humano com coração, como seria a personagem de Jean Valjean.

Foi Monsieur Lavalle quem me esclareceu algo muito interessante sobre a obra de Balzac. Eu havia lido "Ferragus, chefe dos devoradores", mas sem entender a razão da história fazer parte do que Balzac chamou de *História dos Treze*, juntamente com "A duquesa de Langeais" e "Menina dos olhos de ouro". Lavalle me explicou que isso muitas vezes decorre não de uma origem ou tema comum das três histórias, mas por uma simples questão de conveniência editorial – para chegar à espessura que se deseja da publicação. Entretanto, o mais interessante foi o que ele me contou sobre o significado do "Treze". Isso tinha relação com certas sociedades que eram formadas secretamente. No caso, era uma sociedade de "treze homens em proveito do diabo". Eram, portanto, treze amigos que mantinham um pacto de amizade e lealdade incondicional, em segredo aos olhos do mundo, e por toda a vida. Isso dito, esclareço que o compromisso entre eles ia além de qualquer julgamento moral ou circunstância.

Eu pareço um anjinho, amiga da boa leitura, mas não é esse na realidade o meu caso. Eu sou, como já disse, uma versão pobre e suja de Odette de Crécy. E no primeiro volume da obra *À la recherche du temps perdu*, de Marcel Proust, intitulado *Du côté de chez Swann*, o narrador diz que o "seu tio" – o culto e bem postado senhor Swann – viu-se frente a frente com "uma mulher de vestido de seda cor-de-rosa e um grande colar de pérolas. Ela estava sentada e acabava de comer uma tangerina. Ele me apresentou a ela como seu sobrinho". Odette de Crécy era uma "*cocotte*" de luxo, com sua carruagem de dois cavalos, o que – guardadas as proporções – seria mais ou menos como eu: uma prostituta, muitas vezes travestida de mulher séria. E, como já disse, se um homem me oferecesse uma *tarte au citron*, eu já estaria praticamente nua em sua cama.

Eu era muito pobre e me tornei mais bem apresentável socialmente anos depois, quando consegui um emprego na *Nouvelle Revue Française*, a tão conhecida revista dos intelectuais de Paris. Esta mudança, que poderia ser considerada surpreendente em minha vida, deveu-se a um de meus casos amorosos da adolescência e minha vida de jovem adulta: Jean Schlumberger. Em princípio, as coisas que dizem respeito ao afeto foram sempre frias e decepcionantes. Para mim, nunca houve amor, e sim pragmatismo nas minhas relações, exceto em duas ocasiões, que comentarei depois. Meu pai tem sua cota de culpa nesse meu jeito de ser. Ninguém passa impunemente por uma família como a que eu tive. Ele era um desses delinquentes comuns. Uma pessoa inescrupulosa, capaz de se vender por nada, fazer pequenos roubos e, suponho, até matar por dinheiro ou motivo fútil. O Professor Palais definiu uma vez esse tipo de pessoa como "sociopata".

Não tenho conhecimento de nenhuma morte que pudesse ter sido atribuída diretamente a meu pai. Entretanto, eu sempre tive a sensação de que ele vivia cercado por gente da pior espécie. Ele vinha de uma família de pais ausentes e pobres. Cresceu sozinho, perambulando pelo submundo de Paris. Ele não poderia dar em nada, mesmo. Suas feições eram até bonitas, não fossem elas desgastadas pela pobreza, sujeira e violência. Seus cabelos eram quase ruivos, o rosto e nariz bem desenhados, os olhos esverdeados e expressivos, e a boca era fina. Ele teria sido muito atraente para qualquer mulher de bom gosto, se tivesse tido a sorte de nascer num ambiente minimamente sadio. Entretanto, as incontáveis surras, as infecções recorrentes de pele, a cicatriz de uma facada que quase lhe cegara o olho esquerdo, o álcool, o cigarro, tudo isso e mais a sujeira crônica, o mau cheiro e a barba sempre por fazer, davam-lhe uma imagem que eu definiria como assustadora.

Ah, o leitor mais preconceituoso deve se perguntar, com desdém, como uma mulher de meu tipo pode citar a obra de Marcel Proust! Ocorre que eu li – de modo rápido, mas com muita concentração, mais de uma vez – os sete volumes de *À la recherche du temps perdu*. Era parte do meu trabalho. E mais importante, eu ouvi incontáveis vezes pessoas de elevadíssimo nível cultural falarem sobre a obra. E em condições muito especiais – na cama. De forma que eu me arrisco a dizer que, para descrever a mim mesma ou quem possa ser relevante nessa história, eu farei uso da mesma arte de Proust. Eu serei não somente como um autor que ama a arte de escrever, mas, como Marcel Proust, serei quase um "retratista". Os especialistas em sua obra dizem que, ao contrário de autores como Balzac, Chateaubriand, o marquês de Sade ou Tocqueville, que faziam quase retratos de seus personagens, esse detalhamento físico ou psicológico costumava ser entregue ao leitor como um pacote de características "em bloco", de modo simultâneo. Com Proust era diferente, as descrições eram riquíssimas, mas fragmentadas, variáveis, mutantes, sujeitas aos efeitos do tempo e até das luzes de cada momento. Se pudessem ser descritas em linguagem pictórica, seriam como um *sfumato*, uma imagem profunda, mas quase impressionista. Acho que foram Picasso e Jean Cocteau que disseram que Proust era um "escritor-pintor".

Voltando ao meu pai, os delinquentes e os criminosos vêm sempre de algum lugar. E, nesse meio, as circunstâncias em que os indivíduos são gerados remetem a contextos familiares e ambientes sempre iguais. A fórmula é a mesma: violência no lar e na rua, humilhações, desmoralização no emprego, ou mesmo o desemprego crônico, falta de tudo e pobreza extrema. São pessoas que vivem em casas muito pequenas, dormindo e respirando o mesmo ar saturado e fétido. E há a sensação permanente de umidade, a ausência de aquecimento durante os meses frios, pouquíssima mobília que preste, ou seja, tudo é precário e improvisado. Há gente dentre eles que dorme a vida toda sobre caixotes vazios de mercadorias recolhidos nas ruas. Até a comida é feita em um fogo improvisado, que é mantido na parte de fora dos limites da moradia. E essas costumam ser instalações deprimentes, localizadas sempre nas ruas mais sujas, que acumulam barro nos dias de chuva e neve, com pouca iluminação e dotadas de um mau cheiro constante, pois o escoamento dos resíduos é sempre precário ou não funciona.

E há a fome permanente. Muitas mães são obrigadas a fazer os filhos dormirem até mais tarde, para que a comida do horário de almoço compense a falta de pão no café da manhã. E, permeando todas essas desgraças e privações, há a ausência total do Estado. E, em consequência, a violência. Eu ouvi uma vez de alguém que Hobbes nos fez compreender, através da filosofia, que a civilização deslocou o controle da violência entre os homens – nosso instinto de matarmo-nos uns aos outros – para o Estado. É ele quem tem o monopólio da violência. Do contrário, os homens fariam justiça com as próprias mãos, por motivos torpes ou para satisfazer suas próprias necessidades. O controle da violência, retirá-la das mãos de cada um e transferi-la para o Estado, teria sido fundamental para o processo civilizatório. É exatamente isso que é roubado daqueles que vivem nos bolsões de pobreza acentuada. Um corpo morto, abandonado numa ruela qualquer da região onde nós vivíamos, na periferia de Paris, na virada do século XIX, poderia simplesmente apodrecer no local, por um tempo quase inimaginável para alguém com padrões mínimos de uma vida decente. E isso acontecia porque a vida nesses lugares não vale nada.

Meu pai era como muitos de seus companheiros de malandragem. Eles vagavam pelas ruas em bandos e a maioria eram adolescentes sem futuro, que haviam sido crianças que abandonaram a escola muito cedo. E eram criadas sozinhas, sem o controle da família, pelas ruas, à luz do dia e na escuridão das noites. Raramente havia uma mãe ou uma avó a zelar por eles. Ninguém se preocupava se comiam ou dormiam. Eles sobreviviam como animais, roubando comida dos armazéns, padarias ou mesmo uns dos outros, agredindo-se por motivos fúteis. Eram crianças e adolescentes que se aglomeravam em torno dos bares, comércios e praças. Descansavam muito pouco, em geral em becos úmidos, dormindo em praças, portas de igrejas ou na entrada de edifícios públicos que possuíssem parapeitos que lhes permitissem protegerem-se da chuva. Todos os meninos de sua turma foram crianças sem pais vigilantes ou protetores, como possuem, imagino, muitos dos felizes leitores. Eles caminhavam meio sem rumo, com roupas que não esquentam no frio, quase sempre malcheirosas, porque não havia quem as lavasse, quanto mais secá-las direito.

Não raro, comiam restos de comida dos cestos de lixo dos restaurantes. E pediam esmolas, sim, pediam esmolas nas portas de igrejas e para quem parecesse mais bem vestido e que por lá passasse. Eram protegidos por meninos mais velhos, surrados por eles, quase sempre injustamente. Tinham que pagar por seus serviços diariamente, entregando aos maiores o produto de seus pequenos roubos ou achaques de transeuntes. Muitos deles eram vítimas de abusos sexuais, que ficavam impunes, pois havia sempre o medo de represálias. Não obstante o sofrimento e as privações, eles insistiam em crescer, sobreviver, até que chegasse o dia, o tão sonhado dia, em que algum malfeitor lhes oferecesse alguma oportunidade de ganhar dinheiro fácil. Com meu pai foi assim. Ele se tornou naturalmente um adulto delinquente – um pobre diabo. Ele era mais um entre os que viviam a perambular pelas ruas de Paris. Era o quinto filho de um marinheiro bêbado e recalcado. E filho de uma mãe que talvez pudesse ter sido amorosa, mas precisava ocupar seu tempo vendendo o corpo, para trazer a cada fim de noite algum dinheiro para casa.

Desde os seus nove ou dez anos de idade, meu pai teve a certeza de que sua mãe era uma prostituta, pois não havia bebedeira naquela humilde casa em que meu avô não quisesse agredi-la, com qualquer coisa que encontrasse, uma faca, uma garrafa quebrada ou um pedaço de lenha, jogando-lhe na cara que ela era uma vagabunda. Um belo dia, alguém me levou até a espelunca em que ele vivia, eu suponho que eu devesse ter uns dois ou três anos de idade – é óbvio que eu não me recordo –, e ele não mais do que vinte anos. E me deixou com ele, dizendo que "o animalzinho indesejável" era sua filha. François Martin, era esse o nome de meu pai. Ele deve ter recebido a notícia de que eu era filha dele com o mesmo desdém com que cuidava de seus problemas do dia a dia: total indiferença. Era como se um cobrador tivesse batido a sua porta atrás do pagamento de uma dívida. Ele olha-o com ar de pouco caso e continua a ocupar-se com o que estivesse fazendo. Logo, ele passou a compartilhar nossa pequena casa com uma prostituta, com quem teve três filhos. Nós quatro – os três meninos e eu – dormíamos amontoados numa cama de casal, que mal se mantinha em pé em suas quatro patas.

Era eu quem cuidava de meus "meios-irmãozinhos", pois a mãe deles saía cedo para ganhar a vida. Quanto a mim, fui criada à solta, na esperança de que quando eu tivesse um pouco mais de corpo, pudesse com ele ajudar na renda da família. Naquele ambiente doentio e paupérrimo, o corpo de uma menina adolescente servia para trabalhar ou se prostituir. E os dois – meu pai e sua mulher – me fizeram uma dessas mocinhas que, aos quinze anos, já sabiam vender-se muito bem pelas ruas de Paris. É esse o resumo de minha infância e da história de minha família. Eles eram pessoas horríveis e me tratavam muito mal. Como eu não havia conhecido minha mãe verdadeira, eu passei a chamar aquela mulher de "mamãe". Não que ela tivesse esse significado para mim, mas dava-me ao menos um prazer secreto.

Não sei se o leitor é capaz de entender, eu a chamava de "mamãe" apenas para dizer a mim mesma que eu tinha uma. Não que ela fosse carinhosa comigo, não era. Sempre que ela se dirigia a mim, era para dar-me uma ordem. Eram comandos rápidos e violentos. Muitas vezes, eram palavras sujas, de baixo calão. Meu consolo era que o tratamento que ela me dispensava não era diferente do que dedicava aos seus filhos de sangue. Eu fui ficando por ali, trabalhando como se fosse a empregada do casebre, a mocinha que limpava, buscava água, cozinhava e cuidava das crianças e de todos. Meu pai muitas vezes dormia alcoolizado no lado de fora da casa e eu o arrastava para dentro. E ela, por vezes chegava tão machucada, depois de apanhar na rua, que eu tinha de servir de sua enfermeira.

Um dia, sem qualquer explicação, os dois meninos maiores desapareceram – foram embora. Eu nunca soube as circunstâncias. Ninguém me explicava nada. Eles simplesmente desapareceram. Eu soube depois que minha mãe postiça deu o filho menorzinho para um casal rico e sem filhos que resolveu adotá-lo. Eu hesito em afirmar, mas acho que, no fundo, ela vendeu a criança a eles. Meu pai comentou, certa vez, sobre o assunto, numa noite em que estava completamente embriagado. Eu escutei as conversas sobre suas tentativas de extorsão de dinheiro do casal, até o dia em que foram ameaçados por eles com a polícia. Mais tarde, eu soube por alguns meninos da rua que um dos meus "meios-irmãos", o mais velho, estava na prisão, por roubar uma mercearia em Montparnasse.

O outro, o do meio, tornara-se um conhecido batedor de carteiras e andava perambulando pelo centro de Paris. Nós éramos crianças sem a menor chance de fazer algo importante na vida.

Quando eu tinha uns doze ou treze anos de idade, eu recordo que já tinha essa ideia fixa na cabeça, de sair dali e ir embora para sempre. Para tornar-me, um dia, quem sabe, uma pessoa que pudesse dormir num lugar decente, tomar um banho quente uma vez por semana e ter roupas limpas. Mas, para que isso acontecesse, eu deveria ir embora e livrar-me daquela pocilga. Eu havia aprendido muito cedo o valor do corpo de uma mulher, como moeda de troca para a sobrevivência nas ruas. Eu fugi. Passei a perambular pelas ruas quase sempre com uma menina dois anos mais velha, de nome Marie. Com quinze anos de idade, ela começou a fazer sexo com os rapazes, por qualquer dinheiro, comida ou para receber algum objeto de seu interesse. Lembro que ela sabia direitinho onde encontrar algum cliente. Eles podiam ser gente que passava pelas ruelas, nas imediações de nosso bairro, ou mesmo homens mais velhos. Havia um senhor de aspecto nojento que arrastava uma perna e possuía um barracão onde vendia frutas e verduras. Ele fazia coisas com ela, em troca de algumas moedas ou algo de comer. No começo, eu não entendia bem o que Marie fazia com ele, mas depois fui aprendendo.

Outro tipo de gente que eu aprendi a conviver, e que eram até muito gentis, eram os homossexuais e os transexuais da região. Havia um, de nome Louis, que era muito carinhoso comigo. Louis me olhava nos olhos, sorria para mim, dizia coisas bonitas. Ele limpava a sujeira de meu rosto e penteava meus cabelos, sem nenhum interesse além de ser gentil comigo. Acho que foi a única pessoa no mundo que me deu um presente: um vidrinho de perfume. Das lições que aprendi nas ruas, uma delas foi o modo horrível como os homossexuais e travestis são tratados pelas pessoas e pelas autoridades. Eu não conheço ninguém que seja alvo de tanta agressão, no mundo inteiro e em qualquer profissão, como essa pobre gente. Os transexuais e os homossexuais apanham das pessoas, da polícia, de qualquer um, e por nada. Eles são constantemente humilhados, roubados, agredidos e mortos pelos motivos mais fúteis. E não conseguem quase trabalho à luz do dia. São obrigados a conseguir alguma ocupação como cantores ou dançarinos em boates. Muitos deles, sem alternativa, vendem o corpo pelas ruas escuras, parques e bordéis de segunda categoria. Eu me lembrava das corujas, que dormiam de dia e ficavam acordadas durante a noite. Os transexuais são assim: aves noturnas. Mas eu encontrei entre eles indivíduos de coração generoso.

Foi Marie quem me ensinou o que os especialistas em literatura mais tarde chamariam de "a semiótica do olhar". Acho que ouvi essa expressão de André Gide. Exatamente: André Gide. Foi meu chefe e um pouco mais – o leitor que aguarde o desenrolar dos acontecimentos aqui relatados. E fique desde já sabendo que os olhares podem ser classificados como de vários tipos, de acordo com os sinais que emitem para os seus destinatários. E é impressionante a capacidade que têm as pessoas de decifrá-los. Eu darei depois mais detalhes. André era um pouco parecido com Swann, no que diz respeito à sua facilidade em encontrar analogias entre os seres vivos que convivemos ou conhecemos no cotidiano e aqueles que estão retratados nas pinturas dos museus. Se a personagem de Swann era capaz de descrever um dos criados da mansão dos Saint-Euverte, um rapagão de libré que sonhava, imóvel como uma estátua, como sendo inútil como um guerreiro meramente decorativo dos quadros conflagrados de Mantegna – o pintor renascentista italiano do século XVI –, Gide fazia secretamente imitações perfeitas do jeito de caminhar de escritores importantes de sua época, comparando-os com os vários animais de um jardim zoológico.

Voltando aos sinais visuais, há aqueles que sugerem autoridade. Eu aprendi bem cedo o significado do olhar de intimidação de um dono de barraca de frutas – nas feiras de bairro em Paris. Qualquer criança de rua, como eu fui, sabe claramente quando é observada pelo dono do negócio. Eles nos transmitem claramente, com os olhos, o quão atentos eles estão a qualquer movimento suspeito de nossa parte. E isso poderá custar uma surra ou o resto do dia na delegacia de polícia. Gide dizia que, na obra de Proust, havia o belo exemplo desse fenômeno no olhar do diretor do Grande Hotel de Balbec. Refiro-me ao segundo volume, intitulado *À l'ombre des jeunes filles en fleurs*. Seus olhos tinham uma expressão penetrante, que parecia quase saltar das órbitas, e de quem é capaz de controlar tudo. Há também, por exemplo, o olhar da cumplicidade cruel, que aparece muito bem em Odette de Crécy, quando ela lança seus olhos na direção dos de Forcheville, durante um jantar na casa do casal Verdurin. Ela o felicita com os olhos, como se sorrisse ironicamente, após ter testemunhado a sua crueldade, aplicada contra o seu indefeso cunhado Saniette.

Contudo, minha amiga Marie era imbatível no que diz respeito aos olhares de conteúdo sexual. Ela sabia como detectar imediatamente o desejo na expressão do olhar de um homem. Quantas vezes eu testemunhei os seus jogos sexuais com vários tipos de homens, nos parques, nas ruas e nos cafés. Bastava que a sua presa desse um primeiro sinal, nada definitivo, muitas vezes um olhar rápido e inconsequente, ao cruzar com ela. E num movimento discreto de olhos, numa mescla de sedução e ingenuidade, ela deixava claro que era uma prostituta pronta para servi-lo. Outras vezes, Marie baixava docemente o olhar, como que a procurar os próprios pés. Era o que bastava para que os homens entendessem que ela estava disponível para o sexo. Mas o que era realmente imbatível em sua linguagem visual era o seu olhar inocente, quando farejava estar sendo observada por alguém do sexo masculino, enquanto comia uma baguete ou um "croissant". Ela olhava para o homem bem dentro de seus olhos e depois mordia lentamente o que estava comendo, fazendo movimentos suaves com a boca fechada e a língua. Fazia o bolo alimentar ir e voltar dos lados da boca, garantindo que seus lábios ficassem bem umedecidos. E depois, após torturar sua presa por longos minutos, ela terminava de engolir o que estava comendo. Era a garantia de uma noite de sexo pago.

Jean Schumberger – um de meus amantes – me ensinou que o senhor Swann era também muito bom em sua comunicação visual. Há uma passagem em *Le Côté des Guermantes* na qual ele olha para a senhora de Surgis, baixando firmemente os olhos na direção de seus seios, como que a beijá-los com o olhar. E ela compreende perfeitamente suas intenções. Melhor exemplo talvez seja a expressão no olhar do barão de Charlus, quando vê o narrador pela primeira vez, em *À l'ombre des jeunes filles en fleurs.* Seu olhar percorre todo o seu campo de visão, com movimentos que deixam o jovem Marcel perturbado, era óbvio que havia algo suspeito – alguma espécie de desejo – na mirada falsamente displicente do barão.

De volta à minha infância, o que me assustava mesmo naqueles tempos eram os crimes. As mortes sem razão. Os assassinatos, as facadas no estômago, pelo simples motivo de roubar da vítima alguns tostões, um relógio, os sapatos ou as roupas. Se havia algo que me produzia um estado de pânico constante e ocupava o meu imaginário nas noites, era a possibilidade de eu ser morta. Ver um corpo assassinado em algum canto escuro, numa ruela qualquer, era parte de minha realidade até a adolescência. Meus pesadelos eram quase todos sobre alguém tirando a vida de outra pessoa, de forma violenta. Quando menina, eu disfarçava muito bem a minha convivência com todos esses horrores, pois meu instinto me lembrava sempre da importância de continuar frequentando a escola. Minha professora sabia que tipo de expectativa nós tínhamos e dizia que estudar era a nossa maior garantia em relação ao futuro. Eu repetia mentalmente a frase várias vezes. E todas as noites eu tratava de garantir que meu guarda-pó da escola estivesse sempre bem estendido debaixo do colchão. Assim, o peso de meu corpo e de meus irmãozinhos garantia que pela manhã, ao sair para a escola, eu estivesse mais ou menos apresentável.

Eu escondia no bolsão do avental um ramo de lavandas, que eu roubava do jardim que havia nos fundos da igreja. Eu os espremia de manhã, com minhas mãos, usando todas as minhas forças, após lavar meu rosto e tirar a sujeita do canto dos olhos. Assim, a pasta ficava mais oleosa e perfumada, e com ela eu umedecia a parte de trás de minhas orelhas, como se fosse um perfume. Desse modo, eu me mantinha cheirosa por várias horas. Era uma forma de dizer a mim mesma que a vida tinha certos encantos. Do contrário, tudo se resumiria à violência e à falta de qualquer perspectiva. A topografia da Paris pobre, do final do século XIX, no que se refere ao submundo, era baseada na possibilidade do crime. E minha família era parte desta vida miserável.

Os assuntos, quando eu ouvia meu pai e sua mulher falarem, eram invariavelmente sobre mortes. Falava-se sobre gente que era assassinada por alguma vingança, roubo ou simplesmente por maldade. Foi nesse submundo que meu pai nasceu e, depois, eu cresci. Balzac descreveu, através de sua personagem Ferragus, que havia ruas assassinas e que a população mais pobre sabia muito bem identificar onde o crime corria solto e por onde era mais seguro caminhar. Eu li sobre ele num livro que Jean me emprestou. Era um romance de Balzac. Foi publicado na *Revue de Paris*, em 1834. Não tenho certeza, mas acho que era parte de uma trilogia chamada *História dos Treze*. Falava de gente que se colocava acima da lei. A obra era dedicada à Hector Berlioz, um compositor romântico francês, autor de *Treatise on Instrumentation*, que deu forma à orquestração moderna. Quando eu dormia com André Gide, nos tempos da *Nouvelle Revue Française*, ele me contou que Berlioz foi fundamental para o romantismo, sobretudo a música de Wagner, Liszt, Strauss ou Mahler.

A obra de Balzac se chamava *Ferragus, Chefe dos devoradores*, e faz parte de *Cenas da vida parisiense*, de sua Comédia Humana. Eu já comentei a seu respeito, quando falei de minha relação com Monsieur Lavalle. A história se passa nas primeiras décadas do século XIX. Auguste é um jovem oficial de cavalaria que, ao passear por um dos bairros mais suspeitos de Paris, surpreende-se ao ver uma jovem senhora da sociedade, por quem ele estava apaixonado. Ele a vê entrar numa das casas, o que desperta a sua curiosidade – afinal, uma dama não deveria circular por uma vizinhança tão suspeita. O nome da jovem senhora era

Clémence. Auguste a reencontra mais tarde numa das mais elegantes mansões parisienses, que pertencia a uma amiga comum. Ele conversa com ela, tenta abordar o assunto, mas Clémence nega de modo veemente ter estado naquele bairro pobre da cidade.

Auguste finge acreditar em sua versão, mas decide espioná-la. Um dia, ele finalmente a surpreende na companhia de Ferragus. Ele procura descobrir quem vivia naquela casa que Clémence visitava regularmente. Seria ela a sua amante? Mas suas investigações têm um preço. Ele passa a ser vítima de várias tentativas de assassinato. Nas semanas que se seguem, ele escapa por pouco de vários supostos acidentes, que parecem, na realidade, tentativas repetidas de matá-lo. Auguste decide revelar o segredo a Jules, marido de Clémence, um banqueiro muito rico, que inicialmente não acredita na história. Contudo, o marido fica muito intrigado e passa a observar uma série de pequenas mentiras de Clémence. Por fim, a verdade vem à tona: Clémence era, na realidade, filha de Ferragus. O delinquente possuía muitos aliados na alta sociedade parisiense. Na realidade, vários nomes conhecidos da aristocracia possuíam negócios escusos com Ferragus, revelando a promiscuidade que havia, às escondidas, no submundo parisiense.

Minha cabeça parece que vai explodir! O leitor tenha paciência comigo, mas contar o que se passou comigo sem ser eu mesma o narrador da história é tarefa quase impossível, até mesmo para Balzac ou Marcel Proust. De onde poderia vir esse furacão de confusões em minha mente? O nervosismo, o choro que não cessa, os delírios, as visões – imagine o leitor eu, Odette Martin, capelã do Rei Luís IX e fundadora da Escola que acabaria por gerar a Sorbonne! Em meio aos calorosos debates religiosos entre os jesuítas e os jansenitas! O famoso e pretensioso Professor Palais, que me deixou presa dentro dos limites das muralhas de Dites, não tem a menor ideia do que seja o "jansenismo", não é mesmo, Professor Palais?

Saiba o senhor que se trata de uma doutrina religiosa inspirada nas ideias de meu verdadeiro pai, Cornelius Otto Jansenius, o bispo de Ypres! Não fosse pela bula Ad sacram, de 1656, subscrita por Alexandre VII, um papa desgraçado e abusador de meninas indefesas, como eu, isso teria mudado os destinos da Igreja Católica. Eu defendo, sim, a interpretação das teorias de Agostinho de Hipona sobre a predestinação. E não seria tudo predestinação, esse bebê e tudo mais? Tudo é simples predestinação! Eu odeio quando vêm os homens de branco que me levam para a sala dos choques elétricos!

Terei eu de usar de meus poderes sobre esses pretensos professores da Sorbonne? É o mínimo a ser feito para reverter esta ridícula internação no Hospital Pitié-Saltêtrière! Professor Palais, mas que insulto para com uma pessoa tão importante como eu! Eu fui a protetora dos estudantes pobres de teologia da França. Eu fui Robert de Sorbon, em outra vida que Deus me deu! E é ele quem tira ou dá vida e não eu! E de quem foi, então, a ideia absurda de colocarem um bebê dentro de meu tão pecaminoso útero?

Já não basta o fato de que eu terei de ficar fechada neste hospital, como Camille Claudel – eu me refiro a essa Universidade de nome Sorbonne, dois anos após o início de nossa gloriosa revolução de 1789? E querem me dizer que agora é que vivemos o seu apogeu? Nestas primeiras décadas do século XX? Tenha a paciência, Professor Palais, mas isso é ridículo! Eu espero que o senhor possa dar conta dessas visões horríveis que me invadem o cérebro, escutou bem, Professor Palais?

E não seriam essas as alterações hormonais que as mulheres têm quando percebem a presença de um corpo estranho dentro de seu próprio corpo? Uma serpente que se mexe e que não diz se é benigna ou venenosa? O certo é que não serei eu a pessoa que irá alimentá-la, através de meus vasos sanguíneos e depois cuidá-la, quando sair de dentro das profundezas deste gélido Inferno de Dante! Pois Dante, eu imagino que o Professor Palais desconheça essa parte da literatura europeia do século XIV, considerava frio, gélido, e não fervente o centro do Inferno.

Eu só sei dizer que esses sentimentos, essa mistura de sensações, a possibilidade da chegada de uma criança – eu disse a palavra "criança"? Mas que bebê seria esse? Meu é que não haverá de ser, não é mesmo, senhor Marcel Proust? Ah, como eu lidarei com a minha profunda tristeza, isso é que eu não sei. Por Deus, alguém me ajude a resolver essa tristeza! Eu quero tanto alguma pílula para dormir. O Professor Palais é um homem forte e sedutor, na certa ele encontrará algum remédio para a minha interminável angústia, mesmo que eu tenha de pagar por isso com meu corpo.

Eu tenho certeza de que ele deve ser igual aos outros homens que andam por aí e só querem saber de satisfazer os seus desejos. Não é assim a vida, capelão Robert de Sorbon? Tratem de tirar esse bebê da minha frente! Eu não sei do que eu serei capaz, se Marcel, papai e mamãe insistirem em colocar essa maldita criança junto ao meu seio! E esse leite morno, quase fervente que sai de dentro de mim! Tirem essa Sorbonne de cima de mim!

Por favor, senhor Marcel Proust, diga ao senhor Swann que eu não sou Odette de Crécy! Essa Gilberte, essa coisinha insignificante que puseram em meu colo não pertence à Universidade de Sorbonne! Eu prefiro as obras de Baudelaire, Balzac e do senhor Victor Hugo! Jean Valjean, por favor, tire Cosette daqui! E se o Professor Palais procurar bem, ele encontrará algum bebê morto entre as minhas coxas. Ajude-me, mamãe, papai, Marcel, por favor! Não me deixem matar o meu bebê! Tirem-no logo daqui, pois eu o amo tanto!

Ah, como eu adoro as obras de Balzac! Balzac falava de um mundo "à parte do nosso mundo normal, onde não se reconhece nenhuma lei, o qual só se submete à consciência de sua necessidade". Auguste e Clémence acabam pagando com suas vidas, ao final dessa triste história de Ferragus e do submundo francês. Como meu pai começou a beber muito cedo, ele jamais pensou em lutar por uma vida diferente daquela descrita na obra de Balzac. E encontrar uma prostituta como companheira foi o melhor que ele conseguiu. Ele se criou nessa Paris que causava medo, onde o crime era banal e tratado como uma simples circunstância da vida. A bem da verdade, a polícia e os jornais faziam sua parte, deixando claro no imaginário das pessoas comuns a monotonia da criminalidade que lá imperava.

Olhando com olhos de hoje, depois de décadas de convivência com homens letrados, percebo que havia uma farta literatura a ser explorada naquele ambiente de violência e imundície. O jeito como um cadáver era encontrado e a busca dos indícios e circunstâncias de sua morte eram conhecidos por qualquer criança ou adolescente da parte suja da cidade. Marie adorava servir de testemunha para a polícia ou a imprensa, dando detalhes e opiniões sobre os crimes. De minha parte, eu sempre fui fascinada por essas relações entre os mortos e o cenário de fundo dos crimes. Os repórteres e jornalistas adoram saber desses detalhes. Refiro-me a esses rituais que antecedem os assassinatos.

Certa vez, eu conheci um jovem do *Le Siècle*, de nome Thierry, que era muito inteligente e falante. Ele me convidou para tomar uma cerveja com ele, num final de tarde. Fomos depois para o seu minúsculo dormitório, que ele sublocava de um amigo, numa das travessas próximas à Place Colette, junto à Comédie Française. A Comédie é um teatro do Estado francês, que existe desde o tempo do rei Luís XIV, no século XVII, e um dos poucos com um corpo de atores permanentes. Era onde o grande autor teatral Molière – Jean-Baptiste Poquetin –, rei da sátira e patrono dos atores franceses, dava as cartas. Depois de fazermos sexo, Thierry me contou sobre uma matéria que ele havia preparado sobre a liturgia do crime na cidade de Paris. A polícia chegando ao local, inspecionando o morto, ouvindo dos vizinhos ou familiares alguns comentários, consultando os pequenos comerciantes ou, secretamente, os líderes das quadrilhas.

Enfim, era esse o mundo que esperava por mim. E foi dele que recebi meus primeiros ensinamentos. Havia partes da Paris de meu pai que eu conhecia por suas descrições, sobretudo quando fiquei cuidando dele, nas semanas que precederam a sua morte, depois de meu pai sofrer várias complicações decorrentes do uso abusivo do álcool. Eu soube de sua condição pelo padre de nossa igreja. François Martin – meu pai – morreu num hospital caindo aos pedaços, na periferia de cidade. Eu acompanhei tudo: nós conversávamos, meu pai e eu, quando, subitamente, ele lançou duas volumosas golfadas de sangue de cor vermelho-vivo sobre o seu próprio corpo, tingindo os lençóis. E logo tombou, inconsciente. Eu gritei por socorro. A enfermeira aproximou-se, com um ar resignado, dizendo que ele já estava morto. Ela me disse, com ar de censura, que era esse o fim dos homens de vida desregrada. Naqueles dias de internação, meu pai pensou que eu deveria aprender algo com ele. E passou o tempo inteiro a descrever os lugares fantasmagóricos que ele conhecera em Paris, onde crimes famosos haviam acontecido. Se houve um período em que nós dois estivemos próximos, foi naquelas semanas no hospital.

Para mim, os palcos dos crimes tinham suas atrações e alguns foram até transformados em áreas de visitação para os curiosos. As grandes cidades são assim. Elas possuem espaços dos quais nos apropriamos e que passam a constituir lugares de memória. Digo isto porque conheci anos depois, em minha vida adulta, escritores que mergulharam nessa realidade e com ela produziram sua literatura. E muitos deles eram de famílias abastadas e que jamais sonharam viver a vida que eu vivi. Eu disfarçava e fazia alguns comentários que os deixava curiosos e impressionados. Mentia que eu havia lido aquelas coisas nos jornais. Na verdade, quando fui viver com o casal André, tive dentre as minhas atribuições mais agradáveis ajudar madame André a recortar e guardar textos interessantes que ela lia em jornais.

Foi esse o meu primeiro contato com Marcel Proust. Ele escrevia crônicas no *Figaro*, que eram do agrado de madame. Ela comentava comigo que o jovem Marcel Proust fazia críticas ao pensamento de um autor conhecido, de nome Charles Augustin Sainte-Beuve, um crítico literário muito reconhecido entre os intelectuais franceses de sua época. Proust adorava notícias de jornal, muito mais do que ler livros inteiros. Quem me contou foi um funcionário que reparava máquinas impressoras na *Nouvelle Revue Française*. Ele adorava fazer sexo comigo, depois que todos saíam do trabalho e ficávamos só nós dois, nus, em pé, escondidos atrás daqueles gigantes de ferro. Segundo o rapaz, Sainte-Beuve dizia que a obra literária seria um reflexo da trajetória de vida do autor, podendo ser explicada por ela, havendo assim um "intencionalismo poético", fortemente influenciado por seus atributos pessoais, que ele denominava "biografismo". Proust o contestaria abertamente, através de textos em jornais, resenhas e, posteriormente, em seu ensaio intitulado *Contre Sainte-Beuve.* Eu li os comentários de Proust, que toca no essencial. Ele pergunta quando o escritor deixará de ser um gramático ou um historiador, passando a ser somente um artista.

Jean-Paul Sartre retomaria essas ideias décadas depois, propondo a forte ligação entre a história do escritor e sua obra, como se houvesse um inquebrantável compromisso entre as suas convicções e a sua produção literária. Sobre Jean-Paul eu falarei algumas intimidades depois. Proust defendia o contrário. Para ele, a obra tinha seu valor próprio, independente, e isso se devia ao que ela era capaz de despertar de sensações e sentimentos no leitor. Os pensamentos de Proust seriam reunidos, mais tarde, pela Gallimard e intitulados, como disse, *Contre Sainte-Beuve.* A essa altura, o leitor deve estar se perguntando a razão de uma mulher de minha estirpe citar trechos e personagens de Proust e mergulhar com tanto entusiasmo na vida de seu autor.

Eu aprendi com meus anos de *Nouvelle Revue Française* que Proust foi, sem dúvida, o maior romancista do século XX. E acho que minha opinião é compartilhada por conhecedores da boa literatura. Ninguém descrevia minúcias como ele. André Gide me confidenciou que Proust era assim na intimidade. Ele gostava de saber da vida de homens e de mulheres. E perguntava detalhes de tudo. Mas não era afeminado na maneira de falar, pelo contrário, era altivo e seguro. Eu arrisco supor que até o seu homossexualismo era muito mais fantasia do que uma prática frequente na vida real. Se Proust se sentisse ofendido por alguém, ele não vacilava e desafiava o oponente para um duelo. Por sorte, muitos duelos eram quase teatrais e terminavam com um tiro de cada lado e a esmo.

No que diz respeito aos escritores que buscavam inspiração na miséria humana e no crime, eles gostavam de escrever obras que misturavam circunstâncias reais com outras vindas de um mundo imaginário, em que eles criavam histórias de heróis, bandidos, gente covarde, má, indiferente, sempre incluindo algumas almas generosas, sem rosto, num universo mágico que gravitava em torno de um crime famoso. Fosse pelo nome ou fama do morto ou de seu algoz, fosse pela crueldade ou pelas circunstâncias do ocorrido, havia sempre algum escritor a explorar em suas páginas o velho e violento centro histórico de Paris e suas vizinhanças.

Dizia-se, na época, que a morte rondava a Île de la Cité, com suas ruas estreitas e escuras, do Palais de Justice até a Catedral de Notre-Dame. Quanta gente foi morta e depois eternizada nos folhetins e livros! Quantos cadáveres havia nas noites, na Rue des Cargaisons ou na Rue du Marché Neuf! Sem falar dos assassinatos que aconteciam de tempos em tempos na Rue de la Calandre ou no beco de Saint-Martial. Eu não gostava das descrições dos ladrões matando--se uns aos outros, das prostitutas sendo degoladas por rufiões, maníacos sexuais ou mesmo por jovens estudantes apaixonados. Estes últimos, em sua ingenuidade, confundiam a crueza da prostituição com a fantasia da possibilidade de um romance verdadeiro.

Quando meu pai estava ainda sóbrio e falante, no hospital, ele me contou em detalhes um crime que ocorreu na margem direita do rio Sena, em Les Halles, próximo ao Palais Royal. Um vagabundo devia alguns tostões a um bandido – nada que comprasse mais do que uma baguete com queijo e presunto – e foi morto com doze facadas no peito. Noutro assassinato horrível e que teria ocorrido na margem esquerda do rio, no bairro Montagne Sainte-Geneviève, o criminoso havia olhado de um jeito diferente para um rapaz que, simplesmente, cruzara distraído com ele na rua. O jovem olhou-o de volta, despretensiosamente, e o bandido não gostou. Ele perseguiu o rapaz, até espremê-lo contra uma parede, numa das ruelas escuras, cravando-lhe o punhal no estômago por várias vezes. Consumado o crime, o assassino saiu a caminhar como se nada de importante tivesse acontecido, assoviando um trecho da *Marselhesa*, por entre as esquinas da região, com o punhal ainda pingando sangue, em direção à Place Maubert.

Era uma loucura constatar que tudo isto acontecia nas barbas das centrais policiais e dos imponentes tribunais da região. As mortes violentas aconteciam nas noites como se fossem fatos da vida. Enquanto isso, à luz do dia, prendiam-se e julgavam-se, burocraticamente, e cinicamente, eu diria, os malfeitores. Havia quase uma promiscuidade geográfica entre o crime e a justiça. Quem dentre os habitantes do submundo da Paris daqueles tempos não lembra os assaltos e as mortes que aconteciam diariamente nas imediações do Lapin Blanc ou do Paul Niquet, na Rue aux Fèves? Ou os crimes na região vizinha ao Chat Noir, na entrada da Rue de la Vieille Draperie? Meu pai me falou de um bandido que, ao longo de quatro meses, matou várias prostitutas indefesas perto do Bordier, na Rue Aubry-le-Boucher. Tudo isso nas barbas do Palais de Justice, da Conciergerie e das delegacias de polícia. Seria até de arrepiar imaginar-se que, a alguns passos, situava-se a Place de Grève – tão famosa nas execuções de 1832 – e o malcheiroso necrotério, que ficava junto ao cais do Marché-Neuf. Quanta gente normal levava os filhos para passear naquela região aparentemente tão bucólica, nas manhãs de sábado, como se nada de maldade pudesse acontecer naquele mesmo espaço geográfico, quando o sol se pusesse e a noite chegasse?

Em resumo, havia uma Paris muito vibrante, sobretudo na região central, próxima ao rio Sena, que na primeira metade do século XIX – algumas décadas antes de eu nascer – era sinônimo de aglomeração, pessoas se cruzando, trabalhadores em pleno serviço, visitantes querendo se divertir, a qual convivia passivamente com a violência que acontecia todas as noites. Edgar Alan Poe escolheu Paris como palco de muitos de seus contos policiais. O autor de *O corvo* – traduzido para o português pelo nosso "Bruxo do Cosme Velho", Machado de Assis – adorava escrever contos de terror. Era o que os intelectuais chamariam, segundo André Gide, de "romantismo sombrio". Eu posso ver o cavaleiro Dupin a caminhar sorrateiramente pela Rue Dunot, número 33, na conhecida Faubourg-Saint Germain. Sem falar da assustadora Rue du Morgue, que ligava a Rue Richilieu à Rue Saint-Roch.

Na Rue Croulebarbe, numa região conhecida como "Champs de l'Alouette", meu pai me contou a história de um rapaz de nome Ulbach, que assassinou cruelmente uma religiosa. Não esqueço as histórias que ele me descreveu, com uma riqueza impressionante de detalhes, sobre a tal "Barrière d'Italie", na saída para os subúrbios ao sul de Paris. E havia também Bicêtre, que ficava no caminho para Fontainebleau. Era lá que, até décadas antes, os condenados à morte esperavam o dia de sua execução. Meu pai foi meu curso de pós-graduação em violência urbana. Ao final do século XIX e primeiras décadas do XX, podia ser lido, quase diariamente, nos jornais, sobre a necessidade de acabar com a criminalidade na cidade de Paris. E as ações no sentido de torná-la mais moderna – e desta forma menos violenta – passariam a ser implementadas pelo famoso barão Georges-Eugène Haussmann.

Ele era conhecido como o "artista demolidor", e foi prefeito do chamado "antigo departamento do Sena", do qual décadas antes faziam parte os departamentos Hauts-de-Seine, Seine-Saint-Denis e Val-de-Marne. Como esperado, a reforma decidida por Napoleão III deu um jeito de também reduzir a criminalidade nas ruas. Foi assim que a terrível *Cité* foi destruída, ao pulsar das picaretas, removendo suas ruelas e casebres, onde vivia uma população de miseráveis, muitos deles delinquentes, entre os quais minha família e eu nos incluíamos. Para os autores de folhetins e os cronistas, a remodelação da cidade apenas deslocou o crime para outras áreas, não sendo suficiente para impedir a sua retomada em outro lugar. Quando vieram os bulevares, as ruas largas, praças e casas elegantes, os bandidos naturalmente se instalaram em outros pontos de Paris.

Com as novas e espaçosas avenidas, tudo ganhou mais vida e iluminação. E os becos e esconderijos de criminosos e assaltantes cederam seu espaço. Os crimes noturnos diminuíram nas regiões mais centrais, mas, como disse, passaram a proliferar em outras regiões. Os bandidos sabiam onde encontrar terreno fértil para prosperar. Já os escritores continuaram, como sempre, fiéis à sua imaginação. Os assaltos e mortes da Paris escura, das catacumbas e dos esgotos, onde a crueza da vida era alimento fundamental à criação literária, continuaram com o mesmo vigor. O tempo parecia cultivar "o charme mórbido da velha cidade-luz", como vemos nas obras do período entre as duas grandes guerras.

Como já mencionei brevemente, minha partida para trabalhar com uma senhora muito educada, de nome madame André, foi talvez o momento de maior ternura em minha conturbada existência. Eles me aceitaram como empregada, num trabalho longe de Paris. Foi a minha redenção. Meu pai havia morrido. Sua amante desaparecera para sempre. E meus irmãozinhos sabe-se lá onde andavam. Eu me vi sem ninguém, sem nenhuma perspectiva. Quando escutei, da porta dos fundos de uma padaria, que havia um casal em busca de uma moça honesta, que aceitasse viver com eles na Alsace-Lorraine, para cuidar de suas três crianças, eu fiquei enlouquecida. O leitor sabe o que é sonhar? Sentir esperança? Foi esse o sentimento que invadiu meu coração naquele dia. E o casal André oferecia casa, comida e um pequeno salário. Mesmo observando-os de longe, eles me davam a impressão de serem pessoas dignas e generosas.

Eu lembro que corri até os fundos da igreja, onde havia um bico de água limpa e tomei o mais longo banho de minha infância e adolescência. Vesti-me da melhor maneira que pude, cobrindo minha pobreza com um chale que o travesti Louis me havia presenteado. Os cabelos eu penteei bem para trás, fixando-os com um lenço improvisado. E esfreguei o corpo com um maço de lavandas, como sempre fiz desde a infância, para parecer um pouco mais cuidada. Eu os roubava de um dos canteiros da igreja, que funcionava para mim, secretamente, como uma loja de perfumes. E me apresentei ao homem da padaria. Implorei que ele dissesse ao casal André que eu era uma moça órfã, mas educada, amorosa e de boa família. O homem sabia muito bem que eu não era nada daquilo.

Eu havia crescido em meio aos horrores e privações da parte mais pobre da vizinhança. E ele não tinha a menor dúvida de que eu era uma daquelas meninas sujas e esfomeadas que cometiam pequenos roubos e vendiam o corpo para sobreviver. Entretanto, o homem da padaria me olhou com ternura e colocou um galhinho de flor em meus cabelos – eu jamais me esquecerei –, dando um jeito de que eu parecesse um pouco mais apresentável. O leitor não me pergunte como e nem porque, mas em menos de dois dias, eu estava viajando com eles, de trem, para Guebwiller, na Alsace-Lorraine. E passei a viver lá uma vida que jamais sonhara. Eu tinha o meu próprio quarto, com um armário para pendurar as roupas e uma pequena estante, sobre a qual madame André fez questão de empilhar alguns livros.

Hoje eu tenho a certeza de que era para que eu tomasse gosto pela leitura. Eu dividia o banheiro com a cozinheira, um espaço que foi para mim uma de minhas mais importantes conquistas na época: havia uma pia com água limpa, uma banheira grande o suficiente para caber um corpo adulto e uma latrina limpa e que não fedia! Eu acordava cedo, auxiliava na cozinha, vestia as crianças e preparava-as para a escola. Quando elas retornavam no horário do almoço, eu ajudava no seu atendimento e depois garantia que elas fizessem as lições de casa. Na verdade, era madame André quem cuidava das lições, eu apenas ficava por ali, à sua disposição, caso necessitasse alguma ajuda.

Havia um aspecto muito importante. Pela primeira vez em minha vida, eu podia comer de tudo, sem que ninguém me controlasse. O senhor André lia os jornais e, quando terminava sua leitura, ele se levantava de sua poltrona de veludo verde-escuro, preparava o fumo de seu cachimbo, acendia-o, dava uma ou duas baforadas para que o fogo pegasse e depois caminhava alguns passos em direção à cozinha. Cumprimentava a cozinheira com um movimento de cabeça e olhava em minha direção, deixando os jornais sobre a mesa. Era o seu sinal para me dizer que os jornais estavam à minha disposição. Ele também sabia de meus interesses literários, pois havia me surpreendido, numa tarde, lendo uma resenha sobre uma coletânea de contos de Flaubert. Ele perguntou se eu sabia quem era o autor. Eu respondi que sim e contei a ele que eu havia trabalhado numa livraria quando mocinha. Eu lembro que ele ficou muito impressionado, certa vez, ao me ver, em pé, com os jornais nas mãos, apoiada no marco da porta da cozinha.

Meus patrões eram um casal feliz. Eu me emocionava ao ver como os dois conversavam, durante o café da manhã. E como eles se sentavam, um ao lado do outro, no sofá da sala, depois do jantar. Eles olhavam para mim como se eu fosse alguém real, algo que nunca havia acontecido antes em minha vida. Quando a patroa percebeu que eu gostava de ler jornais e os livros que ela havia deixado em nosso quarto, ela tratou de me facilitar as horas de trabalho. Perguntou-me o que eu achava de voltar a estudar. Disse que o senhor André havia ficado impressionado com meu gosto pela leitura. Ela me estimulou muito a retomar meus estudos. Dizia que os livros são uma forma de vivermos outras vidas, frase que eu escutaria de muitos intelectuais, nos anos seguintes. Eu passei a frequentar a escola, no turno da tarde.

Foi madame André quem me apresentou a obra de Arthur Rimbaud. Eu lembro de ficar impressionada quando ela me contou que ele produzira suas obras mais famosas na juventude. Sua vida rebelde e sua ausência total de pudor me atraíram instantaneamente. Eu logo simpatizei com o poeta, ao inteirar-me que ele ganhara fama de libertino e portador de uma alma inquieta, o que combinava com meu jeito de ser. Eu desconfio que ela fez questão de me falar sobre ele, para me dizer que eu também poderia um dia escrever. Eu adorei, especialmente quando soube que Rimbaud havia viajado muito, para além da Europa, e conhecera o mundo. Encantou-me descobrir que sua poesia exerceu grande influência sobre a literatura, a música e a arte que vieram depois. Entretanto, fiquei triste ao saber que ele morreu muito jovem – nós, crianças criadas em meio ao crime, temos uma sensação, bem no fundo da alma, de que morreremos precocemente. E, no íntimo, somos extremamente sensíveis a essas coisas. Rimbaud faleceu aos trinta e sete anos.

Um aspecto da vida de Rimbaud que me pareceu especialmente interessante, eu lembro, foi o fato de que ele não vinha de uma família rica. Eram gente de classe média e oriundos da região de Ardenne.

Seu pai abandonara a mulher e os filhos. Madame André me disse que Rimbaud nunca se sentira amado por sua mãe, o que, secretamente, eu entendi muito bem, passando a considerar o poeta como uma de minhas almas gêmeas de sofrimento. Era mais ou menos como as conversas sobre maternidade e paternidade com o Professor Palais. Um aspecto que também me cativou em Rimbaud, e sobre o qual madame André fez menções muito indiretas, foi seu relacionamento amoroso com o grande poeta simbolista Paul Verlaine. Eu conhecia esses temas bem de perto.

Verlaine era casado, mas apaixonou-se por Rimbaud, com seu rosto angelical e os cabelos longos e cacheados. Eu havia crescido entre os homossexuais e travestis que ganhavam a vida se prostituindo em nosso bairro. Louis, a quem eu queria muito, foi um deles. E me ajudou bastante. O caso amoroso entre Verlaine e o jovem Rimbaud foi um escândalo no círculo literário parisiense. Verlaine abandonou a esposa e um filho pequeno e os dois foram viver em Londres. Um tempo depois, Verlaine retornou a Paris e os dois combinaram um encontro em Bruxelas, o qual terminou tragicamente. Ele disparou dois tiros contra o jovem poeta, ferindo-o no pulso. Rimbaud não fez qualquer acusação contra Verlaine, foi sua própria mulher quem terminou por acusá-lo.

Ele foi preso por tentativa de homicídio e condenado a dois anos de prisão. Nessa época, eu li *Une saison en enfer* e *Illuminations*, de Rimbaud, por recomendação de madame André. Dizia ela que os versos eram lindos, sensíveis e originais, em estilo simbolista, e que ele era considerado um "novo Shakespeare" pelos poetas franceses. Rimbaud e Verlaine se encontraram pela última vez na Alemanha, depois que ele saiu da prisão, convertendo-se ao catolicismo. Rimbaud viajou como soldado do exército holandês para Java, esteve em Chipre e depois retornou à França. Madame André dizia que Rimbaud tivera várias amantes e viveu com uma mulher na Etiópia. Depois envolveu-se, estranhamente, com comércio de café e de armas. Rimbaud retornou à África, mas sua saúde precária o forçou a voltar à França, onde faleceu aos trinta e sete anos.

Segundo aprendi depois com André Malraux, Rimbaud influenciou escritores, músicos e artistas, como Picasso, Nabokov e outros. Vladimir Nabokov merece algumas linhas de minha narrativa, considerando que estas se referem a uma menina parecida comigo – eu fui uma espécie de "Lolita". Esse romancista de origem russa foi um dos grandes autores do século XX e ganhou maior projeção quando foi para os Estados Unidos, passando a publicar em inglês. Dizem que sua obra *Lolita* foi inspirada numa mocinha de onze anos, que fora raptada por um pedófilo, um mecânico de uns cinquenta anos, o qual a teria mantido em cativeiro por cerca de dois anos. Esse é um tema que eu domino perfeitamente.

Lolita foi publicado em 1957 e recusado pelas editoras norte-americanas e inglesas. Nabokov utilizou os serviços da Olympia Press, na França, para fazer sua obra chegar ao público. A história descreve o envolvimento de um homem de meia-idade, Humbert, com uma ninfeta de doze anos, Dolores Haze ou Lolita, filha de sua segunda mulher, Charlotte. A adolescente – parecida com o jeito de ser de Marie, minha amiga – seduz Humbert e os dois passam a ter uma relação íntima marcada por enorme erotismo. Eu li *Lolita* quando já era uma mulher velha, mas com a vantagem de ser especialista no assunto. O enredo é muito bem estruturado e Nabokov me deliciou com seus jogos de linguagem. André Malraux, eu lembro, tinha uma interpretação totalmente diferente sobre a obra. Dizia que Nabokov criara uma metáfora sobre uma velha Europa – Hubert – encantada com a "inocência" norte-americana de "Lolita" – e que esta – a "velha Europa" – seria a única sociedade capaz de corromper a "jovem e impetuosa América". Pessoalmente, eu não enxerguei nada disso e sempre considerei *Lolita* uma obra de puro erotismo.

Madame André deliciava-me com seus comentários sobre o jovem poeta Rimbaud e sobre outros escritores. Mas o principal era Marcel Proust. Por vezes, ela ficava por horas conversando comigo sobre a sua literatura. Ela me dizia que quanto mais eu me dedicasse à leitura, mais chance eu teria de um dia tornar-me uma escritora. Eu nunca entendi a razão, mas aquela não era a forma de se tratar uma empregada. O leitor não me pergunte a razão, mas eles me consideravam um ser humano respeitável, o que era para mim algo novo e maravilhoso. O Professor Palais insistia em me dizer que eu me preocupava muito em preservar a imagem do casal André. E que, portanto, eles deveriam ser muito importantes para mim. Eu não entendia o que ele pretendia com essa conversa. A verdade é que eles haviam salvado a minha vida. Ajudaram-me a recuperar a dignidade – se é que uma mulher como eu teria isso. Dirigiam-me a palavra com espontaneidade, olhando-me nos olhos com bondade, dando-me a sensação de ter interesse em ouvir o que eu pensava sobre as coisas – algo que eu nunca experimentara antes em minha vida.

A família de Jean vivia em Guebwiller, uma cidade na rota dos vinhos da Alsace-Lorraine. Eram os Schlumberger. Gente muito rica e conhecida. Foi lá que nós dois nos conhecemos. Éramos colegas de escola. De acordo com a combinação que madame André e eu fizéramos, eu escondia de todos o fato de que meus patrões me deixavam estudar à tarde. Fazíamos de conta que eu era alguém da família, uma sobrinha mais pobre, que vivia com eles, ajudava no cuidado das crianças, mas tinha como objetivo principal completar seus estudos. E a mentira funcionou. Eu fazia todas as minhas obrigações da casa até o horário de almoço. Com isso, eu conseguia chegar a tempo de entrar em minha classe junto com os demais colegas, como se fosse um deles. E ninguém percebia que era uma simples empregada.

A família de Jean era muito rica. Eles tinham negócios de tecidos. Se eu bem me lembro, sua mãe era de origem belga ou holandesa. Era neta do senhor De Witt, um comerciante muito rico e conhecido. Seu pai era igualmente de família abastada e haviam expandido muito os seus negócios depois de receber uma grande quantidade de terras como herança. Ao contrário de seus irmãos, Jean não via graça no mundo dos negócios. Ele amava a literatura e o jornalismo. Jean e eu éramos colegas e conversávamos muito nos intervalos entre as aulas. Eu sempre fui precoce e sabia despertar o interesse dos rapazes. Ele era do grupo dos mais bonitos da turma da escola. Por muito tempo, ele pensou que havia amor entre nós. Eu fazia a minha parte. Estimulava suas fantasias sexuais, através de movimentos delicados com o corpo, deixava que ele me tocasse e olhava para ele de modo sensual. Acho que foi bem depois que ele se deu conta de que meu interesse por ele se tratava de outra coisa. Eu o admirava muito. E, confesso ao leitor, eu percebia a oportunidade que eu tinha em minhas mãos.

Jean Schlumberger era amável, bonito e rico. Muito rico. Falava sempre que vida mesmo era o que acontecia em Paris. Desde adolescente, Jean escrevia poesias. Depois, interessou-se também por criar peças de teatro e romances. Ele lia tudo o que escrevia para mim, antes de ter coragem de mostrar às outras pessoas. Acho que foi por isso que ele confundiu um pouco as coisas. Em minhas fantasias de adolescente, eu tinha a certeza de que, um dia, ele me pediria em casamento. Eu não o amava, pois não me sentia no direito de amar ou ser amada por ninguém. Eu tinha algo estranho dentro de mim, que me dizia que eu não valia nada.

É também verdade que Jean nunca conversou seriamente comigo sobre a possibilidade de um dia nos casarmos. Pensando hoje, com meus cabelos brancos, ele no fundo sabia que tipo de pessoa eu era – alguém para desfrutar, jamais ser a mãe de seus filhos. Quando Jean me disse que se mudaria para Paris – ele tinha vinte anos e eu recém completara dezoito – pensei que o mundo acabaria. E de fato o meu mundo – ao menos o que eu havia imaginado – terminara. Mas outro mundo se iniciaria. Ele arranjou um trabalho como jornalista, passou a circular pelos bares e livrarias parisienses, sobretudo na região do Boulevard Saint-Germain. Ele me escrevia semanalmente. E me deixava embriagada com os acontecimentos.

Como foi bom para mim saber que eu era importante para o casal André. Eu nunca entendi de onde aquela gente tirava tanto amor para me dar. O fato é que eles me transformaram numa jovem mulher capaz de buscar o seu próprio futuro. Um dia, eu simplesmente disse que iria partir. Eles perguntaram sobre os meus planos. Eu falei que desejava encontrar um trabalho numa grande cidade, quem sabe um dia fazer um curso ou frequentar uma universidade. Eles me abraçaram e me desejaram boa sorte. Deram-me um presente em dinheiro, para que eu pudesse subsistir por alguns meses, em alguma cidade maior, até arranjar um emprego. E mais importante, deixaram claro que eu poderia contar com a sua ajuda, caso fosse necessário. Tudo isso parecia um sonho, mas havia sempre um outro lado, uma parte obscura de minha mente, que me dizia que eu nunca seria mais do que a amante de alguém.

Há outro detalhe que me sinto forçada a revelar. Afinal, o leitor é meu cúmplice nesta história. Se ele decidiu embarcar nesta leitura, algum prazer mórbido deve tirar desse mergulho na intimidade de alguém como eu. Eu muito cedo aprendi a ser uma boa ladra, daquelas muito competentes. Não fosse assim, como eu teria sobrevivido, em meio àquela miséria em que vivi. Madame André jamais me escondeu onde guardava suas joias. E a minha partida era uma oportunidade e tanto para o delito. Imaginei que ela nunca perceberia, se eu levasse comigo um de seus anéis – devia custar uma pequena fortuna –, que ela havia recebido como herança de sua mãe. Ela tinha tantos!

Em sua caixinha de música, ao abri-la, além de ouvir *Pour Élise*, saltavam aos olhos vários anéis, pulseiras, brincos e colares valiosos. Imaginei que ela tardaria a notar a ausência de alguma coisa. E quando isso acontecesse, eu já estaria bem longe. Para resumir a história, eu roubei dela um anel e um par de brincos – fruto do instinto de ladra que eu havia herdado de meu pai. Escondi-os entre as minhas roupas.

Depois de escrever mais de uma dezena de cartas, oferecendo-me para trabalhar, deixei a casa dos André quando fui aceita como auxiliar de secretária numa firma de contabilidade em Lyon. Tomei um trem e me apresentei no trabalho. Aluguei um quarto numa pequena pensão familiar. Conheci Pierre, um belo rapaz que também trabalhava na firma, e logo começamos a namorar. Achei que seria estratégico ter ao meu lado alguém que conhecesse a cidade e me pagasse ao menos uma boa refeição por dia – tudo muito planejado dentro de minha cabeça. Ele tinha o desejo de manter o nosso relacionamento e, quem sabe, transformá-lo em algo mais sério. Mal sabia ele que tipo de gente era eu.

Enquanto eu vivia com Pierre, como se fosse a sua mulher, eu trocava cartas com Jean e contávamos um ao outro sobre nossas vidas. Cerca de um ano depois, quando fui a Paris, num final de semana, procurei por Jean. Passamos o fim de semana inteiro fazendo sexo. Mostrei a ele tudo o que a vida havia me ensinado. Eu jogava todas as minhas fichas na possibilidade de que Jean se sentisse enfeitiçado por mim. Ele era de família rica e isso era o que mais contava. E se acontecesse de ele "morder a minha isca", implicaria ter um trabalho garantido com a sua influência e o benefício de sua proteção e conforto. Dito e feito. Na semana seguinte, eu recebi uma mensagem de Jean, em meu trabalho em Lyon, dizendo que ele me esperaria na estação de trem no dia seguinte. E que comeríamos juntos *tarte au citron*! Jean sabia do que eu gostava.

Ele me pedia que eu deixasse o meu emprego e viesse para Paris com todas as minhas coisas. Ele ajeitaria tudo para mim e nós nos divertiríamos muito. Foi o que fiz. Rompi com Pierre por meio de um bilhete escrito em papel de pão. Juntei minhas coisas e desapareci. Exatamente assim. É triste pensar que tratei com tanta frieza uma pessoa sempre tão amável comigo. Eu não era mesmo de me preocupar com os outros. Sempre fui uma sobrevivente e gente deste tipo costuma ser muito fria e egoísta. E foi em novembro de 1908 que eu comecei a trabalhar como secretária na *Nouvelle Revue Française,* na Rue d'Assas, 78, sexto distrito de Paris, próximo aos Jardins de Luxemburgo. Obviamente, foi pelas mãos do amável, rico e prestativo Jean Schlumberger.

Lembro que eu ia ao trabalho a pé, pois morava num quarto alugado, nas proximidades da Rue Auguste Comte. Convenci-me de que eu não era nada burra. Ao contrário. Eu logo aprendi algo sobre as principais obras dos autores mais importantes da França. Eu havia tido uma razoável iniciação literária e prestava muita atenção no que as pessoas falavam sobre o assunto. Eu estava radiante com o meu trabalho. E não foi difícil convencer Jean de que seria muito mais prático para o nosso sexo se ele me ajudasse mensalmente com o aluguel e eu ficasse alojada num estúdio mais confortável, próximo ao Odeón.

Como ele amava a literatura, eu sempre pedia que me sugerisse um bom livro. Dava-lhe a impressão de que eu fosse como ele. Mas era tudo simulação de minha parte. O interessante é que de tanto folhear os livros e ouvir conversas sobre literatura na revista, terminei por apurar meu gosto e senso crítico. Inteligente eu era. Afinal, eu era ainda a mesma mocinha sem escrúpulos que havia sido criada no meio da sarjeta. Eu me considerava uma sobrevivente, o que implica ter alta capacidade adaptativa. Não obstante o meu crescimento intelectual, a carga de maldade e dureza que eu trazia dentro de mim continuava muito pesada. E me marcaria pelo resto de meus dias. Ninguém esquece facilmente uma infância e adolescência de falcatruas, mortes e brutalidade. Por isso, eu não resistia a qualquer oportunidade que surgisse de me aproximar de alguém de quem eu pudesse tirar alguma vantagem.

Foi com esse tipo de treinamento que passei a me virar na vida. Eu aprendera a seduzir os homens com meu belo rosto e meu corpo atraente. Havia, contudo, algo dentro de mim que me tornava uma pedra de gelo, mesmo nos momentos em que as pessoas me ofereciam alguma ternura. Acho que eu me tornei uma pessoa frígida, pois eu simplesmente não obtinha prazer com nenhum homem. E quanto mais frio e detestável ele fosse, quanto mais me tratasse como um objeto descartável, mais eu me sentia à vontade. O que mais me deixava angustiada eram os homens carinhosos. Esses recebiam de minha parte o mais profundo desprezo, como se eu fosse portadora de uma doença do afeto, que me fazia incapaz de compartilhar sensações amorosas com outra pessoa. Por isso, eu os rechaçava.

Durante minha vida anterior à casa dos André, eu havia passado por situações de extrema violência sexual. Muito do que havia em meu comportamento com os homens, eu suspeito, tinha relação com isso. Eu havia sido violentada duas vezes. Uma delas, quando eu tinha uns sete ou oito anos de idade, por companheiros de malandragem de meu pai, que se aproveitavam de sua embriaguez para abusar de mim. O pior é que essa imagem horrível sempre me vem à mente quando estou tendo relações sexuais com alguém, aqueles homens sujos a abusar de mim, e eu a gritar por socorro, tendo a poucos metros a figura patética de meu pai, caído no chão, bêbado e inconsciente – incapaz de proteger-me. O Professor Palais perguntou se eu desejava falar um pouco mais sobre esse assunto, pois ele o considerava muito importante. Eu fiquei muda.

Outra vez, já adolescente, nesse caso eu tenho certas dúvidas de que tenha sido de fato abuso ou um sexo parcialmente consentido. Foi com um rapaz que entregava carvão em nosso bairro. Eu lembro de ter sido forçada por ele, mas acho que desfrutei daqueles momentos de sexo e violência. A verdade é que a miséria me anestesiou, deixou-me imune aos sofrimentos do amor. Eu sabia exatamente o que a vida poderia me dar. E havia dentro de mim um sentimento inexplicável, de que eu merecia apanhar, ser maltratada. Isso mesmo. Era como se eu tivesse nascido para ser usada e da pior forma possível pelos outros. Nunca houve para mim uma noite de sexo na qual eu pudesse dizer que me senti feliz e satisfeita, exceto com certo rapaz, que eu esqueci o nome, mas lembrarei depois. “Era Marcel?”, perguntou Palais. Eu fiquei em silêncio. Não era hora de falar desses assuntos. Eu passei a colecionar amantes, que me ofereciam dinheiro em troca de sexo. Nada explícito, mas como o resultado de um pacto não verbal de mútua satisfação. Eu lhes entregava o meu corpo e eles me proporcionavam certo conforto financeiro.

Um deles era sócio do senhor André. Por sorte minha, meus patrões e a cozinheira jamais suspeitaram. Como eles tinham negócios juntos, o senhor Remi frequentava a casa em horários em que o casal não estava presente. Ele vinha buscar materiais de trabalho e abordou-me numa tarde em que eu estava sozinha em casa. Eu não reagi, simplesmente deixei que ele me beijasse e se aproveitasse de meu corpo. É estranho, mas pareceu-me ser um direito seu apropriar-se de mim. Instintivamente, eu me sentia na obrigação de retribuir a oportunidade que o casal André havia me propiciado, e o senhor Remi tinha idade para ser meu pai e disse que sabia guardar segredos. Eu não conseguia dizer não para homens mais velhos. Era como se eu devesse algo a eles. Eu me antecipei e falei ao Professor Palais que ele não se atrevesse a me perguntar sobre os homens mais velhos, pois eles tinham um aspecto físico idêntico ao seu. Ele respondeu que seria útil que eu o usasse como forma de facilitar a nossa conversa. "Como uma forma de 'transferência'?", eu perguntei. Ele respondeu que sim.

Diverti-me com senhor Remi durante o período em que morei com a família André. Ele dizia que nunca havia visto um par de seios como os meus. E que eu lhe dava muito prazer e iria longe com meu belo corpo. Depois de se satisfazer, ele vestia suas roupas rapidamente, deixava alguns tostões sobre a mesinha ao lado de minha cama, dizia adeus e desaparecia. Foi assim com todos eles, inclusive com meu querido colega Jean. Eu sabia o que tinha a lhes oferecer e eles pagavam de algum jeito por meus serviços sexuais. Hoje, eu percebo que fui uma prostituta pela vida inteira.

Jean circulava com gente já reconhecida nos meios literários, como André Gide, Marguerite Yourcenar, Gaston Gallimard e outros intelectuais. Foi Gaston, Jean e André Gide que trouxeram a ideia de fundar a *Nouvelle Revue Française*, isso aconteceu em 1908. E em 1919 Gaston criou um novo negócio, uma editora, com o nome de Librairie Gallimard, ainda que continuasse sua colaboração na revista. A Éditions Gallimard se tornou uma das principais editoras da França. Durante a Segunda Guerra Mundial, na malfadada ocupação alemã, houve uma "mesa-redonda" de intelectuais franceses e alemães, num dos salões do Hotel Georges V. Dela participaram Gaston Gallimard, Jean Cocteau, Paul Morand, o tal jurista alemão Carl Schmitt e outros. Mas isso já seria nos anos 1940.

Não sei a razão de eu trazer esse tema neste momento, mas eu odiava os nazistas. Com a ocupação, as editoras e revistas parisienses ficaram muito receosas de perder o controle sobre seus negócios e políticas editoriais. Era óbvio que os alemães não iriam permitir interferências. Havia sempre no ar, entre os funcionários e intelectuais da revista, a óbvia sensação de que os nazistas se apropriariam da imprensa francesa, para transformá-la em uma máquina de propaganda. Foi Carl Schmitt o criador da chamada "moral do mal", que depois daria sustentação jurídica ao totalitarismo nazista e à máquina mortífera de Adolf Hitler.

Segundo o pensamento de Schmitt, o novo direito do Reich se basearia em apoiar todas as iniciativas do seu líder máximo, Adolf Hitler, transformando o pensamento e a moral do povo alemão numa simples extensão de suas ideias e gostos. Segundo essa forma de pensamento, que eu classificaria como diabólico, as pessoas eram divididas em "amigos" e "inimigos". E a esses últimos seria moralmente permitido simplesmente eliminá-los. Exatamente isso: assassiná-los sem nenhum motivo aparente. Foi assim que surgiu na Alemanha nazista um programa formal de governo, destinado a estabelecer estratégias dirigidas especificamente a eliminar os judeus, mas também, em menor escala, acabar com os seres humanos que eram por eles considerados inferiores, como os ciganos, os eslavos, os comunistas e os homossexuais. O Professor Palais me perguntou se eu teria mais de cento e cinquenta de idade, pois eu falava como se eu tivesse vivido mais de um século. Eu respondi que isso não importava. Ele concordou e disse que o mundo da fantasia "não perdia tempo" com o tempo real. Mas a Universidade de Sorbonne valorizava os alunos com imaginação. Eu respondi que minha casa tinha várias janelas, que se abriam para paisagens distintas. E que eu construíra uma bela metáfora sobre o meu jeito de ser, eclético. Contudo, disse a ele que não havia entendido a sua inclusão da frase sobre a Sorbonne. Seria eu capaz de ser aceita numa instituição tão prestigiada?

Ele disse que eu era exatamente o perfil de pessoa que qualquer universidade receberia de braços abertos.

O antissemitismo na França era muito forte, sobretudo a partir do final do século XIX. Havia muita gente na aristocracia francesa que não aceitava a ascensão socioeconômica dos judeus, o que parecia de certo modo paradoxal, pois foi um dos países europeus em que historicamente os judeus foram acolhidos durante os períodos de perseguição em outras regiões da Europa. E os judeus eram muitas vezes identificados com os ideais socialistas, que haviam levado o proletariado ao poder na Rússia. Eu fui para cama com vários deles, fui confidente de alguns, e recebi deles dinheiro e presentes. Por sorte, os judeus que conheci liam muito.

O apoio aberto de muitos franceses em Vichy, quando estourou a Segunda Guerra, indignou muita gente na revista. Falo isso com a convicção de quem conviveu com vários intelectuais não judeus, que costumavam enviar os originais de seus escritos à *Nouvelle Revue Française*. Estes eram inicialmente entregues a mim, como secretária, para repassá-los depois de classificados por assunto, aos nossos editores. Havia, obviamente, aqueles que faziam comentários depreciativos a escritores judeus, sem justificativa a não ser o fato de o autor ser de origem judia.

Anos antes, quase ao final do século XIX, houve o conhecido "Caso Dreyfus", que se tornou um divisor de águas entre a população e os intelectuais da França, Émile Zola e outros saíram abertamente em defesa do capitão, que havia sido na realidade alvo de uma grande injustiça, numa investigação de traição. Segredos militares franceses haviam sido passados aos alemães, mas Dreyfus nada tinha que ver com a história. Ele foi preso e condenado injustamente, sendo expulso do exército de forma humilhante. É interessante que vários amigos de Proust apoiaram Zola, assinando um manifesto publicado no jornal *L'Aurore*, pedindo a anulação do processo. Reynaldo Hahn, um músico de origem venezuelana e por quem Proust nutria paixão, foi um dos primeiros a assinar a lista. Proust era filho de mãe judia, o pai era católico. Eram ricos e muito próximos à nobreza francesa, na qual havia muito sentimento antissemita. Mas ele apoiou o manifesto.

Os comentários negativos que Proust recebia na revista, em grande parte, se relacionavam com sua posição socioeconômica elevada e sua clara intenção de ascender à aristocracia francesa – o que ficara patente em sua juventude e provocava a indignação de muitos intelectuais. Eles também achavam que ele deveria defender a causa de Dreyfus mais abertamente. Havia igualmente um rechaço a ele, por ter sido contemplado com o mais importante prêmio literário francês, em 1919, pelo segundo volume da *Recherche*, *À l'ombre des jeunes filles en fleurs*, que vence a obra de um autor consagrado, de nome Roland Dorgelès, que falava da Primeira Guerra e seus heróis. Proust era ainda pouco conhecido e seu romance "descrevia o mundo da alta burguesia e da nobreza" – logo ele, que "jamais havia disparado um tiro ou lutado pela França". Vinham daí os antagonismos.

Quando jovem, Proust fazia quase o impossível para receber convites para os saraus musicais e literários, bem como para os encontros sociais, nas mansões da aristocracia parisiense. Jean dizia que isso se devia também ao seu desejo de descrevê-la, em sua futura obra. No fundo, Proust sabia das dificuldades que teria para ser aceito por muitos daqueles que formavam a nobreza francesa. Ele era filho de um médico muito importante, um dos grandes especialistas no tratamento da terrível cólera, e que frequentava a mesa do presidente da República, mas vinha de uma família de classe média. E a mãe era filha de um judeu, que era um importante agente do mercado financeiro, mas judeu, o que dificultava muito sua aceitação por muitos aristocratas.

Na obra *À la recherche du temps perdu*, há na parte inicial a metáfora de dois caminhos bem separados: o caminho da mansão do burguês rico e culto, senhor Swann, e outro, bem distinto, dos aristocráticos Guermantes. Proust descreve uma alta burguesia que, aos seus olhos, era fútil. Ele revela em sua obra certo desprezo por gente como os Verdurin. Ao mesmo tempo, faz fantasias em relação à elevada educação e grandeza dos nobres franceses. Entretanto, a vida e as guerras fazem o mundo dar muitas voltas, e, ao final, esses dois extremos se aproximam e se confundem. Proust acaba por entender que ambas as classes eram igualmente decepcionantes – eram vazias e interesseiras. E que tudo se acomoda na vida. Gilberte – filha de Odette e Swann – e a tão insignificante senhora Verdurin, quem diria, passariam a integrar a nova nobreza.

No sétimo e último volume de *À la recherche du temps perdu, Le temps retrouvé,* Proust deixa claro que aquele mundo que correspondia à *Belle Époque* terminara. André Gide dizia que o final do romance é quase a descrição do término de uma época – destruída por uma sangrenta guerra de trincheiras, a Primeira Guerra Mundial –, e que, depois dela, mudam-se fronteiras e o eixo de poder socioeconômico na França e na Europa em geral. O narrador percebe que tudo o que escrevera até então seria, no fundo, a preparação de um escritor. Na impossibilidade de haver um Deus verdadeiro, a construção da beleza, através da arte, no caso a literatura, seria a sua Catedral de Amiens – metáfora de Ruskin sobre a perfeição. O leitor entenderá o sentido de minhas palavras depois.

Eu guardava quase todo o salário que recebia. Mas eu sabia que, no fundo, aquela vida fácil um dia terminaria. Consegui até juntar um bom dinheiro. Jean foi sempre carinhoso comigo. E devo reconhecer que até a nossa separação foi construída com uma boa dose de camaradagem. Num domingo, fomos ao cinema e depois a um restaurante. Compartilhamos um prato de omelete com queijo e tomamos uma garrafa de vinho. Eu pressenti que algo aconteceria. Foi quando ele me disse que estava apaixonado por uma escritora. E me pediu para deixar o apartamento – afinal, era ele quem cobria todas as despesas.

Nós já não fazíamos amor há um bom tempo. Eu havia me tornado uma espécie de amiga, vinda do interior, e que vivia com ele, para não precisar pagar aluguel. Para ser honesta, eu o traía eventualmente com Christian, um dos diagramadores da editora, que havia deixado a família e morava sozinho próximo ao Boulevard Saint-Germain. De modo que foi relativamente simples transferir meus objetos pessoais para o apartamento de meu outro amante. Jean fez vistas grossas, como se eu tivesse iniciado meu relacionamento com Christian algum tempo depois. E a vida seguiu adiante. Eu continuei como secretária na revista e fazia também trabalhos específicos para outras empresas, as quais eram quase sempre uma consequência de algum de meus encontros amorosos.

Era Marguerite Yourcenar o novo caso de Jean, uma jovem de origem belga e muito talentosa, que seria depois uma escritora muito reconhecida. Eu jamais seria uma concorrente à altura da jovem Marguerite. Ela fora educada em casa, o pai lhe ensinara latim e grego, e Jean me disse que ela lia Racine desde pequena. Eu fui obrigada a capitular. Mas não foi difícil, pois eu nunca havia me apaixonado por Jean ou por alguém. Essa passagem me lembrou novamente a famosa frase do senhor Swann, no primeiro volume de *À la recherche du temps perdu*, quando Odette de Crécy o abandona: "pensando bem, ela nem era o meu tipo de mulher".

Marguerite publicou seu primeiro romance em 1929, intitulado *Alexis ou le traité du vain combat*. Era um texto de certo modo previsível, mas muito bem elaborado. Era uma longa carta de um músico, que deixa a esposa para assumir sua homossexualidade. A propósito, esse tema era algo que Proust nunca assumiu publicamente. Marguerite logo rompeu com Jean e passou a viver com outro escritor e editor, André Fraigneau, e publicaria mais tarde *Fogos*, uma coletânea de textos com temas mitológicos e religiosos, nos quais as dores do amor são abordadas. O tema é retomado depois em *Le Coup de grâce.* Eu adorei ler o seu *Contos orientais*, com relatos de viagem. Eu soube depois que ela se mudou para os Estados Unidos, com a proximidade da Segunda Guerra. No início dos anos 1950, ela publica sua obra *Mémoires d'Hadrien*, a qual a tornaria conhecida internacionalmente. Marguerite foi a primeira mulher a ingressar na Academia Francesa de Letras, isso em 1980.

O Professor Palais comentou que eu devia ser uma aluna muito estudiosa para saber tantas informações sobre os maiores escritores franceses. Teria eu estudado na Sorbonne? Eu respondi que eu não sabia nada sobre a Sorbonne, pois eu era uma moça de origem muito pobre. Além disso, estudar numa universidade tão famosa era um sonho que somente alunos muito preparados poderiam realizar. "E se eu lhe disser que você é uma aluna da Sorbonne?", disse ele. "Eu responderei que é o maior absurdo que eu poderia ouvir de alguém", eu respondi.

Eu passei a ver Jean cada vez menos. Ele ia pouco ao escritório. Mandava seus escritos para a revista através de nossos funcionários. De minha parte, fui trabalhar numa empresa em Nantes, por quase um ano, a convite de um homem que conheci num restaurante. O seu nome era Pierre e ele era casado e tinha três filhos. Fomos amantes por quase um ano. Depois, ele se cansou de mim. Um dia, ele chegou ao meu apartamento, sentou-se na cama e disse que não poderíamos nos ver mais. Eu simulei um choro e ele me entregou um envelope com dinheiro, um colar muito bonito e caro, e um lindo pijama de seda. Pierre disse que era um presente por ter lhe proporcionado um tempo de felicidade, e sem nunca lhe ter causado qualquer transtorno. O pijama era lindo, todo de rendas e parecia ser caro. A etiqueta era de um grande magazine situado na rua principal de Nantes.

No envelope, que eu imediatamente percebi que era pesado, havia uma soma em dinheiro equivalente a seis meses de meu salário. Ele disse que desejava garantir que não haveria ressentimentos entre nós. Eu o abracei e agradeci. Fingi algumas lágrimas de despedida – eu aprendera a fazer esse tipo de teatro com minha amiga Marie. Era puro fingimento, pois Pierre, como diria Swann, "nem era o meu tipo". Na semana seguinte, eu já estava de volta a Paris. Telefonei para Jean e ele me deu a entender que não poderia me ver. Eu já havia aprendido também como reconhecer o tom de voz de alguém que não queria me levar para a cama. Entretanto, ele foi taxativo em me dizer que conseguiria novamente um emprego para mim na revista, que por sinal ia muito bem. Jean viajava muito. Ele e eu ficamos sem nos ver por vários anos, contudo, eu adorava assistir às suas peças teatrais. Acho que foi bem depois, no ano de 1922, que uma peça sua havia estreado no Théâtre du Vieux--Colombier, em Paris. Chamava-se *La mort de Sparte.*

Na noite em que fui ao teatro, não havia quase ninguém na plateia. Eu fiquei conversando com o gerente do teatro depois do espetáculo e ele me convidou para jantar num restaurante do outro lado da rua. Rimos bastante. Jean-Yve era muito divertido. Dormimos juntos e passamos o final de semana seguinte num hotel em Deauville. Ele passou a me fornecer ingressos de graça para o teatro, por quase um ano. Quando eu passava por seu apartamento para recolhê-los, havia um pacto não verbal entre nós, pelo qual ficava claro que eu deveria passar a noite com ele. Era o pagamento. Mas valia a pena, pois conseguir bons lugares no teatro custava muito caro. Com o tempo, esquecemos um do outro, até porque eu já encontrara outra pessoa – Antoine, um vendedor de seguros – que me levava aonde eu quisesse ir.

Dois ou três anos depois, comprei um dos livros escritos por Jean na livraria de Sylvia Beach, chamada Shakespeare and Company, na região de Boulevard Saint Michel. Lembro que até Ernest Hemingway aparecia por lá, naquela charmosa livraria, para ver Sylvia, quando ele vinha a Paris. Eu sempre tive dúvidas quanto aos meus escrúpulos, mas jamais duvidei de minha inteligência. Eu tinha uma enorme facilidade para aprender. Lia um livro e entendia o que o autor pretendia dizer. Minhas amigas tentavam fazer o mesmo, mas não conseguiam. Das peças teatrais que assisti, eu conseguia lembrar vários diálogos de memória. Eu era uma mulher vulgar, mas muito inteligente.

A Paris dos anos que seguiram o final da Primeira Guerra não foi nada charmosa, como alguns querem sugerir. A cidade havia perdido muito do esplendor da chamada *Belle Époque* que havia no final do século XIX. Até então, contavam que tudo nela pulsava. A cidade se modernizava, respirava um ar de transformação, no qual tudo de inovador parecia estar por acontecer. Infelizmente, a Paris dos 1920, dos anos logo após o término da Primeira Guerra, tornou-se a cidade do pessimismo. Um lugar marcado pela morte. Havia sempre o irmão de alguém, que havia morrido ou perdido as pernas nas trincheiras daquela horrível matança. Os mesmos intelectuais e artistas talentosos, cheios de sonhos e de ideias, que eu conheci quando cheguei a Paris, em 1908, pelas mãos de Jean e de outros diretores e funcionários da revista, pareciam, depois de 1919, questionar a arte como expressão do belo, do puro e das proporções perfeitas. Falava-se até em uma geração perdida.

Ainda assim, a Paris dos anos de 1920 possuía uma vida cultural fervilhante, com enorme produção literária e artística. Foi naquela mesma cidade que eu conheci – alguns na intimidade e outros a certa distância – gente famosa como Scott Fitzgerald, Pablo Picasso, Gertrude Stein e Josephine Baker. Scott eu conheci indiretamente, pelas conversas do pessoal da revista, mas Pablo eu conheci sem as roupas. Eu ficava impressionada com a invasão de intelectuais norte-americanos naquela Paris, que seria, na época, a capital do mundo das letras. Louis Gérard era amigo de Scott e ele me abordou numa tarde em que eu transcrevia uma lista de pagamentos feitos pela revista a escritores. Eu quase não notei quando ele se aproximou de minha escrivaninha e perguntou se eu demoraria muito até terminar de preencher aquela lista. Eu nem me dei ao trabalho de levantar os olhos e respondi que sim com a cabeça. Mas notei que ele me olhava e continuava parado em pé, quase em minha frente.

Uma mulher com a minha experiência sabia quando um homem estava interessado em mim e não nas conversas de trabalho. Eu me mantive com a cabeça baixa, anotando os nomes no caderno. Louis disse, então, que era o agente de Scott Fitzgerald. Eu levantei os olhos e cumprimentei-o com um movimento de cabeça. Ele continuou falando e disse que, se estivéssemos nos Estados Unidos, eu estaria trabalhando com ele. Louis e eu passamos aquela noite fazendo sexo em minha cama. Ele era um encanto. Eu conto isso, porque na manhã seguinte, ao contrário da maioria dos homens que conheci, ele não foi embora com um simples até logo. Ao contrário, ficamos conversando, os dois nus, deitados na cama. Eu teria de ir para o trabalho e ele me convidou para almoçarmos juntos, no intervalo do meio-dia.

Nós fomos a um pequeno restaurante próximo à revista. Descontraídos e alegres, nós comemos um peito de pato com purê de batatas e molho de frutas, fazendo piadas sobre alguns funcionários que Louis havia conhecido na revista. Eu notei que uma senhora elegantemente vestida e sentada numa mesa mais ao fundo me olhava de um jeito carinhoso. Ela parecia muito educada, bem postada e com gestos elegantes, fazendo o seu pedido ao garçom. Quando eu fixei melhor o meu olhar, eu imediatamente a reconheci: era madame André. Eu fiquei um pouco nervosa, mas ela sorriu e fez um gesto, que era o equivalente a um convite para que eu me aproximasse de sua mesa e me sentasse ao lado dela. Eu não perdi tempo com explicações sobre quem ela era a Louis. Ele logo percebeu que se tratava de alguém importante. Eu caminhei, contente, em sua direção.

Ela pegou minha mão e disse que estava orgulhosa de me ver tão linda e bem acompanhada. Perguntou se o rapaz era meu namorado. Eu dei a entender que era apenas um amigo. Ela perguntou como andavam minhas leituras e se eu tinha um bom emprego. Eu respondi que tudo estava muito bem e graças a ela. Ela sorriu e fez um não com a cabeça. Madame André e eu conversamos por uns dez minutos. Eu teria ficado mais tempo, mas o garçom havia servido os nossos pratos e Louis me fez um sinal, da mesa, mostrando que ele também já havia enchido meu copo com o vinho. Ela perguntou sobre a minha vida e o meu trabalho. E disse que seus filhos e seu marido ainda lembravam muito de mim. E todos tinham boas lembranças do tempo em que vivi com eles. Eu fiquei emocionada. Eles eram pessoas tão doces e amorosas.

Mencionei que andava lendo Proust. Ela fez um sinal de aprovação com os olhos. Acrescentou que o século XX ainda o consideraria o seu maior romancista.

Tive um impulso de mencionar sobre o anel e os brincos que eu havia roubado de sua caixinha de música. Imaginei pedir perdão a ela. Seria o mínimo a fazer, para uma pessoa que havia sido sempre tão gentil comigo. Quis iniciar uma frase sobre o assunto e vieram algumas lágrimas em meus olhos. Ela percebeu que eu tentava iniciar uma conversa mais séria e me acalmou. Disse que havia um belo rapaz me esperando e que os nossos pratos esfriariam. E que eles tinham um novo endereço, entregando-me um papelzinho. Ela gostaria de saber notícias de mim.

Eu fiquei com a sensação de que madame André sabia de meus delitos: o das joias e os demais. Até de meu caso com o colega de seu marido. Mas ela era tão generosa, que deve ter pensado em nada dizer, para que não estragasse a emoção de nosso encontro. Eu estava bem e era isso que importava. Eu enxuguei as lágrimas e me despedi. Peguei suas mãos e trouxe--as para junto de meu peito. Meu Deus! Descobri que eu tinha um coração! Logo me recompus e retornei à nossa mesa e seguimos, Louis e eu, nossa conversa e o almoço normalmente. Ele percebeu claramente que se tratava de alguém muito importante, que pertencia ao meu tempo passado. Madame André partiu alguns minutos depois, acenando-me adeus de longe, com seu sorriso sempre doce. “Um coração?”, perguntou o Professor Palais. “Então, há um coração dentro desse corpo sempre tão sedutor? Quem sabe conversamos um pouco sobre esse coração?", sugeriu Palais. Eu respondi que não perdêssemos tempo, pois eu era uma mulher sem coração.

Hoje, mais experiente, eu percebo como minha infância e minhas origens deixaram em mim marcas profundas. Eu tinha uma incapacidade de amar. Mesmo as pessoas pelas quais eu tinha somente motivos para querê-las, ou ter por elas gratidão, eram para mim, no fundo, quase indiferentes. A vida havia me legado uma doença do afeto, uma incapacidade de amar. Madame André e eu não nos vimos nunca mais. Depois dos primeiros anos na revista, Jean e eu acabamos também nos distanciando, ainda que eu soubesse que eu sempre poderia contar com ele. Na década de 1920, quando me interessei por sua produção literária e teatral, eu procurava alguma pista de nosso relacionamento mais íntimo nas entrelinhas de suas obras. Por algum tempo, pensei que ele falasse de nós dois em certas passagens de *Le camarade infidèle*, romance lançado por ele. Mas quando o li, vi que ele não descrevia nada de nosso relacionamento. Em sua obra, Jean falava de outras mulheres e de circunstâncias que nada tinham que ver comigo. Fiquei desapontada em, mais uma vez, reconhecer a minha insignificância. Mas, afinal, quem seria eu além de uma mulher que ele apenas levava para a cama?

Talvez eu tenha levado Jean mais a sério do que deveria. Lembro que, em meus primeiros meses de trabalho na revista, em 1908, ele me levava para jantar ou beber algo, nos restaurantes mais simples da vizinhança de nosso trabalho. Havia um – o Le Monde – que eu adorava, quase na esquina da Rue du Bac. Hoje eu reconheço que, mesmo tendo morado com ele por um bom tempo, nosso relacionamento amoroso era sempre às escondidas. Ninguém sabia de nada na revista – ao menos que eu percebesse. Minha conclusão é que para ele eu era apenas uma prostituta particular, jamais uma mulher a ser levada a sério, em eventos sociais ou que merecesse ser apresentada às pessoas.

Houve uma época – eu devia ter uns vinte e poucos anos – em que eu passei a fantasiar em minha mente sobre a possibilidade de amar e quem sabe me casar com alguém. Não foi por acaso que eu passei a frequentar uma igreja que havia nas imediações de meu apartamento na Rue de Bac, número 140. Eu entrava por um portão que havia na rua de trás. A igreja me fazia recordar das lavandas de meu bairro, que me serviam de perfume – algo semelhante às *madeleines* de Proust. Hoje, eu me dou conta de que eu imaginava receber certa purificação divina, oriunda de minhas visitas à capela. Diziam que ali seria o local em que a Santa Virgem teria manifestado ao mundo sua imaculada concepção, numa aparição a uma religiosa de nome Catherine Labouré, confiando a ela a "medalha milagrosa".

Catherine Labouré crescera numa fazenda no interior da Côte d'Or e tornara-se noviça. Ela teria sido conduzida àquela capela próxima à Rue de Bac por um anjo da guarda. Eu acreditei em seus poderes. Quando menina, eu sempre vira a igreja de nosso bairro como um local onde eu poderia receber algum dinheiro para comer, um banheiro seguro para fazer minhas necessidades e, principalmente, brincar de loja de perfumes. Eu adorava roubar lavandas e com elas perfumar minhas orelhas! A capela da "medalha milagrosa" se tornaria para mim, nesse sentido, um lugar mágico. Uma beata havia me informado que há mais de cem anos a Virgem Maria teria feito uma aparição para uma das mocinhas religiosas. E ela se tornaria "Santa Catarina Labouré". A virgem teria dado a ela a medalha sagrada. Eu pensei que esses poderes milagrosos pudessem fazer com que eu apagasse o meu passado.

Eu me surpreendia a sonhar ter sido uma dessas mocinhas escolhidas pela Virgem, para tornar-me santa ou pelo menos uma das beatas que leem as rezas e ajudam nos serviços da igreja. Eu me imaginava acendendo as velas, lendo um salmo para os fiéis. Entretanto, logo me vinha o pensamento de que isso seria impossível de acontecer com uma pessoa horrível como eu. Eu era uma pecadora, que roubava e fazia coisas feias com as pessoas. Eu então me esquecia do assunto. De qualquer modo, era lá na igreja que eu me redimia perante Jesus Cristo das minhas noites de sexo. Minhas sessões de arrependimento me fizeram conhecer a história da capela, como poucos o sabiam em toda Paris. Com isso, eu aproveitei para ganhar algum dinheiro extra, dos fiéis e turistas que lá chegavam. Eu ficava parada na entrada da igreja e, quando alguns deles chegavam, eu lhes sinalizava que eu poderia prover-lhes informações sobre a santa. Isso funcionava, rendendo num fim de tarde o suficiente para Marie e eu comermos alguma coisa.

Havia um noviço que andava por lá e me dava uma atenção especial. Eu passei a conversar muito com ele. Ele trazia os meninos de uma escola próxima à capela nos horários da missa. No fundo, por minha experiência com os homens, eu sabia que ele tinha atração por mim. Ele dizia que Jesus me perdoaria de meus pecados, se eu me dedicasse à igreja. Eu achei a possibilidade interessante e comentei sobre o assunto com Marie, mas ela achou aquilo tudo uma bobagem. Uma vez, o noviço me levou para um lugar mais escuro e tocou nos meus seios. O leitor sabe o que eu fiz? Eu tinha o meu lado mau, que sempre aparecia. Eu pus a minha mão na parte de seu corpo que eu sabia que lhe daria prazer, pois funcionava com qualquer homem e ele era um homem. Ele tremia tanto, que nosso momento de intimidade não foi adiante. Ele implorou que eu o desculpasse. Depois, chorou compulsivamente e me implorou que o perdoasse e não contasse a ninguém. Eu disse que o perdoava e ele chorou muito. Disse que estava envergonhado.

Explicou-me que ele não havia ainda sido ordenado e achava que jamais o seria. Explicou-me que tinha as necessidades dos homens normais e que jamais poderia aderir ao celibato. Era o desejo de seus pais, mas não o dele. Eu o tranquilizei, dizendo que manteria para sempre o nosso segredo. Ele me deu um santinho e uma correntinha com a Virgem, que eu devo ter perdido depois. Ele passou a fugir de mim, sempre que me via entrar na igreja. Eu soube mais tarde que ele havia, sim, virado padre e fora transferido para uma paróquia no interior. As freiras contavam que desde o ano de 1813 havia um palacete de nome "Châtillon", o qual se transformaria na Casa das Filhas da Caridade de São Vicente de Paula. E que os religiosos haviam construído uma capela em respeito ao Sagrado Coração de Jesus. Tudo isso fazia sentido para mim, a começar pelo Cristo na cruz e o Sagrado Coração, inflamado de caridade, uma caridade que, aliás, eu lá buscava para os meus pecados da carne. Foi em 1830 que a jovem Catherine Labouré, uma de suas noviças, teria recebido a graça da aparição da Virgem. Mais tarde, ela veria o próprio Jesus Cristo e, por fim, surgiriam suas múltiplas visões de Maria, aquela que concebeu um filho sem pecado.

O Professor Palais me disse que eu talvez gostasse da história da Virgem pelo fato de ela ter, justamente, concebido o Cristo sem pecar – apenas pela força do Espírito Santo. Eu não gostei nada do seu comentário e fiquei em silêncio. Ele tentou me explicar que às vezes as pessoas encontram soluções para os seus problemas usando fantasias dentro da própria mente. E que talvez houvesse fatos em minha vida que me causassem desconforto e, por essa razão, eu buscasse formas de resolvê-los em meu mundo de fantasias. Ter um filho num momento em que não estamos preparados para cuidá-lo pode ser muito difícil. Eu disse ao Professor Palais que isso poderia até ser verdade para outras pessoas, mas não se aplicava ao meu caso. Eu nada tinha que ver com esse assunto. Ele não disse mais nada e seguimos nossa conversa sobre outro tema qualquer. O Professor Palais tinha uma virtude incontestável. Ele não era teimoso, do tipo que insiste em conversar assuntos que os outros não desejam abordar. Eu não saberia dizer a razão, mas esse assunto não era algo que me interessasse naquele momento.

Catherine Labouré nasceu em 1806, numa aldeia da Borgonha, uma fazendinha da família, de nome Fain-les-Moutiers, como disse, na Côte d'Or. As religiosas contavam que Irmã Catherine dedicou-se ao cuidado dos idosos em Reuilly, um dos subúrbios de Paris. Ela viveu na clandestinidade, mas a medalha fazia milagres pelo mundo afora. As pessoas contavam umas para as outras. E ela ganhou fama. Depois de sua morte, em 1876, ela foi beatificada. Ao abrirem a sepultura, o seu corpo parecia ainda intacto. Seus restos foram então transferidos para a capela, que passou a ser conhecida como a Capela da Nossa Senhora da Medalha Milagrosa. Sua história ficou registrada para sempre em uns blocos de pedra amarelada, que ficavam na entrada. Eu lia e relia os escritos, todos os dias. Era lá, portanto, quc cu costumava buscar a salvação de minha alma, tão suja e repleta dos mais terríveis pecados da carne. Dos dez mandamentos de Deus, contidos nas tábuas da lei, o único que me restava ainda por descumprir era matar – o que, graças à santinha, eu nunca fiz. Eu disse ao Professor Palais que eu devia confessar a ele que eu era, sim, uma assassina. Como Marie e as outras meninas de nosso bairro, nós ficávamos algumas vezes com as nossas barrigas "premiadas". E tínhamos de nos livrar daquelas coisinhas indesejáveis. E nós sabíamos bem como fazê-lo. Havia um chá, que causava a expulsão imediata daqueles monstrinhos. O Professor Palais pegou na minha mão e disse que essa fantasia me trazia grande sofrimento e eu deveria me ver livrar dela. Por alguma razão que ele desconhecia, eu criara uma história muito triste. E se havia algo em mim, muito forte, era o meu desejo de proteger e não o de destruir um bebê. E era essa, justamente, uma das razões de eu estar ali. Eu senti uma vontade enorme de chorar. E chorei ao ponto de molhar quase por inteiro o meu roupão do hospital. Ele me acalmou, dizendo que eram apenas fantasias. Eu era uma boa mãe.

Aqui, o leitor perceberá o uso de uma hipocrisia de minha parte, como poucas. Eu tinha um lado que parecia sentir culpa e encontrava alívio nos braços carinhosos e hospitaleiros da Santa Igreja Católica, mas meu outro lado, infinitamente maior e dominante, jamais se sentiu minimamente culpado pelas coisas que eu fazia, especialmente com meu corpo. O Professor Palais me disse que as pessoas são assim, possuem vários "eus", dentro da mesma mente. Entretanto, dentro de mim prevalece o lado mais promíscuo, destituído de afeto e sem a menor exigência de caráter moral. Quando eu ainda vivia com Jean, eu passava as noites com ele e cedinho me deslocava para o escritório, onde recebia ordens diretas de André Gide. Naquela época, e mesmo até hoje, eu guardo boas lembranças de meus momentos mais íntimos com ele. Não era amor, era sexo, mas algo diferente das coisas nojentas que eu às vezes fazia. Contudo, era muito longe do que as pessoas consideram amor. O Professor Palais comentou o fato de eu começar a ver menos sujeira em meus desejos mais íntimos: poderia ser um sinal de melhora.

Jean me ajudou muito em meus primeiros anos de Paris. Ele me protegia e alimentava meu estômago. Intimamente, era claro para mim que nossas noites de sexo funcionavam, de certo modo, como uma retribuição pela atenção que ele me dedicava. Eu me repreendia, às vezes, pensando se o que eu fazia com Jean não constituía um ato de prostituição. Era uma espécie de autocensura. Mas logo depois eu concluía que nada daquilo teria qualquer influência em meu "juízo final" – minhas rezas na capela resolveriam tudo, se fosse realmente necessário. Tudo não passava de fingimento, pois eu sabia que meu destino de mulher vulgar fora traçado havia muito tempo. O Professor Palais me interrompeu, certa hora, para dizer que não gostava muito da história de atribuir tudo ao destino. As pessoas tinham muita influência no caminho que seguiam. Pediu que eu lembrasse a frase de Sêneca: "Não há vento bom para quem não sabe para onde deseja velejar".

Eu não tinha a menor ideia para onde queria velejar. Depois que nos separamos, eu continuei a acompanhar, de longe, a brilhante carreira de Jean. Em minha velhice, décadas depois, em 1954, eu fiquei emocionada quando soube que ele havia recebido o título de *Doutor Honoris Causa* pela Universidade de Leiden, nos Países Baixos. O lado dos De Witt, de sua linhagem materna, na certa teria se orgulhado dele. Jean faleceu em meio aos movimentos estudantis de 1968, em Paris, sem ter deles participado. "Minha velhice?", perguntou Palais. "Eu não vejo em minha frente nenhuma velha! Não serão mais fantasias?", ele completou.

Eu devo a Jean o meu primeiro emprego em Paris, como secretária da revista. A *Nouvelle Revue Française* foi fundada oficialmente em novembro de 1908. De início, a ideia era a de publicar textos originais e de crítica literária. Acho que foi Charles-Louis Philippe quem deu a sugestão. Ele era um encanto. Escrevia romances sobre o sofrimento da gente mais simples. Charles-Louis era um homenzinho de compleição física delicada. Morreu jovem, acho que no ano seguinte ao lançamento da revista. Jean havia me dito que ele pertencia a uma família humilde, era um dos filhos de um sapateiro, e que sonhava ter sido oficial do exército. Contudo, sua debilidade física o impedira de ingressar na escola militar. Trabalhava numa loja em Paris e escrevia nas horas livres.

Jean dizia que um de seus romances, intitulado *Bubu de Montparnasse*, descrevia o triângulo amoroso entre uma prostituta, seu agente e um jovem intelectual, que queria salvá-la daquela vida. O jovem

– segundo Jean – era ele próprio, Charles-Louis. Ele havia passado a infância na região pobre de Bourbonnais e outra de suas obras, *La Mère et l'enfant*, parecia ser autobiográfica. Havia outra ainda, de autoria de Charles-Louis, igualmente triste, chamada *Le Père perdrix*, que descrevia a história de um ferreiro, o qual na velhice adoecera e perambulava pelas ruas. Esse eu não li, mas Jean me leu o livro inteiro, nas noites em que perdíamos o sono. Eu me lembro vagamente que havia a personagem de um jovem engenheiro, que havia perdido o seu emprego.

Do que me consta, foi Charles-Louis quem, inicialmente, aproximou-se de Jean e de André Gide, com a ideia da revista. Gide era um pouco mais jovem e, ao contrário de Charles-Louis, vinha de uma família parisiense de posses. Talvez os dois tivessem se identificado não somente pelo amor à literatura, mas por serem ambos fisicamente frágeis – pelo menos era isso que Jean me dizia. Recordo vagamente um fim de tarde na revista, em que o diretor, o então senhor Charles-Louis Philippe – eu o chamava assim no trabalho –, convidou-me, muito envergonhado, para acompanhá-lo até o restaurante de um novo e elegante hotel – o Lutetia – na esquina da Boulevard Raspail, número 45, região de Saint Germain-des-Près. Acho que foi no ano de 1910. Um tanto nervoso, ele pediu que eu aceitasse o seu convite e o chamasse pelo nome, Charles-Louis, ao menos naquela noite. Ele disse que eu não me arrependeria se o acompanhasse até o Lutetia. Segundo ele, o hotel havia sido recentemente inaugurado e era uma transição entre a conhecida *art nouveau* e uma novidade arquitetônica denominada *art déco*.

O Hotel Lutetia era um lugar realmente fabuloso. Para mim, que jamais sonhara frequentar um ambiente tão refinado, foi uma noite realmente inesquecível. Charles-Louis estava um tanto eufórico, dizia que o Lutetia seria o único hotel-palácio de luxo, na margem esquerda de Paris. Foi da famosa loja parisiense denominada Le Bon Marché a ideia de criar por ali acomodações de luxo para clientes importantes. E o edifício era próximo, no Boulevard Raspail. Até escultores foram contratados para criar a fachada – esta em *art nouveau*.

Como eu já expliquei ao leitor, a chamada "arte nova" era uma corrente artística que começou na Europa do final do século XIX, com um caráter decorativo, envolvendo as artes plásticas, o design e a arquitetura, em geral. Havia, obviamente, a presença ainda de certo rigor formal nas artes, com repetições de conceitos mais antigos, mas o objetivo seria apresentar um caráter mais de vanguarda. Havia grande desenvolvimento industrial e com ele a possibilidade de experimentar novos materiais – vivia-se uma segunda Revolução Industrial. Por isso, a "arte nova" falava de inovação, progresso tecnológico e produção em massa – para tornar-se acessível a um maior número de pessoas. O vidro e o ferro passaram a ser mais utilizados na arte. Além disso, havia a ideia de olhar novamente para a natureza. Daí a sua estética naturalista, com formas orgânicas, estilo floreado e de formas sinuosas, curvas e assimetria de suas peças. O catalão Antoni Gaudí foi um dos maiores representantes do movimento na arquitetura. O tcheco Alphonse Mucha, design gráfico e pintor, é outro exemplo. O leitor se lembra do pôster de Gismonda, para a peça teatral de Victorien Sardou, com Sarah Bernhardt, no Théâtre de la Renaissance, Paris? Ou do quadro *O beijo*, do austríaco Gustav Klimt? Eles adoravam as figuras femininas, os mosaicos e vitrais, com ares de barroco ou rococó. O movimento *art nouveau* foi, aos poucos, sendo substituído por formas mais geométricas, levando ao que se chamaria depois de *art déco*. O Professor Palais me perguntou por que eu me colocava como uma pobre moça, mas ao mesmo tempo fazia questão de me mostrar erudita. Ele brincou que eu parecia uma aluna da Sorbonne. "E haveria algum demérito em eu ser na realidade uma aluna da Sorbonne?", ele me perguntou. Eu apenas lhe devolvi a pergunta. E ele respondeu que eu deveria pensar seriamente sobre essa possibilidade.

E adivinhem quem jantava lá, no Hotel Lutetia, na noite em que Charles-Louis e eu visitamos o hotel? O pintor Henri Matisse! Eu cheguei a me imaginar usando de meus truques, muitos deles aprendidos com minha amiga de adolescência Marie e que eram infalíveis, para seduzi-lo. Mas logo desisti. Afinal, eu estava bem acompanhada. O Lutetia se tornaria um ponto elegante de encontro para boêmios mais abastados, artistas e intelectuais, como Pablo Picasso, Josephine Baker, Ernest Hemingway e Samuel Beckett.

O escritor Antoine de Saint-Exupéry costumava se hospedar no hotel.

Segundo André Gide – que soube sei lá por quem, que eu havia estado no hotel –, James Joyce escrevera parte de seu clássico *Ulysses* numa das mesas do hotel. Intimamente, eu me lembrei da forma como me aproximei da famosa obra de Joyce, quando menina, esfregando-me com o livreiro atrás das estantes de livros. Mas valeu a pena! Eu demorei meses, mas consegui vencer todas as suas páginas, fazendo com que *Ulysses* fosse por mim derrotado. Anos depois, passei a ter certa implicância com o Hotel Lutetia. Isso foi durante a Segunda Guerra, quando o governo francês evacuou Paris durante a ocupação alemã e suas instalações foram requisitadas para que fossem utilizadas pela malfadada "Abwehr", a unidade de inteligência militar alemã.

Quando Paris foi liberada, o general de Gaulle deu ordens para que o Hotel Lutetia recebesse os sobreviventes de campos de concentração e outros deportados durante a guerra. Milhares de pessoas circulavam pelo hotel, na esperança de reencontrar seus entes queridos. Eu soube alguns anos depois, através de uma amiga, que havia sido amante de um dos Taittinger – os milionários produtores do famoso champanhe –, que a família havia adquirido o hotel. Depois de irmos ao restaurante e saborearmos uma sequência deliciosa de pratos, que eu nem conhecia e já não lembro mais os nomes, Charles-Louis me surpreendeu com o convite para irmos desfrutar de uma das elegantes suítes do hotel, que ele havia reservado para aquela noite. Eu não vacilei nem mesmo por um segundo em aceitar o seu convite. Eu respondi afirmativamente com a cabeça, para facilitar as coisas. E subimos de braços dados, os dois para o quarto. Eu sabia muito bem para qual finalidade a suíte nos serviria.

Era uma suíte belíssima, com um hall de entrada decorado com figuras de escravos nus nas paredes. A sala de estar era finamente mobiliada, com um conjunto de sofás e duas poltronas de veludo azul-marinho. As cortinas eram também de veludo e da mesma cor, mas em tons mais claros e com detalhes dourados. O quarto tinha uma cama de casal enorme, lençóis brancos e perfumados, e um lindo dossel de rendas branco, com detalhes cor-de-rosa. Os travesseiros eram enormes e tinham o seu interior recheado com penas de peru. Os armários eram de madeira escura, da mesma cor e material utilizado na confecção da cama e dos criados-mudos. Eu me senti como uma princesa. A suíte tinha o triplo do tamanho de meu minúsculo, triste e úmido apartamento de sala, banheiro e cozinha.

Quando comecei a me despir, notei que Charles Louis – eu passei a chamá-lo assim ao longo de nosso encontro – tremia o corpo inteiro. Eu tratei logo de facilitar as coisas. Abri os botões de suas calças e acalmei-o rapidamente, com um jeito de tocá-lo em suas partes íntimas, que eu havia aprendido com os cadetes que passavam por Guebwiller, na Alsace-Lorraine, naqueles tempos em que trabalhei na casa dos André. Com Charles-Louis, eu fiz sexo por várias vezes, o que me rendeu um par de brincos de pérolas e dois aumentos de salário.

Era André Gide quem tomava as decisões mais importantes na *Nouvelle Revue Française*. Ele havia iniciado sua carreira literária com textos mais puritanos em revistas de sua escola, mas logo publicou seu primeiro livro às suas próprias expensas, mas de forma anônima. O título era *Les Cahiers d'André Walter*, o qual, mesmo sem muito sucesso, acabou por aproximá-lo dos escritores simbolistas, como Marcel Schwob, considerado um dos precursores do surrealismo. *Les Cahiers d'André Walter* era um romance que propunha a vitória do desejo sobre o conhecimento. E muito diferente do André Gide que conheceríamos depois. Ele foi, provavelmente, a maior figura literária francesa durante suas últimas três décadas de vida. André faleceu em 1951. Tenho minhas dúvidas se Sartre ou Malraux atingiram igual notoriedade nos meios literários em seu tempo. Muitos escritores e críticos de literatura, em especial Walter Benjamin, diriam depois que Proust, Gide e Valéry formariam um "triângulo equilátero da nova literatura francesa", o que, na minha visão, não se confirmaria na prática. Gide acabou sendo pouco lido e considerado mais uma personagem do mundo cultural francês, enquanto os outros dois passaram a integrar o cânone da literatura do século XX.

Marcel Schwob vinha de uma família judia muito culta. Adolescente, ele já havia lido a tradução da obra de Edgar Allan Poe, feita na metade do século

XIX por Charles Baudelaire, o famoso poeta simbolista, crítico de arte e boêmio famoso de Paris. Baudelaire e Walt Whitman eram considerados os fundadores da poesia moderna. Mais tarde, eu soube que Jorge Luis Borges adorava os contos de Schwob. Jean havia comentado que Schwob trabalhara na peça teatral intitulada *Salome*, de Oscar Wilde, a qual havia sido escrita em francês. Essa artimanha editorial de Wilde havia sido utilizada para driblar uma legislação vigente na Grã-Bretanha, que proibia que fossem representados nos palcos da ilha quaisquer personagens bíblicos. Isso teria acontecido nos anos finais do século XIX. Wilde falava francês, mas não se considerava suficientemente qualificado para redigir a peça sozinho. Por essa razão, ele socorreu-se do talento de Marcel Schwob. E a peça estreou em Paris em 1896.

Jean havia me dito que Schwob era amigo de muita gente importante da cultura francesa, como Paul Claudel, Anatole France, Édouard Manet, Auguste Rodin, Camille Claudel e Marcel Proust. O fato é que Schwob gostou do que André Gide escreveu. Entretanto, Gide abandonaria depois o simbolismo e se tornaria conhecido como escritor, por sua *Nourritures Terrestres,* uma defesa clara do hedonismo. Gide embarcaria também na luta em defesa da liberdade individual, o que o colocava muitas vezes em choque com a moral vigente na França de seu tempo.

É interessante que ele se tornaria bastante influente, sobretudo nas gerações de jovens a partir do final da Primeira Guerra. Gide militava em favor da razão, entrando em confronto direto com a Igreja. Jean dizia que quando Gide publicou *Les Caves du Vatican*, em 1914, foi acusado abertamente de anticlerical. Anos depois, ele publicaria suas memórias, nas quais alguns intelectuais da época viram sugestões de uma suposta homossexualidade. De minha parte, eu discordo. E o leitor sabe dos segredos que eu compartilhei com Gide. Ele seria acusado pela igreja de anticlerical e suas obras foram listadas no Índice de Livros Proibidos do Vaticano. *Les Faux-Monnayeurs* - que falava da juventude parisiense, dos homossexuais, delinquentes e mulheres que traíam – foi um dos seus melhores romances. Ele se tornaria um intelectual de expressão internacional, inicialmente comunista assumido, mas depois um dos maiores críticos do regime soviético. Gide traduziu Shakespeare, produziu obras teatrais e receberia o Nobel de Literatura em 1947. Resolvi falar um pouco sobre Gide, pois foi com ele, Jean e outros jovens literatos, como Marcel Druin, Jacques Copeau, André Ruyters e Henri Ghéon, que Charles-Louis Philippe estruturou a rotina de trabalho da *Nouvelle Revue Française*, em novembro de 1908 – meu primeiro trabalho em Paris e, tenho certeza, uma das coisas mais importantes que aconteceram em minha vida.

Jean havia me confidenciado que, de início, a revista teve um forte antagonismo entre o seu diretor, Eugène Montford, e o pessoal da redação, especialmente André Gide. Montford era um escritor conhecido e, juntamente com Maurice Le Blond e Saint-

-Georges de Bouhélier, criara um movimento literário chamado "naturismo". Ele era o fundador de uma revista de nome *Marges*. Gide se indispôs com Montford já na primeira edição da revista, que nem chegou a ser distribuída. Foi quando Jean convidou Gaston Gallimard para integrar o grupo. Na queda de braço, Gide foi apoiado e Montford afastado. E em primeiro de fevereiro de 1909, a revista fez circular a sua primeira edição. Não sei se corresponde à verdade, mas lembro um comentário de Jean sobre as causas do conflito referente à primeira edição da revista, em fins do ano anterior, em 1908. O problema residia na publicação de um artigo que continha críticas à obra de Mallarmé. E de outro que fazia rasgados elogios à Gabriele D'Annunzio, um escritor, poeta e dramaturgo italiano, que foi também militar, político e jornalista. Ele simbolizava o decadentismo. D'Annunzio celebrizou-se na Primeira Guerra e recebeu do rei Vittorio Emanuelle III o título de príncipe de Montenevoso. Ele se destacou na literatura italiana, com grande presença na cultura popular, no final do século XIX e início do XX, e ingressou na política a partir da guerra.

Gide decidiu abortar a edição, lançando o primeiro número em fevereiro do ano seguinte. Portanto, Eugène Montford dirigiu a revista somente naquele período inicial, em 1908, numa primeira edição que jamais chegou às mãos do leitor. Gide, por sua vez, assumiu as ações de 1909 a 1914. Parece-me oportuno esclarecer as relações entre a *Nouvelle Revue Française* e as Edições Gallimard, as quais se mantiveram associadas ao nome da revista até 1919. E depois chamaram-na de Librairie Gallimard. Na realidade, o que se criou foi um grupo editorial francês, no qual a editora iniciou suas atividades com Gaston Gallimard, em 1911, tornando-se uma das mais importantes da França. Portanto, a Gallimard foi criada dois anos depois de Gide assumir a revista, em 1909. Era um negócio dele, Jean Schlumberger e Gaston Gallimard, mas no começo apenas um balcão editorial da revista *Nouvelle Revue Française*.

Eu lembro que a Gallimard publicou ainda com o monograma da revista – *NRF* – os três primeiros livros, com capa de cor creme e bordas vermelhas e pretas características, *L'Otage*, de Paul Claudel; *Isabelle*, de André Gide; e *La Mère et l'enfant*, de Charles-Louis Philippe. Eu sei de todos esses detalhes, pois eu estava lá. Depois, vieram várias obras de autores como Romais, Conrad em 1912, Paul Valéry em 1917, acho que mais uma centena de títulos até 1919.

Gaston tentou uma vez me beijar na porta de um dos banheiros da diretoria. Eu deixei que ele me beijasse e confesso que imaginei que ele me procuraria depois para algum encontro mais íntimo. Mas não, ele desistiu. Gaston Gallimard era de família poderosa. Seu pai era Paul Gallimard, um conhecido colecionador de pinturas e gravuras de Paris, proprietário do Théâtre des Variétés, que se situava na Boulevard Montmartre, números 7 e 8. Gaston foi escolhido por André e Jean para ser o gerente, eu me recordo. Jean me contou a notícia como se fosse uma ideia de Gide, mas com um tom de voz irônico e desmerecedor – como os homens fazem, quando querem desqualificar alguém que lhes pareça competir pela mesma mulher. Acho que ele havia percebido algum interesse de Gaston em me levar para cama, ao menos eu imagino. Ele ficou financeiramente associado ao negócio, descobrindo seu talento como editor. Foram Gaston, André e um secretário da revista, de nome Jacques Rivière, que convenceram Marcel Proust, em 1917, a lhes confiar a publicação de sua obra, mesmo tendo Gide recusado *de Du côté de chez Swann* cinco anos antes – Proust pagou de seu bolso a edição pela editora de Bernard Grasset.

Quando da publicação de *À l'ombre des jeunes filles en fleurs*, então sob a edição da revista – NRF –, eles garantem o seu primeiro Prêmio Goncourt, isso aconteceu, como já mencionei, no ano de 1919. Certa vez, acho que foi em 1913, Jean me contou, muito feliz, que ele e Jacques Copeau haviam decidido criar o Théâtre du Vieux-Colombier, na rua de mesmo nome, número 21. Uma vez que Gaston tornou-se o administrador do teatro, eu pude assistir de graça, muitas vezes levando comigo amigos, as grandes textos teatrais de Molière, Shakespeare e outros dramaturgos famosos. Havia também peças escritas por intelectuais ligados à revista, como Paul Claudel, Gide, Charles Vildrac, Henri Ghéon e outros. Foram tempos maravilhosos para mim, pois eu tinha uma intensa programação artística gratuita e podia flertar com intelectuais importantes, que "caíam em minha rede como peixes".

Gaston havia simplesmente desistido de qualquer investida em relação a mim, mas um dia ele se aproximou de minha mesa e perguntou em voz baixa, se eu gostaria de ir com ele passear nos Estados Unidos. Eu dei um salto para trás e depois uma gargalhada. Acho até que algumas pessoas que trabalhavam próximas a mim perceberam. Eu respondi "claro que sim!". Ele nunca mais tocou no assunto. O certo é que ele foi acompanhar a turnê da trupe do "Vieux-Colombier". Em seu retorno, em 1919, Gaston deu forma a ideia de criar a Librairie Gallimard, com investimentos de seu irmão Raymond e um amigo de nome Emmanuel Couvreux. Ele adquire uma gráfica em Bruges, na Bélgica, cria uma livraria na Boulevard Raspail, contratando novos colaboradores, um deles Louis-Daniel Hirsch, para a parte comercial.

Esse eu me recordo muito bem, pois, na primeira vez que esteve na revista, pôs os olhos em mim. Uma colega me confidenciou que ele era de uma família de judeus ricos. Como eu havia escutado que os judeus eram bons de sexo e eram circuncidados – eu não havia ainda dormido com nenhum deles –, achei divertido ir com ele para a cama. Louis-Daniel me presenteou com uma gargantilha de ouro com uma "Estrela de David", que eu passei a usar por baixo da roupa. Durante a Segunda Guerra, nos anos 1940, quando os terríveis nazistas invadiram Paris, eu tratei de mandar derretê-la. Nas décadas que se seguiram à sua criação, Gaston tornaria a Gallimard uma história de sucesso na França e na Europa.

Sua política editorial tornou-se menos exclusiva, incluindo a publicação de livros para crianças, como *Les Contes du chat perché*, de Marcel Aymé; as coleções de literatura popular, como *Masterpiece of the Adventure* e *Success*; e as famosas revistas, como *Detetive*, *Voilà e Marianne*, isso já nos anos 1930. O negócio foi tão exitoso, que a Gallimard passaria a produzir um catálogo literário mais refinado, atraindo colaboradores de alto nível, como Marcel Arland, Raymond Queneau e meu brilhante André Malraux. André entrou em cena em 1928, eu sei a data exata, pois ele me levou para a sua cama na mesma noite. E havia mais gente talentosa, como Paul Morand, amigo pessoal de Proust, que editaria o *Renascimento do novo*.

André Malraux se tornaria logo o diretor artístico das edições Gallimard. Eu despachava diariamente em seu gabinete, seguindo suas instruções e lhe entregando meu corpo uma vez por semana. Com os anos, vieram Saint-Exupéry, Simenon, Sartre, os poetas Aragão, Breton, e no departamento do exterior Pirandello, Hemingway, Faulkner, Kafka, Steinbeck, Nabokov, sem falar de Sigmund Freud em 1923. E multiplicavam-se também as coleções da Gallimard de literatura francesa e estrangeira, inclusive com obras completas ou antologias em papel bíblico, usando capas de couro. Antoine de Saint-Exupéry, com o seu *Le Petit Prince*, e Albert Camus, com *L'Étranger* e *La Peste*, seriam quase imbatíveis em vendas pela Gallimard. Mas outros como Joseph Kessel, com seu *Le Lion*, Jacques Prévert, com *Paroles*, André Malraux, com *La*

Condition humaine, Hemingway, com *Le Vieil Homme et la Mer*, Sartre, com *Huis Clos* e *Les Mouches*, e, obviamente, Proust, com *À la recherche du temps perdu*, fizeram da Gallimard o que depois todos reconheceriam.

Com a Segunda Guerra, em setembro de 1939, uma parte dos funcionários foi transferida para a Manche, numa propriedade da Gallimard num lugar chamado Mirande. Nessa época, eu fui trabalhar como secretária de um holandês, Jan Stoter, que vivia em Utrecht. Jan traduzia textos do francês e do inglês para o holandês e o alemão. Ele me conheceu em Paris, numa festa de despedida de um colega da Gallimard, que ele conhecia há muito tempo. Passamos uma noite muito divertida e ele me fez o convite para trabalhar com ele. Eu achei a proposta atraente do ponto de vista financeiro. Ele vivia mal com a mulher e passava mais tempo comigo de que com ela. Um dia, a esposa apareceu no escritório segurando duas menininhas pelas mãos. Ela parou bem em minha frente e perguntou se eu me sentia feliz dormindo com um homem casado e deixando a sua família destruída.

Eu prometi a ela que não o veria mais. E fui embora no outro dia, para Amsterdam, onde consegui um emprego na Elsevier, uma companhia editorial holandesa, com foco em publicações científicas, técnicas e médicas. Era uma empresa tradicional, fundada em 1880. O nome havia sido inspirado na House of Elzevir, uma editora familiar da Holanda, que fora criada séculos antes, em 1580. A situação da Holanda durante a Segunda Guerra foi tão horrível quanto na

França ocupada, com fuzilamentos nas ruas, invasão de moradias, estupros e outras maldades. Gaston e alguns parentes foram para a casa do poeta Joë Bousquet, perto de Carcassonne, na região de Languedoc, no sul da França. Ele regressou a Paris no ano seguinte, envolvendo-se em discussões com as autoridades alemãs, pois era clara a intenção dos nazistas de controlar a editora. Gaston manteve a independência da empresa, mas foi forçado a pôr Pierre Drieu la Rochelle como diretor da revista, um escritor claramente alinhado com os nazistas, o qual ofereceu espaço para textos pró-alemães e restringiu obras ou textos dos autores considerados "indesejáveis" por Hitler.

A *Nouvelle Revue Française* interrompeu sua publicação em junho de 1943, ficando qualquer de suas edições parisienses atreladas ao sistema de censura da Propaganda-Abteilung e da Embaixada da Alemanha. Não obstante, houve uma resistência intelectual de parte de Jean Paulhan, um dos fundadores da Lettres françaises, em 1942, e de outros intelectuais, como Raymond Queneau e Albert Camus. Em 1941, Gaston e alguns colegas tentam comprar as edições Calmann-Lévy, para que os alemães não a tomassem, sem sucesso. É curioso, mas André Malraux comentava comigo que, mesmo neste ambiente assustador, com a terrível censura nazista e as limitações de fornecimento de papel – os alemães criaram uma comissão de controle de papel em 1942! –, foram editadas obras magistrais, como *O estrangeiro* ou *O mito de Sísifo*, de Camus, *O muro*, *Ser e nada* e *O imaginário*, de Sartre.

A Gallimard ainda editou as traduções do alemão dos clássicos de Goethe e outros autores.

No pós-guerra, Claude, filho de Gaston, e Michel, filho de Raymond Gallimard, passam a atuar na empresa, confiando a alguns autores próximos as responsabilidades editoriais, gente de primeira grandeza, com Albert Camus, na coleção Espoir, em 1946; Jean-Paul Sartre, com Bibliothèque de philosophie; e posteriormente, no início dos anos 1960, com André Malraux, em O Universo das Formas. Jean Paulhan e Marcel Arland retornam à *Nouvelle Revue Française* com o título *La Nouvelle NRF*, dando espaço a escritores da Resistência, como também a alguns que figuraram na sua "lista negra", como o antissemita Louis-Ferdinand Céline, antes publicado pelas Edições Denoël, e Henry de Montherlant , da editora de Bernard Grasset, a qual havia publicado várias décadas antes *Du côté de chez Swann*, primeiro volume da obra-prima de Proust, quando André Gide o recusou, pela revista.

A Gallimard deu espaço para muitos escritores, como Marguerite Yourcenar, Marguerite Duras, Jacques Prévert, Jean Genet, Eugène Ionesco, e também estrangeiros, como Henry Miller, Jorge Luis Borges, Boris Pasternak, Jack Kerouac, Philip Roth, Milan Kundera e outros. No início dos anos 1960, a editora acolheu também Michel Foucault, contribuindo com o desenvolvimento do estruturalismo nas ciências humanas. Além disso, apoiou o renascimento da crítica, com François Erval, lançou o filósofo e psicanalista Jean-Bertrand Pontalis, que editou a coletânea *Connaissance of the Unconscious*, em 1966, e Pierre Nora, um historiador a quem a Gallimard apontou como responsável pelo setor de "não ficção", criando a Biblioteca de Ciências Humanas, a Biblioteca de Histórias e a coleção de documentos intitulada Testemunhos. Em resumo, a Gallimard, que eu havia visto nascer, ao longo de meu tempo de vida, tornou-se um sucesso internacional.

Muito de meu interesse inicial pelos livros deveu-se a Jean, que me ensinava e estimulava, quando de meu ingresso na revista, bem no início, no tempo de Gide, em 1909. Eu me recordo de um intervalo de almoço, em que Jean me levou para o Parc Monceau e eu fiquei deitada na grama, enquanto ele, em pé, proferiu uma conferência de quase trinta minutos, ininterruptos – só para mim –, sobre a importância de Mallarmé na poesia francesa. Foi quando eu aprendi quem foi de fato Stéphane Mallarmé. Ele não era mesmo qualquer um. E Jean me provou a razão. Seu nome de batismo era Étienne Mallarmé e nascera na Paris de 1840. Era um poeta simbolista e lecionava inglês – Proust foi seu aluno no Lycée Condorcet. Jean-Paul Sartre lecionaria naquela tradicional escola décadas depois. Os primeiros poemas de Mallarmé começam a ser publicados duas décadas mais tarde. Jean falava alto e atraiu a atenção de um grupo de jovens que estava sentado na grama perto de nós, os quais passaram a escutá-lo atentamente. Ele ficou extremamente feliz.

Nesse tempo, Jean ainda se exibia para mim, para me levar depois para a cama. Eu adorei ler *Héro-*

diade e *L'Après-Midi d'un Faune*, de Mallarmé, esta última Jean me contou que havia inspirado o prelúdio de mesmo nome composto por Debussy. As ilustrações foram criadas pelo pintor Édouard Manet. Mallarmé foi muito influenciado por Baudelaire. Seu poema "Brisa marinha" é fortemente marcado pelo clássico e devastador poema de Baudelaire intitulado "As flores do mal". Era desse modo que eu completaria, eu poderia dizer, a minha sólida formação de leitora. Partes da obra magistral de Baudelaire eu aprendi com um jovem polonês, de nome Roman, que a leu para mim ao longo de uns dez dias quase ininterruptos de sexo. Eu estava com pouco dinheiro e resolvi procurar por alguém que me garantisse bons jantares. Havia um café, localizado a alguns quarteirões da Ópera Garnier, na Place de l'Opéra, o qual reunia todos os ingredientes necessários para o meu intento. Era um lugar elegante e os preços eram considerados caros. De modo que se eu identificasse alguém interessante, sentado numa mesa naquele café, e que me olhasse com olhos de sedução, ele seria a presa ideal.

Roman me viu entrar e, antes de eu fingir que buscava uma mesa para me acomodar, ele sorriu em minha direção, fazendo um sinal e oferecendo-me um lugar ao seu lado. Era impressionante a minha eficiência, quando a questão era encontrar um homem com dinheiro, para me garantir a sobrevivência. Roman estava terminando a leitura de *As flores do mal*, de Baudelaire. Bastava ele satisfazer-se sexualmente, e logo iniciava, nós dois nus e deitados na cama, sua preleção sobre a obra.

Roman me explicou que em 1857, quando a obra havia sido publicada, os colunistas de opinião do *Le Figaro* a atacaram violentamente, ao ponto de a obra ter sido recolhida poucos dias depois. Diziam que Baudelaire havia insultado "os bons costumes da família francesa". O autor foi condenado a pagar uma multa e, mais grave, deveria retirar seis dos poemas, do contrário a obra não seria mais publicada. Havia uma parte, eu lembro, chamada "Quadros parisienses", na qual o autor falava da cidade e das multidões. Roman me fez entender Baudelaire. Contou-me que a obra fora dedicada ao poeta Théophile Gautier, a quem ele chamou de "um mágico perfeito das letras francesas".

Dez noites com Roman foram mais do que suficientes para reequilibrar minhas economias. Eu dei a entender a ele que estava com enormes dificuldades financeiras, pois havia sido despedida de meu emprego – pura mentira, eu continuava trabalhando normalmente na revista. Ele foi muito generoso comigo. Ofereceu-se para me emprestar uma soma em dinheiro, a qual eu não deveria me preocupar em devolvê-la. Ele já tinha planos de viajar para a Itália e simplesmente nos despedimos. Para pessoas mais críticas e moralistas, eu poderia ter sido rotulada como uma prostituta de luxo, que fora subliminarmente contratada para acompanhar por alguns dias o jovem polonês, rico e sofisticado. Acho que foi isso que, no fundo, aconteceu.

Nas últimas décadas do século XIX, formou-se um grupo de escritores, do qual faziam parte o poeta Paul Valéry e romancistas, como André Gide – ele mesmo me contaria isso depois – e o então controverso e aristocrático, segundo Gide, Marcel Proust, de quem ele mantinha certa distância e infundada antipatia. Ele implicava que Proust havia sido um daqueles frequentadores das altas rodas da aristocracia parisiense, jovens de famílias ricas e influentes, sobretudo fúteis e esnobes. André dizia que nessa época ninguém o conhecia como escritor. Contudo, quem prestasse a atenção em seus ensaios e crônicas de jornal, perceberia sua qualidade. Sua notoriedade se tornaria inquestionável após a sua grande premiação literária, em 1919. André e todos nós saberíamos anos depois que sua atração pelos saraus e festas de ricos e da nobreza já era em parte a preparação para escrever a sua obra-prima.

Eu devo fazer justiça. Jean não foi o único a me chamar a atenção para a importância de Mallarmé. Quando André Gide começava a falar sobre ele, não parava mais. Gide gostava sobretudo das "teorias poéticas" de Mallarmé, diferentes das dos poetas de sua época. Dizia que poesia é feita de palavras e não ideias, ou seja, um poema é um objeto em si mesmo e o leitor que descubra seus segredos. Em seu "*Un Coup de Dés*" Mallarmé conclui que "todo pensamento é como lançar com as mãos um jogo de dados". Se o leitor já leu *Quatro quartetos*, de T.S. Eliot, ou a prosa do *Finnegans Wake*, de James Joyce, deve reconhecer a influência de Mallarmé. "*Sans présumer de l'avenir qui sortira d'ici, rien ou presque un art...*" foi o comentário de Mallarmé em relação ao seu poema.

Mallarmé começou a publicar poemas na *Le Parnasse Contemporain*, nos anos 1860, quando ele foi trabalhar como professor de inglês em escolas de Tournon, Besançon e Avignon. Ele era ainda bem jovem, com menos de trinta anos de idade. Aos olhos de hoje, Mallarmé foi fundamental para o desenvolvimento da literatura do século seguinte, com tendências futuristas e dadaístas. Na realidade, ele foi um dos precursores da poesia concreta. A musicalidade e experimentação gramatical de sua obra, tanto em poesia como em prosa, eram nítidas. "*Un Coup de Dés*" é um poema feito de versos livres e visualmente inovador. Na verdade, "*Un coup de dés jamais n'abolira le hasard*" foi publicado em 1897, em páginas simples, pois o diretor da revista não tinha a menor ideia da intenção do autor, pedindo a Mallarmé que elaborasse um prefácio. E ele inicia-se assim: "Eu gostaria que esta nota não fosse lida, ou, caso o fosse, que a esquecessem, pois ela ensina ao leitor pouca coisa".

André Malraux fez vários comentários pessoais sobre a obra de Mallarmé, dos quais eu fui uma interlocutora privilegiada. Ele dizia que sua poesia "*Un Coup de Dés*" era feita de versos livres, sendo um dos primeiros poemas tipográficos da história da literatura francesa. Última obra de Mallarmé, ele seria um poema "*avant-garde*", que reformula a clássica teoria do verso, reconstruindo-o como verso livre, reorganizando a sintaxe por agrupamentos e períodos, como se fosse uma música com palavras. "Avant-garde" seria uma vanguarda – literalmente, do francês "*avant-gar-*

de", o que significa a guarda avançada ou a parte que vem na primeira linha de um batalhão. Seu uso metafórico data de inícios do século XX, referindo-se aos setores de maior pioneirismo, inovação, consciência ou combatividade dentro do mundo da arte.

Malraux explicou-me sobre o "Projeto Volland", pensado pela Editora Firmain-Didot, em fins de 1896, que ofereceu a Mallarmé a publicação de um "livro de arte", nas palavras de seu proprietário, Ambroise Volland, dizendo que seria "a mais bela edição do mundo". O livro teria um formato maior, o suficiente para deliciar o leitor, quando aberto sobre uma mesa. Seriam onze páginas duplas, feitas com caracteres "de raro uso", as quais Mallarmé comparou a uma constelação. Ele faleceu em 1898 e o livro jamais foi lançado. Na verdade, a poesia contida em "*Un Coup de Dés*" era uma despedida das velhas formas poéticas do seu século e sugeria em que direção a poesia do início do século XX deveria seguir. Ela revelava um contraste entre a abstração, o significado e a musicalidade do poema e a sua materialidade, ou seja, suas circunstâncias reais. O poema era apresentado em onze páginas duplas, incluindo as variações tipográficas quanto ao tamanho das letras, minúsculas e maiúsculas, itálico, distribuindo em torno da frase central as proposições secundárias.

"Um mestre, cujo navio naufragou, antes de ser engolido pelas ondas, se prepara para lançar os dados num último desafio aos céus desertos" seria uma alegoria sobre o fim do poema antigo e o surgimento de um tempo de incertezas. O incrível era a sua formatação, sem o uso de versos alexandrinos – os versos clássicos de doze sílabas. A rima é transformada e utiliza letras em negrito, em caixa alta ou em itálico. Gide dizia que havia muitas teorias sobre a poesia de Mallarmé, uma delas que o poema inteiro fora escrito a partir do número doze. Se uns seguiam a pista numérica, outros seguiam o caminho visual, dizendo ser Mallarmé uma espécie de precursor de Apollinaire e dos seus "caligramas", e refiro-me aqui à forma de disposição gráfica do texto escrito, como se representasse símbolos, que muitas refletem o sentido do próprio poema.

Quando Mallarmé explica ao leitor em seu prefácio, "o mestre, de um navio que está naufragando, e que imagina um lance de dados", ele está, na realidade, nas mãos do destino, para um último desafio lançado aos céus. Mas será ele mais forte do que o acaso? Malraux delirava quando me explicava, de cuecas em minha cama, que o poema de Mallarmé desconstruía a forma de verso tradicional e sua métrica, transformando-a na "métrica da página", sendo o livro "um poema em toda a sua dimensão afetiva e existencial". Havia até a suspeita da existência de um "número perfeito", segundo Malraux me explicou, o "707", a ser um dia descoberto pelo caráter divino do acaso. Seria a presença do número "sete" – imagem teológica – e o "zero" – imagem do nada, no qual a realidade poética do autor seria como "um lance de dados", um texto onde significado e forma se fundem na invenção poética de Mallarmé. E ele incluía uma composição de palavras numa única frase, sem pontuação, que iniciava com: "Jamais, ainda que lançada em circunstâncias eternas do fundo de um naufrágio". E Malraux perguntava a si mesmo: "Seria, então, Mallarmé o criador de uma nova religião?"

Foi André Gide quem me fez entender os motivos pelos quais eu, uma moça de origem simples e tão marcada pela pobreza e maldade, teria conseguido a proeza – sim, a proeza – de completar a leitura de *Les misérables*, do grande Victor Hugo. Ele disse que eu me identificava com algumas das personagens do romance. Para quem conhece a obra e já tentou enfrentá-la, eu antecipo que não é uma tarefa para qualquer um! É um texto muito extenso. Contudo, a história é muito envolvente, sobretudo para alguém – como eu – capaz de entender a miséria humana. Victor Hugo nasceu em Besançon, na Borgonha, nos primeiros anos do século XIX, e faleceu quase ao seu final, em 1885. Portanto, ele viveu as transformações que ocorreram em Paris, no período de Haussmann. Testemunhou também, com seu olhar aguçado, a premeditada expulsão dos miseráveis do centro da cidade, jogando-os em sua periferia.

Eu lembro que, anos atrás, eu havia passado a noite com um rapaz cuja família possuía uma livraria na região da Gare de L'Est. Eu deveria ter uns quinze anos de idade, não mais do que isso, e caminhava com Marie pelas ruas, fazendo o meu *trottoir* dissimulado, como ela costumava dizer, e ele me abordou. Tomamos uma cerveja, conversamos e ele me convidou para conhecer a livraria da família, mas quase à meia-

-noite. Fizemos sexo e eu lhe pedi um presente. Ele me perguntou o que seria. Eu disse: "um livro". O rapaz ficou surpreso com meu desejo. Eu falei que ele poderia escolher o livro que quisesse, para me presentear, contanto que fosse uma grande obra. Ele procurou por entre as prateleiras e me trouxe uma edição empoeirada de *Les misérables*, de Victor Hugo. Disse que eu talvez me visse em alguma das personagens.

O rapaz se chamava Miguel – eram espanhóis – e ele era muito simpático. Tinha os olhos de um azul-claro maravilhoso. Ele fez que não viu, quando eu me despedi dele, bem cedo, mal nascia o dia, e levei comigo, escondido na linha de minha cintura, outra obra do mesmo autor: *Notre Dame de Paris*, que muitos chamam de *O Corcunda de Notre Dame*. Eu adorava Esmeralda, a cigana que ganhava a vida a dançar em frente à catedral, paixão secreta do corcunda Quasímodo e morta pelo terrível arcebispo Frollo. Eu odiava Frollo! André Malraux e eu éramos obcecados por *Les misérables*. Se eu fosse enumerar a quantidade de preleções sobre a obra a que eu assisti, ele nu e em pé, e eu deitada na cama, a escutá-lo atentamente, acho que passaria de quinze!

A história de *Les misérables* se passa na França, no período entre Waterloo e os motins de 1832, e conta a história de um homem chamado Jean Valjean, que é condenado a cinco anos de prisão por ter roubado um pão, para alimentar seus sobrinhos que passavam fome. Enquanto ele cumpre sua pena, Jean Valjean tenta fugir várias vezes e a cada vez é novamente julgado e condenado. Termina por acumular uma pena de dezenove anos. André me explicou que há na obra uma séria crítica ao sistema judiciário francês, considerado por muitos como tendencioso e insensível. Há um retrato da miserabilidade que havia na França daquela época e que contrastava com os gastos do Imperador Napoleão III, com as obras de Haussmann na capital parisiense, e devido à sua política externa. Eu perguntei ao Professor Palais por que eu adorava discursar sobre temas literários, sendo uma louca de hospício. Ele disse que eu sabia a razão. E que ele jamais havia me chamado como "louca de hospício". E se eu quisesse entender os motivos que me levaram a estar onde eu estava, ele poderia discutir o assunto comigo. Eu lhe respondi "não", ainda que eu tivesse vontade de saber como eu havia mergulhado tão fundo em minhas fantasias, ao ponto de eu ter certeza de que elas eram verdadeiras.

Os pobres da região central, que eu mencionei antes em minha narrativa, eram chamados de "a mancha social", a qual deveria ser apagada, melhor dizendo, deslocada das principais avenidas da cidade e isolada em sua periferia. Victor Hugo sugere no livro que a vida de delitos de Jean Valjean não teria sido uma opção, mas uma necessidade, pois a fome transforma as pessoas, tornando-as uns animais ferozes. Ele se vê em desespero e obrigado a fazer algo radical, quebrar o vidro da vitrine de uma padaria, para roubar um pão e alimentar a família. É capturado e condenado à prisão, passando, depois de suas fugas, a trabalhos forçados e uma pena, como já mencionei, de um total de dezenove anos. Para Jean Valjean, sua pena é injusta – o roubo de um pão! Ele cumpre suas penas e, ao deixar a prisão, sob liberdade condicional, em um gesto de caridade, é acolhido por um bispo, que lhe dá uma cama e comida.

Entretanto, ele não acredita na bondade humana, por tudo que já passara, e decide roubar o bispo e ainda agredi-lo. Encontrado com os objetos roubados e confrontado com sua vítima – o bispo –, ele se surpreende com a generosidade do religioso, que mente aos policiais que Jean nada havia roubado – disse que se tratava de um presente. Nessa parte, eu lembro ter dito a André que eu mesma vivera situações surpreendentes, de rara bondade, como a do senhor que me recomendou bem à madame André, mesmo sabendo quem, de fato, eu era. A atitude do bispo faz com que Jean Valjean volte a acreditar nas pessoas. Na outra parte da obra, passados nove anos, Jean torna-se um rico empresário, dono de uma fábrica e prefeito da cidade. Ele havia mudado de nome. Era agora o respeitado senhor Madeleine e vivia tranquilamente.

Javert, um antigo guarda da cadeia, investiga a vida do prefeito por suspeitar que ele seja o tal ex-prisioneiro, que ainda tinha dívidas com a lei, por não cumprir com todas as formalidades de sua liberdade condicional. O policial era obcecado pelo cumprimento das leis e não poderia deixar Jean Valjean impune, uma vez que ele teria então que cumprir prisão perpétua – punição para quem não cumpre as regras escritas no código penal francês. Javert não consegue provar que o senhor Madeleine – novo nome de Jean Valjean – era o seu presidiário foragido. Paralelamente a isso, Fantine é uma pobre mulher que teve uma filha chamada Cosette, fruto da relação com o amor de sua vida, mas que a teria abandonado. Sem dinheiro ou perspectiva, ela entrega a menina para um casal, de nome Thénardier, dono de uma hospedaria, para que cuidem de Cosette, mediante um pagamento mensal. O leitor quer saber o resto da história? Sim? Então, eu continuarei minha exposição. Eu amo essas conferências magistrais da Universidade de Sorbonne! Um dia, eu serei professora!.

O que Fantine não sabe é que o casal é mau e especialista em enganar as pessoas. Além disso, eles maltratam a criança, que é obrigada a fazer os serviços mais duros da estalagem dos tutores. Eu lembro que quando André se aprofundou nessa parte do livro, eu derramei algumas lágrimas. De certo modo, era essa a minha história. Sobre esse ponto específico, o Professor Palais tinha uma interpretação interessante, que ele me contaria depois. Fantine trabalhava na fábrica de Jean Valjean e enviava quase todo o seu pagamento para o casal Thénardier. É quando ela é despedida, por não ceder às investidas sexuais de seu gerente. Sem opção e desesperada, ela passa a se prostituir, para garantir as remessas de dinheiro para os cuidadores da filha. Fantine então é presa.

Quando Valjean se inteira do ocorrido, ele decide acolher a mãe e a filha em sua casa. Jean Valjean promete a Fantine que cuidará de Cosette como se fosse sua própria filha. E Fantine falece logo depois. Com medo de ser descoberto por Javert, Valjean foge, levando com ele Cosette. E o policial já convencido de que o senhor Madeleine era na realidade o fugitivo Jean Valjean, passa a persegui-lo novamente. Eles passam a viver em um local afastado, um local onde as pessoas vivem miseravelmente. Para ele, o importante era que Cosette pudesse brincar como uma menina normal. De sua parte, Jean é sempre generoso com os miseráveis, distribuindo esmolas. Ele se veste como um mendigo e sai pelas ruas a compartilhar os seus já limitados recursos com os mais necessitados.

Por ironia, a bondade do falso mendigo chama a atenção das pessoas e isso chega aos ouvidos de Javert, que sai novamente em sua perseguição. Como me esclareceu André, o policial não dá trégua a Jean, deixando-o sem opções de encontrar bons esconderijos. Ele foge com Cosette pelos becos, até que chegam a um muro muito alto, em que aparentemente não haverá mais chance de os dois escaparem. Mas do outro lado do muro fica localizado um convento. E quem os ajuda a lá se abrigarem é um homem muito simples, que trabalha como jardineiro no convento, a quem Jean Valjean teria ajudado nos tempos em que ele era o senhor Madeleine. E como é linda a descrição do interior do convento feita por Victor Hugo!

Eu lembro de ter comentado com André Malraux que Proust talvez tenha copiado de Hugo sua precisão nos detalhes. André mexeu a cabeça sem me dizer se concordava ou não com meu comentário. Eu aprendi que muitos homens famosos gostam de ouvir somente a sua própria voz. Mas havia Balzac, Baudelaire e outros a inspirar Proust. Jean Valjean e Colette deixam depois o convento e se instalam na Rue Plumet. Cosette havia se transformado numa bela mulher e Marius estava perdidamente apaixonado por ela. Há motins nas ruas de Paris – estamos por volta do ano de 1832 – e Marius é um dos agitadores. Ele é ferido e Jean o leva nos ombros, pelos esgotos de Paris, até um lugar mais seguro. Javert acaba encontrando Jean Valjean, mas, de modo surpreendente, ele decide não mais prendê-lo, pois conclui que Jean Valjean era uma pessoa boa e arrependida.

Marius e Cosette planejam se casar e Jean transfere para ela toda a sua fortuna. Assim, ela poderia se tornar uma baronesa. Aqui André fez um comentário irônico, através de um paralelo com o desejo do jovem Marcel Proust – e mesmo Swann e sua Odette! Todos os franceses, pobres ou ricos, sonham em um dia em se tornarem parte da tão criticada, mas cobiçada, aristocracia francesa! *Les misérables* termina com Jean Valjean pedindo para se afastar de Cosette, pois seria melhor para ela viver sem a sua sombra, sobretudo agora que ela seria a esposa de Marius e teria uma melhor posição social. Ela não entende bem esses motivos, mas acaba atendendo o seu pedido, o que, no fundo, agrada Marius. Mas o tempo – que quase tudo cicatriza – faz com que o rapaz e todos – e o leitor, também – compreendam a grandeza dos sentimentos de Jean e a vitória final do amor entre as pessoas. Que obra majestosa é essa de Victor Hugo!

Como eu disse, a Primeira Guerra forçaria a suspensão das atividades da *Nouvelle Revue Française* de 1914 até 1918. Jacques Rivière assumiria depois, em 1919, mantendo-se no cargo até 1925. Jean apoiou-o, ajudando a viabilizar financeiramente o projeto, inclusive dando o seu próprio endereço para o negócio, na Rue d'Assas, 78. A revista passou a ser publicada mensalmente. Lembro bem quando Jean recebeu a notícia da morte prematura de Charles-Louis – eu me refiro a Charles-Louis Philippe, meu ex-chefe e amante em segredo –, foi em dezembro daquele mesmo ano. Gallimard torna-se, dois anos após, o editor-gerente, com a direção literária de Gide, transformando a revista também numa editora.

Com Gide na liderança, a revista foge das concepções mais comuns da época, inspirando-se em publicações mais ao seu gosto, como a *L'Ermitage* e a *La Phalange*. Os trabalhos passam a ser executados nas dependências da livraria de Marcel Rivière, na Rue Jacob, 31. O compositor Richard Wagner viveu na mesma rua, no número 14, lá pelos anos 1840. Depois, se não me falha a memória, a editora se mudou para a Rue Madame, bem próxima da Rue d'Assas. Sob a direção literária de Gide, *a Nouvelle Revue Française* só interromperia suas atividades quando do início da Primeira Guerra. O leitor poderia se perguntar a razão de eu falar de Jean e da revista. Na realidade, o que quis foi chegar a Gide. Sim, e tudo isso para falar de Proust. Valentin Louis Georges Eugene Marcel Proust! Madame André me ensinara a amar a obra de Marcel Proust.

Eu trabalhava como secretária da *Nouvelle Revue Française* desde o seu início – Jean havia conseguido para mim esse emprego. Em fins do ano de 1912, eu creio, Proust nos enviou o primeiro volume de sua obra, *Du côté de chez Swann*. Quem o passou às mãos de Gide fui eu. André já era considerado um escritor renomado e diretor de uma revista de prestígio. Ele sabia da existência de Proust, imagino que tivessem sido apresentados e cruzado um com o outro em eventos sociais. Gide sabia que ele escrevia textos para os jornais, como o *Le Figaro*. Minha impressão, contudo, foi a de que Gide fez pouco caso dos escritos de Proust.

Cá entre nós, Proust não era o tipo de pessoa que Gide pudesse querer por perto. Havia um misto de inveja e preconceito em relação a ele. André me olhou, fitou a página de rosto do manuscrito e deixou escapar um sorrisinho meio de deboche. Para ele, Proust era parte de uma França decadente e esnobe, nada que a ele sugerisse a possibilidade de uma boa qualidade literária. Ele levantou-se de sua poltrona e foi até um pequeno armário, onde guardava cartões e outras correspondências, imagino, coisas pessoais que recebia. Gide retirou lentamente um envelope de dentro de uma pequena caixa de papelão, abriu-o e me passou uma fotografia mais antiga. Era um retrato de Marcel Proust, mais jovem, sentado elegantemente numa banqueta de estilo Luís XVI, com o braço esquerdo apoiado no encosto. E um olhar quase superior.

A fotografia de Proust vinha acompanhada de um bilhete. O bilhete fora aparentemente rabiscado por um tal Louis, que parecia usar de ironia, dizendo: "Querido André, veja uma das imagens ridículas que o fotógrafo sueco Otto Wegener – o que possuía o estúdio na Place de la Madeleine – produziu, para ilustrar as "coisas" que o "lorde" Marcel Proust publicaria em seu livro *Les Plaisirs et les Jours*. Gide me mostrou a fotografia e o bilhete, sem dizer nada. Deu um suspiro quase de descaso e continuou seu trabalho. Se eu pudesse dizer ao leitor a minha sincera opinião, acho que Gide sequer abriu o pacote com os originais da primeira parte da obra de Proust. Imaginou que se tratasse de uma prosa rasa, longe do que mereceria uma publicação em sua revista. Mas já era tarde. Sua indiferença foi logo percebida por Proust.

Em março do ano seguinte, Proust assinaria um contrato com a Éditions Grasset, uma pequena editora francesa fundada em 1907 por Bernard Grasset, a qual lança em 13 de novembro de 1913 *Du côté de chez Swann*, de Marcel Proust, obra que depois de quatro recusas para ter sua publicação, nas editoras parisienses, teria sido custeada pelo próprio autor. Proust era um homem sem problemas financeiros. O pai era um médico e professor de epidemiologia na Universidade de Paris. Era um homem de grande prestígio, ao ponto de privar da companhia do presidente da República. Ele falecera e dois anos depois morreria sua mãe, Jeanne Weil, filha de um rico agente de ações. Com a morte da mãe, Proust herdou uma pequena fortuna.

E se ele já não trabalhava antes, passou então a viver definitivamente de seus rendimentos. De modo que o fato de ele ter arcado com as custas da edição de sua obra não causa surpresa.

Lembro claramente quando começaram a vir os comentários favoráveis à obra. Gide ficou muito desconfortável. Ele me chamou em seu gabinete. Pediu que eu anotasse os termos de uma carta que ele enviaria – depois de revisada e de próprio punho – na qual pediria sinceras desculpas a Proust, em nome da *Nouvelle Revue Française*, por sua incompetência em reconhecer naqueles originais a presença de uma literatura no nível dos grandes autores franceses. Essa carta, provavelmente um dos mais famosos pedidos de desculpas da história da literatura francesa, deixa claro, pelas palavras de Gide, que era sua culpa ter deixado de publicar uma obra de tamanha relevância literária. E que ele, Gide, considerava esse provavelmente o seu maior erro de julgamento até então. E pedia que Proust considerasse a revista em suas publicações futuras. O paradeiro dessa carta que Gide endereça a Proust é até hoje motivo de especulações.

Imagine o leitor o prazer de admirar de perto um objeto que no passado foi tocado por alguém tão importante como Gide e, mais que isso, dirigido a um dos maiores escritores de todos os tempos, Marcel Proust, que o teria recebido, manuseado e lido. Essa forma de contato com um passado tangível – que a existência de um documento original propicia – dá a possibilidade de privar de uma intimidade única com os seus protagonistas, como se fossemos observadores dessa troca, que eu reputaria como sublime. Longe de subestimar a cultura literária do leitor, farei uso de algumas linhas para falar de Proust. Ele nasceu em Auteuil, na França, em 10 de julho de 1871. Como já mencionei, Proust era filho de Adrien Proust, um médico de família tradicional e católica, que dava aulas na Faculdade de Medicina de Paris. Sua mãe se chamava Jeanne Weil e era de origem judia, vinda da Alsácia francesa.

Proust era um menino de saúde frágil e sofria de ataques de asma. Ele estudou no Lycée Condorcet, onde logo revelou seu talento literário. O liceu ficava situado na Rue du Havre. Lá, a disciplina era menos rigorosa que em muitas das escolas secundárias parisienses. E sua localização não era tão afastada da residência dos Proust, que na época se situava no Boulevard Malesherbes, número 9. Os Proust viviam antes na Rue Roy, número 8, mas em 1873 eles se mudam para um novo apartamento, com o nascimento do irmão menor de Proust, Robert. Eles permaneceram nesse endereço até 1900. Dizem que Proust faltava muito às aulas, devido aos seus frequentes ataques de asma. Durante o seu período escolar no Lycée Condorcet, o jovem Proust recebeu o primeiro prêmio de composição. Ele já impressionava por seu estilo rebuscado e de frases longas.

Nesse período, ele revela grande apreço por seu professor de filosofia, Alphonse Darlu, com o qual desenvolve longas conversações sobre o sentido das coisas e da vida. Houve um Daudet – Lucien – muito próximo a Proust, sobre o qual se dizia ser "tão adorável quanto uma menina" em seu tempo de liceu, por quem, diziam, Proust teve atração e foi correspondido. O leitor perceberá que, à medida que Proust se torna mais famoso, o tema de sua sexualidade, ou melhor, de sua homossexualidade, entrará no debate. Gide implicava um pouco com o fato de que Proust não deixava mais claras suas preferências sexuais. Para mim, que havia sido criada em meio a homossexuais e travestis, sempre achei isso irrelevante. O que diziam, contudo, era que Proust não tinha uma postura afeminada, costumando ser muito firme, em sua postura e voz, quando necessário.

Lucien era irmão de Léon e ambos eram filhos de Alphonsus Daudet, um homem muito influente na sociedade francesa de sua época. Léon participou da comissão julgadora do Prêmio Goncourt 1919, que escolheu o segundo volume de *À la recherche du temps perdu*, intitulado *À l'ombre des jeunes filles en fleurs*, como vencedor, em 1919. André Malraux me contou que Alphonsus Daudet inicialmente recebeu Proust de braços abertos em sua família, mas passou, de certo modo, a hostilizá-lo, depois de saber que o seu filho Lucien tinha com Proust um relacionamento mais íntimo. Desde os tempos do liceu, Léon havia antecipado o talento especial de Proust para as letras. Quando os estudantes do Condorcet criam a revista *Le Banquet*, Proust é convidado a participar do projeto. Dentre eles, estava Robert de Flers, que mais tarde escreveria comédias com Gaston de Caillavet.

Acho que foi Jean quem me disse que, quando do lançamento do primeiro volume de *À la recherche du temps perdu*, Léon Daudet antecipou num artigo no jornal *Le Figaro* que Proust seria uma das "mais extraordinárias manifestações da inteligência humana a surgir no século XX". Proust era, sim, muito bem relacionado com as classes mais poderosas da França – o que em nada comprometeria sua óbvia genialidade. Ele havia estudado nas melhores escolas, falava alemão e dominava razoavelmente o inglês. Suas traduções da obra de John Ruskin também aprimoraram seu já elevado senso crítico sobre a arte. No Lycée Condorcet, Proust foi aluno de Mallarmé, que lecionava língua inglesa. Mais tarde, em sua vida noturna agitada, nas festas e salões da sociedade parisiense, Proust conheceu outros intelectuais, como Anatole France. Proust estudou filosofia e concluiu o bacharelado em Artes pela Universidade de Sorbonne. Depois, ele ingressou na École Livre de Sciences Politiques, conseguiu um posto de trabalho na Biblioteca de Mazarino, em Paris, do qual depois declinou, para então se dedicar somente à literatura.

Proust reuniu seus relatos e ensaios em *Os prazeres e os dias*, publicado em 1896, com prefácio de Anatole France. France foi um reconhecido poeta, jornalista e romancista francês, autor de várias obras muito lidas por franceses e intelectuais europeus. Era inteligente, irônico e chegou à Académie Française. Recebeu o Prêmio Nobel de Literatura em 1921. Ele era uns trinta anos mais velho que Proust e um de seus ídolos. De modo que ter sua primeira obra literária prefaciada por France era um início dos mais alentadores. Infelizmente, *Os prazeres e os dias* não teve grande repercussão nos meios literários.

Mesmo sendo uma simples leitora e sem a menor formação acadêmica, eu confesso que, ao ler o prefácio de Anatole France, percebi um certo "descompromisso" dele para com a obra que prefaciava. France inicia perguntando-se: "por que o autor me terá pedido para apresentar seu livro aos espíritos indagadores? Por que terei prometido assumir este encargo bastante agradável, mas tão inútil?" Anatole France segue, dizendo que Proust "sem dúvida é jovem – pela juventude do autor – mas velho pela velhice do mundo. É a primavera das folhas nos ramos anosos, na floresta secular". Diz mais ao final que Proust "é tão sincero e autêntico, que se torna ingênuo e assim agrada. Existem nele traços do Bernardin de Saint-Pierre depravado e do Petrônio simplório".

Quando Gide me mostrou o prefácio, pareceu-me um tanto sarcástico. Ele me disse que Bernardin pertenceu à Academia Francesa. Ele era um autor do século XVIII, identificado com Jean-Jacques Rousseau. Escreveu *Études de la nature* e foi administrador do Jardin des Plantes de Paris, onde há uma estátua sua, sentado, com o lado direito da face repousado na palma da mão, feita por Louis Holweck. Bernardin era um escritor que sonhava com uma república em que seus habitantes se uniriam através de uma mútua benevolência. Isso aparecia bem em sua obra *L'Arcadie.*

Além de *Études de la nature*, em que ele descreve uma história geral da natureza, esse sentimento fica mais evidente em *Paul et Virginie* e em *Harmonies de la nature*, que Gide me deu para ler.

Petrônio, por sua vez, foi um escritor romano, autor de *Satiricon*. Vinha de uma família aristocrática e abastada e ocupou cargos políticos. Foi acusado de traidor do imperador, acabando por levar uma vida de libertinagem, cometendo – dizem – um lento suicídio. Dizia Tácito, em sua obra *Anais*, que "Petrônio consagrava o dia ao sono, e a noite aos deveres e aos prazeres. Se outros chegam à fama pelo trabalho, ele adquiriu-a pela sua vida descuidada". Eu não entendi muito bem o sentido do prefácio de Anatole France, na obra *Os prazeres e os dias*, de Proust. Perguntei certa vez a Malraux o que ele pensava a respeito desse prefácio de Anatole France à obra de Marcel Proust. Ele deu a entender que dizer que o autor teria traços de um "Bernardin depravado" e ou "Petrônio simplório" não lhe parecia o tipo de prefácio que se fizesse a um autor considerado promissor.

Três décadas depois da morte de Proust circulou por Paris outro romance de sua autoria, e que teria sido escrito antes de *À la recherche du temps perdu*, editado pela Gallimard, ainda sob o signo da *Nouvelle Revue Française*. Tratava-se de um romance inacabado de Proust, de nome *Jean Santeuil*, sobre o qual um jovem pós-graduado em Letras, de nome Bernard de Fallois, por sugestão de André Maurois, conseguiu da sobrinha de Proust, madame Mante-Proust, vários cadernos, folhas soltas e escritos não publicados. Eles eram parte dos famosos setenta e cinco cadernos escritos por ele e haviam ficado num depósito, logo após a sua morte.

Tratava-se de um segundo romance de Proust, não finalizado, na realidade, uma preparação do que viria a ser posteriormente *À la recherche du temps perdu*. Bernard de Fallois reuniu esse material de cerca de mil páginas, dando-lhe o nome de seu protagonista: Jean Santeuil. A obra teria sido escrita entre os anos 1896 e 1900, e Proust a deixou com várias lacunas, preenchidas pelo jovem pesquisador. Do que eu escutei de intelectuais meus conhecidos, essa obra teria sido iniciada por Proust, mas depois foi por ele abandonada, para dedicar-se de corpo e alma a um romance mais maduro e pessoal, que seria a sua obra-prima.

Em *Jean Santeuil*, a estrutura da obra é semelhante à da *Recherche*, que viria depois, mas os nomes de pessoas e lugares variam. É de certo modo fácil reconhecer em suas páginas as mesmas abordagens psicológicas e até as subdivisões, se compararmos com sua obra maior. Em ambos, há as percepções do passado. Entretanto, as personagens são menos densas – não são do nível de um barão de Charlus ou de Albertina. Não há ainda a consolidação da personagem descrita por Proust em *Sodome et Ghomorre*, como ele o faz depois: "eu olhava as faces de Albertine, enquanto ela me falava, e perguntava-me que perfume, que sabor poderiam ter: naquele dia ela estava não fresca, mas lisa, de um rosa homogêneo, violáceo, cremoso, como certas rosas que têm um verniz de cera". Que bela descrição de Albertine feita por Proust!

Ficava fácil reconhecer o conteúdo preparatório de *À la recherche du temps perdu* nessas duas obras iniciais, bem como em muitas das crônicas e ensaios escritos por Proust em jornais e revistas. Exemplifico com a sonata de Saint-Saëns, interpretada por Françoise, ou a criança que tem dificuldade de pegar no sono, se a mãe não estiver ali para acariciá-la. Ambas aparecerão depois, num formato mais maduro em *À la recherche du temps perdu. Jean Santeuil,* contudo, constrói-se, certamente, através da mesma memória involuntária, como o seria em sua obra – um olhar para o passado, baseado no estímulo inesperado despertado pelas lembranças de alguma sensação antiga.

Marc Villeroy, um amigo livreiro parisiense, uma vez comentou comigo que as páginas de *Jean Santeuil* continham certas semelhanças, como era o caso de Illiers, o nome verdadeiro do lugarejo onde Proust passava os verões em sua infância, que se confunde com o lugar imaginário da obra – Etreuilles – onde a personagem de Jean passa as férias. O lugar seria a sua futura e mais consolidada Combray, descrita de forma tão bela na primeira parte de *Du côté de chez Swann.* Em *Jean Santeuil,* Gilberte aparece sob a forma mais infantil de María Kossichef. Albertine viria como Françoise. E as famosas "catleias", as orquídeas oferecidas sensualmente por Swann a Odette, no primeiro volume da obra-prima, podem ser reconhecidas no jardim de inverno da casa de Jean, em sua imaginária Etreuilles. E, se isso não nos convencer, quanto ao caráter preparatório da obra, há a descrição de um Jean que reconhece o aroma do velho casaco de veludo de sua mãe, no armário escuro – quase igual à memória das *madeleines* mergulhadas no chá ou mesmo o esperado beijo materno antes de o menino Marcel pegar no sono.

Marc falava de Proust como um autor de livros de sensações, um quase impressionista. Outras vezes, suas descrições parecem uma pintura cubista – na medida em que as sensações evocadas em suas obras eram de natureza rápida e contraditória. Seu caráter não se baseava em retratar impressões fugazes, mas ir além da pureza natural, até penetrar nas profundezas do real. Seria como se as imagens pudessem morrer, mas deixando seu substrato último de realidade. Marc dizia que *Jean Santeuil* poderia ser visto como "um estudo da formação do gênio". Em minha humilde opinião, aqui eu falo com a experiência de quem conviveu por décadas com revisores e escritores, eu diria que o autor nem sempre é um bom juiz de sua obra. Max Brod, amigo e testamentário de Kafka, por sorte da humanidade, não respeitou a vontade do autor, que lhe pedira para destruir os seus escritos inéditos após a sua morte. Fosse assim, teríamos perdido a oportunidade de compartilhar a genialidade de Kafka. Para mim, *Jean Santeuil* é uma situação distinta, mas também relevante. Ele nos permite acompanhar a formação e evolução de um grande autor, enquanto ele próprio encontrava a melhor forma de se exprimir.

O Professor Palais me desafiava com seus comentários sem resposta. Ele dizia que era fascinante ouvir minhas preleções sobre Proust. Ele queria saber se eu saberia lhe informar de onde todos esses conhecimentos poderiam surgir. Como uma jovem como eu poderia saber tanto sobre o assunto. Teria eu sido alguma estudante? Teria eu frequentado algum curso? Pela elevada qualidade de meus comentários, ele brincava que eu deveria ter sido uma aluna da Sorbonne. Mas eu nada respondia. Como eu saberia responder a essas perguntas tão complicadas? Ele me provocava, com suas frases enigmáticas. Contudo, esse assunto era de fato curioso. Afinal, eu sabia tudo sobre Proust, até mesmo seus gostos pessoais.

Eu lembro ter contado ao Professor Palais sobre as idas de Proust ao Café Weber, na Rue Royale, número 21; suas idas, sobretudo durante a guerra, ao restaurante do Hotel Ritz, na Place Vendôme, número 15; ao Maxim's, na companhia de Reynaldo Hahn; ao Larue, situado na Place de la Madeleine, número 15, que Proust frequentava, na companhia de Jean Cocteau e Vandoyer. Foi lá que ele jantou com Stravinski, após a estreia de *Boris Godounov*, em maio de 1913, na Rue Royale, número 3. E havia também o Le Boeuf Sur Le Toit, na Rue Boissy-D'Anglais, número 28, onde ele apreciava o jazz e, provavelmente, desfrutou um de seus últimos jantares parisienses, meses antes de seu falecimento.

O Professor Palais me parece irônico demais a meu respeito. Ele acha muito suspeito eu saber tanto sobre a obra e a vida de Proust. Seria eu uma estudiosa de Marcel Proust em outra vida? Independentemente de qualquer aprofundamento nesse tema, eu argumentaria que uma coisa nada tem que ver com outra. Eu posso ser essa mulher que sei que sou – vulgar e de pouco valor –, mas ter talentos de outra natureza. Há que separar as coisas. O Professor Palais dá gargalhadas quando eu começo com essa linha de interpretação. Diz que duvida de mim! Eu conheci homens cultíssimos, que produziram obras literárias incríveis, mas que, pessoalmente, eram baixos e egoístas, capazes de protagonizar cenas de maldade muito piores do que as minhas.

E se o leitor imagina que somente seres ilustrados podem entender a boa literatura, isso não é a minha experiência. Ao longo de minha vida, eu vi gente com pouca escolaridade, que era capaz de entender muito bem o que os escritores queriam dizer com suas histórias. Havia um sapateiro que vivia próximo à casa de meu pai e era conhecido por ser capaz de ler sobre um crime descrito no jornal e adivinhar quem era o assassino muito antes da polícia. Sem falar no senhorzinho que trabalha no setor de distribuição da *Nouvelle Revue Française* e discutia a qualidade dos romances de Balzac ou de Baudelaire de igual para igual com muitos dos intelectuais da revista. Ele sabia até mesmo quantos litros de café Balzac ingeria a cada noite, para garantir sua vigília e produção literária! O Professor Palais ri de mim quando eu digo essas coisas!

Proust passou sua infância e adolescência às voltas com gente rica. Sua vida de adulto jovem se resumia a divertir-se, conviver com gente importante da sociedade francesa e, aos poucos, às custas de suas boas maneiras e seus lindos buquês de flores, receber convites para as festas mais elegantes da cidade. Ficou conhecido nas altas rodas por produzir notas de jornal sobre o que acontecia na nobreza parisiense. Mas, sem sombra de dúvidas, era um leitor compulsivo. Sua asma – diagnosticada quando tinha ainda menos de dez anos de idade – deixou-o fora das atividades físicas na escola, tornando-o um leitor ainda mais voraz. Vem da doença a ideia de seu pai de passarem o maior número de dias em ambientes mais arejados e no campo. Mesmo quando Proust alista-se para o serviço militar, ele acaba dispensado das atividades que exigiam muito de seu corpo debilitado. Dizem que havia até um rapaz designado a lustrar suas botas, para que ele não se cansasse.

O que eu quero deixar claro é que se tratava de puro preconceito e um certo ressentimento de Gide, para com o jovem e bem-nascido Marcel Proust, quando ele simplesmente desprezou o pacote contendo os seus originais do primeiro volume de *À la recherche du temps perdu*. Proust não era nobre. Ao contrário, era filho de um importante professor de medicina, mas vindo da classe média. E a mãe – o leitor não esqueça – era uma judia, rica e poderosa, mas judia, num tempo em que o antissemitismo, tornado ainda mais agudo com o famoso Caso Dreyfus, dividia a sociedade francesa. O certo é que depois de uma vida totalmente voltada ao desejo de ser aceito nas altas rodas da nobreza parisiense, esse jovem inteligente e letrado se dá conta da futilidade da maioria dessas pessoas, a quem ele tanto admirava. Havia, claramente, uma burguesia sedenta de ascensão social e poder e uma nobreza que o fim da Primeira Guerra transformaria em gente bem menos importante.

Terei que abrir aqui um aparte, pois houve alguns meses nos quais nada dava certo em minha vida. E, por não sentir que houvesse um clima favorável na revista, pois eu soube por uma amiga que muita gente falava de minha vida promíscua, eu tratei de me afastar por uns tempos. Eu havia passado um final de semana em Nice, a convite de Brigitte, uma mocinha muito bem relacionada com gente rica e influente que circulava nas noites parisienses. Eu e ela nos aproximamos numa festa privada no Moulin Rouge. O "Rouge" era um cabaré muito conhecido em Paris, cujo proprietário era um senhor de nome Josep Oller, que havia sido dono também do Paris Olympia, que era outro local de circulação de prostitutas de luxo. O Moulin Rouge se situava na região de Pigalle, no Boulevard de Clichy, próximo de Montmartre. Ele era um símbolo da *Belle Époque*, com sua boemia e salas de danças e espetáculos. Eu, logo que pude, pus os olhos no senhor Oller, que entendeu minha linguagem visual imediatamente. Ele me levou para o seu escritório. Eu não vacilei e mostrei a ele tudo o que sabia sobre o tema. Fui uma de suas prostitutas particulares por dois ou três meses, refazendo minha estabilidade financeira.

O senhor Oller ria sem parar de mim, quando eu começava a "vomitar" rapidamente os meus dados sobre *À la recherche du temps perdu*: duas mil, trezentas e noventa e nove páginas, das quais eram trezentas e trinta e seis do primeiro volume, "*Du côté de chez Swann*", quatrocentas e cinco páginas de *À l'ombre des jeunes filles en fleurs*, quatrocentos e cinquenta e nove páginas do terceiro volume, *Le côté de Guermantes*, e assim por diante, até chegar nas duzentos e setenta e cinco páginas do sétimo volume, *Le temps retrouvé*. Mais de um milhão de palavras! E ele soltava suas gargalhadas, que se podiam ouvir nos portões do Louvre. E dizia que me daria mais dinheiro, se eu repetisse os dados sobre os substantivos mais utilizados na obra. E eu dizia de memória: o primeiro da lista era "*madame*", depois "*monsieur*", depois "*jour*", depois "*femme*". E ele ria sem parar. E me oferecia mais dinheiro, se dissesse os adjetivos mais usados na obra! E eu respondia: "*grand*", depois "*petit*", depois "*seul*", depois "*jeune*" e ele quase se finava de rir.

O Moulin Rouge, como disse, era um dos símbolos da *Belle Époque* francesa, um período que decorreu na Europa entre a última década do século XIX e o início do século XX, até o fatídico ano de 1914, quando teve início a Primeira Guerra Mundial. A expressão "*belle époque*" surgiu após a guerra, para falar de um período imediatamente anterior, em que houve grandes progressos tecnológicos, além de uma excepcional efervescência intelectual e artística. Nessa "bela época", surgiram inovações como o telefone, o telégrafo sem fio, o cinema, o automóvel e o avião. E isso mudou a forma de viver e a mentalidade das pessoas. Essas inovações transformaram o cotidiano.

Foi um tempo de enorme desenvolvimento na Europa, a qual se havia beneficiado por um longo período de paz, no qual Alemanha, Império Austro-Húngaro, França, Itália e Inglaterra viveram grandes progressos. Essa nova realidade gerou um otimismo sem precedentes e uma crença num futuro cheio de conquistas e perspectivas de bem-estar a todos. Ao mesmo tempo, os sindicatos de trabalhadores ganharam força e novos partidos políticos, sobretudo de base socialista, passaram a ocupar mais espaço. Cidades como Paris tornam-se grandes metrópoles, cujas grandes avenidas, cafés, cabarés, ateliês, galerias e casas de concertos passaram a ser frequentados não somente pela aristocracia, que continuava a receber apenas convidados selecionados em seus saraus privativos, nas dependências de suas belas mansões, mas que agora via surgir uma burguesia cada vez mais poderosa e sedenta de uma maior participação na vida social. Paris era, sem dúvidas, o maior centro cultural do mundo.

O artista espanhol Pablo Picasso pôs os seus olhos em direção às minhas pernas, num encontro na casa de uma amiga, Simonette, que servia como modelo para ele e para outros jovens artistas. Ele só sossegou quando eu disse que aceitaria visitar o seu ateliê no dia seguinte. Eu já sabia de sua fama e falei que estaria lá em torno das seis e meia da tarde, logo que terminasse o expediente na revista. Picasso mencionou que conhecia quase todos os diretores da *Nouvelle Revue Française*. Perguntou se eu namorava algum deles. Eu respondi que, naquele momento, não. Ele deu uma gargalhada! No dia seguinte, no horário combinado, eu bati na porta de seu ateliê. Ele abriu a porta, eu entrei e ele imediatamente me abraçou. Beijou meu rosto e depois recuou um passo e examinou meu corpo com os olhos, de cima a baixo. Disse que eu deveria ser muito mais linda, se estivesse completamente nua. Eu não respondi nada e tirei a roupa. Nós fizemos amor e ele depois preparou um chá para nós dois. E começou a me contar sobre suas visões e críticas sobre as novas correntes artísticas que haviam surgido na pintura.

Falou do "fauvismo" de Matisse e fez alguns comentários sobre o impressionismo de Monet. Contudo, ele disse que Georges Braque e ele estavam trabalhando com novos conceitos na pintura. E desejava traduzir algumas obras do grande pintor espanhol Velázquez para essa nova linguagem. Eu perguntei do que se tratava e ele respondeu que seu amigo Braque chamava de "cubismo". Ele era um pintor e escultor francês, seu companheiro de arte. Haviam iniciado com o uso de formas simples e de cores puras, como Matisse, no tal movimento chamado "fauvismo". Picasso me disse que os dois eram muito amigos havia vários anos e só se separaram em 1914, durante a Primeira Grande Guerra. Contou-me que Braque havia sido ferido na cabeça durante uma batalha e recebera a Cruz de Guerra e Legião de Honra por bravura. Depois de passar quase dois anos cuidando de seus ferimentos de guerra, ele dedicou-se a pintar naturezas-mortas e pinturas figurativas. E que era Georges Braque, de fato, o criador do cubismo.

Picasso brincou comigo, dizendo que seu amigo era muito mais bonito do que ele e que já estava com o mau pressentimento de que iria perder-me para ele. Eu respondi que eu poderia namorar os dois ao mesmo tempo. Ele riu, sem ter gostado muito de minha resposta. E nos despedimos. Tentei reencontrá-lo outras vezes, mas Picasso sempre encontrava uma desculpa. Eu sabia que ele se tornaria um artista importante, pelas conversas que ouvia na revista. Desconfiei que ele já estava com o pensamento em alguma outra mulher. Nosso encontro ocorreu num pequeno ateliê, que não era ainda o definitivo. Ele trabalhava e vivia no local, que era muito simples, com uma cama, uma pia e um espaço apertado para montar suas telas.

Parecia algo provisório, emprestado por amigos, e que ficava a dois quarteirões do famoso ateliê no Grenier de Grands-Augustins, que ficava na Rue des Grands Augustin, número 7, no Quartier Latin, este bem mais amplo e onde anos mais tarde ele pintaria a sua inesquecível *Guernica*. Lá, Picasso viveu dos anos de 1937 a 1955. A propósito, passei noites memoráveis nos braços de Braque, logo depois. Eu sei lá por que interrompi minha conversa sobre a *Belle Époque* e passei a falar de Picasso. O Professor Palais disse que os cubistas gostavam de decompor as imagens e reposicioná-las de um modo diferente, com figuras mais geométricas. Ele dizia que era parecido com o que algumas pessoas faziam com os seus sentimentos quando ficavam doentes. Ele me perguntou se eu gostaria que ele me ajudasse a reorganizar os meus pensamentos, como se fosse uma tradução das obras de Picasso – para tornar a sua compreensão mais fácil. Eu disse que sim – deveria ser mais uma de suas metáforas.

Eu falava da *Belle Époque*. A época era também de novos gêneros literários, como os romances policiais e de ficção científica, e seus heróis solitários, como o temido Fantômas e Arsène Lupin, e suas armas inovadoras. O que dizer dos avanços na siderurgia, na química e na medicina e higiene, com uma dramática redução na mortalidade da população. Em 1900, realiza-se, nos Champs-Élysées e nas margens do Sena, a Exposição Universal de Paris. Infelizmente, essa chamada *Belle Époque* termina com a Primeira Guerra Mundial, pois as novas tecnologias também podem servir à produção de armamentos e à destruição da humanidade. Essa foi exatamente a época de Proust. Depois de viver mergulhado na hipocrisia das festas e da vida noturna, período em que Proust passa a ver com seus próprios olhos as traições, perversões e enfrenta os dilemas de sua própria sexualidade, ele decide dedicar-se a escrever. Esse período coincide com uma piora na frequência e gravidade de seus ataques de asma. Ele acaba, então, por confinar-se num apartamento, onde não eram permitidos sons elevados e a poeira era obsessivamente evitada.

Dos anos de 1900 a 1906, Proust vive com seus pais no apartamento da Rue de Courcelles, número 45. Era próximo da Rue Monceau. Com a morte de seus pais, ele se instala, em 1906, em outro apartamento localizado no Boulevard Haussmann, número

102, onde viveria até 1919. Foi nesse local que Proust começou a escrever a sua obra-prima. Quando ele decide vendê-lo, passa a ocupar um apartamento menor, na Rue Laurent Pichat, que pertencia à sua amiga Réjane, uma atriz conhecida da cena teatral parisiense. Logo, no mesmo ano, ele se transfere para a Rue Hamelin, número 44, onde permanece até 1922, o ano de seu falecimento. Uma senhora que fazia limpeza em seu edifício contou-me que Proust chegou ao ponto de pagar somas elevadas em dinheiro, para que os operários que trabalhavam numa reforma no apartamento acima do seu não fizessem tanto barulho. Ele contratou um grupo de operários, para que revestissem todas as paredes de seu quarto com cortiça, para que nenhum som externo lhe tirasse a concentração para escrever. Isso sem falar da vigilância diária em relação à remoção do pó da mobília, mantendo seus lençóis sempre livres de potenciais fatores desencadeantes de suas crises.

Os sete volumes da obra constituem uma complexa teia de personagens, a começar por Marcel, o seu protagonista, que deseja tornar-se escritor. Proust nos oferece importantes reflexões sobre o amor, a arte e a passagem do tempo. A questão da sexualidade é igualmente recorrente em seu texto. A obra relembra a sua infância numa cidade imaginária de nome Combray, que seria uma alusão à aldeia de Illiers, onde ele passava as férias com a família. Como já mencionei, *À la recherche du temps perdu* é uma obra que parece nos remeter à psicanálise de Sigmund Freud, embora eu insista que os dois jamais tenham se conhecido pessoalmente. Gide me ensinou que Freud nasceu quinze anos antes de Proust e falava francês fluentemente. Proust, por sua vez, aprendeu alemão no Lycée Condorcet. Nenhum leu as obras do outro, embora haja uma carta de Freud a Marie Bonaparte na qual ele declara ter tentado ler *Du côté de chez Swann*, mas havia desistido. Para ser mais precisa, Gide comentou que o Professor Adrien Proust, seu pai, costumava assistir às aulas de Charcot, no Hospital Salpêtrière, da mesma maneira que Sigmund Freud. Indiretamente, quem sabe ouvindo conversas do pai em casa, Proust poderia ter escutado algo sobre os estudos ou o pensamento de Freud.

O certo é que ninguém antes deles mergulhou tão profundamente na psique humana. Se Freud desbravou o inconsciente através da psicanálise, Proust mergulhou em seus personagens com igual olhar sobre a mente humana. Freud estudou os nossos sonhos, enquanto Proust debruça-se sobre o sono e diz: "Não podemos descrever bem a vida dos homens se não a fizermos mergulhar no sono em que ela submerge e que, noite após noite, contorna-a como uma península delimitada pelo mar". Acho que foi Goya quem disse que "o sono da razão produz monstros". E cada um pode ter sido uma espécie de Goya para si mesmo.

O Professor Palais pensa que, quando um casal se separa, quem mais sofre é aquele que foi abandonado. Eu odeio o Professor Palais quando ele diz coisas como essas para mim! Minha mente se confunde!

Eu já não sei se é ele ou eu quem fala o que falou! A sua queridinha e tão perfeita Odette Martin correu imediatamente para os braços de seu paizinho, o Professor Palais, o ilustre leitor observou? E eu? Que já nem sei quem sou, para os braços de quem eu devo correr? Se o tão respeitado e correto senhor André resolveu trocar-me por aquela vagabunda que ele conheceu em seu escritório, para onde devo correr? Se minha querida vovozinha foi consolar madame André, tão coitadinha! O Professor Palais me perguntou se eu percebi que falei "trocar-me" e não "trocá-la". E como eu posso me lembrar de tudo que se passa em minha cabeça? Ele disse que, da maneira como eu me referi, a pessoa abandonada parecia ser eu e não a minha mamãe. Mamãe? Madame André? Mas que ridícula essa afirmação fantasiosa do grande médico do famoso hospital francês!

Eu não entendo essas coisas que ele quer enfiar em minha mente. Contudo, eu quero que fique muito claro ao grande médico do Hospital Pitié-Salpêtrière, o famoso hospital de Paris, que meu pai me abandonou, sim! François, André, eu já nem sei ao certo quem! Mas o fato é que ele me traiu, sim! E por que razão ele insiste em dizer que o casal André são os meus pais?! Se eu já repeti pelo menos duzentas vezes que eu apenas servi ao casal André, cuidei de sua casa e de seus filhos. É certo que eles foram muito bons comigo, me inscreveram num bom colégio – onde eu conheci Jean –, mas isso não é motivo para ele querer me convencer que havia algo mais entre mim e o senhor André. E por que haveria algo mais, alguma relação amorosa e secreta entre nós? O Professor Palais que faça o favor de deixar esse senhor tão educado – o senhor André – longe de mim! Quem dera o meu pai, aquele bêbado chamado François, chegar aos pés do senhor André!

Na consulta anterior, eu expliquei ao Professor Palais que eu tive uma amiga que passou por uma situação semelhante a essa sofrida pela pobre madame André. "Consulta?", perguntou Palais. "Acho que estamos progredindo!", ele completou. Ele me explicou que eu não admitia em meu vocabulário mais recente sequer a palavra "doença", o que dizer de "consulta"! E isso era um indício de melhora. Eu confesso que fiquei muito feliz com o seu comentário, mas não respondi nada a ele. Eu informei a ele, ao tão titulado especialista francês – e saiba o leitor que eu ando muito desconfiada dele –, que ele deve ser igual aos outros homens que conheço. E ele não me engana! Eu acho que ele está mais interessado em pôr as suas mãos sedutoras em meu corpo, do que qualquer conversa mais séria comigo – como sobre casamento, por exemplo. Eu disse a ele que não importa que idade tenham as crianças, mas a separação faz com que haja uma verdadeira metamorfose – como no nome da famosa obra de Kafka na vida de todos. Eu quero dizer ao pretensioso Professor Palais que uma separação é como um divisor de águas, o mesmo que Moisés ao separar o mar para deixar passarem os hebreus. Entretanto, não é uma separação para produzir liberdade, ao contrário da Bíblia Sagrada em seu Antigo Testamento. É para causar medo, um medo enorme nas crianças, que não sabem para que lado deverão fugir.

Ele me perguntou o motivo de eu chupar o meu dedo polegar. Eu teria me transformado num bebê? Pois se ele quisesse, entenderia as minhas razões. Mas que ridículo eu desejar chupar os dedos da minha própria mão! Uma mulher que leva um homem para cama a cada noite irá ter medo de ficar sozinha? Ah, como é boa essa chupeta! Que bom! Obrigada, papai! Que bom você me deixar sentadinha em seu joelho! E que maravilha é chupar essa chupeta! Que bom! O Professor Palais falou que a separação pode deixar uma menina como eu muito insegura em relação ao papai e à mamãe. Eu respondi a ele que eu me vinguei nas minhas bonecas. Eu cortei cada uma delas pela metade, dos pés à cabeça! Cada braço para um lado! Bem feito para vocês! E se eu tiver de escolher com quem eu gostaria de morar, eu direi que é com o papai!

Ou seria com a mamãe? Isso é tão difícil de escolher! Professor Palais é meu paizinho: o que eu devo responder? Como navegar nesses dois mares de Moisés, tão desconhecidos? Se eu disser que vou com mamãe, o que pensará de mim o meu papai? E quem irá cuidar de mim? Ele diz que se os pais deixarem de se amar, o amor pelos seus filhos não mudará. E se mudar? Eu pergunto: e se mudar? Eu tenho medo de que o papai e a mamãe desapareçam! E como ficará o meu bebê? Professor Palais, o meu bebê não pode sofrer! E se Marcel resolver me deixar! Eu não entendo a razão de eu me lembrar de Marcel Proust e de *À la recherche du temps perdu* neste exato momento! Responda-me, por favor, Professor Palais, o que tem a Universidade de Sorbonne que ver com este medo que eu sinto agora? Bem agora neste exato momento em que meus pais decidiram cada um seguir o seu próprio destino?

E como fica a nossa família? E se eu enlouquecer, quem é que cuidará do meu bebê? O Professor Palais me diz que esse medo que eu tinha já não tem razão de ser. Eu não tenho mais nada a temer. A mulherzinha à toa de André Gide, Sartre, Jean e André Malraux não tem nada a temer, pois aquela esperança de ver o casal André junto de novo – o vagabundo do meu pai, o cretino e bêbado chamado François, e a sua prostituta que nunca está em casa –, todos podem ficar tranquilos, pois está tudo bem. Tudo está em seu devido lugar! Palais insiste em me explicar que a criança nutre a fantasia de que algum dia os seus pais irão reatar. E tudo voltará ao normal! Como eu gosto de ver o senhor e a madame André a ler os jornais na sua linda biblioteca! Eu adoro espiar os livros da biblioteca do casal André! Eu adoro os meus patrões! Parece que eu estou no céu, a abraçar bem forte a medalhinha da menina encantada Catherine Labouré. O leitor conhece a menininha que viu a imagem da Virgem na Côte d'Or?

Infelizmente, não foi assim que aconteceu com minha amiga Marie. Quando o seu pai partiu com outra mulher e deixou sua mãe sozinha, ela reagiu com rebeldia. Afinal, sua família era tudo para ela. E essa ponte tão firme simplesmente desmoronou. Ela nunca quis saber deles. Se eles resolveram deixar de se amar, se eles não puderam manter sua promessa e foram fazer somente o que era bom para eles e não pensaram nos sentimentos de Marie, por que razão ela iria se preocupar com eles? Ah, como era bom de ver quando Marie entregava o seu corpo àqueles homens sujos e aproveitadores, que ela nunca vira antes na vida! E não foi ela quem quebrou as regras, foram eles – o casal André, não lembro se era esse o nome –, foram os seus pais que decidiram se separar. O Professor Palais me diz que não há Marie. Ela é apenas uma fantasia em minha cabeça. Veja o leitor se isso é possível! Se isso é algo que um profissional da mente possa dizer! Ele me disse que eu misturei a realidade com a fantasia, e que não há nenhuma Marie. E que, no fundo, eu falava apenas de mim.

Onde está o meu bebê, Professor Palais? O senhor deveria se preocupar em me ajudar a encontrar o meu bebê, em vez de inventar essas histórias sobre Marie. Ah, que saudades eu tenho de Marie! Eu lembro da confeitaria, quando nós íamos mexer nos latões de lixo, em busca dos restos de *tarte au citron*. Como eram deliciosas as *tarte au citron*! O meu doutor insiste com a história de que tudo isso são fantasias e que os filhos parecem ter mais dificuldades em manter relacionamentos normais – ou até cuidar de seus bebês – quando não conseguem superar a separação dos pais. E que eles tendem a ter menos contatos sociais. Eu odeio as reuniões da Sorbonne! Marie, você poderia me substituir nas reuniões sobre autores franceses do século XIX? Eu tenho de amamentar o meu bebê! Do contrário, quem irá amamentar o meu bebê? Responda, Professor Palais? Quem irá amamentar o meu bebê? As crianças e adolescentes abandonados podem ter dificuldades em seus relacionamentos mais íntimos. Ele diz que eu sou uma moça de sorte, pois com meus pais tudo ficou bem. E o meu Marcel e os meus pais estão cuidando muito bem de nosso bebê.

Nas primeiras páginas de *À la recherche du temps perdu*, revela-se um Proust que perdeu a mãe em 1905 e o pai dois anos antes. É ela a primeira a surgir em seu sono, quando o narrador relata que "sonho com mamãe, sua respiração, ela se vira, geme". Ela diz: "Tu que me amas não me deixes ser operada de novo, pois creio que vou morrer e não vale a pena prolongar-me". E o pai aparecerá logo depois: "Sonho. Papai perto de nós. Meu irmão Robert fala com ele, faz com que sorria, faz com que responda a cada coisa com exatidão. Ilusão absoluta de vida. Vês, portanto, que quando mortos estamos quase vivos. Talvez ele se engane nas respostas, mas, enfim, simulacro de vida. Talvez ele não esteja morto". Para Proust, a mãe morta tem uma representação incomparavelmente mais forte, mas não só ela, também a avó, figura igualmente presente e forte na vida de Proust.

André Malraux uma vez comentou comigo – nem sei se foi comigo ou falou para si próprio, olhando-se no espelho do banheiro do hotel em que estávamos hospedados – que há algo de semelhante no canto XI da Odisseia, quando Ulisses reencontra a mãe morta, que lhe descreve os acontecimentos em Ítaca, desde a sua partida. Ela lhe explica os motivos de sua própria morte, dizendo que "não fora o tormento de alguma doença que me roubou a vida, mas a saudade de ti, meu Ulisses! Foi a tua própria ternura que arrancou minha vida da doçura do mel". Ulisses tenta em vão abraçá-la, mas é impossível, pois "ela não era nada mais do que sombra ou um sonho fugaz". Proust coloca na voz do narrador de sua obra-prima a descrição das suas fantasias do que teria causado a morte de sua mãe, ficam claras as sugestões de que ela teria morrido de amor e de preocupação com o que seria a vida futura daquele menino asmático e frágil, que se tornara um adulto problemático e, intimamente, solitário. O mesmo pode ser inferido em relação à morte de sua querida avó, que teria, no fundo, adoecido devido às preocupações com a doença e fragilidade do neto. Malraux dizia que havia escutado de alguém muito inteligente que, "todo grande escritor, de Virgílio a Joyce, reescreve Homero".

Devo reconhecer que Proust surpreende a França quando recebe o Goncourt de 1919, por *À l'ombre des jeunes filles en fleurs.* Naqueles tempos, ganhar um prêmio literário importante era sinônimo de sucesso. Gide ficou enlouquecido e tratou imediatamente de, não somente se retratar pessoalmente com Proust, mas também garantir que que ele passasse a publicar pela editora. Quem havia sido premiado não era um escritor comum, mas Marcel Proust, que falava das lembranças de certo Marcel, rodeado de gente nobre e rica, num texto de impressionante qualidade literária e profundidade humana inquestionável.

Gide havia obviamente errado em seu juízo, recebendo a obra de Proust como se fosse algo, em princípio, fútil – como a imagem que ele fazia das famílias mais conhecidas da França. Posso garantir que foi por puro preconceito que Gide agiu dessa maneira. Eu acompanhei tudo de perto: eu era amante de Gide. E sabia como seduzi-lo, ao ponto de me tornar sua confidente. Eu era uma mulher de origem mais simples, mas bela. Meu rosto chamava a atenção e minhas pernas eram bem torneadas. Meus seios tinham bom volume e eram motivo de olhares até indiscretos de muitos homens, onde quer que eu estivesse. E eu sempre fui pobre. De modo que o bom uso de meu corpo foi um caminho natural a ser seguido em minha vida. Jean nunca soube de meu relacionamento com André Gide – seu sócio.

Na verdade, eu notei que nesta narrativa eu prefiro utilizar o nome "Gide", quando me refiro ao diretor da revista, mas André, na intimidade. O fato é que André e eu tivemos um caso, sim. Eu não diria que foi um caso de amor, mas era algo que me dava prazer. Ao mesmo tempo, confesso que, ao ser sua amante, sentia-me mais segura em meu emprego na revista. O leitor que faça os seus julgamentos de ordem moral sobre este incidente, se assim o desejar. André e eu nos encontrávamos num minúsculo apartamento de sala e cozinha, que ele havia alugado de um senhorzinho que se mudara para Lyon, para viver perto dos filhos. Ele se localizava na Rue de la Paix, no terceiro piso de um prédio quase invisível – onde quase tudo era visível. Tratava-se de uma região muito movimentada de Paris e isso nos dava a tranquilidade de que jamais seríamos notados. Era tanta gente a circular por aquelas ruas, que André argumentava que qualquer um teria um "álibi", caso fosse surpreendido fazendo algum delito. A indústria da alta costura funcionava por ali. Diziam que as roupas da imperatriz Eugénie, durante o Segundo Império, haviam sido costuradas naquela rua.

No início do século XX, em Paris, no entorno da Rue de la Paix, instalaram-se dezenas de casas de alta costura, onde podiam ser vistos em plena ação costureiros famosos, como Jeanne Paquin, Paul Poiret, Georges Doeuillet, Margaine-Lacroix e outros. Lá trabalhavam também os filhos do tradicional Charles Worth, o tal que fazia os vestidos da imperatriz Eugénie. Algumas dessas lojas chegavam a ter mais de cem funcionários. Nas terças-feiras, antes do almoço, e nos fins de tarde de sexta-feira, André me esperava no apartamento. Eu lembro que caminhava, como se nada se passasse de suspeito comigo, por entre as lojas da Rue de la Paix, vindo da Place Vendôme. Se o leitor não sabe, na Exposição Universal, no ano de 1900, a prefeitura de Paris construiu por ali um enorme edifício para abrigar os estilistas.

Houve um primeiro desfile de moda, em Londres, nos primeiros anos do novo século, mas Paris logo assumiu seu papel de liderança neste particular, com Jeanne Lanvin atuando no Sindicato dos Designers de Mode de Chambre, em 1909. Imagine o leitor! Coco Chanel inaugurou sua primeira casa de moda em Paris, no ano seguinte, em 1910. De início, Chanel não era muito conhecida, mas ficou famosa nos anos que se seguiram à Primeira Guerra. Com ela, vieram logo os perfumes de François Coty, cujos frascos eram produzidos com a elegância de fabricação chancelada pela Baccarat e assinadas por René Lalique. André dizia que eram perfumes no estilo *art nouveau*. Para mim, olhando para o passado, eu penso que se tratava do despertar da cultura do luxo parisiense.

Coty teve enorme sucesso, criando um tempo depois um laboratório e uma fábrica, num local denominado La Cité des Parfums, em Suresnes, um dos subúrbios de Paris. A fábrica possuía quase dez mil funcionários e produzia cerca de cem mil frascos de perfume por dia. A loja do relojoeiro Louis-François Cartier havia sido inaugurada em 1847, mas na virada para o século XX os seus netos decidiram também se transferir para a Rue de la Paix. Foi um dos netos de Cartier, Louis, quem projetou um dos primeiros relógios de pulso. E imagine o leitor para quem? Para Alberto Santos-Dumont, um brasileiro que, em 1906, realizou o primeiro voo de avião em Paris.

Eu me recordo quando o "relógio Santos" foi posto à venda na Cartier, lá por 1910, e com estrondoso sucesso. Eu ganhei um exemplar, de um egípcio, importador de papel, Omar – o sobrenome não lembro mais –, que vinha sempre trajando terno e gravata muito elegantes nos visitar na revista. Ele tinha negócios com várias editoras. Viajei com ele num fim de semana até uma praia próxima de Deauville. Uns meses depois, quando fiquei apertada financeiramente, deixei o "relógio Santos" numa casa de penhores, pela bagatela de seiscentos e cinquenta francos. Nunca mais tive a chance de recuperá-lo. Foi o egípcio quem me apresentou a Alberto Santos Dumont, quando o reconheceu, sentado num café do Champs-Élysées a conversar com dois amigos.

O brasileiro era muito gentil e via-se de longe que havia recebido uma boa educação. Pediu licença a Omar para que, respeitosamente, anotasse o meu nome e o endereço da revista. Disse que me convidaria para um café, para que eu o informasse sobre os novos nomes da literatura. Ele dizia gostar muito dos comentários de André Gide, que de tempos em tempos surgiam pelos jornais. Alberto Santos Dumont era um famoso inventor e aeronauta brasileiro, que ficou conhecido por lá como o "pai da aviação". Desde os primeiros anos do novo século, ele realizava suas pesquisas sobre um dirigível.

Alberto me dizia que era um dos primeiros homens a tentar construir um avião. Ele era descendente de franceses. Lembro de ele ter me dito algo sobre seus avós, que haviam nascido na França e se instalaram no Brasil em busca de pedras preciosas. Por um tempo curto – nada mais do que seis meses – ficamos mais próximos. Mas Alberto pensava mais em seus aviões *14-Bis* e *Demoiselle* do que em qualquer outro assunto. Ele vivia em Paris com muito luxo. Dava a entender, por suas conversas, que era de família muito rica, gente que fez muito dinheiro com as estradas de ferro e depois com a plantação de café, no Brasil, durante o período da monarquia. Alberto adorava Júlio Verne, que parecia ser também muito interessado em voar.

Ele falava muito da mãe, cujo nome era Francisca, por quem ele tinha grande estima e proximidade. O pai havia sofrido um acidente, razão pela qual sua família teve de transferir-se para a Europa. Eles venderam suas terras no Brasil e vieram com toda a família para a França, na esperança de um melhor tratamento médico. Logo, sua mãe percebeu que nada de milagroso aconteceria em relação ao tratamento de seu esposo. Eles retornaram ao Brasil, mas Alberto decidiu depois voltar a Paris, para investir em seu projeto aeronáutico. Na época, já existiam balões que voavam à base de hidrogênio, mas eles não eram manobráveis – o pouso era sempre muito arriscado – e o hidrogênio era altamente inflamável.

Essa pessoa que vem conversar comigo, até gentil, que eu nem sei exatamente quem ela seja, e que se apresenta a mim com seu avental impecavelmente branco e sua postura de homem importante – todos o saúdam com respeito –, insiste em me dizer que eu deveria falar menos sobre as reformas de Paris e sua urbanização – ou sobre Alberto – e tentar dizer o que eu sinto sobre o presente e as minhas emoções. O presente? As emoções? E que diferença isso fará para me tirar deste lugar desprezível? Ele me explicou que eu tenho negado os meus sentimentos, fazendo de conta que eles não existem. O que esse tal Professor Palais – é esse o seu nome, não? – quer me dizer?

Eu sei perfeitamente o que diz o dicionário ou os livros que tratam desses temas e estão disponíveis nas bibliotecas da Sorbonne ou mesmo deste hospital. Se é que eu poderia chamar esse lugar de hospital e não de uma prisão. Contudo, meus contatos nesta instituição, e eu tenho vários deles à disposição, me alimentam com informações preciosas sobre quaisquer temas. Basta que eu os recompense com algum dinheiro, que eu trago escondido nas minhas partes mais íntimas. Eu me refiro às partes mais sensuais das flores descritas tão ricamente na obra de Marcel Proust. Diz um livro que eu consultei que a "negação" é mais uma das invenções do doutorzinho austríaco – como é mesmo o seu nome? Sigmund Friend? Fritz? Freud?

O Professor Sigmund Freud, de quem Palais imita todos os gestos e pensamentos, fala que se trata de um processo pelo qual o indivíduo, mesmo formulando seus pensamentos, desejos ou sentimentos reprimidos, ele os nega veementemente! Não é ridículo supor que eu, uma mulher da rua, uma Odette pior do que a de Crécy, iria me negar a falar de assuntos tão óbvios? O tal Palais – que imagino viva em seu "palácio" imaginário – me disse que a minha negação é algo inconsciente, uma defesa que eu uso como alternativa para não enfrentar de frente os meus conflitos emocionais. E eu lá tenho conflitos emocionais?

Uma mulher como eu, que já dormiu com mais de cem tipos diferentes de homens, dos mais perfumados aos mais fedorentos, dos mais carinhosos aos mais violentos, seria eu uma mulher incapaz de enfrentar algum inimigo de frente? Esse Professor Palais, formado não sei em que escola médica europeia, não tem a menor ideia de com quem ele está falando! Ele pergunta sobre Marcel, mas a que Marcel ele se refere? Marcel Proust? Se for a esse Marcel, eu posso desafiá-lo em quaisquer temas que ele escolha, pois eu conheço profundamente os sete volumes de *À la recherche du temps perdu*. E eu lhe disse mil vezes – talvez duas mil vezes – que não há nenhum bebê. Eu jamais sonharia em ter um bichinho perigoso como este ao meu lado. E para quê? Para passar por tudo o que eu já passei nessa vida? É melhor nós continuarmos nossa conversa sobre a urbanização de Paris, sobre os projetos do barão Haussmann para a construção de largas avenidas ou outros temas dessa ordem. Por acaso o Professor Palais quer saber algum detalhe sobre a construção da Torre Eiffel? Ou sobre o Grand Palais? Se forem temas como esses, eu estarei sempre a sua disposição! Do contrário, minha resposta é não!

Voltando ao assunto do meu querido inventor – não sei se Palais deseja ouvir esse assunto ou não –, Alberto produziu uma inovação, ao acoplar ao balão um motor à gasolina, criando o dirigível. Em seu elegante apartamento em Paris – onde passei algumas noites – havia uma cômoda com um troféu em permanente exibição, que ele recebeu em 1901, por pilotar seu dirigível sobre Paris, por cerca de onze quilômetros. Meu brasileiro voador era uma pessoa muito generosa. Contavam em nossas rodas de conversa, que Alberto havia dividido outro prêmio em dinheiro – o Prêmio Deutsch – com toda a sua equipe de trabalho e quase a metade do valor ele dera aos pobres da cidade. Com o avião *14-Bis*, Alberto fez a primeira demonstração pública de um voo, e em plena Paris.

Ele era uma pessoa incomum. Numa noite, ele abriu seu coração para mim, dizendo que não se preocupava com dinheiro. Não dava a menor importância para as patentes de suas invenções. Achava que as invenções de impacto deveriam ser um patrimônio da humanidade. Ele era uma pessoa tão especial, que me dizia que o crédito da invenção do avião não era seu, e sim dos irmãos Wright, que eram norte-americanos. Quando nos conhecemos, eu trabalhava na revista havia dois ou três anos. Acho que foi lá por 1910. Alberto se locomovia com certa dificuldade, em decorrência de um acidente com o *Demoiselle*. Numa noite em que estávamos em seu apartamento, ele chorou em meu colo, preocupado com uma doença neurológica que um renomado médico parisiense lhe havia diagnosticado.

Com o início da Primeira Guerra, em 1914, ele passou a ficar obcecado com a possibilidade de que suas invenções pudessem ser utilizadas para matar seres humanos. Ele me mostrou uma carta que havia endereçado à Liga das Nações, para que eles proibissem o uso de aviões em combates, mas o seu pedido foi completamente desconsiderado. Eu soube que ele retornou ao Brasil naqueles anos de guerra. Nunca esquecerei de sua atitude sempre doce em relação a mim. Ele brincava comigo, que eu era a fiel depositária de seus inventos mais secretos. A ideia de criar um chuveiro de água quente foi uma das invenções que Alberto antecipou para mim. Outra foi a do relógio de pulso, cuja fabricação ele acabou encomendando. Ele se suicidou num hotel no Brasil. Alberto e eu compartilhamos a mesma cama várias noites – mas nunca fizemos sexo.

André admirava a inteligência de Alberto, ainda que não privasse de sua intimidade – eu me refiro a André Gide, um de meus amantes secretos. De tempos em tempos, André entrava no apartamento com um traje feminino elegantemente acomodado numa fina caixa de papelão duro e decorado, que ele trazia, sorridente, debaixo do braço. Eram vestidos para mim. Um vestido para o dia a dia, outro para que eu vestisse em meus deslocamentos de bicicleta. Sem que combinássemos formalmente, André e eu sabíamos que eu deveria ser cuidadosa, para não despertar suspeitas sobre nosso relacionamento entre o pessoal da revista – sobretudo Jean.

Recordo um fim de tarde de sexta-feira em que André se entusiasmou e convidou-me para comer algo com ele, claro que em algum lugarzinho discreto. Caminhamos lado a lado por vários quarteirões. De repente, ele decidiu me tomar pelo braço. Noutro momento, ao ver que ninguém nos observava, ele me beijou nos lábios. Eu estava feliz por sua coragem de se expor tão abertamente ao público, ao meu lado. Quando passávamos pela frente do Hotel Ritz, na Place Vendôme, contudo, André ficou pálido e rapidamente transformou-se no senhor Gide, meu chefe na revista. Adiantou o passo e entrou no hotel. Eu segui sozinha.

Fui entender o que se passou na segunda-feira. André me explicou que vira Jean, que saía do hotel, com uma pessoa – assuntos referentes à *Nouvelle Revue Française*. Obviamente, seria inaceitável para o senhor André Gide, figura conhecida nos meios culturais e diretor da revista, envolver-se com alguém socialmente insignificante como eu. Eu era sua amante. Quase uma prostituta. Esqueci de contar ao leitor que o que eu mais adorava era passear de carro puxado a cavalo. Era quando eu me sentia eu mesma. Eu até pensei, certa vez, que eu nunca fora uma criança como as que conheci anos depois. Nós praticamente não brincávamos, pois tínhamos de comer, ou seja, garantir a nossa sobrevivência. De modo que o dia já começava sério. Imaginei que o prazer que eu sentia ao me sentar num assento de um bonde teria relação com a fantasia de ser, ao menos naquele momento, uma criança.

Até o começo do século XX, o carro puxado a cavalo era o principal meio de transporte público que tínhamos em Paris. Acho que foi o barão Haussmann quem promoveu a união das principais empresas de transporte, formando a Compagnie Générale des Omnibus, concedendo-lhe o monopólio dos transportes públicos. André e todos chamavam-no de "o artista demolidor de Paris". Haussmann foi o responsável pelo então denominado "departamento do Sena". Apoiado por Napoleão III, ele promoveu uma grande reforma urbana em Paris. Ele planejou praticamente uma nova cidade, remodelando parques e construindo outros. É dele a iniciativa do prédio da Opéra. Haussmann foi também fundamental na questão da água potável e escoamento de esgotos na cidade, construindo as instalações de La Villette e Les Halles, nos anos 1860.

Napoleão III era sobrinho de Napoleão Bonaparte e apoiou todas as iniciativas urbanísticas de Haússmann. Assim, Paris testemunhou mudanças impressionantes. Como todo grande empreendedor, ele sofreu enormes resistências. Demoliu ruas antigas, desativou pequenos comércios, realocou gente de suas moradias da cidade, sofrendo, obviamente, hostilidades de várias partes. A verdade deve ser dita, Haussmann transformou Paris na beleza que é até hoje. Ele construiu uma capital de grandes avenidas. Auteuil, região onde nasceu Marcel Proust, era um distrito vizinho e foi anexado, passando a ser um subúrbio de Paris, como o foram outros. Foi criada uma estrela de doze avenidas em torno do Arco do Triunfo, com grandes e elegantes mansões. O extremo onde fica o Champs-Élysées foi modernizado.

Haussmann deu aos parisienses e ao mundo a Place de l'Opéra e a Place de l'Étoile. O projeto da ópera foi feito pelo renomado arquiteto Charles Garnier, por encomenda do imperador Napoleão III, e ficou pronto em 1875. Como costuma ocorrer na política, os gastos com as reformas trouxeram grande impopularidade a Haussmann, culminando com sua demissão em 1870. A Paris do século XIX, que se seguiu à Revolução Francesa, em 1789, seria também uma forma de impedir de vez os levantes populares, tão frequentes naqueles tempos. A Paris antiga era própria para que se levantassem barricadas, pois as ruas centrais eram muito estreitas. Além disso, a modernização produziu a retirada compulsória de gente mais pobre, da classe trabalhadora, que ali habitava – tudo em nome do progresso e da importância de dar à Paris "uma nova organização geométrica".

"Você tem certeza que viveu nesse tempo? Na Paris de Haussmann? Não lhe parece uma fantasia ou, quem sabe, um desejo?", perguntou o Professor Palais. Eu respondi a ele que era tudo parte de minha vida. E segui com a minha narrativa. Diziam os políticos que a remodelação da cidade daria fim de modo definitivo às barricadas, tão fáceis de ser construídas pela população, nas ruas sinuosas e estreitas de então. Ou seja, havia mais de uma "razão de Estado" para as inovações. Com elas, os embates frente a frente, entre a população civil e os militares, tornar-se-iam mais difíceis. Eu conheci um general, de nome Paul Dennis, meu amante por alguns meses, quando eu já estava um pouco mais madura, que sempre repetia: para os melhores estrategistas do Império, as avenidas largas e retas auxiliariam os canhões imperiais, no sentido de terem uma mira mais certeira, caso fosse necessário defender o "status quo" dos eventuais revoltosos.

Foi assim que surgiu a elegante Paris da entrada do século XX, onde tudo de belo e inovador parecia possível. Mal sabiam os franceses e o mundo que uma sangrenta guerra estaria por começar logo depois, em 1914. Acho que Jean e eu fomos dos primeiros a utilizar o transporte público motorizado, que começou a circular nas ruas de Paris. Namorávamos de longe. Era divertidíssimo. André Gide me contou que o bonde puxado a cavalo, que andava sobre uma pista no mesmo nível da rua, era uma invenção norte-americana da metade do século XIX. Um engenheiro francês que vivia em Nova York copiara a ideia, criando uma linha de bonde em Paris. Era entre a Place de la Concorde e a Barrière de Passy. A ideia seria ampliada ao longo de vários distritos de Paris, de Boulogne a Vincennes. Depois, tentaram os bondes a vapor, sem sucesso.

O bonde elétrico, que funcionava bem em Berlim havia décadas, surgiu em Paris ao final do século XIX, com uma linha entre Saint-Denis e Madeleine. A expectativa de milhões de visitantes, por ocasião da Exposição Universal, em 1900, anunciada dois anos antes, foi um fator de estímulo para que melhorasse o transporte público na cidade. Até então, havia as linhas de ônibus, os bondes puxados a cavalo e os novos bondes elétricos. O transporte metropolitano subterrâneo ou elevado já era uma realidade em Londres, Nova York, Berlim, Budapeste e outras grandes cidades ao final do século XIX. O metrô de Paris começaria a ser construído no início do novo século. Mas eu falava antes de meu caso com André Gide e, não sei bem por que razão, mudei de assunto. São tantos os assuntos! Meu caso com Gide terminou sem muitas discussões – simplesmente paramos de nos encontrar, em meio ao progresso que ambos testemunhávamos no transporte público daquela bela cidade.

Eu retornarei ao meu comentário sobre a premiação de Proust com o Goncourt 1919. Jean comentara que para um país como a França, que saía de uma guerra sangrenta, havia uma obra mais ao encontro das expectativas literárias – *As cruzes de Madeira*, de Roland Dorgelès, que descrevia o dia a dia dos terríveis combates da Primeira Guerra. Para a maior parte da crítica, era Dorgelès, o jornalista e soldado que vivera os horrores da guerra, quem merecia o Prêmio Goncourt, e não Proust. E havia também aqueles que defendiam que o reconhecimento deveria ser dado a alguém mais jovem. Desse modo, Proust acabou por pagar o preço de ser parte de uma elite esnobe e rica, que os intelectuais costumavam não perdoar. E ele servira nas forças armadas, mas não lutara naquela que até então seria a mais sangrentas das guerras de trincheiras.

Além disso, havia a questão sobre a sua falada homossexualidade. E diziam as "más línguas" que Proust negava seu sangue judeu vindo de sua linhagem materna – essa última acusação era algo imperdoável para aqueles que usavam o "Caso Dreyfus" como bandeira contra uma indignação com as classes dominantes. Para mim, tudo aquilo soava à hipocrisia, pois essa atitude era comum naquele grupo da revista, que se dizia formado unicamente por intelectuais defensores dos valores mais elevados da humanidade. Contudo, dava-se um jeito de rejeitá-lo sob o rótulo de superficial, esnobe, interessado em colunismo social, características que alguns intelectuais consideravam incompatíveis com a boa literatura. Proust provaria o contrário. Ele tinha quarenta e oito anos, se não me engano, mas tinha um aspecto de doente e bem mais velho. Reconheço ser verdadeira a crítica de que vivia dos lucros da herança recebida de sua mãe, mas o que se dizia nas rodas de conversa no escritório da *Nouvelle Revue Française* era que ele jamais havia tido um trabalho regular, como as pessoas normais. E isso era dito em um tom depreciativo.

Em nossas conversas, o Professor Palais não poupava a sua indignação com a parte da sociedade francesa – uma grande parte, sobretudo da aristocracia – que alimentava a falsa acusação contra o capitão Dreyfus, sem que houvesse uma análise mais aprofundada das provas do crime. O exército parecia interessado em manter a versão de que ele era um traidor da pátria, sem maiores questionamentos. Eu tive um conhecido, cujo nome não lembro bem, acho que era Marcel, sempre que surge o seu nome ou imagem em meu cérebro, parece que me foge da memória, ele me dá a sensação de ser alguém que eu conheço profundamente e até admiro. Eu arriscaria dizer que até tenho sentimentos mais profundos em relação a ele. O problema é que eu não consigo me lembrar dele com a clareza necessária para fazer um julgamento mais preciso.

O Professor Palais pede sempre que eu me esforce para me lembrar, pois ele pode ser alguém de fundamental importância em minha vida. E se ele for alguém com quem eu tenha tido algum relacionamento mais sério? Nunca se sabe. O fato é que seu nome me soa bem, dá-me a sensação de ser um indivíduo a ser levado muito a sério. Eu dizia que ele, esse tal Marcel, é esse o seu nome, eu tenho quase certeza, ele conhece profundamente vários temas ligados à literatura, às artes e, em especial, à história política da França. Eu posso afirmar que foi dele que eu ouvi o que a partir de agora eu afirmarei sobre o Caso Dreyfus. "*J'accuse*!" era o título da carta aberta que o romancista e ativista político francês Émile Zola publicou no dia 13 de janeiro de 1898, no jornal *L'Aurore.* Ele a dirigiu ao presidente da França, Félix Faure.

Do que me conste, foi uma contundente denúncia contra os oficiais que esconderam deliberadamente a verdade no caso do oficial francês – judeu – Alfred Dreyfus, o qual foi acusado injustamente de traição e espionagem. Dizia esse tal Marcel, imagino que seja esse o seu nome, que este foi um dos maiores e mais polêmicos casos de erro judiciário da história. O grande Émile Zola foi processado e condenado por difamação, veja o leitor a que ponto pode ir a hipocrisia dos homens! Contava-se que, com a interceptação de uma carta, em setembro de 1894, na qual eram descritos segredos estratégicos de segurança francesa, o Estado-Maior da França procurou e encontrou o responsável pela entrega das informações ao inimigo –

os alemães. As investigações, feitas sabe-se lá de que maneira, mas muito superficiais e tendenciosas, chegariam ao nome do capitão Alfred Dreyfus.

No dia 15 de outubro de 1894 ele é acusado de alta traição e, já no dia 29 do mesmo mês, o jornal *La Libre Parole* questiona o silêncio das autoridades militares. Dois dias depois, o *L'Eclair* confirma a detenção de Dreyfus. No mesmo dia, o jornal *Le Soir* revela o nome e o cargo do acusado e, no dia 1º de novembro, o *La Libre* divulga a sua prisão. O "incêndio" provocado pela imprensa e pela propaganda antissemita cria um ambiente para que o tema seja tratado como "razão de Estado". Ignora-se o direito de Dreyfus a uma pena mais leve, por ser réu primário e ter nível superior de escolaridade. Ao contrário, ele é punido com trabalhos forçados, na companhia de presos de alta periculosidade, na Ilha do Diabo, após uma humilhante cerimônia de degradação, no dia 5 de janeiro de 1895, quando seu sabre é quebrado e ele perde suas insígnias militares. Na cerimônia, escutava-se a multidão ameaçadora, na Escola Militar, gritando insultos e ameaças de morte. Como são maravilhosas essas sessões de discussão de temas históricos da Universidade de Sorbonne! O Caso Dreyfus! Eu não perco nenhuma delas. É fascinante como eles se preocupam em dar ao aluno uma visão panorâmica do mundo. Eu quase não consigo assisti-las por inteiro, pois os meus enjoos estão cada vez mais fortes. E o que dizer das vezes em que corro para o banheiro para vomitar. Eu tenho de cuidar bem de nosso bebê, preciso fazer algumas horas de repouso, pois essas pernas inchadas me deixam muito fatigada. Eu adoro quando os meus colegas me dão o seu lugar para sentar. É tão bom assistir a uma conferência magistral sobre Mallarmé, com os meus pés para cima da cadeira em minha frente!

O sopro dos ventos muda de direção quando, em junho de 1895, o tenente-coronel Picquard torna-se responsável pela Seção de Estatística do Estado-Maior, a qual era encarregada do serviço de contraespionagem. Em maio de 1896, Picquard informa ao seu superior, de nome Boisdeffre, que Dreyfus era inocente e o culpado seria um outro oficial, o major Walsin-Esterhazy. Misteriosamente – ou melhor, não tão misteriosamente –, seis meses depois de sua comunicação, Picquard é mandado para um perigoso posto na Tunísia. Em agosto de 1898, Walsin-Esterhazy foi reformado por crime de peculato e confessa a um jornalista inglês, que ele – e não Dreyfus – era o autor do "*bordereau*". Ele próprio forjara a escrita do capitão Dreyfus, a mando do coronel Sandherr, seu superior e antigo chefe na Seção de Estatística.

Só quatro anos após a morte de Zola, falecido em 1902, ou seja, em 1906, o exército admitiu o irreparável erro, reintegrando Dreyfus, além de lhe dar a medalha da Legião de Honra. Dreyfus viria a falecer em 1935. Quando o Caso Dreyfus tomou proporções internacionais, o país submetido à grave crise econômica, tensões sociais e políticas, encontrava-se dividido entre uma direita reacionária, ligada às Forças Armadas e à Igreja, e os republicanos liberais e as forças de esquerda. Os mais conservadores queriam de volta a monarquia, enquanto os republicanos e a esquerda queriam manter a república. Havia uma imprensa ultrarreacionária e antissemita, que tratava de jogar o povo contra os judeus, eu citaria no caso o jornal *La Libre Parole,* de Édouard Drumont, que faz uso do caso para incendiar sua campanha antissemita. Drumont publica, em 1886, uma obra absurda e difamatória contra os judeus, intitulada *La France Juïve.*

Esta seria a mesma parte da sociedade francesa que cultivava um antissemitismo doentio, o qual cresceria e levaria ao vergonhoso apoio a Hitler décadas depois. Os franceses se dividiram entre os que apoiavam Dreyfus e os "*antidreyfusard*", que poderiam ser definidos como antirrepublicanos, antidemocráticos e antissemitas. O jurista e intelectual brasileiro Rui Barbosa, quando vivia na Inglaterra, em 1895, escreveu para o *Jornal do Commercio*, no Rio de Janeiro, um artigo em que apontava a ilegalidade e inconsistência do processo contra Dreyfus, destacando o absurdo da única "prova", o famigerado *bordereau* em que se baseou a sua acusação e condenação. Ele dizia que o capitão "não tinha nenhuma nódoa, um traço duvidoso, em quinze anos de serviços imaculados e a alta posição de confiança que ocupava".

O Professor Palais achou minha descrição do Caso Dreyfus impressionante. Ele até comentou que havia vários fatores que colaboraram para o erro judiciário no Caso Dreyfus e que são comuns a outros casos: as acusações levianas e sem consistência, a presença de juízes autoritários, a admissibilidade de provas ilícitas ou duvidosas, o cerceamento da defesa, o prejuízo na atuação livre da defesa, o desprezo ao devido processo legal, a violação da presunção de inocência, a inobservância da separação do juiz e das partes, a influência parcial da imprensa e o desrespeito à dignidade humana. Havia também algo que atuava de forma subliminal, que era o fato de o acusado ser tratado como "inimigo", havendo a tendência de de lhe ser negada a condição de pessoa, com direito às suas garantias fundamentais.

Agora lembro! O rapaz de quem eu havia falado, o de nome Marcel, do qual eu custo a recordar seus detalhes pessoais com clareza, afirmava para mim que o conceito de inimigo não é compatível com o Estado de direito, mas mais afeito aos Estados de exceção ou mesmo uma situação de guerra. O capitão Dreyfus foi tratado como inimigo e lhe foram negados os seus direitos e garantias fundamentais. À semelhança de Dreyfus, claro que em menores proporções e em outro contexto, eu sentia certa repugnância em relação às pessoas que falavam de Proust por puro ressentimento. Havia um conhecido de Jean, que não recordo o nome, mas lembro que não era escritor, nem mesmo era considerado por eles, da redação da revista, como sendo um intelectual. Não obstante, ele se referia a Proust como o "riquinho que organizava festas no Hotel Ritz", quando as conversas sugeriam que o Prêmio Goncourt talvez viesse a ser concedido a ele.

A meu ver, isso era uma grande injustiça, pois Proust havia tempos vivia recolhido em casa, doente e dedicado a escrever sua magnífica obra literária. Havia uma senhora, que era prima de outra que vivia de fazer limpeza em apartamentos do sexto distrito de Paris, nas vizinhanças da Rue Jacob. Uma de suas irmãs havia trabalhado onde Proust vivia na época. Ela comentara que o escritor vivia em casa tossindo, feito um moribundo. E à noite, escrevia. As "más línguas" dos invejosos diziam também que Proust passava as noites em claro a escrever, como se fosse um vampiro. Jean, contudo, tinha uma alma boa e comentava comigo que "o tal Marcel Proust" tinha indiscutíveis méritos, era culto, refinado e possuía um estilo elegante para descrever as coisas.

A obstinação de Proust por concluir sua obra literária, segundo Jean, era algo digno de ser copiado pelos demais escritores. E se alguns o criticavam por utilizar-se de uma linguagem muito rebuscada e cheia de detalhes – como "um microscópio" –, da parte de Jean, Proust era o oposto, quase um "telescópio", fazendo uso de um olhar à distância, como numa técnica pictórica. Para Jean, ele fazia verdadeiras mediações, entre obras de arte e pessoas, objetos pinçados da natureza, seres vivos, tudo isso a serviço de uma mais rica descrição de suas personagens. Em *Du côté de chez Swann*, Swann compara sua criada de cozinha, encarregada de limpar a pele dos aspargos, na adorada e idílica Combray, e que "disfarçava suas formas largas da gravidez com o uso de roupas largas", com a *Caridade*, de Giotto, como se fosse uma das *Virtudes* do mestre de Pádua, com o corpo coberto de opalandas e um aspecto viril, e as bochechas quadradas e caídas.

Odette de Crécy, musa de Swann, é referida como tendo os traços de seu rosto como "um novelo de linhas belas e sutis que evocavam *Séfora*", filha de Jetro, pintada por Botticelli na Capela Sistina. E o jovem Bloch, um colega judeu de Marcel, dos tempos de escola, é comparado a um retrato de Maomé II, de Bellini, com as mesmas sobrancelhas, o nariz adunco e com as maçãs do rosto salientes. E suas comparações não ficam por aí. A senhora Blatin, amiga dos Verdurin, era tão horrorosa quanto uma figura de Fra Bartolomeo, de nome *Savonarola*. E uma das meninas das praias de Balbec era como uma das filhas de John Jeffries, na pintura de Hogarth. E se havia um exemplo mais definitivo de suas alusões a obras de arte em sua obra, Proust enxerga traços do *Doge Loredano*, esculpido por Antonio Rizzo, em seu cocheiro Rémi. Para Jean, Proust era de fato um tipo muito especial.

Segundo Gide, Marcel era "radicalmente diferente de seu irmão", o qual parecia mais dedicado aos aspectos práticos da vida. Robert formou-se médico e seguiu o caminho trilhado por seu pai. Marcel, por sua vez, era tido pelo pai como o filho que seria "problemático". André Gide tinha inicialmente uma ideia de Marcel Proust como um tipo vazio da alta sociedade. Os dois irmãos – Marcel e Robert – tinham uma boa relação. Proust não o inclui entre seus personagens de *À la recherche du temps perdu*, ao menos não há uma personagem que se pareça com ele. O Professor Palais – e sabe-se lá a razão de eu misturar os meus assuntos pessoais com esse médico, quem sabe até charlatão, nessa parte de minha narrativa –, mas ele me explicou que Proust cria um narrador em sua obra-prima, que não tinha irmão, dando a certeza ao leitor de que é filho único.

Nesse sentido, o fato de ser o filho único, na obra, parece resultar de um desejo oculto de muitos de nós. Obviamente, sendo o filho único, prescindimos da necessidade de disputar a atenção e o amor de nossos pais com os nossos irmãos – o que pode facilitar a vida em nossas fantasias. Pelo menos é isso que o Professor Palais tentava me explicar em nossas conversas. E ele me dizia, aproveitando a oportunidade criada por esse tema em nossa troca de ideias, que muitos filhos não conseguem superar a presença forte e viril de um pai, a "sobrevoar como uma águia faminta" o leito onde dorme uma mãe. Isso acontece – segundo o Professor Palais – porque o desejo inconsciente do filho é que ele compartilhe a cama com a mãe, não um concorrente, o que fica claro ao início da obra de Proust, quando ele descreve sua angústia e verdadeiro assédio à figura materna, em busca de seu beijo, antes de dormir.

O doutor Adrien Proust, pai de Marcel, era o que se chamaria de um homem de caráter forte – doce, mas forte – e que possuía uma formação acadêmica muito valorizada. Depois de completar seus estudos em Chartres e frequentar os bancos da prestigiada Faculdade de Medicina da Universidade de Paris, torna-se um reconhecido especialista na luta contra as epidemias. Ele faz uma viagem de estudos à Pérsia, para desvendar muitos dos mistérios do caminho percorrido pela terrível "cólera". Ele recebe a Légion d'Honneur das mãos da imperatriz Eugênia, por seus trabalhos no controle dessa doença infecciosa de consequências trágicas. Contam que o Professor Adrien Proust privava da companhia do presidente da República em seus concorridos jantares.

O irmão Robert torna-se um respeitado médico e professor da Faculdade de Medicina da Universidade de Paris. Marcel, por sua vez, não dava sinais de que seguiria o mesmo caminho do pai e do irmão, não mostrando sequer interesse em seguir uma carreira mais condizente com a tradição familiar – um diplomata ou advogado, algo assim. Na certa, tornar-se um escritor – ou filósofo –, como Marcel o desejava, não era do agrado do Professor Adrien Proust. Nesse aspecto, o Professor Palais comentava que a "solução" dada por Proust em sua obra foi simplesmente produzir um narrador "pouco descritivo" em relação à sua figura paterna. Segundo o médico – e aqui ele pareceu-me até um pouco inteligente –, as pessoas fazem uso dessa estratégica psicológica de "apagar" de seus pensamentos as pessoas ou figuras com as quais elas tenham relações afetivas mais conturbadas. E este poderia ser o meu caso em algumas ocasiões.

Foi Robert – o irmão – quem organizou a publicação das três últimas partes de sua obra-prima, após a morte de Proust. Quanto ao início de sua produção literária, Proust conhece Madeleine Lemaire, nome artístico da "imperatriz das rosas", uma reconhecida artista plástica, através de seu amigo Robert de

Montesquiou – o qual será uma das inspirações para a personagem do barão de Charlus, um homossexual de origem nobre e que o menino Marcel conhece ainda na infância. Robert era um poeta prolixo, excêntrico e envolvido com a alta sociedade francesa, com quem Proust manteve intensa correspondência – mais de trezentas cartas. Madeleine Lemaire faria as ilustrações de seu primeiro livro, intitulado *Les Plaisirs et les Jours* e publicado em 1896, pela editora de Calmann Lévy. Na obra, que não obteve maior visibilidade, há também cinco partituras compostas para piano, por seu amante de vários anos e amigo de toda a vida, Reynaldo Hahn.

Muito antes, Proust escreveria um texto em respeito à morte do crítico de arte John Ruskin, falecido em 1900, e depois faria a tradução de duas de suas obras para o francês, *La Biblie d'Amiens* – que Proust dedica a seu pai, Adrien, publicada em 1904 – e *Sésame et les lys*, em que ele escreve um prefácio, que eu diria antológico, sobre o papel da leitura, intitulado "*Sur la lecture*", que apareceria dois anos depois, em 1906. Em 1908, Proust publica um ensaio contrário ao método de crítica literária do famoso intelectual Sainte-Beuve. Cinco anos depois, surgiria *Du côté de chez Swann*, em 1913. E *À l'ombre des Jeunes filles en fleurs*, em 1919. Ele publicaria ainda em vida *Le Côté de Guermantes* e *Sodome et Gomorrhe*. Proust faleceria em 18 de novembro de 1922, logo depois de corrigir os originais de *La Prisonnière*, com a ajuda de sua secretária Céleste Albaret – testemunha também do momento em que ele escreveria a palavra "*Fin*", no último volume dos originais de sua obra-prima. "*La Prisonnière*" e os dois últimos volumes, "*Albertine disparue*" e "*Le Temps retrouvé*", seriam publicados por seu irmão Robert, postumamente.

Segundo o Professor Palais, se eu decidisse escrever um livro, um dia, como o fez o narrador, com seu menino, depois adolescente, e mais adiante adulto Marcel, ao final de *À la recherche du temps perdu*, eu poderia utilizar esse vasto conhecimento que adquiri sobre Proust e sua obra. Do contrário, seria muito difícil ao leitor compreender como eu teria conseguido reunir tantas informações sobre a vida, obra e circunstâncias de vida desse que foi, provavelmente, e sem exageros, o maior romancista do século XX. Em outras palavras, o Professor Palais insistia na possibilidade de que eu encontrasse uma forma saudável de dar um destino literário a esse meu conhecimento sobre Proust.

Olhando com olhos de hoje, eu concluo que, naquele momento em que o Professor Palais havia feito essa sugestão, eu simplesmente não estava preparada para ouvi-la. Diz ele que não haveria problema em esperarmos um pouco mais para discutir esse assunto, pois "há momentos em que nossa situação ou mesmo enfermidade nos deixa impenetráveis a certos temas". E o tempo, ele brincava comigo – o meu tempo, não o de Proust –, e muitas vezes as conversas e as boas medicações tornam, com o passar do próprio tempo, as pessoas mais receptivas aos bons conselhos. Mas como eu dizia, havia muita inveja e maldade na boca daqueles que não aceitavam que Marcel Proust recebesse o Prêmio Goncourt, que era uma das maiores distinções literárias possíveis na Europa de cem anos atrás, a maior delas, sem dúvidas, entre os autores de língua francesa.

De modo que André Gide amargou por longos anos o preço de seu erro de julgamento, ao desprezar a primeira parte da obra-prima. Mas ele logo reconheceria seu engano e trataria de se desculpar com Proust, inclusive negociando para que suas obras fossem publicadas pela revista. Ele estava certo, não é inteligente desprezar um autor capaz de produzir um conjunto de algumas mil páginas, com parágrafos por vezes quase "quilométricos", de puro lirismo, como eram os escritos por Proust. Certa vez, o Professor Palais introduziu em nossa conversa um assunto muito interessante. Ele me propôs que talvez houvesse a possibilidade de que algo semelhante ao desprezo de Gide pelos originais do primeiro volume da obra de Proust pudesse ter ocorrido comigo. Sim, comigo mesma! Ele me falou então de um episódio do qual eu tinha total desconhecimento. Pelo menos, nada havia ficado em minha memória naquele momento.

Ele me explicou que, às vezes, as pessoas, ou mesmo os estudantes, sofrem tanto com os seus desafios e suas exigências pessoais – as quais podem nem ser na realidade as exigências de seus supervisores – ao ponto de não mais suportarem suas angústias. Em consequência, elas podem sofrer crises nervosas, que nada mais são do que bloqueios emocionais, algo que as impede de trabalhar normalmente, confunde sua memória, incapacitando-as para o trabalho. E assim, deixam de ter o prazer que as pessoas encontram no que fazem. Interessante o seu comentário, mas eu lhe respondi que nada do que ele havia dito tinha que ver comigo. Ele seguiu adiante com outra conversa.

Quando completei a leitura de *À la recherche du temps perdu*, lembro ter comentado com alguns amigos que a satisfação provavelmente sentida por Proust com a premiação do Goncourt deveria ser equivalente ao sentimento tão sonhado por personagens de sua obra, como o escritor Bergotte, o pintor Elstir ou mesmo o músico Vinteuil. Um escritor capaz de escrever com beleza literária como eram as meninas em flor, era sem dúvida algo novo na literatura europeia. Há uma passagem que diz claramente o seu olhar quase impressionista, com um *sfumati* a permear a poesia das frases de seu texto. Ele descreve: "de modo que seus rostos, talvez construídos de maneira pouco dissemelhante, conforme fossem iluminados pelo fogo de uma cabeleira ruiva, por uma tez rosada ou pela luz branca de uma palidez baça, alongavam-se ou alargavam-se, se transformando numa outra coisa, tal como os adereços de palco dos '*Ballets Russes*'".

E Proust segue: "que por vezes, quando vistos à luz do dia, não passam de simples rodelas de papel, mas que o gênio de um Bakst, conforme a iluminação cor de carne ou lunar com que banha o cenário, faz com que pareçam ora uma turquesa duramente incrustada na fachada de um palácio, ora uma rosa--de-bengala desabrochando languidamente no meio de um jardim". Léon Bakst era um russo pintor, cenógrafo e figurinista da Bielorrússia, membro do grupo de Sergei Diaghilev e dos "*Ballets Russes*", para os quais ele desenhou cenários e figurinos ricamente coloridos. É de sua autoria a decoração para produções conhecidas, como *Carnaval* e *Spectre de la rose*, nas primeiras décadas do século XX.

Acho que o leitor merece saber os detalhes do recebimento do Prêmio Goncourt 1919. Na realidade, Proust havia pensado na publicação de seu ciclo de romances já em 1912. Ele havia publicado partes de seu conteúdo no jornal *Le Figaro* e, através de seu amigo Antoine Bibesco, procura a *Nouvelle Revue Française*. Como já mencionei, o editor responsável era André Gide, mas Gaston Gallimard atuava no setor de edições e passaria nos anos seguintes a gestor da empresa. Gaston havia conhecido Marcel ano antes, em 1908, na costa da Normandia. Dizem que Gide nem mesmo deu-se ao trabalho de desatar o nó do pacote, onde estavam guardados os originais de *Du côté du chez Swann*, ao menos foi isso que revelou depois a secretária de Proust, Céleste Albaret, pois havia sido ela mesma quem preparara o material antes de entregá-lo na revista.

Gide simplesmente rejeitou-o, para seu amargo arrependimento depois. Proust envia a Gaston uma mensagem nos seguintes termos: "Se eles me editarem, eles terão me lido talvez... E do ponto de vista literário, eu não os desonrarei jamais com a qualidade de meus escritos". Proust já vinha marcado pela decepção de ter seus originais recusados por outros editores, como Fasquelle, em 1912. Na verdade, Jean Schlumberger – o meu Jean – havia lido rapidamente os originais, mas foi Gide quem assumiu oficialmente a rejeição da obra, que ele depois consideraria "um dos maiores arrependimentos de sua vida". É quando Proust decide arcar ele próprio com os custos de publicação de seu primeiro volume, pela editora do senhor Grasset. Há uma carta de Gaston Gallimard a Proust, datada de novembro de 1912, na qual ele diz que "eu serei verdadeiramente contrário que o senhor me considere como um editor. E eu insisto, eu ficarei muito feliz de rever e de me desculpar em viva voz, e ao mesmo tempo de me encarregar pessoalmente de seus manuscritos". Proust havia contatado o seu amigo, o príncipe Antoine Bibesco, o qual foi apoiado por Jacques Copeau, então diretor da *Nouvelle Revue Française* e antigo colega de Proust no Lycée Condorcet.

Essa teria sido a aproximação para que anos depois os direitos de publicação das obras de Proust passassem à revista. Gaston daria depois um jeito de propor a criação da Librairie Gallimard, em 1919, como um negócio da revista. Era sua intenção desde o início tornar a "Nouvelle Revue Française" um ponto de convergência para a publicação de novas coleções literárias com um perfil mais eclético. Em abril de 1914, Jacques Rivière responde a uma correspondência de Gaston Gallimard, a propósito da publicação de *À l'ombre des jeunes filles en fleurs*, nos seguintes termos: "Recebi esta manhã o seu telegrama sobre Proust. Não me parece necessário que o senhor me diga as razões de levarmos adiante a publicação desta obra. Eu farei tudo que puder neste sentido. Acredite-me: ainda nos sentiremos muito honrados em publicar as obras de Proust".

A partir de então, Gide passa a trocar correspondências com Proust, para que suas obras – todas – desde a primeira, publicada pela Grasset, passassem a ser de responsabilidade da revista. O segundo volume, *À l'ombre des jeunes filles en fleurs*, é impresso em novembro de 1918, e passa a circular a partir de junho de 1919, junto com uma reedição do primeiro, *Du côté de chez Swann* e a obra *Pastiches et mélanges*. Quando o Prêmio Goncourt 1919 é anunciado e Proust é o seu vencedor, novas edições são lançadas pela revista – era a primeira grande premiação obtida pela *Nouvelle Revue Française*. Era o desejo original dos irmãos Edmond e Jules de Goncourt que a venda de seus bens, quando ambos morressem, pudesse ser "uma forma de financiamento para os homens das letras".

Foi assim que surgiu essa prestigiosa premiação, a qual correspondia a uma recompensa financeira a ser dada ao escritor que mais o merecesse, e a cada ano. O Prêmio havia sido dado pela primeira vez, em 1903, ao escritor John-Antoine Nau. Ele vence com sua novela *Force Ennemie*, publicada em fevereiro do mesmo ano. Quem pavimentaria o terreno para que Proust concorresse ao prêmio em 1919 foram os seus amigos de Lycée Condorcet Louis Robert e Lucien Daudet, este último primeiro amor de Marcel e irmão de Léon Daudet, que era um dos membros do júri. Na verdade, há informações de que teria havido antes uma tentativa com o primeiro volume da obra, *Du côté de chez Swann*, em 1913, sem sucesso ou muita divulgação do fato. Contudo, para o julgamento de 1919, Proust contou com o apoio não só de Daudet, mas de outros intelectuais influentes, como o próprio presidente do júri, Gustave Geffroy.

A escolha de Proust como vencedor do Goncourt 1919 não foi, contudo, fácil. Restrições como a idade do escritor, certo preconceito por sua condição financeira favorável, mas sobretudo a figura do combatente e herói da Primeira Guerra, o escritor Roland Dorgelès, como concorrente, com a obra intitulada *Croix de bois*, que não falava das frivolidades e costumes da sociedade parisiense, mas de eventos inspirados na sangrenta guerra de trincheiras travada no coração da Europa. Isso tornaria a disputa muito desfavorável a Proust. Contudo, por seis votos a quatro, depois do terceiro escrutínio, e o voto favorável de J.-H. Rosny, Proust recebe em 10 de dezembro de 1919 o décimo sétimo Prêmio Goncourt.

Proust morreria alguns anos depois, em 18 de novembro de 1922, sem jamais imaginar quanto sua obra seria apreciada no futuro. Eu não me recordo se foi aquele sujeitinho arrogante que circulava pela revista, Druin, ou se foi Copeau, outro que vivia me fazendo propostas indecorosas, ou Henri Ghéon, que era uma boa pessoa, um deles havia feito um comentário depreciativo em relação a Proust, por ocasião de sua premiação com o Goncourt. Lembro de ter ouvido na sede da revista, quando um deles comentou, de modo sarcástico, que fora Léon Daudet quem articulara a escolha de Proust para receber o prêmio.

Léon Daudet era um jornalista e escritor monarquista, que diziam ser um dos mais influentes membros da Académie Goncourt. Daudet havia sido esposo de Jeanne Hugo – neta de Victor Hugo – e era muito considerado nos círculos sociais e intelectuais da chamada Terceira República. Era muito amigo de Charles Maurras, organizador da Action Française, um movimento político monarquista de viés católico e nacionalista, cuja influência intelectual na Europa do começo do século XX foi marcante – Jean, se pudesse, diria que representava o pior da extrema direita. Maurras ficaria conhecido duas décadas depois, entre outras coisas, por atacar verbalmente o primeiro-ministro Léon Blum, o que teria lhe rendido um período na prisão. Blum era um líder socialista e fora por três vezes presidente do Conselho de Ministros da França, na primeira metade do século XX. Era judeu e envolveu-se com os movimentos sionistas que surgiram após a Primeira Guerra. Ele foi duramente atacado por setores políticos antissemitas franceses.

Daudet era um dos membros da comitiva, junto com Xavier Vallat, Darquier de Pellepoix e Philippe Henriot, dos que foram desejar “bom retorno” a Charles Maurras, quando de sua libertação, um pouco antes de estourar a Segunda Guerra. Do que pude depreender dos fatos que viriam depois, ainda que Léon Daudet tivesse sido favorável a Proust no Goncourt, ele havia acusado injustamente os ativistas anarquistas pelo assassinato de seu filho Philippe. Ele depois atacou insistentemente os socialistas e outros partidos de esquerda. Léon Daudet acabaria por confirmar seu perfil moralmente questionável, como colaborador do Marechal Pétain, em Vichy. Em resumo, ao insinuarem que Proust era o candidato para o Goncourt que contava com a simpatia de Daudet, o fato soava como altamente depreciativo entre muitos intelectuais.

Hoje, eu sou uma senhora mais velha e fiquei feliz ao escutar que a Rádio Cultura da França pediu a Roland Barthes que organizasse um passeio por Paris, para relembrar os locais mencionados por Proust em sua obra. A literatura de Proust é um somatório de vivências pessoais, condensações de múltiplas memórias e experiências, mas muito de sua imaginação. Quando me refiro à imaginação, quero dizer uma amálgama de sua vida pessoal, fantasias, amores, desejos, dores e doenças, tudo sob o prisma do andar sinuoso do tempo. Acho que foi em 1919, sim, logo ao término da Primeira Guerra, foi naquele ano que Gaston Gallimard confiou a parte administrativa de nossa *Nouvelle Revue Française* a Jacques Rivière. Ele havia sido o secretário de editoria no período anterior. Gaston decidiu investir seu próprio dinheiro, assumindo a marca da revista e criando a Librairie Gallimard.

Eu me recordo quando ele me chamou em seu escritório. Eu estava segura de que seria despedida – Jean não estava ali para me proteger, como sempre o fazia. Mas, para minha surpresa, Gaston me pediu para seguir com ele, como sua secretária particular. Foi ele, isso eu posso afirmar ao leitor com muita propriedade, foi Gaston quem transformou a *Nouvelle Revue Française* numa revista literária de grande destaque, fundamental nas discussões sobre cultura na França entre as duas guerras. Pessoalmente, foi em decorrência de toda essa efervescência que pude conhecer um dos homens mais charmosos que encontrei em minha vida.

Eu me refiro a André Malraux. Quando ele entrou na sede da revista, acho que ele tinha uns vinte e cinco anos, foi no ano de 1925, 1926 ou 28, já nem lembro mais, eu pedi que ele me informasse o seu nome, para que eu dissesse a Gaston de quem se tratava. Ele sorriu e disse "Georges André". Havia um lado triste de Malraux que fui uma das poucas mulheres que o conheceu. Ele era filho de pais separados e me confessou, numa noite de intimidade, que seus momentos de silêncio tinham a ver com isso e com os suicídios da família – seu avô teria cometido suicídio e o pai também, após a queda da Bolsa de Valores de Nova York, em 1929. Quando André ficava nervoso, eu podia perceber que seus tiques motores e a fala ficavam alterados. Mas esses pequenos defeitos jamais lhe roubaram o brilhantismo intelectual, tampouco diminuíam sua qualidade literária. Ele não falava muito disso, mas eu sabia que ele havia abandonado a educação formal, trocando-a pelas bibliotecas, livrarias e museus de Paris durante a adolescência e a juventude.

André Malraux tocou minha mão, com doçura, de modo quase imperceptível pelos demais, quando pediu que eu desse a minha opinião sobre um artigo seu, intitulado "As origens da poesia cubista". Ele me disse que o publicaria na revista *Action*, de Florent Fels. Mal sabia ele que Florent e eu havíamos tido um tórrido relacionamento amoroso. Quando eu contei a ele, André ficou furioso. Ele me mostrou um conto chamado "Luas de papel" – lindo – com ilustrações de Fernand Léger. Saímos para beber juntos por várias noites. Ele era amigo de muita gente do circuito cultural parisiense. Com ele, eu conheci Max Jacob, Jean Cocteau, Marcel Arland e outros. Cocteau era amigo de Proust. Mais jovem, mas próximo a ele. Numa noite fria, André e eu tomávamos um vinho no Café de Flore, na esquina do Boulevard Saint-Germain – que ele mesmo me ensinara que se tratava de uma alusão à uma estátua da divindade grega Flora –, e ele me disse que não iríamos mais nos ver, pelo menos com a intimidade de até então. Ele estava apaixonado por outra mulher.

Ela se chamava Clara Goldschmidt, com quem se casou em seguida. Soube que se separaram anos depois. Uma de suas filhas se casou com o Alain Resnais, o conhecido cineasta francês, autor de filmes memoráveis, como *Hiroshima mon amour* e *L'année dernière à Marienbad*. Acho que foi anos depois, nos anos

1950, que li no jornal um artigo de André sobre suas ideias de buscarmos o homem heroico de Nietzsche – o *übermensch* –, aquele que criaria grandes obras de arte e triunfaria sobre toda a maldade. Dizia que nós, humanos, éramos responsáveis por tudo de bom e ruim que produzíamos. Lembro que gostei do texto e, à distância, concordei com ele.

Soube dele depois somente pela imprensa, de sua viagem ao Extremo Oriente e a paixão pela coragem de T.H. Lawrence, escritor que ele muito admirava. Se alguém um dia me perguntasse quem era André Malraux, eu diria que era um homem muito talentoso, que escreveu poesia, romance e ensaios profundos sobre o sentido da arte. Mas ele era ao mesmo tempo um aventureiro e ativista político. No fundo, era também uma criança tímida, quase incapaz de falar de seus sentimentos mais íntimos. Alguém interessante, muito interessante, com quem convivi, mas nunca soube de fato quem era. Anos mais tarde, fiquei novamente surpresa ao abrir o jornal e saber que André havia sido preso por autoridades coloniais francesas, por remover partes de objetos sagrados e de arte de locais históricos do Camboja.

Muitos desses objetos proibidos acabaram sendo adquiridos pelo Museu Guimet, especializado em arte asiática e situado na Place d'Iéna, em Paris. Desse episódio, o que restou em minha memória foram as duras críticas de André ao modo como as autoridades francesas tratavam a população da Indochina. Li *Les Conquérants* e não gostei, mas a crítica na imprensa foi muito positiva. *La Voie Royale* eu comecei a ler e nunca terminei. Havia uma frase dele que jamais esqueci. Dizia que, de todas as profissões, o artista era o mais importante. Eram os exploradores e viajantes do espírito humano. A arte era a forma mais elevada de realização humana. Só ela, a arte, na opinião de André, poderia ilustrar a relação da humanidade com o universo. *La Condition Humaine* é sua obra mais conhecida do público em geral. Eu li algumas partes, um romance que falava sobre a revolta comunista que fracassara em Xangai, no ano de 1927. Como falei do Goncourt de Proust, registro que "meu André" também recebeu um, em 1933.

Reencontrei-o, por acaso, no Aeroporto Charles de Gaulle no final dos anos 1950. Eu lembro que voltava de uma viagem aos Estados Unidos. Conversamos rapidamente. Ele continuava tímido, mas me disse que colecionava tristezas. Perdera a segunda esposa, Josette, e depois os dois filhos, num acidente de automóvel. Nas últimas vezes que li sobre ele nos jornais, André falava sobre suas buscas de vestígios sobre a capital perdida da Rainha de Sabá, no Iêmen e Arábia Saudita. Depois, acho que li algo sobre sua proximidade com os republicanos espanhóis, que tentavam resistir e derrubar o ditador Francisco Franco. Comprei numa livraria em Paris seu livro *L'Espoir*, sobre sua experiência na guerra civil espanhola. Nunca o abri. Eu confesso que senti orgulho dele quando soube de sua corajosa passagem como soldado no exército francês durante a Segunda Guerra e sua atuação na Resistência Francesa. Seu irmão Claude foi morto num campo de concentração pelos nazistas, em 1944.

André figurava na lista negra de Otto Abetz, o que para mim era um elogio. Otto era um embaixador alemão, o qual havia proibido a leitura de qualquer obra que se opusesse ou trouxesse críticas contra o nazismo. Da mesma forma, eram proscritas obras produzidas por judeus, comunistas, anglo-saxões ou antifascistas. André recebeu várias condecorações por seu heroísmo na Segunda Guerra. O general de Gaulle o nomeou ministro da informação. Mais tarde, seria também ministro de assuntos culturais da França. André Malraux não foi o homem de minha vida. Nem diria que outros o foram. Contudo, eu confesso: houve um amor, sim, mas eu custo a me lembrar dele. Seria Marcel? Marcel Proust? Não sei a razão de Proust me perseguir tanto. Eu tento lembrar o nome de meu amor, mas logo o nome de Marcel Proust ocupa o espaço de minha mente.

O Professor Papais diz que isso se chama "negação", uma espécie de bloqueio emocional, que faz as pessoas perderem seletivamente a memória. "Papais?", Palais me interrompeu. "Você me chamou de 'papais'? Acho que meu nome é Palais, não é mesmo? Ou você gostaria de me chamar de outra coisa?", ele perguntou. Eu respondi que ele estava muito enganado, se estivesse imaginando que eu iria chamá-lo de "papai". "E se você estivesse desejando me chamar de papai, isso seria um problema? Eu acho que não. Um médico pode funcionar como papai, quando cuida de um paciente", ele completou. Eu adorei quando ele me disse isso. Na verdade, era uma questão de justiça. O Professor Palais estava me ajudando muito e merecia que eu o chamasse de papai. "Acho que foi um 'ato falho', não é esse o nome?", eu falei. Ele riu e disse que eu estava melhorando a cada dia. Mas voltando ao outro assunto o Professor Palais diz que isso se chama "negação", uma espécie de bloqueio...

Eu acho que entendi perfeitamente a metáfora do Professor Palais. Ele falou que as pessoas podem sofrer desse tipo de alteração emocional quando se veem frente a algo mais forte do que elas poderiam tolerar. Foi então que, para minha surpresa, eu perguntei ao Professor Palais se isso poderia acontecer depois de um grande amor. Ele respondeu que apenas um grande amor não seria o caso para provocar esse bloqueio. A razão é que um grande amor é algo lindo e desejável. "Mas o que seria, então?", eu perguntei. O Professor Palais sugeriu que esses bloqueios surgissem quando as pessoas vivenciassem experiências emocionais muito ameaçadoras. "Como o quê?", eu questionei. E ele respondeu, "como um problema que considerássemos insolúvel e desesperador".

Mas o que teria eu de tão desesperador? Eu acho que o Professor Palais às vezes me confunde com suas frases soltas no ar. Eu consigo entender quando ele argumenta sobre a possibilidade de que haja um tipo de solução, encontrada pela mente humana, para lidar com as emoções mais fortes e que não consigamos suportar. E em relação às quais não temos as armas necessárias para enfrentar. Até aí, tudo bem; eu compreendo. Ele me explicou que uma das maneiras que nós utilizamos nessas situações especiais é simplesmente negar a existência desses fatos, os quais nós tratamos de depositar num compartimento profundo de nossas mentes, onde esses eventos ou emoções ficam como se estivessem num estado de hibernação. Como se fôssemos um urso, que precisa dormir por meses, até digerir tudo o que comeu de pesado. E assim ele dorme durante todo o inverno.

O Professor Palais comentou comigo que talvez eu fosse como um urso no inverno, em seu processo de hibernação, e estivesse digerindo algumas emoções muito fortes, com o seu auxílio. Muitas vezes, engolimos alimentos muito difíceis de ser digeridos. Eu pedi que ele me desse um exemplo de algo que eu tivesse problemas de digerir. Ele respondeu: "para algumas pessoas, até um grande amor pode parecer um problema intransponível". Eu perguntei a ele se falava em termos gerais ou era algo dirigido especialmente à minha pessoa. O Professor Palais deu uma gargalhada e me devolveu a pergunta. Eu mexi os meus ombros e continuamos a conversar sobre outros assuntos. Achei que talvez não fosse o momento adequado para aquele tipo de conversa.

Foi com Marcel que eu vivi talvez o momento mais difícil de minha existência. Meu Deus! Lembrei de Marcel! Ele era um jovem que eu conheci no Jardin des Tuileries. E quem era Marcel? É fantástico, mas eu estou me lembrando tão bem de seu rosto. Parece que antes ele não existia, mas, de repente, tornou-se maravilhosamente real. Sim, maravilhosamente, pois me parece uma sensação muito boa. O Professor Palais me pediu que continuasse a descrevê-lo, sem medo. E por que razão eu deveria ter medo de descrevê-lo? Se ele era para mim a pessoa mais maravilhosa do mundo! Marcel era um rapaz que estava sentado na grama, com o cotovelo e parte do corpo sobre uma toalha com o desenho de um pastor e suas ovelhinhas. Era uma paisagem linda. Parecia que Marcel era parte da paisagem de sua toalha colorida. Era hora do lanche do almoço e o pessoal da *Nouvelle Revue Française* havia me solicitado que fosse coletar uns textos de um autor tcheco, de nome Franz Kafka, no concierge do Hotel Le Meurice, na Rue de Rivoli. Segundo os comentários que escutei na revista, era algo que ele havia escrito entre os anos de 1914 e 1915, mas havia ficado como uma obra inacabada. Eu lembro que, no pacote, estava rabiscado "O processo". E havia uma frase abaixo: "Quem sabe: Joseph K.?". Eu lembro que deixei o pacote na revista no outro dia e não soube mais dele. O fato é que eu busquei o pacote e fui comer o meu lanche num dos bancos vazios que havia nas Tuileries, no cruzamento da "*grande allée*" com a "*allée* de Castiglione".

Eu estava distraída, mastigando a minha baguete de queijo e presunto, e lendo um conto muito interessante de Gógol, intitulado "O capote". Marcel estava sentado na grama ali por perto. Eu nem havia percebido a sua presença. Foi quando ele se aproximou de mim e, educadamente, pediu se poderia me dirigir a palavra. Eu achei a sua forma de me abordar tão educada, e respondi que sim. Não havia nada de premeditado em nosso encontro. Ele disse que eu estava lendo o seu conto preferido. E que Gógol era considerado uma inspiração para várias gerações de autores russos. Eu não vacilei e completei dizendo a ele que tinha adorado ler *Almas mortas*. Ele continuou, feliz da vida, dizendo que Turguêniev, Dostoiévski, Tolstói, Górki e tantos outros autores russos reconheciam a influência de Gógol sobre a literatura praticada por eles. Eu retruquei o seu comentário com uma frase que eu escutara de Jean: "Todos saímos de 'O capote', de Gógol", dizia Dostoiévski.

Marcel riu, acho que já apaixonado por mim. E eu por ele. Foi amor à primeira vista. O Professor Palais me interrompeu com uma pergunta: "amor à primeira vista? Eu não lembro deste termo ter sido alguma vez usado em nossas conversas". Eu sorri, sem dizer nada. O fato é que Marcel e eu conversamos por mais de uma hora, sentados em cima de sua toalha com a paisagem bucólica de uma pastagem verde, o pastor e suas ovelhinhas. O Professor Palais comentou que estava impressionado com minha memória, pois eu era capaz de dar até mesmo os detalhes da toalha em que estávamos sentados, conversando, Marcel e eu. A verdade é que eu havia me recordado subitamente de tudo, nitidamente. E até da forma como nós dois nos conhecemos e passamos a nos relacionar, pois foi algo totalmente novo para mim.

Nós passamos a nos ver todos os dias, inicialmente nos intervalos do almoço. Depois, passamos a nos ver nos finais de expediente. Ele vinha me buscar na revista e saíamos de braços dados a caminhar pelas ruas. Eu me sentia a mulher mais importante do universo! Quando eu iria imaginar que alguém me trataria com tanto amor e respeito! Ele só me beijou na boca dias depois. E com muito jeito e paciência. Ele não queria que eu me sentisse invadida. Parecia querer dar-me o tempo que fosse a mim necessário, para então recebê-lo com a paz que surge do amor verdadeiro. Tudo o que vinha de Marcel era delicado e respeitoso, mas, ao mesmo tempo, sensual e masculino – ele não deixava dúvida que me queria, profundamente. Eu me sentia uma rainha.

Combinamos de ir a Chartres, no final de semana, pois ele queria muito que eu conhecesse a catedral, que é belíssima. Tomamos um ônibus, no sábado pela manhã, e, quando lá chegamos, ele se dirigiu ao rapaz do hotel de modo muito cauteloso. Perguntou antes, em voz baixa, se eu me sentiria confortável em dividirmos o mesmo quarto. E se eu achasse mais conveniente, poderíamos ficar em quartos separados: não haveria problemas de sua parte. Ele disse que respeitaria "meus tempos". Eu adorei o jeito como ele colocou as coisas: ele respeitaria os "meus tempos". Jamais houve antes alguém que sequer considerasse a possibilidade da existência dos "meus tempos"! Marcel me tratava com respeito. Eu respondi que queria ficar com ele, no mesmo quarto do hotel. Ele ficou radiante e me beijou no rosto. O rapaz do hotel, que assistia a tudo, sorriu para nós dois. Era óbvio que se tratava de um casal apaixonado. Subitamente, parece que tenho vontade de esquecer de tudo.

Mesmo tendo passado quase toda a adolescência e vida adulta a fazer sexo com qualquer um, eu nunca engravidara. Fazia-se o que era possível para reduzir os riscos. Eu era uma mulher da rua e estava sujeita a esse tipo de risco. Ele e eu notamos que eu havia ficado um pouco diferente – esse ele é alguém que nem sei dizer o seu nome. Os homens, parece-me que de uma hora para a outra, tornaram-se invisíveis para mim. Eu comia qualquer coisa e logo vomitava. Meus seios ficaram ainda maiores e mais túrgidos do que normalmente eram. Eu havia aprendido com Marie, desde mocinha, que essas coisas se resolvem com rapidez. Eu pedi, então, que André – já nem sei se Gide ou Malraux, refiro-me a algum desses Andrés que dormiam comigo – tratasse de perguntar para uma pessoa de sua confiança onde haveria um médico ou enfermeira com experiência em realizar abortos. Ele ficou estático, quase catatônico, agora lembro que era Malraux, ele ficou impressionado com a minha determinação. No dia seguinte, Marcel e eu – eu disse Marcel? Ou foi André? Nós estávamos nos dirigindo a um pequeno consultório médico, situado na região de La Défense. O médico nos recebeu discretamente. Foi tudo muito rápido. Em mais ou menos uma hora, eu já estava livre daquela coisinha pequena e indesejável.

Ele entregou uma prescrição médica a Marcel – sim, agora eu sei, foi Marcel! Ele a entregou a Marcel – explicando que eu deveria tomar as medicações por sete dias. O pobre rapaz soluçava de tanto chorar, mas precisava ser forte, para dar-me a segurança de que eu precisava. Contudo, era demais para mim. Todos os homens que já haviam abusado de meu corpo: de qual deles seria o bebê? Era melhor me ver livre daquela coisinha indesejável! Eu parecia a portadora de algo a ser eliminado e da maneira mais rápida e silenciosa que fosse possível. Marcel pedia que eu me acalmasse. Dizia que ele me amava e que nós seríamos, um dia, muito felizes. Ele tentava me explicar que os meus pais estavam ali para nos apoiar e eu logo me recuperaria. Eu havia extraído de dentro mim um ser humano inocente, eu nada valia.

O Professor Palais pediu que eu não parasse. Eu deveria contar tudo a ele, sem medo de sofrer, pois era essa a única maneira de passar por aquela situação. Ter um bebê é algo muito sério na vida de uma pessoa, sobretudo na vida de uma mulher que ama o seu marido. Eu amava tanto Marcel! Mas tudo é tão difícil e ameaçador. E essas páginas e páginas de textos sobre Proust! Os seminários e as provas finais dessa maldita Sorbonne! Quem teria dado a ideia àquele padre desgraçado de fundar uma universidade que ficaria tão conhecida como essa tal Sorbonne! Como Marie me ensinara anos atrás, essas coisas se resolvem o mais rápido possível. Eu fui sempre uma mulher livre, que fiz tudo o que quis com meu corpo. E depois, eu não lembro de mais nada, nem mesmo se isso de fato aconteceu. Pode ser até que jamais tenha existido um Marcel.

Nesse momento, o Professor Palais me interrompeu, perguntando se eu estava falando de André ou de Marcel. Eu disse que o que menos me interessava era o nome do pai daquele bebê. O que eu queria era ter de volta o meu bebê. Esse assunto me pareceu confuso. "Deixemos isto para depois", eu disse. "É isso que você deseja?", perguntou-me o Professor Palais. "Eu lhe garanto que não houve nenhuma morte de bebê. O seu bebê vai muito bem e está sendo cuidado por pessoas boas e que o amam muito", ele completou. Eu fiz um sinal de que concordava com ele. O Professor Palais me lembrou que sempre que surgiam temas ou lembranças mais complicadas, eu tratava de mudar de assunto. Isso pode ser verdade. Eu preciso descansar. Quero dormir. Deixem-me, por favor, dormir em paz. Se o leitor desejar saber, eu podia dormir com homens de qualquer tipo, até mesmo os que fossem fisicamente horrendos. Eu participei da iniciação sexual de muita gente que se tornou depois muito famosa. Nem sei por que eu falei sobre isso agora. Estou confusa. Seria melhor deixarmos esse assunto parado por mais algum tempo.

Eu tive de contar para o Professor Palais o sonho curioso que eu tive: eu era Juliette Drouet, a jovem atriz que foi amante de Victor Hugo. Mesmo sendo casado e com família, o escritor de *Les misérables*, que eu adorei ler, teve várias mulheres ao mesmo tempo. No sonho, eu era Julienne Josephine Gauvain, mais conhecida como *Juliette Drouet*. Tornei-me órfã de mãe logo depois de nascer. E de pai dois anos mais tarde. O estranho é que no sonho eu parecia gostar dessa parte – de ter os meus pais mortos. Eu não entendo a razão. O Professor Palais é quem deveria saber a razão de eu tratar logo de eliminá-los.

Dadas as tristes circunstâncias, eu fui criada por um tio, de nome René Drouet. No sonho, eu era uma ótima aluna, como essas moças pretensiosas que circulam pela Universidade de Sorbonne, exibindo para quem quer que seja o seu título doutoral. E para que serviria nos dias de hoje um título doutoral? Nem mesmo uma especialista em Marcel Proust e sua interminável e ilegível *À la recherche du temps perdu* conseguiria sobreviver nos dias de hoje de seu trabalho em Paris. Não obstante, eu era muito boa em leitura e, aos dez anos de idade, eu já sabia recitar as poesias de Verlaine de memória.

O Professor Palais me perguntou se a ideia de matar meus pais, no sonho, era algo que eu considerava importante de nós dois discutirmos. Eu respondi que eu preferia entender melhor a razão de eu sempre envolver a prestigiada Universidade de Sorbonne em qualquer assunto que viesse à pauta. Ele me respondeu que talvez eu valorizasse alguém que tivesse lá estudado.

Acontece que no meu sonho as coisas foram ficando mais complicadas. Eu havia sido obrigada pelo meu tio a me tornar uma freira, mas sem a vocação da santinha Labouré, da Capela próxima à Rue du Bac, à qual eu tanto havia dedicado o meu tempo em busca de sua proteção – e sobretudo purificação. De modo que eu abandonei, em meu sonho, a vocação religiosa. E me tornei modelo e amante de um escultor, no caso eu utilizei em meu sonho o mesmo artista que foi meu amante, Jean-Jacques Pradier, que tinha o dobro de minha idade. O Professor Palais me interrompeu, perguntando se havia algum motivo para eu querer quase sempre alguém bem mais velho em minha cama – no sonho, obviamente. Haveria alguma fantasia, do tipo daquelas estudadas por Sigmund Freud e das quais havíamos conversado a respeito anteriormente?

Eu soltei uma gargalhada e respondi que, se eu fosse contabilizar todos os meus amantes, ao longo de minha vida, a maioria seria de homens com idade para ser meu pai! Ele me e perguntou se eu estaria buscando em meu sonho um pai que não fosse aquele que eu havia surpreendido na cama violentando minha querida mãe? Ou talvez alguém igualzinho a ele, para me martirizar até mesmo num sonho? Eu respondi a ele que era apenas um sonho e que, no mundo verdadeiro, seria melhor ter um pai normal e que amasse minha mãe. Ele gostou do que eu disse.

No sonho, eu me torno uma cortesã típica, como as que foram descritas por Proust em sua obra. Eu era como Odette de Crécy! Vestia-me luxuosamente, gastava o dinheiro que ganhava de meus amantes e era um tipo raro de beleza. Como na história que eu havia lido de Juliette, eu também fico grávida no sonho, de meu amante Pradier, e dou à luz uma linda menininha. Ele não se interessa por mim e tampouco reconhece a nossa filha. Nesse ponto da narrativa de meu sonho o Professor Palais me perguntou se eu me sentia como a menininha, que foi rejeitada pelo pai. Eu disse que eu não tinha a menor dúvida quanto a isso. Ele perguntou se eu seria capaz de lembrar quem era esse pai? Eu respondi que se ele imaginava que se tratasse do senhor André, não era ele a quem eu me referia. Era outro homem, que eu não conseguia identificar quem ele seria.

O sonho continua e, como acontece na realidade com Juliette, eu me torno uma atriz e cortesã, muito mais requisitada por meu corpo do que meu cérebro. O Professor Palais então me perguntou se essa história não se parecia com a minha? Ou melhor, com a que eu havia criado dentro de minha cabeça? Eu respondi que eu adorava ser Juliette no sonho, especialmente com os presentes que recebia do príncipe russo Anatoly Demidov. E soltei uma enorme gargalhada! Depois fiquei subitamente triste. Disse que era mentira. Eu não quero ser como Odette de Crécy e me casar com um Charles Swann. Eu disse ao Professor Palais que eu merecia um amor verdadeiro – um Marcel, um Marcel Proust.

O Professor Palais mexeu com o meu coração quando ele olhou seriamente para mim e perguntou se eu continuaria a dizer "Proust" a cada vez que tivesse que pronunciar o nome de Marcel. Ele completou dizendo que havia um Marcel que preenchia exatamente a minha expectativa de um amor verdadeiro. Eu fiquei muito nervosa, pois percebi que havia algo muito importante em suas palavras. Eu teria de procurar a explicação para essa reação que acontecia dentro de mim cada vez que a palavra "Marcel" era pronunciada. Eu só encontrava alívio ao completar o sobrenome "Proust". Marcel Proust.

Entretanto, o Professor Palais foi incisivo, repetindo para mim com a voz doce, mas firme, que havia outro Marcel, muito mais importante para mim do que Proust e *À la recherche du temps perdu*, e eu precisava encarar essa questão de frente. Não precisava ser naquele exato momento, mas em algum momento. Eu fiquei nervosa com aquele assunto e disse que, em meu sonho, Juliette – no caso, ela – conhece Victor Hugo num dos ensaios de uma de suas peças teatrais, em que ela desempenhava o papel de princesa Negroni.

Eu achei incrível como o Professor Palais conhecia a história de Victor Hugo e Juliette Drouet! Ele me explicou que naquela época em que os dois se conheceram Victor Hugo estava muito triste pois descobrira que Adèle Foucher, sua esposa, havia cometido adultério com seu melhor amigo. Victor Hugo a amava muito, mesmo sendo ela uma mulher limitada culturalmente e que se ocupava mais com os seus assuntos financeiros. E não era um tipo de beleza. Juliette era linda e inteligente. O Professor Palais me perguntou se, tivesse eu o poder de mudar o conteúdo de meu sonho, eu faria o escritor ficar com Juliette ou Adèle?

Eu não sei explicar a razão, mas eu respondi sem hesitar que eu faria com que Victor Hugo ficasse com Adèle, pois ela era a sua esposa. O Professor Palais sorriu e disse que seria tão bom se eu pudesse logo voltar para casa com o casal André e com aquela outra pessoa que eu achava tão difícil recordar do nome. Eu não sei explicar a razão, mas comecei a chorar sem parar. Ele me abraçou e me pediu para pensar sobre a nossa conversa, pois ela havia sido muito importante. E que eu estava certa. Seria bem melhor para Victor Hugo escolher Adèle e não Juliette, especialmente se a sua filha se chamasse Odette Martin. Eu quis perguntar a ele quem era Odette Martin, mas não disse nada. Eu suspeitava quem fosse aquela misteriosa mulher.

Quando o Professor Palais e eu nos encontramos novamente eu fui direto ao assunto. Perguntei se ele sabia o que havia acontecido depois. Ele perguntou depois do quê? Do meu sonho ou da realidade? Eu respondi que me referia à vida de Victor Hugo. Ele me falou que eles ficaram juntos, Juliette e ele, mas o relacionamento se tornou um inferno. Ele a proibiu de sair de casa sem o seu conhecimento e de se comunicar com as outras pessoas. Eu fiz uma piada, dizendo que a história lembrava de Albertine feita prisioneira na casa do narrador, em *À la recherche du temps perdu.*

Victor Hugo passou a ajudar Juliette Drouet com algum dinheiro, mas ela teve de penhorar muitos de seus pertences para sobreviver. Mais tarde, tornou-se secretária do escritor. Recebia de Hugo oitocentos francos por mês e parte do dinheiro ela enviava ao internato onde a sua filha estudava. Dizem que nem mesmo a lareira ela acendia, para fazer economia. Com o tempo, a sua beleza foi sumindo. Ela e Hugo tiveram quatro filhos. Enquanto ele mantinha uma vida muito confortável com a família, Juliette vivia quase na miséria absoluta.

O Professor Palais deu um sorriso e disse que, segundo os cálculos de especialistas em Victor Hugo, o escritor teve cerca de duzentas amantes ao longo da vida. Juliette trabalhou até morrer como sua secretária. Ele me perguntou se eu achava interessante o futuro das amantes, já que minha mente produzia amantes com muita facilidade. Eu fiquei um pouco sem jeito e respondi que achava melhor uma vida normal, com um marido e filhos. Ele me perguntou se eu achava bonito ter filhos? Eu respondi que sim. Ele me perguntou se eu gostaria de falar sobre isso. Eu respondi que sim, mas não consegui. Comecei a chorar sem parar. E o leitor não me pergunte o porquê, pois eu ainda não descobri a razão.

Para resumir minha história, eu sou o tipo que ninguém desejaria ter como esposa. O Professor Palais me perguntou a razão de eu chupar o dedo durante a nossa conversa. Chupar o dedo? Eu não me recordo uma vez sequer de estar chupando o dedo! O Professor Palais por vezes é extremamente inadequado e eu diria até injusto comigo. Eu jamais chuparia o dedo na presença de outras pessoas, pois isso é algo muito íntimo. Eu prefiro esse tipo de coisa privadamente. Ele me perguntou por que, então, eu chuparia o meu dedo, ainda que privadamente? Eu respondi que, em primeiro lugar, esse assunto não era de sua conta. Em segundo lugar, eu não fazia isso de propósito, mas era algo que me acalmava. Ele então me perguntou quem, em minha opinião, chupa o dedo para se acalmar?

Eu respondi imediatamente que, obviamente, os bebês chupam o dedo para ficarem mais calmos! Há mães que põem o dedo na boquinha do bebê para acalmá-lo. Minha mãe fazia isso comigo! "Quer dizer então que você tem uma mãe, não é isso?", perguntou o Professor Palais. Eu pedi que ele parasse imediatamente com aquele questionário interminável, pois eu não aguentava mais discutir se alguém coloca ou não o dedo na boca. Ele disse que havia reações das pessoas que as faziam regredir, ou seja, voltar a fases anteriores de seu desenvolvimento – como se nós, adultos, ficássemos um pouco mais infantis em nosso comportamento. Eu perguntei se a busca de Marcel Proust pelo beijo de sua mãe por toda a vida era algo dessa natureza. Ele respondeu que poderia ser verdade o que eu estava dizendo.

O Professor Palais lembrou de um texto de Sigmund Freud, do ano de 1914, o mesmo ano em que o primeiro volume de *À la recherche du temps perdu*, *Du côté de chez Swann*, foi publicado. O texto se chamava "Recordar, Repetir e Elaborar", e nele Freud explicava que o mecanismo de transferência, que seria aquele deslocamento da figura do pai ou da mãe durante a consulta para o médico, poderia ajudar na mediação de algum conflito do paciente. Ele deu o exemplo de quando o sujeito lembra na conversa algo esquecido ou mesmo reprimido em seu subconsciente. O Professor Palais sugeriu que parte ou muito do que eu pensava ser verdade poderia seria fantasia, e isso seria esclarecido em nossas conversas.

Por hora, chega do assunto. Eu falava de Sartre. A *Nouvelle Revue Française* publicou muitos de seus ensaios. Ele era um rapazinho franzino, com os óculos que pareciam fundos de uma garrafa de rum – como aquelas que meu pai tomava até cair no chão, embriagado. Sartre era quase como um ratinho assustado. Uma vez, ele começou a me contar sobre como Proust lidava com os objetos da natureza em sua obra. Eu achei a nossa conversa tão linda! Ele dizia que Samuel Beckett, o grande escritor e teatrólogo de *Esperando Godot*, falava que as imagens de Proust eram quase sempre alusões à botânica. Para os outros autores, há certa aspereza no conteúdo de suas obras. Expõem-se os órgãos sexuais de forma crua. Proust, por sua vez, introduz as flores, pode-se ver um "rosto de gerânio" ou um pólen de catleia, que poderia ser como um espermatozoide a penetrar no órgão feminino. Havia a baunilha da senhora de Guermantes, cuja "membrana seria necessário romper, violar, para então fecundá-la". "Membrana", no caso, seria uma metáfora, obviamente, uma alusão ao órgão sexual feminino e à castidade.

Eu disse ao Professor Palais que, se ele estava familiarizado com o realismo de tipo naturalista dos romancistas de até então, o realismo psicológico de Proust era algo diferente, novo e não categorizável pelos parâmetros convencionais. Sua obra não pertencia a nenhuma escola literária, ainda que lembrasse o impressionismo ou até o estilo dos simbolistas. Ele disse que meus comentários sobre Proust o deixavam impressionado – sobretudo vindos de uma moça de origem tão simples. Eu achei o seu comentário irônico – como se eu estivesse inventando coisas ou fingindo ser uma pessoa que não era. Eu expliquei a ele que Proust fazia uso de técnicas narrativas conhecidas anteriormente, como os seus *flashbacks*, as idas e vindas nas histórias, como se o tempo linear fosse apenas parte da história.

O Professor Palais disse que estava impressionado com os meus conhecimentos. E que, se ele não soubesse de nada, diria que estava diante de uma aluna de pós-graduação da Sorbonne! Eu não respondi, pois interpretei o seu comentário como um deboche. Ele insistiu que eu poderia ser uma aluna da Sorbonne e perguntou o que eu achava disso. Eu sorri e nem me dei ao trabalho de responder. Continuei explicando a ele que Proust fazia comparações inusitadas, pontilhadas de longas frases e períodos imensos, como se fizesse um mergulho na intimidade psicológica das personagens. Ele me provocou, ao dizer que se Proust era o meu preferido, o dele era Freud.

As metáforas de Proust sobre obras de arte eram impressionantes! Faziam o leitor entender o sentido das coisas mais profundas e difíceis. O Professor Palais disse que eu também estava começando a entender melhor as metáforas que escondiam os meus dilemas mais profundos. Se Proust utilizava a pintura e a música para estabelecer as relações mais insuspeitadas entre pessoas e objetos, eu iria, aos poucos, fazendo uso de linguagens alternativas e menos penosas, desbravar o meu próprio universo psíquico. Muitas vezes, entra-se num universo difícil de ser penetrado e que as pessoas não costumam frequentar. É como uma ponte entre o corpo e a mente através de nossos sentidos.

Proust trabalhou as relações subjetivas entre os nossos sentidos, como um sabor que faz recordar de um som ou uma imagem, e assim por diante. A metáfora – sim, a velha metáfora! – nos faz evocar um sentimento difícil de descrever, fazendo uso de algo conhecido e que tenha com o tema algum tipo de vínculo. O Professor Palais me explicou que nossas conversas faziam a mesma coisa. Nós começávamos a conversa sobre um assunto, mas, sem nenhuma premeditação, acabávamos por abordar outro tema, muitas vezes desencadeado por uma "palavra mágica" que fosse pronunciada, a qual tinha o poder de abrir certos compartimentos secretos de minha mente.

Quanto ao estilo, *À la recherche du temps perdu* fazia seus avanços e recuos, como se fosse um quebra-cabeças a ser montado. O Professor Palais completou que alguns estudiosos de Proust denominavam esse fenômeno "a rosácea proustiana". Para o autor, trata-se de um longo e difícil percurso. Há, é claro, aspectos obviamente autobiográficos, ele era asmático desde criança, e muitos especialistas diziam que até mesmo os seus parágrafos e frases longas poderiam corresponder aos difíceis e extenuantes movimentos respiratórios de quem enfrenta uma restrição à saída do ar de seus pulmões. Eu penso que foi essa a maneira que Proust encontrou para incluir a quantidade de significados e estilos que ele quis oferecer ao leitor, para que ele entendesse os seus sentimentos. Daí, as frases quase musicais, com vogais e consoantes que lembram uma partitura de Debussy. E, cá entre nós, Proust dominava como poucos o idioma francês.

O leitor pode procurar pelo tempo em sua obra, correndo o risco de não poder encontrá-lo tão facilmente. Proust usa uma linguagem atemporal, pois o tempo em sua obra transcende e é refeito através de seus pequenos detalhes. É por isso que o enredo do romance assume menor importância em *À la recherche du temps perdu*. O que vale mesmo é a apreciação de cada personagem em sua plenitude, como se o que valesse para o autor fosse a necessidade de expor as nuances da mente humana. Talvez fosse essa a forma encontrada por Proust para deixar a sua marca na literatura. O tempo real, a vida cotidiana, seria algo de que o próprio tempo daria cabo facilmente, com o simples desgaste causado pelo passar dos anos.

Proust nos faz revelações até mesmo sobre raças historicamente carregadas de prejuízos, como os judeus, os nobres ou os "invertidos", mas de uma forma neutra, contando o que se passa em seus pensamentos mais íntimos e como a eles ele próprio reage e reagem as pessoas. A psicologia das personagens em Proust é quase como as minhas discussões com o Professor Palais – fala-se de intimidades, fantasias ou inseguranças, com profundidade, mas de um jeito humano, como se as conversas não acontecessem dentro das quatro paredes de um consultório. Afinal, Proust sabe sobre a natureza humana do mesmo modo como Freud a conhece, mas Proust a disseca, fazendo uso de metáforas. Isso lhe empresta uma forma mais humana. Ele está mais preocupado em decifrar a natureza, talvez seu objeto maior, na qual tudo é parte de um todo – as pessoas e as coisas.

Ao fazer uso da botânica, o escritor talvez tenha optado, inconscientemente, por pintar um quadro sobre a vida humana destituído de um viés moral. Na descrição de Proust sobre o barão de Charlus, "o tufo de cabelos grisalhos, o olho sorridente sob a sobrancelha repuxada pelo monóculo, e a botoeira com flores vermelhas eram os vértices móveis de um triângulo instável e surpreendente". Bela descrição, não? O Professor Palais dizia que talvez eu imaginasse coisas, construísse imagens dentro de meu cérebro, e que eu gostasse daqueles óculos horrendos de Sartre – afinal, eu lembrava de meu pai, caindo de bêbado, com a garrafa de rum, cujo fundo tinha a mesma aparência de seus óculos. Seria uma forma de satisfazê-lo – acho que ele disse isso em relação a meu pai –, mas deixemos o assunto para outra ocasião.

Eu acho que Jean-Paul não deveria ter mais do que vinte anos quando ofereceu à Gallimard um livro de poesias. "Jean-Paul Sartre?", indagou Palais. Trouxe também, se bem me recordo, um romance intitulado *Uma derrota*, sobre as ligações entre Richard Wagner e Friedrich Nietzsche. Ambos foram ignorados pela editora. Um dos editores me pediu que lhe desse a má notícia. Terminamos nossa conversa num bar, nas imediações da editora. Eu parecia uma tia vinda do interior, que visitava o sobrinho em Paris, estudante da Sorbonne. Eu tentava explicar a ele que não havia nada de pessoal naquela negativa. Eu expliquei a Sartre que até mesmo o grande Marcel Proust havia sido preterido inicialmente por André Gide. Ele me perguntou se eu gostaria de ir com ele a um restaurante. Eu respondi que iria, com a condição de que, depois de nós comermos algo, ele me oferecesse, como sobremesa, uma *tarte au citron*. Ele riu bastante.

Depois do jantar, nós fomos para o meu apartamento, onde eu ensinei a ele várias coisas sobre sexo, que eu tinha a certeza de que todos os homens apreciavam. Para mexer com sua vaidade, eu perguntei a ele se sua literatura seria um dia comparável em qualidade a de Proust, e quando ele escreveria algo assim: "no rosto de Gilberte, ali ao canto da perfeita reprodução do nariz de Odette, a pele soerguia-se para conservar intatos os dois sinaizinhos do senhor Swann. Era uma nova variedade da senhora Swann, que fora obtida ali, ao lado dela, como um lilás branco perto de um lilás violeta". "Lindo, não?", eu perguntei. Jean-Paul nada respondeu, apenas sorriu.

Não duvido se algumas de suas frases famosas – e que seriam de domínio público anos depois – não surgiram naquela noite. Ele me devolveu um sorriso amargo, como o descrito pelo narrador de *À la recherche du temps perdu* quando fala dos Guermantes, em especial o esnobe Legrandin, em cujo olhar "persistia a dor, como um belo mártir com o corpo cravejado de flechas". O rapazinho vesgo e quase alquebrado – Jean-Paul Sartre – balbuciava coisas estranhas, enquanto eu o ensinava sobre o sexo. Suas expressões supostamente inteligentes não eram nem próximas às expressões de que "o homem é uma paixão inútil" ou "o homem é uma ilha povoada de mistérios". Ele se achava muito inferior a Proust. Talvez não o fosse.

Sartre me contou que era filho único e fora criado pelo avô, que era professor de línguas, um tipo calvinista e muito rigoroso com ele. Jamais falaram sobre assuntos proibidos, como sexo, por exemplo. Mas o velho o amava muito e o tratava como se fosse um ser predestinado. Ele mencionaria esse fato num de seus mais belos livros, publicado décadas depois, denominado *As palavras.* Ele encontraria Simone de Beauvoir numa de suas passagens pela Sorbonne. Pessoalmente, ele a achava até simpática, mas muito malvestida e nada feminina. Os dois eram adeptos das chamadas relações abertas, coisa que eu particularmente já praticava desde a minha adolescência. Viveram juntos por toda a vida, sem nunca terem se casado.

Sartre e Simone formaram o casal literário mais popular do século XX. Havia quem achasse a relação dos dois uma obscenidade. Dos amantes de Simone, que eu me recorde, eu dormi com Nelson Algren. Ele era um escritor americano bem mais jovem do que eu. Mas em algo Simone e eu éramos parecidas: nós jamais deixávamos de levar gente mais jovem do que nós para a cama. É interessante como Sartre nunca saiu da cena cultural e política francesa e europeia, durante as mais de quatro décadas de sua intensa atividade intelectual. Obviamente, sua cegueira terminou por limitar sua rotina cotidiana ao perímetro mais próximo de sua residência. Ele vivia no Boulevard Edgard-Quinet, em Montparnasse. Mas podia ser visto, mesmo nos últimos anos, sentado numa mesa no Café Liberté. Como Bertrand Russell, que mesmo idoso era presença constante nos protestos de rua na Inglaterra, Sartre era sempre visto, pela população mais atenta de Paris, distribuindo as edições de seu jornal *Libération*.

Com o fim da Segunda Guerra, em 1945, suas palestras enlouqueciam a juventude francesa. Não sei se Sartre se deu conta de seu papel fundador da filosofia existencialista. O certo é que ele se tornou um símbolo da liberdade acima de todas as coisas que existem na Terra. Eu adorei ler *O ser e o nada* - acho que era esse o título, ou talvez mais longo. Sartre fascinou muitas pessoas, mas causou mal-estar em outras tantas. Ele atraía a atenção de todos no mundo intelectual, por sua genialidade, vida pessoal fundada numa liberdade individual inalienável e, igualmente importante, por seus constantes embates filosóficos e políticos com gente brilhante, como André Malraux e Albert Camus.

Desde cedo, Sartre despontou como um intelectual extremamente produtivo e original. Eu acompanhei bem de perto suas publicações. Adorei *A idade da razão*, *Sursis* e suas peças teatrais, como *As moscas* e *O diabo e o bom Deus*. Acho que falo dos anos 1940 a 1950. Ele, que havia sido tão influenciado pelo existencialismo alemão, desenvolveu suas próprias ideias sobre o valor da autonomia individual, livre e consciente escolha. Contudo, quando a Europa mergulha na Segunda Guerra e Sartre se confronta com uma França ocupada, ele se entrega de corpo e alma à Resistência. Sartre se desencanta com o existencialismo alemão, que se revela então muito conservador. Karl Jaspers, Ernst Jünger e Martin Heidegger decidem apoiar claramente a extrema direita – Heidegger fora seu mentor filosófico durante seus estudos em Berlim. Eu jamais perdoei Heidegger por ter aceitado a posição de reitor, oferecida por Hitler.

Para Sartre, impõe-se a questão moral – a luta pela liberdade individual. "Só se é livre quando todos o são", diria ele em seus escritos. Quando eu adquiri sua obra *A náusea*, acho que em 1938, tive a certeza de estar frente a um dos maiores pensadores de nosso século. O diário de Antoine de Roquentin, naquelas últimas semanas em que ele passa na cidadezinha de Bouville, para tentar dar forma à biografia de tal marquês de Rollebon, nada mais é do que a representação do nada, de uma existência absurda e sem justificativa. Em suas obras, aprendi que a liberdade só existe se vier junto com a liberdade dos outros.

De acordo com Sartre, há que se escolher entre a moralidade e a eficácia. E como para ele o escritor possui a escrita como arma, ele não encontra alternativa além de atuar de modo mais forte e politicamente. No primeiro número da revista "*Les Temps Modernes*", em 1945, ele ataca o capitalismo, de Gaulle e a "revolução pela lei". Há ensaios inesquecíveis de sua lavra, como aquele sobre a obra de *Baudelaire*, em 1947. Mas nada me encantou mais do que ler *Saint Genet, comédien et martyr*, em que apresenta detalhes sobre a vida de Jean Genet – o teatrólogo, ladrão e homossexual –, uma obra-prima da crítica moderna. Sartre quebrou os pratos com os comunistas em 1956, quando os soviéticos invadiram a Hungria. Ele chamou o Partido Comunista de covarde. Acho que foi Gabriel Marcel, existencialista cristão, quem o chamou de "o coveiro do Ocidente".

Albert Camus, pessoa a quem Sartre admirava e havia escrito o prefácio de *O estrangeiro*, veio a tornar-se seu desafeto, depois que Sartre o acusou de ser um "pensador solitário rumo à catástrofe". Quando Sartre recusou o Prêmio Nobel de Literatura, em 1964, a imprensa francesa o chamou de "traidor da pátria". Por uma questão de justiça, devo afirmar que fui testemunha quando ele enviou uma mensagem de próprio punho, explicando à comissão do Prêmio Nobel que ficara muito lisonjeado com a notícia de que seu nome havia sido fortemente considerado para o prêmio, mas sentia-se impossibilitado de recebê-lo. Mesmo assim, ele recebeu logo depois uma carta oficial, à qual ele formalmente respondeu, negando-se – por motivos de ordem pessoal - a receber a importante distinção.

Sartre apoiou a Revolução Cubana em 1960, a descolonização africana, os estudantes em maio de 1968 e inspirou a criação do Tribunal Russell. Sartre protestava contra a intervenção americana no Vietnã. O que eu mais gostava nele eram suas visões sobre a esperança, no sentido de que ela faz parte do homem. Ele dizia também que os livros sempre servem para alguma coisa. Aqui eu retorno a Marcel Proust e seu belo elogio à leitura. Na tradução do livro *Sésame et Lys*, de John Ruskin, em 1905, ele escreve um prefácio antológico, intitulado "*Sur la lecture*", o qual ele dedica à princesa Alexandre de Caraman-Chimay, cujas "*Notes sur Florence*" teriam deliciado John Ruskin. Ele diz que "talvez não haja na nossa infância dias que tenhamos vivido tão plenamente como aqueles que pensamos ter deixado passar sem vivê-los, aqueles que passamos na companhia de um livro preferido".

Sartre foi muitas vezes insultado, chamado de tudo, até de "intelectual a serviço da negação", pois sentia que a filosofia estava cedendo espaço para uma civilização tecnocrática. "Não somos homens completos", diria Jean-Paul Sartre depois. "Nós somos indivíduos que se debatem, para chegar a relações humanas e a uma definição de homem... Votar nos comunistas, antes, era algo de revolucionário. Hoje, é republicanismo clássico. A tomada do poder político por um partido deve ser substituída pela tomada do poder por cada homem, em conjunto com todos os homens". Certa vez, na cama, ele me surpreendeu com a ideia de que ele se sentia naturalmente polígamo. E que se imaginava tendo uma vida sexual variada, múltipla. Ele me disse que nunca imaginaria uma mulher que pudesse se tornar a única em sua vida.

Muito mais divertido era o que Sartre pensava sobre o presente. Isso eu li escrito por ele em um ensaio de jornal. Ele dizia que o mundo de hoje é absolutamente intolerável. Nós nos encontramos algumas vezes, nas décadas seguintes ao nosso rápido relacionamento dos tempos da revista. Em alguns desses momentos, nós fomos para a cama, noutros apenas conversamos. A *Nouvelle Revue Française* funcionou sob a direção de Gaston Gallimard de 1925 até 1940. Durante a Segunda Guerra, com a capitulação da França, suspendemos momentaneamente nossas atividades. Reabrimos a revista em dezembro do mesmo ano, mas então sob a direção de Pierre Drieu la Rochelle. A entrada de La Rochelle causou-nos enorme insegurança. Ele era escritor, mas tinha um histórico de ter sido defensor do fascismo francês nos anos 1930. Com ele, a revista foi proibida de publicar qualquer coisa escrita por judeus e comunistas. La Rochelle era reconhecido por todos como um colaboracionista durante a ocupação alemã.

La Rochelle era de uma família de nacionalistas e La Rochelle nem era o seu nome de família. Era um apelido de caserna, que fora incorporado ao sobrenome. Sua família era sabidamente antissemita. Ele dizia em pequenas rodas de amigos que aderira ao nazismo como uma oposição à mediocridade da democracia liberal. Nos anos 1930, ele contribui para a revista *La Lutte des Jeunes* e se torna abertamente fascista. Torna-se membro do Parti Populaire Français, de Jacques Doriot, em 1936, e depois editor da *L'Emancipation Nationale*, até romper com o partido em 1939. Defende o fascismo e colabora abertamente com os nazistas, na ocupação do norte da França.

Na ocupação de Paris, La Rochelle dirige a *Nouvelle Revue Française* e é um dos líderes da colaboração francesa na cultura com o nazismo. Em meio à guerra, em 1943, ele desliga-se de tudo e passa a se dedicar à espiritualidade oriental. Depois, declara-se admirador de Stálin. Por essas e outras razões, sua passagem pela revista é parte do tempo que sempre desejei esquecer. Na realidade, desde 1940, com a ocupação, Gaston Gallimard havia negociado com o embaixador de Hitler na França, Otto Abetz, a manutenção das atividades da revista. Com a saída de La Rochelle, em 1943, e a possibilidade de ter de colaborar com Ramon Fernandez, Gaston decide suspender as atividades, o que aconteceu dos anos de 1944 até 1953. A *Nouvelle Revue Française* reinicia suas atividades a partir de 1953, sob a direção de Jean Paulhan e Marcel Arland.

Paulhan participou da revista, trabalhando com Jacques Rivière, desde 1925. Arland era um escritor muito conceituado e que seria eleito para a Academia Francesa em 1968, atuou na revista desde quando era ainda estudante de literatura na Sorbonne. É interessante que Paulhan e Arland mantiveram uma profícua correspondência desde fins de 1924 até o início de 1929 – eu me refiro às cento e setenta e duas cartas, algumas delas muito extensas, outras quase bilhetes. Essa correspondência ocorre num dos períodos mais importantes da literatura francesa. Nessa época, entram em contato com intelectuais de seu tempo, como André Gide, François Mauriac, André Malraux, Louis

Aragon, André Breton, Jacques Maritain, entre outros. E em meio a isso, os dois questionam se a literatura é apenas um jogo e se o romancista é mesmo um criador.

O mais fascinante é que se tratava de duas personagens antagônicas. Arland era temperamental e místico, enquanto Paulhan era mais aberto. Esse confronto é semelhante ao das gerações literárias que amadurecem durante ou logo depois da Segunda Guerra. Trata-se, de modo simplificado, da entrega a uma bandeira político-partidária pelos mais jovens, em contraposição ao desejo dos mais veteranos da preservação de uma literatura mais pura. Arland e Paulhan nos ilustram os embates intelectuais de seu tempo e as mudanças que – por força das circunstâncias – acabaram ocorrendo na revista. A correspondência de Jean Paulhan a Marcel Arland é mantida na biblioteca literária Jacques Doucet. A outra parte está depositada na coleção Paulhan, na Abadia de Ardenne, nos subúrbios de Caen.

Para melhor entender o contexto de certas partes da correspondência, foram consultadas as de Jean Paulhan com André Gide, Valery Larbaud e Gaston Gallimard. Quanto aos documentos de Marcel Arland, há material sobre sua troca de cartas com François Mauriac, as de Gide com Jean Schlumberger, e as de Jacques Rivière com Valery Larbaud. Havia também informações nas revistas literárias, memórias, cadernos, homenagens e entrevistas com os dois intelectuais. Há também informações que foram retiradas de outras fontes, como os textos *The Memorables*, de

Maurice Martin du Gard; *Seis entrevistas sobre escritores de seu tempo*, André Malraux entrevistado por Frédéric Grover; as memórias de André Beucler e André Berge, Jacques Baron e Georges Gabory; e igualmente as *Radio Talks* com Robert Mallet.

Jean Paulhan era filho de um psicólogo renomado, enquanto Arland vinha de uma família da pequena burguesia rural. O primeiro parece à vontade no mundo das letras. O outro traz a tensão, chegando a rejeitar a própria ideia de literatura. Paulhan parece mais flexível, enquanto Arland é mais rígido. Paulhan cresceu durante o Caso Dreyfus, luta na guerra e participou do batalhão dos Zouaves. Arland é parte de uma geração cuja adolescência foi marcada pela ausência da família. Mas o aspecto geracional é confuso entre Paulhan e Arland. O segundo é um grande admirador de Gide. As preocupações de Arland tratavam de saber se a literatura deve ser aceita como profissão ou se há algo além, uma mística da tradição romântica. Seria o romancista quem cria personagens vivos.

Gide, nessa perspectiva, é considerado um autor excessivamente cerebral. Com Paulhan e Arland, a *Nouvelle Revue Française* torna-se *La Nouvelle – Nouvelle – Revue Française*. A revista é dirigida a partir de 1977 por Georges Lambrichs, e é o tempo que vivemos agora – pois eu devo morrer logo, bem velhinha, num asilo próximo, no caminho entre Chartres e Illiers, no dia dezoito de agosto de 1978. Olhando para trás, a *Nouvelle Revue Française* publicou material literário de grandes pensadores do século XX, como

Guillaume Apollinaire, Louis Aragon, Paul Claudel, André Gide, Marcel Proust, Paul Valéry, Antoine de Saint-Exupéry, Romain Rolland, Pierre Drieu la Rochelle, Jean-Paul Sartre e outros. Foi uma revista, de fato, maravilhosa.

Eu percebo agora como o meu trabalho na *Nouvelle Revue Française* foi importante em minha vida. Eu era nada e me tornei uma pessoa que alguns até passaram a considerar interessante nesses últimos anos. Obviamente, com a idade, os homens foram perdendo o interesse em meu corpo – o que não seria nenhuma surpresa –, ainda que eu tenha tido amantes em minha cama até quase os setenta anos. O leitor não faz ideia de como existem pessoas que sentem prazer em fazer sexo com mulheres velhas. Há gente com os gostos mais estranhos. Eu fui amante de um rapazinho que eu amei verdadeiramente. Ele não era o meu amante. Eu jamais o chamei assim ou me referi a ele desse modo. Marcel era o meu amor. Meu Deus! O Professor Palais deverá ficar impressionado com essa frase que acabo de proferir! Eu, Odette Martin, amando alguém? Isso é realmente um acontecimento! Mas amar a quem? Eu não consigo me recordar dos detalhes desse amor tão profundo! Mas eu acho que conseguirei. Eu preciso recordar o que passou, para voltar a cuidar do meu bebê.

E se essa história de *Nouvelle Revue Française* fosse uma fantasia que tivesse acontecido somente dentro de minha mente? Eu protestei imediatamente! Como o Professor Palais tinha a petulância de me propor algo dessa natureza? É interessante como ele pode se manter calmo, mesmo depois de fazer uma afirmação de tamanha gravidade. Pois ele argumentou, serenamente e com uma segurança que eu reputaria como impressionante, que isso poderia estar acontecendo comigo. Ele me contou que quando Freud estudava a histeria, com seu colega de pesquisa de nome Breuer, ele observou que a fantasia era algo frequente nas pacientes. Freud falava de "fachadas psíquicas" construídas com o objetivo de obstruir o caminho às recordações da infância. Foi assim que ele passou a usar as fantasias para entender e tratar a doença.

Eu achei aquela conversa do Professor Palais difícil, mas havia algo de verdade nela. Não sei bem a razão, mas surgiram em minha cabeça algumas imagens um tanto complicadas de eu entender. Pareciam cenas de sexo que aconteciam no meio da noite, mas que me deixavam muito aflita. Eu lembrei ter despertado no meio da noite, temendo que o meu papai estivesse machucando a minha mamãe. Depois, a imagem daquela cena desapareceu de minha mente. O Professor Palais me perguntou se uma moça que estivesse estudando muito, mas muito mesmo, sobre Marcel Proust, envolvida em assuntos muito complicados sobre sexo, descritos na obra *À la recherche du temps perdu*, poderia ter problemas sérios com isso.

Eu respondi a ele que isso nada tinha que ver com os meus pensamentos sobre as maldades que meu papai fazia com minha mamãe nas noites escuras. Eu não entendi a razão, mas o meu corpo começou a tremer de um jeito quase incontrolável. Eu lembrei de Albertine e mesmo de Odette de Crécy, fazendo sexo com homens e mulheres, e elas nem mesmo casadas com eles eram! Essas imagens se confundiam em minha cabeça, misturando-se com as maldades que ele fazia com minha mãe. O Professor Palais me disse que talvez a minha mamãe não estivesse fazendo nada que fosse forçado com o meu papai. Talvez o que eu tenha escutado não fossem choros de desespero, mas reações de prazer. Seria possível que pudesse ser essa a verdade? Eu pensei muito sobre essa possibilidade. Afinal, o Professor Palais não me diria isso sem ter algum tipo de informação a respeito.

Ele me explicou que criamos fantasias ligadas à relação sexual dos pais. Freud falava que essas cenas poderiam ser muito traumatizantes e a sua recordação pode vir sob outra forma bem distinta em nossa mente. O mais importante é que essas fantasias podem deixar marcas em nosso inconsciente. O Professor Palais me contou sobre um de seus pacientes, o qual havia criado uma história fantástica dentro de sua mente, em que o seu pai era um indivíduo horrível, simplesmente por uma fantasia de que ele forçava a mulher a fazer sexo com ele. Na realidade, os pais se amavam e desfrutavam de seu sexo no escuro das noites, como qualquer casal normal. E isso era amor, a prova disso era que ela mesma, Odette, havia nascido fruto desse relacionamento amoroso.

"Essa Odette sou eu?", perguntei. "Sou eu o fruto de um amor?" O Professor Palais respondeu que sim. Eu era essa paciente. E me perguntou o que eu achava dessa história. Eu respondi que seria maravilhoso se eu pudesse apagar de minha memória a imagem daquele pai que eu pensava ter tido. E depois eu o substituísse por alguém generoso e honesto, como ele. "Ou o senhor André?", perguntou o Professor Palais. Eu sorri e fiz um sinal que sim com a cabeça.

O Professor Palais me perguntou se eu gostaria de falar sobre o meu bebê. Ele me disse que a criança está muito bem. Marcel e meus pais estão cuidando dele para mim. E que eu não devo me preocupar com a saúde do bebê, pois ele recebe amor e toda a atenção que precisa de Marcel e do casal André. Casal André? Mas quem será afinal esse casal André, que tanto bem me fez e agora me faz? E o tal Marcel? Seria ele o meu Marcel? O que eu sei é que ele tinha uns vinte e cinco anos e fomos realmente felizes. Eu agora lembrei mais claramente! Nós nos conhecemos quando ele estava internado no Hospital Pitié-Salpêtrière. Não, não é verdade! Marcel apenas vem me visitar no hospital, pois ele precisa ficar em casa e cuidar de nosso bebê. Alguém deve cuidar de nosso bebê! O leitor me perdoe a confusão, mas eu, sinceramente, não posso precisar onde e em quais circunstâncias isso tudo aconteceu. Nem mesmo posso garantir a sua veracidade!

O Professor Palais me explicou que as pessoas enfermas podem confundir a realidade e a fantasia. Seria esse o meu caso? O que eu sei é que ele ou eu, quem sabe os dois, ou apenas um de nós – alguém estava lá para um tratamento, que eu não lembro bem.

Mas era algo importante. E se antes eu tratava os homens com frieza absoluta, mesmo os grandes intelectuais da França, como Gide, Malraux e tantos outros, com ele era diferente: Marcel era especial. Meu Deus! Eu disse Marcel! Seria ele o grande Marcel Proust? De qualquer modo, eu suspeito – melhor dizendo, eu afirmo – que nós nos amávamos muito. Uma vez, eu tentei explicar a ele – o meu Marcel – o que John Ruskin pensava sobre a arte. E descrevi a ele a metáfora da Catedral de Amiens. Ele adorou o que eu disse! Eu fiquei encantada quando ele me disse que já havia visitado aquela magnífica construção e reconhecia nela uma obra humana belíssima e que tinha duas vezes o tamanho da Notre-Dame de Paris!

Eu expliquei a ele que Ruskin considerava a arte a forma de o homem transcender, sobretudo se a pessoa considerar a possibilidade da inexistência de Deus. Eu disse que o crítico inglês achava que uma catedral simbolizava esta simetria de construção, que depois teria sua cúpula dirigida ao céu, criando uma forma de beleza capaz de dar sentido ao ser humano. Meu Marcel concordava comigo e dizia sempre que eu era a mulher mais interessante que ele havia conhecido na vida. E que, em suas leituras de Proust, ele via no autor uma constante ambivalência, uma espécie de oposição: os dípticos, as divisões, o equilíbrio entre as partes aparentemente opostas, o tempo perdido e o tempo reencontrado, o caminho e a mansão do senhor Swann e o caminho e a mansão dos Guermantes, a prisioneira e a fugitiva, a Alberte mulher e a não mulher, o Proust homem e mulher, um Swann atraído por mulheres e um Charlus atraído por homens, Sodoma e Gomorra, enfim, ele achava a obra fascinante. Marcel conhecia a obra de Proust e me desafiava, o que era muito proveitoso para a minha tese. Tese? Eu estarei, por acaso, na Universidade de Sorbonne? Por que estaria eu preocupada com uma tese? Se tampouco o ensino básico eu tive a condição de completar?

É estranho o teor dos pensamentos que têm invadido o meu cérebro. Eu adorei esse olhar de Marcel sobre a obra de Proust. E o final, o sétimo volume, ele dizia que era muito interessante, com a observação de três gerações de famílias, que de início seguem caminhos distintos, mas acabam misturadas. E de como as futilidades e coisas pequenas da vida de nada nos servem. O que teria isso que ver com a minha tese na Sorbonne? O tempo perdido das pessoas deve ser de alguma forma recuperado. Minha cabeça parece estar confusa, misturando várias realidades. Odette de Crécy não tem a menor relação com Odette Martin. E o meu bebê? Quem está cuidando do meu bebê? Por amor de Deus! Marcel, meu amor, onde você está, que não responde? Diga, por favor!

Para os que não creem no amor entre as pessoas, resta a arte. Para quem ama, bastaria ser feliz com a pessoa certa. Ah, como eu amei Marcel! Infelizmente, quando ele me disse que deveríamos fazer um filho – imagine o leitor: eu e ele fazermos um filho! Eu, uma mulher de quase setenta anos! E ele um jovem com a vida pela frente! Eu achei aquilo impossível! Eu não poderia jamais ser mãe! Eu não conseguia cuidar nem de mim! Foi assim que tudo terminou entre nós. Acho que ele não gostou de minha reação ao seu convite, tão difícil de ser aceito por uma pessoa como eu.

Eu me senti muito confusa. E fui procurá-lo no jardim do hospital, como sempre costumávamos fazer nos horários do passeio, mas ele não estava. Onde você está, Marcel? Onde você está, meu amor? Eu perguntei por ele para as enfermeiras e elas me disseram que ele já havia ido embora. Eu terminei por ficar sozinha. É estranho isso. O Professor Palais me disse que haveria uma explicação para os meus pensamentos. Segundo ele, eu poderia criar nomes, imagens e situações em minha mente. Nada que fosse parte da realidade, mas fragmentos dela, os quais eu misturaria com as minhas fantasias, como uma forma de eu poder processar a realidade, mas de um modo que eu a pudesse tolerar, ou mesmo, saborear. Eu não entendi nada do que ele quis me dizer.

Ele me contou que as pessoas saudáveis têm os seus desafios e conseguem enfrentá-los, num nível de exigência e sofrimento aceitáveis. E tudo se mantém prazeroso, na medida em que as nossas alegrias e realizações compensam os nossos sofrimentos. Quando o peso de nossas exigências passa a superar os prazeres que extraímos das coisas da vida, acabamos doentes. Mas há formas de resolver isso. E ele sabia como fazê-lo. Talvez essa pessoa de quem eu costumava falar estivesse na mesma situação, a de ter de enfrentar sofrimentos muito intensos. E que ela era uma pessoa que amava muito o seu marido e seu filhinho, mas que estava muito preocupada com os seus exames na universidade e o nascimento do bebê fora a gota d'água para que ela desabasse emocionalmente. Eu perguntei a ele: "ela quem?". E o Professor Palais respondeu: "quem você acha que possa ser essa pessoa?" Eu fiquei sem ter o que dizer naquele momento e mudamos de assunto, o que aliás nós dois sabíamos fazer muito bem.

Acho que vale a pena explicar ao leitor as razões pelas quais, imagino eu, uma mulher com a minha história acaba como uma prostituta de luxo. Eu me pergunto se, com a ajuda do casal André, eu não poderia ter me tornado uma moça comportada, pois na certa um bom marido eu encontraria. A madame André conhecia muita gente e era respeitada. Ela poderia ter me apresentado a um bom rapaz, que me pediria em casamento. Contudo, minha vida seguiu numa direção completamente diferente. Eu segui por um caminho moralmente baixo, pelo qual havia sempre a sensação de estar mentindo ou enganando alguém. Seria isso uma necessidade psicológica de autopunição? Eu teria sido uma boa paciente para um psiquiatra. Muitas vezes, quando estava sozinha na cama, mas sem vontade de dormir, eu me questionava sobre o que leva uma mulher a vender seu corpo.

Eu sabia perfeitamente o modo como minha vida pessoal funcionava. Era impossível negar que eu sempre soube, à exceção de alguns, como Jean, por exemplo, ou quem sabe Malraux, que minha vida sexual nada tinha de afetiva. Era uma mera troca de favores. Lembro de ter lido num livro publicado pela revista que desde a antiga Grécia havia prostituição. As mulheres emprestavam seus corpos aos homens, com a finalidade de agradar aos deuses. Eu li no dicionário que a palavra "prostituição" deriva do latim *prostitutio,* e significa "a troca de favores sexuais por outra forma de prestação, em geral pecuniária". No meu caso, era para garantir um emprego, pagar o aluguel, comprar roupas, ir a jantares elegantes ou mesmo para receber alguma "atenção" em dinheiro, para comprar comida e deixar na geladeira.

Quando eu passava por alguma região da cidade, em que havia mulheres paradas ou caminhando na mesma rua, perguntava a mim mesma se eu era igual a elas ou diferente. O que tínhamos em comum, e isso me parecia óbvio, era que ambas ficávamos à espera de alguém que nos desse algo, em troca da satisfação dos desejos sexuais masculinos. No meu caso, esse papel era dissimulado, pois eu tinha um trabalho, aparentava ter uma vida normal e muitos de meus parceiros eram pessoas carentes. Concluí que a prostituição dependia da condição social na qual ela acontece. Eu não poderia ser chamada de "profissional do sexo", pois meu corpo era vendido de forma disfarçada, ao contrário das prostitutas da rua. Houve vezes em que eu usei o sexo com desconhecidos simplesmente para diminuir a minha sensação de solidão. Noutras, tudo parecia instintivo, mas necessário, como se eu precisasse me diminuir como pessoa.

Não sei se o leitor escuta os sons que eu escuto dentro de meus ouvidos. Eu percebo um choro de bebê. Haverá alguém escondido aqui por perto e que possa carregar com ele um bebê. O Professor Palais poderia fazer o favor de me explicar de onde viria esse som de um choro de bebê? Poderia ser alguma alucinação que somente eu escuto? Eu me lembro do caso de um homem casado, de meia-idade, que era dono de uma loja de roupas, numa das ruas em torno do Champs-Élysées. Eu tenho a certeza de que havia algum tipo de tara, que me invadia de vez em quando, pois ele me levava para um quarto, nos fundos da loja, e me possuía de uma forma tão violenta, que quase sempre me deixava marcas no corpo.

Durante o sexo, vinham sempre a minha mente algumas imagens distorcidas de minha infância. Eu acho que muitas coisas que eu sofri quando pequena nem ficaram fixadas em minha memória do dia a dia. Mas elas apareciam em certos momentos, como se estivessem bem escondidas e protegidas dentro de mim. Ele me machucava muito e eu permitia. Depois do sexo, ele mal falava comigo. Dava-me algum dinheiro e, de tempos em tempos, algumas roupas. Felizmente, isso ficou para trás. O Professor Palais deve entender desse assunto. Há um choro de criança que me persegue ultimamente? Será que ele poderia me explicar de onde viriam esses sons? E Marcel? Onde está o meu Marcel?

Houve vezes em que meus amantes me batiam por motivos fúteis, por vezes parecia que a violência era parte de nossos rituais sexuais. E o pior é que eu parecia sentir prazer com aquelas coisas horríveis. Uma vez, André Gide perguntou-me, educadamente, se eu precisava de alguma ajuda em relação ao olho roxo que eu tentava esconder com o uso de óculos escuros em plena manhã. A violência contra a mulher, não somente as prostitutas, mas em minha experiência pessoal, durante a adolescência e depois de adulta, tinha muitas vezes uma conotação de submissão e poder, por consequência, parecendo uma forma de dominação do corpo do outro, um ato de violência. E me impressionou sempre o silêncio, pois a maioria das mulheres opta por não denunciar os seus agressores, muitas vezes seus cafetões, maridos ou namorados.

Havia também um elemento adicional e que hoje posso identificar mais claramente. Mal eu entrava em minha casa, depois do trabalho, minha rotina era abrir uma garrafa de vinho tinto. Nas noites em que eu recebia alguém para dormir comigo, eu consumia quase uma garrafa inteira. Imagino que herdei essa tendência de meu pai. Do que eu lembro de minha infância, o álcool estava sempre presente nos momentos de maior violência doméstica. De minha parte, a bebida parecia facilitar as coisas. Nos meus sonhos, eu tenho percebido a presença de certas imagens, que mais parecem o movimento de pessoas, com suas pastas e seus livros. Quem poderia ser essa pessoa que aparece em meus pensamentos e que tem tanta vontade de estudar? Eu vejo um jovem casal e ela espera um bebê. Eles conversam e se abraçam. Parecem tão felizes à espera da chegada do bebê!

Basta de falar sobre essas intimidades. Gostaria de contar um pouco sobre o que sei da vida de Marcel Proust, afinal, ele é para mim o maior romancista do século XX. Não li nada mais maravilhoso do que *À la recherche du temps perdu.* E aquela forma de memória, baseada em algum detalhe sensorial, era algo que eu compreendia perfeitamente. Havia coisas de minha infância que surgiam quase instantaneamente quando eu sentia certos aromas. O aroma de lavanda, por exemplo, bastava que eu passasse por um campo de lavandas, no sul da França, mesmo de longe, e me vinham imediatamente as lembranças de minha infância e adolescência, as lavandas que havia atrás da igreja, sobretudo aquelas que eu espremia e passava delicadamente em meu pescoço. Foram elas – as lavandas – que me ajudaram a convencer o senhor da padaria a me conseguir o emprego com o casal André. Isso eu nunca esquecerei.

De acordo com as informações que recebi de Jean, a família de Proust se instalou num belo apartamento na Rue de Courcelles, 45, na esquina da Rue de Monceau. Eu me refiro aos anos 1900. O apartamento era muito elegante e ficava no primeiro andar do edifício. Há uma fotografia muito famosa de Robert com seu pai na sacada, o pai com um gorro escuro e o jornal na mão. O consultório do doutor Proust era nas imediações. O pai de Proust faleceu três anos depois e seu irmão Robert se casou logo em seguida. De modo que ficaram somente Marcel e sua mãe no apartamento. Quando a madame Proust vem a falecer, dois anos depois, ele decide se mudar para um apartamento menor que se localizava na Boulevard Haussmann, 102. Quem compartilhava um apartamento com seu irmão, na mesma rua, era o pintor Gustave Caillebotte, mas no número 31. O pintor possui uma obra intitulada *Un balcon*, que registra a paisagem da larga avenida, com suas árvores e prédios elegantes.

O apartamento dos Proust, na realidade, segundo Jean, pertencia ao seu tio-avô materno, Louis Weil. Era enorme, com seis dormitórios, segundo se dizia, "era o triunfo do mau gosto burguês". Para Marcel, havia vários inconvenientes, os principais eram a poeira que vinha das ruas e o pólen das castanheiras, que desencadeavam suas crises asmáticas. Mas esse não é o meu Marcel! É Marcel Proust! O meu Marcel é outro. É o pai do meu bebê! Foi por sugestão de Anna de Noailles que Marcel Proust decidiu – lá por 1910 – revestir todas as paredes com cortiça. É de certo modo emocionante imaginar que grande parte de sua obra literária, sobretudo *À la recherche du temps perdu*, foi escrita naquele apartamento.

Eu falava sobre o bebê. Onde está o meu bebê? A tal Anna de Noialles era uma condessa e escritora de origem romeno-francesa. Era feminista e socialista. Era filha de um príncipe e se casou com Mathieu Fernand Frédéric Pascal de Noailles, filho de um duque. Eram muito reconhecidos pela alta sociedade parisiense. Anna escreveu romances e várias coleções de poesia. Ela está enterrada no Cimetière Père-Lachaise, em Paris. É o mesmo cemitério em que Marcel Proust e Reynaldo Hahn estão enterrados. Professor Palais, o senhor poderia me dizer, por favor, com quem está o meu bebê? Eu preciso amamentá-lo, mas não tenho certeza se esse leite sairá de meus seios!

Eu tenho certeza de que uma mulher vulgar, que passa as noites na cama oferecendo os seus seios a homens que ela nem mesmo conhece, uma mulher desse tipo jamais terá um leite bom e nutritivo, que seja suficiente para amamentar o seu bebê! Professor Palais, por favor, dê um jeito e cuide bem do meu bebê. Eu tenho a certeza de que um homem como o senhor jamais deixaria o meu bebê abandonado. Não é assim, Professor Palais? Ah, como eu me sinto mais segura nos braços de um pai como o Professor Palais!

Lembro que uma vez fui a um enterro e visitei a sepultura de Anna de Noialles. Posso estar enganada, mas há uma imagem dela, esculpida por Auguste Rodin e que se encontra em seu museu em Paris. O Professor Palais me perguntou se eu notei quando o chamei de "pai". Eu chamei o Professor Palais de meu pai? Não lembro, mas eu penso que ele seria um ótimo pai para qualquer pessoa, sobretudo alguém que necessite de carinho, como eu. Ele diz que eu já tenho um pai e é só uma questão de tempo, e muitas conversas entre nós dois, para que eu consiga reconhecer não apenas o meu pai, mas também a minha mãe. A minha mamãe? Mas ela não morreu logo depois de eu nascer?

O Professor Palais diz que eu logo entenderei melhor onde estão todas as pessoas de minha família. Com um pouco de paciência e muita conversa, entendendo as minhas fantasias e os bloqueios que eu criei em minha memória, tudo se resolverá. Ele me prometeu que tudo voltará a ser como antes. Como antes? E o que pensa disso o diretor do curso de letras da Universidade de Sorbonne? E como andam os trabalhos sobre Marcel Proust e sua obra-prima *À la recherche du temps perdu*? E o meu tempo está também "*perdu*"? E como vão os passeios com mamãe pelos parques de Paris? E como vão os meus passeios com Marcel e o nosso bebê?

Por falar em Parc Monceau, numa de suas idas, nas terças-feiras, à casa de Madeleine Lemaire, é que Proust conheceu Reynaldo Hahn, que vivia numa mansão com seus pais, na Rue du Cirque, número 6. Madeleine era a pintora francesa que adorava pintar flores. Robert de Montesquiou a chamava de a "imperatriz das rosas"! Se não fosse por ela, Marcel demoraria mais tempo até penetrar nos salões da aristocracia francesa! Eu falava que, na ocasião, o músico, que era rico e de origem venezuelana, seu nome era Reynaldo Hahn, foi amante e amigo de toda vida de Marcel, não o meu Marcel, mas Marcel Proust. Reynaldo tocou uma de suas composições e recitou alguns poemas de Verlaine.

Como foi lindo o amor de Proust e Hahn! Eles se reencontram depois e passam tempos juntos. Diziam as "más línguas" que havia algo a mais entre os dois. E havia! Por que não? Marcel teria dito que Reynaldo e sua mãe Jeanne haviam sido as pessoas mais importantes em sua vida. Foi para ele que Proust leu *Du côté de chez Swann* pela primeira vez. As pessoas merecem ser felizes. É isso que o Professor Palais vive a me dizer. Eu um dia serei feliz! Segundo Jean, teria sido a prima de Reynaldo, Marie Nordlinger, quem conseguiu arranjar o contrato pelo qual Proust traduziu as obras do famoso crítico de arte John Ruskin para o francês.

E aqui eu faço um aparte que me parece muito importante. Gostaria que todos da Universidade de Sorbonne escutassem o que eu tenho para dizer. Eu preciso dizer o que sinto sobre Proust. Afinal, o que irá pensar o meu Marcel e os meus pais, se eu não completar esse maldito curso de pós-graduação! Para todos aqueles que conheceram a obra de Proust com profundidade, é consenso que o seu mergulho nas obras de Ruskin foi determinante para o seu futuro literário. É de Ruskin – obviamente que também de outros – a ideia de que a arte é a forma como o homem se eterniza.

É dele – Ruskin – a metáfora usada por Proust da catedral gótica, como símbolo de uma construção sólida e simétrica, cuja conclusão completa um ciclo de realizações e projeta as realizações do homem para o futuro, eternizando-o. Há várias passagens de *À la recherche du temps perdu* em que obras citadas por Ruskin são referidas por Proust. Imagino que suas traduções de obras do inglês tenham sido determinantes no gosto e visão crítica de Proust sobre a beleza na arte. Quem será esse Jean que me ajuda sempre, sem que eu lhe dê amor em troca? Ele deve ser algum Professor Palais que eu encontrei por aí. Nós dois rimos tanto!

O Professor Palais me disse que quando as pessoas adoecem, elas podem inventar coisas. Substituir nome e pessoas, até mesmo inventá-las. Elas parecem reais em nossa mente, mas não fazem parte da realidade. Há um lado de Marcel que poderia ser igual a Jean. O meu professor da Sorbonne, Jean Paul, é muito gentil comigo. Ele me indica livros e sempre me protegeu, mas eu não pude retribuir o seu amor. Eu acho que me confundi um pouco. O Professor Palais me diz que não há nenhum Jean na vida real. O Jean que eu imaginei ser um rapaz rico, inteligente e generoso, e que tanto me ajudou, pode ser apenas uma fantasia que criei em minha mente.

Jean me explicou que é Proust quem interpreta a intenção de Ruskin ao eleger a palavra "bíblia" no título de *A Bíblia de Amiens*, que Proust traduziu e prefaciou. Ela seria metaforicamente o pórtico ocidental da catedral, ou seja, uma bíblia no sentido real e não figurado, uma bíblia feita de pedras, como ele explica em seu prefácio: "esse mundo de santos, essas gerações de profetas, esse séquito de apóstolos, esse povo de reis, esse desfile de pecadores, essa assembleia de juízes, esse esvoaçar de anjos, uns ao lado dos outros, uns em cima dos outros". É Proust quem desvenda o universo de Ruskin, suas obras e a erudição de um intelectual que jamais repete um texto.

Em seu prefácio, vê-se a sua admiração por Ruskin, de quem ele reconhece a influência, em sua forma de ver a arte depois de ter mergulhado em suas obras. Mas Proust, ao mesmo tempo, diz que não é o tipo de admirador cego, quando lembra que "não é que eu desconheça as virtudes do respeito, é mesmo a própria condição do amor. Mas nunca ele deve, quando cessa o amor, substituir-se, para permitir-nos crer sem exame ou admirar por confiança". Acho que foi André Malraux quem me ensinou alguns aspectos que ligam a vida de Proust com a de Madeleine Lemaire. Ela possuía um ateliê de pinturas na mesma Rue de Monceau, número 31. E adorava pintar flores, em especial rosas. Ela reunia as madames da alta sociedade, sobretudo as que gravitavam em torno da Faubourg Saint-Germain, nas terças-feiras, durante os meses de abril a junho. E existia uma outra Faubourg, a Saint-Honoré, onde a burguesia rica e ascendente costumava fazer seus encontros artísticos e sociais.

É fácil perceber na obra-prima de Proust o seu encantamento pela natureza. Nela, descrições detalhadas das paisagens são sempre levadas até as últimas consequências. Penso que os escritores sabiam responder, através da arte, ao saudosismo de um campo que há algum tempo fora abandonado pela aristocracia francesa, deslocada a Paris e outras grandes cidades, durante o processo de urbanização. Em *À la recherche du temps perdu*, observa-se igualmente o uso da botânica, no sentido de enriquecer as descrições das manifestações tão fortes e belas da natureza. Mas Proust a usava para dar uma conotação mais sensual e metafórica ao texto.

As catleias de Odette de Crécy seduzem o senhor Swann, ao ponto de ele usá-las em seu jogo de seduções, ao abordá-la para o sexo. Na natureza, as flores são a expressão da sexualidade das plantas, elas são os seus órgãos da reprodução. É digno de nota que Proust aborda a sexualidade e seus desvios em sua obra *À la recherche du temps perdu*, sobretudo em seu quarto volume, intitulado *Sodome et Gomorrhe*. As catleias, por exemplo, são espécies de orquídeas. Muitas delas são hermafroditas ou bissexuais. O termo "orquídea" deriva do latim "*orquis*", que significa "testículo". Agora eu lembro! Eu precisei fazer uma monografia sobre Proust para a minha diplomação na Sorbonne. Trabalhei tanto sobre *À la recherche du temps perdu*! Marcel Proust é mesmo fascinante! O meu Marcel me disse que ninguém faz uma narrativa literária como Proust.

Na opinião abalizada de meu amante André Malraux, e isso ele enfatizou várias vezes em nossas conversas depois do sexo, Proust foi provavelmente o primeiro autor a dissecar a alma humana, no sentido de nossas ambivalências e dificuldades em relação à sexualidade. Freud publica *Totem e tabu* em 1913, mas não se sabe se Proust teve a chance de ler a sua obra. Ambos contribuíram, cada um em seu campo da cultura, para desvendar os mistérios de nossa sexualidade. Dizia André que as "quartas-feiras de Madame Verdurin", em *Du côté de chez Swann* eram seguramente uma inspiração vinda de suas visitas ao ateliê de Madeleine Lemaire. Teria sido lá que Proust escutou pela primeira vez a *Sonata para piano e violino, em D menor*, composta por Saint-Saëns, a qual teria sido a origem da famosa *Sonata de Vinteuil*, criação literária de Proust e que aparece tão distintamente em sua obra-prima.

Foi também Malraux quem me afirmou que o tal Gaston de Caillavet, que havia sido contemporâneo de Proust no Lycée Condorcet, seria a inspiração para algumas das características da personagem de Saint-Loup, em *À la recherche du temps perdu*. Ele cumpria o serviço militar em Versailles, enquanto Marcel estava servindo ao exército em Orléans. Escrevia óperas e peças teatrais cômicas e vivia na Rue de Courcelles, número 40. Um aspecto que aparece na obra é que, ao contrário do grupo dos nobres de Guermantes, que eram todos contra, no famoso Caso Dreyfus – embora soubessem no fundo de sua inocência – a personagem de Saint-Loup era claramente a favor da inocência do capitão judeu. Os burgueses que frequentavam a casa dos Verdurin, no romance, eram alguns a favor e outros contra, de acordo com seus interesses pessoais. Proust era a favor de Dreyfus, como fica evidente na obra, através das posições do amigo do narrador, Albert Bloch.

Bem, caro leitor, é o momento de abordarmos outro de meus segredos. Eu havia mencionado, mais ao início de minha narrativa, que eu tinha algo sério a compartilhar. Eu acho que foi lá por 1917, mas não posso garantir. Foi quando conheci um homem, numa dessas noites em que uma mulher decide ficar além do tempo recomendável na companhia de alguém. E esse alguém me fora apresentado num pequeno restaurante do Marais. Ele se chamava Albert Le Cuziat. Apresentou-se a mim como sendo o proprietário de um hotel de nome Marigny, que ficava localizado na

Rue de l'Arcade, número 11. Ele não me parecia interessado em me levar para a cama. O Professor Palais me disse que só poderei melhorar dessa doença, à medida que eu puder separar a realidade dos meus pensamentos. Ele diz que eu confundo as coisas. Minha vida real é a de uma moça normal, que ama o seu marido e estava esperando o seu bebê. Mas como é difícil cuidar de um bebê! Eu tenho medo de não conseguir cuidar de meu bebê! Por favor, Professor Palais, ajude-me a cuidar de meu bebê!

Em relação ao Hotel Marigny, com minha vivência da periferia de Paris, eu logo fiquei sabendo que se tratava de um local de encontro de homossexuais. Le Cuziat me contou que sua família era oriunda de Tréguier, na Bretanha, e que ele havia sido mordomo de um príncipe de nome Constantin Radziwill. Foi ele quem me falou por primeira vez sobre a vida mais íntima de Marcel Proust. Disse que Marcel frequentava o seu hotel. E não era por seus interesses literários. O assunto, na verdade, era de outra natureza: Proust tinha proximidade com vários homossexuais que ali se encontravam. André Gide certa vez comentou comigo sobre a personagem Jupien, de Proust. Para ele, Jupien era Le Cuziat. É num lugar como esse que o narrador da obra de Proust descreve também o encontro do jovem Marcel com o barão de Charlus. E o barão estava em uma situação surpreendente: acorrentado e em uma sessão típica das relações sexuais sadomasoquistas.

Diziam alguns que Proust teria doado vários de seus móveis pessoais – na realidade, parte da mobília da casa de seus pais – para Le Cuziat. Proust defendia-se, dizendo que ele entendera que Le Cuziat necessitava uma ajuda para compor seu apartamento e ele cedera parte de sua mobília a ele, como prova de sua amizade. Proust jamais imaginaria que os móveis seriam utilizados como decoração do referido estabelecimento. Marcel Proust negaria qualquer ligação de sua parte com o hotel Marigny. A verdade é que em 1918 houve um episódio, registrado pela polícia, no qual quatro homens teriam sido surpreendidos, sentados no local, em volta de uma garrafa de champanhe. Um deles era Marcel, outro era Le Cuziat. E os outros dois eram jovens soldados.

É aqui que eu entro na história. Sem que ninguém da *Nouvelle Revue Française* soubesse, eu também frequentava o hotel Marigny. Era lá que eu ia, quando me sentia realmente sozinha. Eu e outras mulheres que se prostituíam. Servia de local para encontros sexuais clandestinos. Foi lá que conheci Marcel pessoalmente. E, hoje não tenho vergonha de dizer, eu o chantageei por algumas vezes. Era simplesmente uma questão de dinheiro. Pelos meus contatos na revista, eu logo percebi que era de fato ele quem eu vira no local. Perguntei a uma mulher se ela sabia o endereço de Marcel Proust. E passei a mandar-lhe mensagens não assinadas, exigindo que me desse alguma ajuda em dinheiro. Do contrário, eu abriria a boca e Paris inteira saberia de suas idas ao hotel Marigny, para se encontrar com seus amigos homossexuais.

É humilhante confessar, mas apropriei-me até de alguns objetos seus, que mais tarde, depois de sua morte, eu terminei por vendê-los a um tipo suspeito, que fazia negócios ilícitos com obras de artes e objetos de coleção. Eu havia ouvido falar de gente que fazia esse tipo de chantagem com pessoas famosas havia muito tempo, desde meus tempos de adolescência. E apliquei a mesma técnica com Proust. Desde a primeira carta, ele demonstrou preocupação em ter sua intimidade revelada. Disse que me pagaria o valor pedido em um ou dois dias. E que eu dissesse para onde mandar o envelope com o pagamento.

Do dinheiro para alguns de seus objetos de arte foi um passo. O leitor ficará surpreso em saber que alguns objetos que hoje estão expostos no Musée Carnavalet, no bairro de Marais, em Paris, foram meus. Exatamente. Eu os vendi a algumas pessoas até bem conhecidas. Eu soube mais tarde que, lá por 1935, quando faleceu o irmão de Marcel, o doutor Robert Proust, um colecionador e patrono do museu, de nome Jacques Guérin, teria negociado com um senhor de nome Werner alguns pertences – mobília e manuscritos – de Proust. Segundo um vendedor de antiguidades, para quem eu repassei alguns objetos pessoais do escritor, por quase nada, Guérin e Werner teriam se encontrado numa livraria de nome Lefebvre, na Rue du Faubourg-Saint-Honoré.

Muitos anos depois, o mesmo Guérin doaria essas preciosidades ao museu. Isso nos anos 1970. Há uma estatueta de porcelana branca, que aparece em vários acervos fotográficos que reconstituem o quarto de dormir de Marcel Proust, que ele me deu como forma de pagamento. Eu a havia extorquido dele e terminei por vendê-la, por duzentos e trinta francos, a um comprador de antiguidades que tinha um pequeno estabelecimento na região de Montmartre. Eu tenho quase certeza do período em que consegui convencê-lo a me dar – como pagamento de meu silêncio – aquela estatueta de porcelana. Eu lembro que ele mudara-se havia pouco tempo para a Rue Hamelin, número 44.

Proust havia recebido a notícia sobre o Prêmio Goncourt com o segundo volume de sua obra, intitulado *À l'ombre des jeunes filles en fleurs.* O apartamento era grande, mas a mobília de seus pais havia ficado empilhada na sala de jantar e de estar, enquanto outra parte foi deixada num depósito. Eu lhe pedi, numa das vezes em que ele respondeu aos meus bilhetes ameaçadores, que me enviasse algumas das penas e tinteiros usados na produção de seus escritos. Ele respondeu que sim, ele enviaria imediatamente o que eu havia solicitado, mas que por amor de Deus não contasse nada a ninguém sobre sua vida pessoal.

O menino que servia de entregador de recados me disse, certa vez, que havia ficado impressionado com as mordomias do senhor Proust. Ele havia chegado à porta do edifício, portando uma de minhas mensagens, quando viu chegarem dois rapazes com as roupas de trabalho do Hotel Ritz. Era a comida do senhor Marcel Proust, que era sempre encomendada do refinado hotel e entregue em seu endereço. Segundo a conversa dos dois entregadores do Ritz, o ricaço – Proust – não podia sentir os cheiros da comida preparada em casa. Sua empregada, de nome Céleste – sua secretária Céleste Albaret –, uma mocinha que trabalhava havia anos com ele e vinda do interior, mal podia entrar em seus aposentos para limpar o quarto ou deixar lá sua comida.

Céleste era filha de um ex-funcionário de Proust que fora convocado para o exército e deixou-a como substituta. Ela dizia que era proibido bater a sua porta. Era ele quem pedia o que porventura necessitasse. Tudo tinha de ser feito rapidamente e num silêncio sepulcral, para não perturbar a concentração das escritas do senhor Proust. Havia um lado meu, e que aparecia de vez em quando, que era de certo modo bondoso e empático. Quando eu soube que Proust havia falecido, fiquei um pouco abalada. Foi num sábado, eu lembro, pois era o dia que eu costumava almoçar com uma amiga e ela tinha de sair correndo às quatro da tarde. Tinha um emprego de dançarina num café da região. Foi num sábado que ele morreu, no dia dezoito de novembro. O ano era 1922.

Dizem que havia três médicos ao redor de sua cama, seu irmão Robert e os doutores Babinski e Bize. Ele cerrou definitivamente os seus olhos no meio da tarde. Logo, o seu amigo Reynaldo Hahn foi avisado de sua morte. E ficou ao lado de seu corpo até a chegada dos seus amigos, no dia seguinte, domingo. Vieram, então, Léon e Lucien Daudet, amigos desde o colégio, a condessa de Noailles, a princesa Murat e, obviamente, Marthe e Suzy Proust, cunhada e sobrinha de Proust. Acho que foi no dia seguinte que o pintor Helleu desenhou o rosto de Proust, o qual foi logo após refeito com carvão e tinta chinesa. Era uma imagem do perfil do escritor, com a barba já espessa e o fundo era todo branco. O fotógrafo Man Ray, amigo de Jean Cocteau, veio depois. O funeral de Marcel Proust foi realizado na igreja de Saint-Pierre-de-Chaillot, para surpresa de alguns, que o consideravam judeu.

Sua empregada de tantos anos, Céleste, comentou com serviçais que trabalhavam na vizinhança que ela havia acompanhado o patrão nos três endereços em que ele vivera em Paris. De 1906 a 1919, foi na Boulevard Haussmann, número 102. Depois, na Rue Laurent-Bichat, número 8, por alguns meses, no ano de 1919; e, por fim, na Rue Hamelin, número 44, onde Proust viveu até falecer. Nos últimos tempos, ele ficava quase todo o tempo deitado na cama e Céleste o ajudava a recortar e colar as partes dos originais de *À la recherche du temps perdu*. Parece que a minha vida se tornou uma simples cópia da vida de Marcel Proust! O meu Marcel deve estar enciumado, pois eu pareço obcecada por tudo que diz respeito à Marcel Proust. Esse doutoramento na Universidade de Sorbonne está me levando ao meu limite. E agora esse bebê! Quem cuidará de meu bebê se eu não tiver como cuidá-lo? Por favor, responda, Professor Palais! Quem cuidará do meu bebê! Marcel, onde está você, meu amor? E mamãe? Papai? Onde estão vocês?

Proust havia deixado sempre ordens expressas com Céleste de que não deveria ser jamais interrompido. Ele a chamaria quando necessitasse. Proust sorriu e disse que Céleste seria a primeira a saber que ele havia escrito a palavra "fim" em seus originais. Sua obra-prima *À la recherche du temps perdu* foi publicada originalmente em sete volumes, dos quais três foram publicados vários anos após a sua morte. O leitor que tente entender como uma mulher capaz de fazer tantas coisas moralmente baixas, como no meu caso, pode ao mesmo tempo sentir a beleza que há na boa literatura. Acho que isso se deve ao meu tempo como funcionária da *Nouvelle Revue Française*, quando pude testemunhar a paixão de muitos homens pela leitura.

E veja o leitor o dilema em que eu agora me encontro. Tentei até o presente ocultar o fato de que houve um período em minha vida, refiro-me aos tempos mais recentes, em que tive de ser afastada de meu trabalho por uma crise nervosa. Eu sei lá o que significa uma "crise nervosa". Diziam os meus vizinhos e os raros amigos que me restaram – um ou dois, no máximo – que eu passei por um momento emocional semelhante ao que teria ocorrido com Camille Claudel, uma escultora e artista francesa brilhante. Camille morreu na obscuridade, no hospital psiquiátrico de Ville-Évrard, em Neuilly-sur-Marne, no interior da França. Sua obra, contudo, foi reconhecida depois por sua originalidade. Quem a deixou internada até morrer foi seu irmão, que era Paul Claudel.

Eu lembro de uma escultura, que Rodin dedicou a ela quando eram amantes. Chamava-se *Retrato de Camille Claudel com um boné*. Camille estudou na Académie Colarossi, com Alfred Boucher, em sua época um dos poucos lugares que aceitavam estudantes mulheres. Acredite o leitor se quiser, mas naquela época a famosa École des Beaux-Arts barrava a inscrição de mulheres. Em 1882, Camille alugou um ateliê com outras mulheres, a maioria inglesa, Jessie Lipscomb entre elas. Boucher encorajou-as a seguir, insistir na profissão de artista. Camille esculpiu um busto dele como forma de agradecimento. Foi Boucher que a aproximou de Rodin.

Foi assim que o tumultuado caso entre os dois começou – ela tinha apenas dezenove anos. Camille torna-se sua inspiração, modelo e amante. Rodin tinha um antigo relacionamento com Rose Beuret e o caso com Camille desagrada muito a senhora Claudel, sua mãe. Ela passa a exibir seus trabalhos no Salão de Paris, ou no Salon d'Automne e foi depois considerada pelos críticos de arte como um gênio da escultura. Havia, obviamente, a influência de Rodin, mas Camille era ela mesma na arte, basta analisarmos obras de sua autoria, como *Bronze Waltz* ou *A Idade Madura.* Eu era fascinada por uma escultura em mármore, que parece um desejo de atingir algo superior ou sagrado, cujo nome é *Sakountala.*

Pelo preconceito que existia, pelo fato de Camille ser mulher, ela tinha dificuldades em obter financiamento para seus projetos artísticos e dependia de Rodin, ficando ele, quase sempre, com os créditos ao final de suas obras. Ela dependia muito da família, do ponto de vista financeiro. E quando seu pai faleceu, a mãe e o irmão suspenderam a ajuda a ela, deixando-a quase na miséria. Quando sua saúde mental piorou, os dois decidiram depois mantê-la num hospital psiquiátrico, onde esteve internada por trinta anos, até o seu falecimento. Eu lembro de um episódio curioso. Diziam que Camille teria se envolvido com Claude Debussy, que a admirava muito e a considerava uma grande artista. Debussy manteve uma réplica de uma das esculturas de Camille - *The Waltz* - por anos, em seu estúdio. O Professor Palais me pergunta se eu me sinto doente como Camille Claudel. Seria eu Camille Claudel? Eu não sou Camille Claudel!

Lá por 1905, Camille passou a manifestar sinais de um transtorno mental, destruindo muitas de suas obras, desaparecendo por longos períodos. Ela passou a acusar Rodin de roubar suas ideias e de armar um complô para matá-la. Diziam que havia desenvolvido uma esquizofrenia. Curiosamente, há registros que mostram que, embora Camille estivesse com sérios transtornos mentais, ela se mantinha lúcida enquanto esculpia. Há indícios de que os médicos tentaram convencer sua família a retirá-la do hospital, mas eles se negaram.

No início da Primeira Guerra, em 1914, Camille e outras pacientes foram transferidas para outro hospital, devido ao avanço alemão. E depois, para o Asilo de Montdevergues, em Montfavet, próximo a Avignon. O certificado de admissão de Camille descreve "delírios de perseguição". Há uma carta, assinada por um médico de nome Brunet, datada em 1º de junho de 1920, e dirigida a sua mãe, sugerindo que a família tentasse reintegrá-la ao convívio familiar, a qual nunca obteve resposta. Camille Claudel faleceu em 19 de outubro de 1943.

Eu decidi falar sobre o caso de Camille pelo simples fato de que, aparentemente, a minha situação era muito parecida com a dela. Eu, Odette Martin, que já levei todos os grandes intelectuais franceses de minha geração para a cama! E sem contar os artistas e escritores estrangeiros! Eu fui vítima de vários diagnósticos precipitados, além de uma verdadeira conspiração de meus vizinhos e muitos familiares de muitos – eu diria todos –, sem medo de exagerar! De todos os familiares de meus antigos amantes! Fui levada contra a minha vontade, contida por uma camisa de força! Amarram-me o corpo todo, para ser internada – como uma doente mental – no renomado Hospital Pitié-Salpêtrière. Veja o leitor a injustiça!

Uma mulher esperta, capaz de enganar os intelectuais mais inteligentes da França e levá-los para a cama, ser considerada louca, por um tal Professor François Palais! Esse senhor pode ter todas as credenciais médicas que puder mostrar, mas no meu caso ele errou totalmente o seu diagnóstico! Dizer que eu sou uma jovem que imagina coisas que não aconteceram, ou seja, que os assuntos que eu aqui tenho descrito, com riqueza de detalhes, são mentira, é no mínimo um desrespeito! O grande e superior Professor Palais, que em minha opinião deveria retornar ao seu "palácio" e não me ver nunca mais, sugere que todo o sofrimento que vivi em minha pobre, miserável infância é fantasia. Isso mesmo: produto de meus pensamentos doentios.

Veja o leitor o ridículo de suas afirmações! E que minhas aventuras sexuais, com todos esses homens importantes da *Nouvelle Revue Française*, são mentira, pura e simples invenção de meu cérebro, presentemente doente. Depois de expor minha vida e meu passado sem nenhum tipo de pudor, vejo-me ameaçada por alguns supostos especialistas, liderados pelo ridículo Professor François Palais, que me rotularam como louca. É exatamente isso que o leitor acabou de ler! Pois esse tão reconhecido hospital de nome Pitié-Salpêtrière – e não há ninguém na França e na Europa que não o conheça – insiste em me manter aqui trancafiada. É isso, sim, caro leitor! E no setor onde ficam praticamente isoladas as pessoas mentalmente desequilibradas. Onde anda o meu bebê? Por que sempre aparece em minha mente esse bebê? E a Universidade de Sorbonne, o que tenho eu que ver com a Universidade de Sorbonne? O senhor poderia me explicar, Professor Palais?

Houve um tempo em que os mais endinheirados de Paris depositavam nas dependências de hospitais psiquiátricos as pessoas que não faziam jus às suas expectativas familiares, seja por serem demasiadamente tristes, mal-humoradas ou insubmissas. Esse terrível sanatório, onde alguns amigos aqui me deixaram – e eu afirmo que de minha parte eles agora não são mais meus amigos –, pois passaram a ter receio do que minha memória poderia dizer sobre o meu passado e sobre o passado de muita gente importante. E eu estou aqui, mal alimentada, pois é isso o que eles fazem com os internos, matam-nos de fome! E sem falar nas contenções físicas, isolamentos, choques elétricos, intoxicações com substâncias químicas e abusos sexuais.

Quando eu falo em abusos sexuais, o leitor não pense que são carícias não consentidas ou outras coisas mais simples e de menor consequência – e que, modéstia à parte, eu sei bem como fazê-las, pois já entreguei meu belo corpo a muita gente importante desse lindo país chamado França. Eu me refiro a médicos – que para mim nem médicos são – e que abusam de mulheres hospitalizadas à força, como é certamente o meu caso. Este hospital, que é como "uma cidade dentro de uma cidade", e foi construído no século XVIII por Luís XVI, com uma estrutura quase prisional, é onde eu hoje me encontro isolada, contra a minha vontade, como se eu fosse Camille Claudel.

Este hospício que hoje parece ocupar-se de mulheres com doenças psíquicas ou que sejam consideradas rebeldes é meu novo lar. Pode-se aceitar um disparate como esse? O Professor Sigmund Freud já andou por aqui, visitando esse hospital ridículo e fazendo anotações. Eu espero que todas elas negativas! E se alguém ainda não leu, a literatura está repleta de histórias terríveis sobre o que fazem os hospitais psiquiátricos. O leitor lembra o caso de Christine Lavant, a poeta austríaca? Pois ela ficou internada desde os vinte anos de idade, por não se adequar à sociedade em que vivia ou por apresentar uma tristeza considerada fora dos padrões normais. E isso seria motivo para depositar um ser humano, contra o seu desejo, num lugar deprimente como este? Esse episódio a que me referi, sobre Christine Lavant, aconteceu nas primeiras décadas do século XX. E repete-se agora comigo!

E o caso de Zelda Fitzgerald? Essa não sobreviveu ao incêndio no manicômio em que estava internada. E Sylvia Plath, com sua personagem de ficção submetida a lobotomias mal indicadas, Esther Greenwood, em *A redoma de vidro*? E o que falar do caso de Camille Claudel, sobre o qual ofereci ao leitor todos os detalhes que a minha prodigiosa memória poderia produzir? Uma talentosa escultora que foi deixada em um hospital psiquiátrico por sua família com apenas dezenove anos? Sim, Camille Claudel! Ela era irmã do poeta Paul Claudel – um idiota, inseguro e manipulado pela mãe. Toda a França sabia que ela era a musa e amante do escultor Auguste Rodin.

Camille ficou trinta anos naquele manicômio, sob os cuidados de religiosas, como uma louca. Tudo devido a um complô armado por sua família e o senhor Rodin, um grande artista, mas nesse caso um indivíduo reprovável. No meu caso, eu posso considerar minha passagem pelo famoso Hospital Pitié-Salpêtrière – o qual de "pitié" nada possui – como uma resposta desta sociedade cruel e preconceituosa contra alguém que no fundo é vista como uma prostituta. Essa reconhecida instituição médica tinha, sabidamente, um jeito muito especial e preconceituoso de lidar com gente como eu – as prostitutas – consideradas como párias da sociedade e mulheres moralmente doentes.

E o leitor deseja saber a razão? É porque há até bem pouco tempo o lugar das mulheres em nossa sociedade decadente era em casa – sim, dentro de casa, cuidando dos filhos e da casa. E nada além disso! Elas eram as meninas e depois as esposas, mas jamais simplesmente mulheres. No início do século XIX, o patriarcado europeu, que mantinha aquela sociedade sob controle, dizia que o corpo e o psiquismo das mulheres deviam ser subjugados. E é essa a única razão plausível para que eles tenham decidido me trancafiar neste fim de mundo!

Eu conheci uma mulher na periferia de Paris que desejava apenas fazer aulas de culinária. Ela pediu a permissão do esposo e sabe o leitor o que o desgraçado fez? Internou-a onde? Ele internou a mulher no Salpêtrière! Pois era impensável que ela desejasse aprender alguma coisa. Seria um crime inafiançável! Veja o leitor o ridículo dessa suposta moral hipócrita da sociedade parisiense de hoje. Em minhas sessões com o famoso Professor Palais, figura conhecida neste manicômio, ele passou quase todo o tempo de nossos encontros na tentativa de me convencer que tudo isso que eu escrevi nestas páginas – ou seja, a minha experiência de vida – é criação de minha mente. Pura imaginação!

Como seria possível eu descrever todos esses eventos, com o nível de detalhamento em que estão colocados, e, ainda assim, tudo ser fantasia? Segundo eu li em várias obras que tomei emprestadas de amigos, e outras a que tive acesso nas bibliotecas de Paris, e eu não me refiro a bibliotecas quaisquer, falo da Sainte-Geneviève, com suas lindas estruturas de ferro de Henri Labrouste, com seus mais de dois milhões de documentos nas áreas de humanidades e literatura. E se o Professor Palais acha isso pouco, quem sabe a Biblioteca Pública da Rue de Richelieu, número 58, que é um dos tesouros mais fantásticos da França? Ou a Mazarine, na Quai de Conti, número 23, à beira do Sena, em frente à Ponte das Artes e ao Museu do Louvre, onde Proust trabalhou quando moço – a mais antiga biblioteca pública da França! Serviriam para convencer ao ilustre Professor Palais?

Contudo, internar alguém como eu, e sem motivo real, com o rótulo de "doente psiquiátrica" é para mim inadmissível. Eu li num compêndio médico que a psicopatologia pode ser definida como o ramo da psicologia que estuda os distúrbios mentais, mas há que se estabelecer antes a diferença entre o normal e o patológico. Se na Antiguidade, no tempo de gregos e romanos, as doenças mentais eram consideradas como os sofrimentos das almas, esse não seria jamais o meu caso. Eu nunca me queixei a ninguém por ter a alma sofrida! Não foram os eminentes médicos franceses que, no século das luzes, abriram os novos horizontes ao tratamento das doenças mentais? Não foi o próprio Pierre Pichot, famoso psicólogo e psiquiatra e nosso compatriota, quem cunhou o termo "psicopatologia" ainda no século XIX? E onde foi que o Professor Théodule Ribot introduziu os estudos das causas das doenças mentais?

E Karl Jaspers, o especialista alemão que nós mesmos da Gallimard chegamos a considerar a tradução de sua obra do alemão para o francês e oferecê-la aos estudantes de medicina franceses? Eu não sou louca, por amor de Deus! Posso ser, sim, uma prostituta de luxo! Ou mesmo uma chantagista barata do senhor Marcel Proust! Esses diagnósticos eu concordo e não imponho nenhuma contestação. Que o ilustre Professor Palais me chame de prostituta, de uma rameira ou uma mulher sem classe e imoral, que vende seu corpo por alguns tostões, quanto a isso eu nada tenho a discutir! Mas louca, louca definitivamente eu não sou. E o nosso Sigmund Freud, com sua teoria de que as psicoses são uma doença mental, na qual os indivíduos perdem o contacto com a realidade e não têm consciência do seu problema? Seria esse o meu caso? Seguramente que não!

Contudo, o Professor Palais, no Hospital Pitié-Salpêtrière, pensa diferente. Ele me considera uma pessoa muito inteligente, mas que cria fatos que na verdade não aconteceram. Estão a funcionar somente dentro de minha cabeça. Noutras palavras, todas as preciosas informações que eu forneci ao leitor sobre a história da *Nouvelle Revue Française* – tudo – seria fruto de minha imaginação: eu jamais trabalhei na revista! Veja o leitor o ridículo de sua afirmação! Eu acho isso simplesmente inaceitável. Ele diz que as neuroses são perturbações psíquicas que enfraquecem a personalidade, mas são parte de um mundo conectado com a realidade.

O meu caso seria diferente. Eu criei um mundo próprio. E minha obsessão por descrever detalhes da vida de Marcel Proust, de suas obras, de sua família, de sua vida pessoal, sua asma, enfim, tudo não passa de uma aprofundada pesquisa, feita por uma mente perturbada como a minha. Até a sua admiração pela obra de John Ruskin seria uma verdade que em minha mente foi trabalhada por meus neurônios doentes! A metáfora da catedral de Amiens teria sido usada de forma patológica, por essa mente doida que vos fala! Seria possível uma besteira como essa ser verdade? O referido professor – que eu nem me dignarei a pronunciar o seu nome, pois me causa enorme irritação – pensa, e isso que me afirmou textualmente, que o meu caso mais se aproxima de uma forma de surto psicótico.

Ele justifica pelo fato de que, nessas várias semanas de internação, eu tenho apresentado alterações de comportamento que parecem resultar de uma perturbação da personalidade. Eu seria uma mulher desadaptada psiquicamente, em relação a mim mesma e em relação aos outros. O leitor não acreditará, mas o meu querido médico concluiu que nem mesmo uma prostituta eu sou! Podem imaginar tamanha idiotice de sua parte? Eu, que passei uma infância em meio à sujeira e à violência, filha de um bêbado desocupado e de uma prostituta que nunca se preocupou com a minha existência!

O famoso Professor Palais, do renomado Hospital Pitié-Saltêprière, considera que é tudo fantasia de minha cabeça. E que eu venho de uma família normal e que sempre me amou. E que não sou uma velha: sou uma jovem senhora! E que poderia ter um belo futuro na vida! Eu pergunto ao leitor: haveria algo mais ridículo do que essa afirmação? Segundo o tal professor – e eu duvido que ele seja uma autoridade de fato em psiquiatria ou psicologia –, minha obsessão pela literatura e autores franceses é por influência de minha mãe, uma mulher doce, que me deu o seu amor e me estimulou para a leitura. Como se fosse ela quem prefaciou John Ruskin, em *A Bíblia de Amiens* e não Marcel Proust!

E os detalhes descritos por Céleste Albaret, sua dedicada empregada, por mim registrados nesta obra, foram todos lidos por mim em algum lugar! Em resumo: eu não vivi essa vida, apenas sonhei tê-la vivido! Seria tudo fruto de meus delírios por minha doença! E que os seus medicamentos poderão me devolver a saúde! Seria possível alguém como eu acreditar em uma idiotice como essa? O Professor Palais – o grande especialista de araque – também me informa que meus conhecimentos sobre as obras de Marcel Proust, ou seja, os detalhes até dos livros que ele publicou antes – veja o leitor, antes! – de *À la recherche du temps perdu*, seriam todos decorrentes do tempo em que me dediquei aos meus estudos na Université de Paris I, na Sorbonne! E que houve um fato muito importante em nossas vidas, Marcel e eu tivemos um filho. Mas como eu poderia me esquecer de um bebê? Eu jamais esqueceria um bebê? Diga-me, por favor, onde foi que eu me esqueci de meu bebê? Foi na porta da capela da Rue du Bac, sob a proteção de Catherine Labouré? Ou teria sido tudo uma visão, como a mocinha da Côte d'Or testemunhou com a Virgem?

Até mesmo minhas considerações sobre o prefácio de Anatole France, no livro de Proust, *Os prazeres e os dias*, são fruto de minhas memórias de meu curso de pós-graduação. E nada seria real! E se não fosse assim, diz o Professor Palais, eu não saberia tanto sobre os prédios da universidade. Que eles pertencem à mesma universidade, mesmo sem serem contíguos e têm como coração o edifício da escola fundada pelo teólogo Robert de Sorbón no século XIII – o mais famoso colégio de Paris. Segundo ele, eu sou capaz de descrever de memória as relações históricas entre as suas faculdades, as antigas e de estudos teológicos, o seu auditório para grandes debates, tudo!

Esse "astuto doutor e grande especialista na mente humana", que todos chamam respeitosamente de "Professor Palais" pelos quatro cantos do Hospital Pitié-Salpêtrière, tem me dito que o Professor Sigmund Freud gosta muito que seus pacientes façam uso da associação livre de ideias – junto com a descrição do conteúdo dos seus sonhos – como sendo isso uma potente fonte de análise psicológica dos pacientes. Eu gostaria de informar ao eminente professor que Marcel Proust já faz isso há bem mais tempo que esse doutorzinho vienense. Dou o exemplo do sétimo volume de *À la recherche du temps perdu*, intitulado – como já disse várias vezes – *Le temps retrouvé*. Proust denomina essa forma de descrever os fatos ou pensamentos como "vínculos".

E o que seriam os "vínculos", Professor Palais? Para Proust, "a sensação comum deseja recriar em torno de si o vínculo antigo, enquanto o vínculo atual que o substitui se opõe a essa imigração". Nesse sentido, a memória involuntária – a das *madeleines*! – através de suas livres associações, se opõe a isso e triunfa sobre ele. Não fosse assim, Proust não poria na boca de Jean Santeuil a frase: "Este livro não foi feito, ele foi colhido". E, sejamos justos, ele nunca escondeu nada do leitor. Relatou todos os detalhes possíveis de seus passeios, amores, perversões e neuroses. Ele chega ao ponto de até nos confessar que "poderia temer mais um rato do que um leão"!

E se isso não bastar como argumento ao Professor Palais, quanto ao pioneirismo de Proust na questão das "livres associações", o autor chega a nos dizer que nos sonhos "somos capazes até de matar em um acidente nossos próprios pais, que podem estar mortos, na realidade, há muito tempo". Proust fala, na voz do narrador, que "ele adoece só de pensar na ideia de ir à Florença" ou "tornar-se presa de grandes sofrimentos ao chegar ao hotel em Balbec". Esses exemplos do tratamento psicológico cuidadoso das personagens de sua obra revelam que ele era tão "freudiano" como o era o Professor Sigmund Freud! Mas eu cederei à sugestão do Professor Palais e falarei tudo o que ele achar que devo em nossos encontros. Se ele deseja uma prova de minha intenção de sair deste presídio, eu lhe darei com muito prazer. Ele diz que eu sei tudo até sobre a faculdade de teologia de

Paris. E quando ele me pediu, há alguns meses, que eu descrevesse a sua localização, no Boulevard Saint--Michel, eu comentei que o seu prédio é de 1627 e foi Richelieu quem a reconstruiu às suas custas. O famoso Professor, o senhor Palais, desafia-me, dizendo que eu sei detalhes dos edifícios antigos da Sorbonne que foram demolidos, porque eles fazem parte de um mundo que eu vivi antes de ficar doente. E que eu sei também sobre a igreja erguida por Richelieu, na qual o seu corpo está enterrado.

Por outro lado, eu devo reconhecer que, nos últimos três meses de minha internação, tenho recebido a visita de um casal de velhinhos muito simpáticos. O Professor Palais me diz que, com o uso de medicações mais modernas, eu serei capaz de reconhecê-los e, inclusive, amá-los novamente. Novamente? Se eu nem os conheço! E eu não compreendo bem o que ele quer dizer com isso. De qualquer forma, eu tenho percebido que as visitas do casal André têm sido frequentes. E eles me trazem uma caixinha de papelão colorido, contendo deliciosas *madeleines*, que eu mergulho no chá do refeitório do hospital. Não são, obviamente, como as *madeleines* que a tia Léonie servia ao menino Marcel, e ele as degustava depois de mergulhá-las no chá, em Combray, mas são certamente deliciosas!

Ah, eu adoro quando eles me dão a caixinha com as "*madeleines*"! E o que dizer daquele rapaz, com o corpo sempre encostado nas paredes desse hospital! O ser mudo e gélido que apenas me olha com ares generosos e que imagina que eu não o tenho observado por dias, semanas e meses, a andar pelos cantos, a me observar, como se fosse um gato sentado numa poltrona a vigiar cada passo de seu dono! Eu gostaria que o referido médico e tido como grande especialista no comportamento humano me explicasse quem é esse homem, que eu confesso é até bem apessoado e poderia certamente ter o amor e a atenção de uma mulher? Eu pergunto e o famoso Professor Palais me devolve sempre a pergunta: "quem é esse rapaz?". Eu lá vou saber de quem se trata! Marcel, seria ele Marcel? Eu diria que é Marcel! Eu arriscaria afirmar tratar-se de Marcel.

Entretanto, eu reconheço que seu olhar me é simpático, pois o tal homem parece estar interessado em mim, de um jeito bem além do desejo simples de se aproveitar de um corpo de mulher. Há alguns dias, o Professor Palais me disse, sorrindo, quando estávamos ele e eu em meio a mais uma de nossas intermináveis sessões, em seu consultório, que uma pessoa, como eu, capaz de destacar e escrever num papelzinho em separado – e guardar como se fosse uma joia rara – uma passagem de *À la recherche du temps perdu*, como uma, em especial, que ele surpreendeu, entre as anotações que eu lhe mostrei, teria necessariamente de se tornar uma escritora. Eu me recordei que minha mamãe me servia *tarte au citron* com chá, mas só depois de completar as minhas lições e exercícios de piano.

Era um parágrafo de *À l'ombre des jeunes filles en fleurs* em que o narrador diz que "Gilberte tinha o ar de representar algum animal fabuloso ou de usar um disfarce mitológico. A pele ruiva era de seu pai, ao ponto de que a natureza parecia ter tido, quando Gilberte foi criada, de resolver o problema de refazer pouco a pouco a Senhora Swann, tendo apenas à sua disposição, como matéria, a pele do Senhor Swann". E a natureza a tinha utilizado perfeitamente, como um mestre fabricante de arcas, que faz questão de deixar aparentes o grânulo, os nós da madeira. "No rosto de Gilberte, no canto do nariz de Odette perfeitamente reproduzido, a pele se levantava para manter intactos os dois sinais do Senhor Swann".

Segundo o casal André – é esse o nome dos dois velhinhos que vem sempre me ver e que o Professor Palais insiste em afirmar que são os meus pais –, eles trazem as *madeleines* porque sabem que eu sempre apreciei a obra de Marcel Proust, especialmente o primeiro volume, intitulado *Du côté de chez Swann.* Pois é nesse volume que Proust descreve as lembranças de suas férias em Combray, quando sua tia Léonie lhe servia as *madeleines* e ele as mergulhava antes no chá, para depois deixá-las derreter lentamente na boca. Eu adoro as fatias de *tarte au citron,* que somente a minha mamãe sabe como prepará-las. São deliciosas!

É tão engraçado! Eu tenho escutado por repetidas vezes que o senhor André é meu pai. E que a velhinha tão simpática e doce que o acompanha nas visitas – a que traz sempre a caixinha com as *madeleines* – é minha mãe. Seriam *madeleines* ou fatias de *tarte au citron*? Os professores da Sorbonne confundem a minha cabeça com tantas lições. Eu passo as tardes na biblioteca. Como é possível ser mãe desse jeito? Marcel me pede para descansar, diminuir o meu ritmo de trabalho. Como eu saberei cuidar de um bebê? Eu nunca tive uma mamãe!

E quem irá cuidar de meu bebê, nessa imensa Sorbonne? Eu sou a filha de um bêbado e de uma prostituta que jamais conheci. E fui criada por outra, que jamais se importou comigo! Talvez seja por essa razão, por não ter sido amada verdadeiramente, que eu tenha me tornado mais um daqueles tipos humanos que jamais acreditaram no amor. E a razão é simples: eu nunca tive a sensação de ter sido amada de verdade por alguém. Entretanto, o Professor Palais insiste em me dizer que isso é pura fantasia. Nada disso aconteceu. Quem sou eu, afinal? Odette de Crécy? Odette Martin? André? Verdun? Eu sei lá quem sou? Eu nem mesmo descartaria ser eu o narrador de uma história. Proust construiu assim a sua obra, não é mesmo? Acho que o meu destino está nas mãos de um homem, que pode ser amoroso como Jeanne Weil, sábio e protetor como Palais, infinitamente generoso como a santinha Catherine Labouré...ou alguém que nem eu e tampouco o leitor ainda o descobriu.

Ele pode até ter razão, pois algo me diz que eu fui amada pelo casal André, quero dizer, por meus pais! E não seria a mesma coisa? Eu amo Marcel! Sim, não seria a mesma coisa? Eu amo o meu bebê! E não seria a mesma coisa. Ele diz que eu faço uso de uma transferência, quando eu olho para ele nas consultas e ele se torna o meu papai. O Professor Palais é um papai tão bom. O senhor André também. Como é possível então eu ter um bêbado vagabundo como papai? Minha cabeça parece ter essa capacidade de misturar realidade e ficção – como Marcel Proust o fez em sua obra, que eu devo dissecar para esse terrível exame final da Universidade de Sorbonne.

Meus pais me adoram e apostam em mim! Eles dizem que a Sorbonne é o melhor local de estudos para mim. Marcel também adora o pessoal da Sorbonne. E como são divertidos os encontros nos cafés da Rue des Écoles! E as livrarias que há por ali? O casal André aposta em mim. É parecido com o que o Professor Sigmund Freud dizia sobre os filhos que atingem o sucesso na vida: eles tiveram pais que lhes transmitiram confiança e otimismo, a crença de que tudo, em princípio, deveria dar certo na vida, bastaria que tivessem uma boa dose de dedicação e seriedade.

Com o amor acontece algo semelhante, as crianças que não se sentem amadas pelos pais, tornam-se adultos com muitas dificuldades em acreditar na existência do amor verdadeiro. E acabam por desperdiçar as chances de felicidade que lhes aparecem ao longo de suas vidas. E o meu caso? De onde eu tirei a insegurança que me aflige tanto? Seria pelo fato de eu achar que o meu pai prefere suas conversas com meu irmão Pierre, em vez de meus assuntos literários, de Victor Hugo e Marcel Proust?

Seria possível que eu estivesse fora de meu juízo por todo esse tempo? Eu acho isso inacreditável. Mas há um lado positivo nisso tudo. Eu bem que adoraria ter sido amada por alguém. O casal André, por exemplo. Eles me parecem tão amorosos comigo. E nunca deixam de me visitar no hospital! Eu fico até imaginando se o doutor estiver certo, minha existência poderá ter uma dimensão completamente diferente. O Professor Palais me disse que em algumas tribos mais primitivas as mulheres tinham um papel muito importante, porque eram elas que detinham o poder de produzir bebês. Ele sempre insiste em falar de bebês! Eu sei como é importante uma mulher que é capaz de gerar um bebê. Mas é preciso cuidá-lo bem, não é mesmo? Ter a capacidade de gerar um bebê era motivo de grande admiração e respeito pelos homens.

Contudo, com a falta de comida, os homens tomaram o seu lugar em importância nas tribos, pois a sobrevivência dependia deles. Os guerreiros se tornaram os mais importantes e a mulher perdeu espaço. Sua imagem passou a ser a de uma pessoa frágil, bonita, sedutora, submissa e doce. Os homens passaram a controlar a sexualidade das mulheres e impor exigências a elas. E, muitas vezes, se as regras não fossem cumpridas, as mulheres poderiam pagar até com sua própria vida. A virgindade, por exemplo, se não fosse mantida até o casamento, ou o adultério poderiam ser a justificativa de violência ou mesmo assassinato pelos homens das tribos.

Se o Professor Palais estiver insinuando que eu tenha traído Marcel, ele está redondamente enganado. Eu já nem sei se falo de Proust ou de qualquer outro Marcel que possa haver na face da Terra. Minhas traições jamais se confirmaram na realidade, foram apenas fantasias. Como era atraente o rapaz que me atendia na biblioteca da Sorbonne! Ele insistia em elogiar o formato de meu rosto e as linhas de meu corpo. Mas eu juro, Professor Palais, que jamais dormi com ele! Eu apenas sonhei e, se em meus sonhos eu senti prazer e até o gozo proibido pelas tribos, foram somente fantasias. O Professor Palais me tranquilizou, dizendo que não há mal nenhum em ter fantasias sexuais com outros homens. E que todas as mulheres possuem fantasias e isso não é nada incomum. Que alívio ouvir isso da boca do Professor Palais!

Minha mamãe me levava à missa e eu pedia sempre a Jesus Cristo que perdoasse os meus pecados. Ah, que saudades da santinha Labouré e suas medalhinhas milagrosas! Mamãe me levava sempre lá, para rezar e comprar as medalhinhas. Vovó me explicou o que acontece com as mulheres que pensam coisas sobre sexo, sobretudo se não forem casadas e o sexo não acontecer na cama de seus maridos. O Professor Palais me disse que os conceitos religiosos põem o sexo como se fosse algo pecaminoso e sujo. Ele diz que o sexo e o desejo podem ser algo bom. Não fosse assim, Marcel e eu não teríamos amado tanto um ao outro e produzido o nosso lindo bebê. Que alívio que me dão essas palavras do Professor Palais! Eu sempre odiei essa história dos padres e as freiras condenarem os meus desejos. Tudo para eles se resume às tentações do diabo, aos desejos da carne e à tal libertinagem.

A religião adestrou a minha sexualidade! Eu li na biblioteca da Universidade de Sorbonne – sempre a tal Sorbonne a me perseguir! –, num daqueles periódicos que a biblioteca recebe mensalmente, que, de acordo com os estudos do Professor Sigmund Freud, a mais primitiva satisfação sexual do indivíduo se dá através da amamentação. Veja se isso não é um ultraje! Uma mulher decente sentir prazer com um bebê inocente a sugar o leite de seus seios! Eu busquei no dicionário o sentido da palavra "pulsão". Ajude-me, por favor, Professor Freud! Professor Jung!

O conceito de pulsão seria um limite entre o corpo e a mente, algo fronteiriço, limítrofe entre a noção de instinto, mas que parece um pouco distinto deste. Diga-me, Professor Freud, perdão, eu quis dizer Professor Palais, essa vontade, esse instinto poderia ter algo que ver com alguma forma de prazer? Pois, se for assim, eu me recuso a continuar essa conversa! Uma moça decente e que vem de uma boa família como a minha – a família André sempre soube se comportar bem – jamais poderia conceber a ideia de sentir prazer ao pôr a boquinha de um bebê, recém-nascido, em seu seio, salvo se ela fosse uma mulher vulgar.

O Professor Palais me pediu que pensasse sobre uma alternativa ao meu pensamento. E se essa satisfação estivesse vinculada à alimentação? Sim! Ele me fez imaginar um animal. Um animalzinho qualquer que a natureza tenha produzido. Ele não é capaz de raciocinar como o fazem os estudantes da Sorbonne. Uma boa nutrição através da sucção do leite materno seria uma garantia de que as suas crias, os seus indefesos filhotes, teriam mais chance de sobrevivência. Sob esse ângulo, se a mãe sentisse algo bom, delicioso, ao sentir a força da sucção de seu rebento, esse ato se tornaria algo benéfico para a espécie. Não seria? Isso me alivia tanto! Pensar que amamentar o meu bebê não é um ato leviano! A pulsão, nesse caso específico, poderia ser um instinto bom para a sobrevivência da espécie.

O Professor Palais é de fato um homem inteligente! Como é possível ele formular esse tipo de hipótese, através da qual ele é capaz de entender as razões mais íntimas de uma mulher? Então, de acordo com esse especialista do famoso Hospital Pitié-Salpêtrière, eu teria a minha absolvição em relação a esse pecado original – eu jamais me permitiria sentir qualquer sensação erótica, quanto mais com o meu amado bebê! Graças a Deus! E aqui eu agradeço a Deus, mas o que eu quero dizer, mais precisamente, é que eu sou grata ao Professor Palais.

Como pode ser o caso de eu fazer a referida transferência, tão perfeita e funcionante, com um homem que jamais vira antes? Eu adoro as minhas conversas com o Professor Palais! Dizia o Professor Freud, e imagino que o Professor Jung concordaria, que uma criança que mama no peito de sua mãe já tem o seu destino mais ou menos traçado. Diz a minha mamãe, a senhora André, que eu mamei em seu peito, pelo tempo de seis meses! Como seria possível, então, que uma mulher que me oferece o seu próprio seio não me amasse?

É claro que ela me ama e sempre me amou! Eu expliquei a Marcel as principais diferenças entre Freud e Jung. Eu preciso saber sobre esse assunto, pois se trata dos dois dos maiores nomes das teorias psicanalíticas. Eles tinham em comum que eram médicos – como o Professor Palais – e tiveram um papel decisivo para o estudo da mente humana. Entretanto, há divergências entre os dois. Embora diferentes, eles contribuíram de maneira significativa para a pesquisa sobre o desenvolvimento da psicologia humana. Freud é o grande criador da psicanálise e usava a técnica da hipnose.

Eu perguntei ao Professor Palais se eu poderia ser hipnotizada por ele – mas somente por ele! Não seria uma boa estratégia para que ele pudesse penetrar em meu mundo mental? Quando eu pronunciei a palavra "penetrar", eu lembrei de Odette de Crécy! E de Albertine! Qual o motivo de eu ter ficado com o rosto da cor de um tomate maduro ao pronunciar essa palavra tão indecente? O Professor Palais me perguntou a razão de eu ter ficado tão envergonhada: por acaso seria feio "penetrar"? Não é assim que são feitos os bebês? Eu entendi perfeitamente aonde o Professor Palais queria chegar, mas não levei o assunto adiante, pois isso é às vezes muito difícil para mim.

A verdade é que as "questões femininas" me incomodavam um pouco. Eu acho que eu apresentava certa "resistência" a esses temas. Eu comentei que havia lido sobre as doenças da mente que eram mais comuns em mulheres. O Professor Palais me informou, então, que havia alguns especialistas do tempo de Hipócrates que pensavam que as crises de histeria eram mais frequentes nas mulheres. Eu comentei que a palavra "histeria" vinha de "hysteron", que em grego significa útero. Imagine só! Como se as mulheres fossem mais loucas do que os homens! Veja que injustiça, Professor Palais! Talvez eu sofra de alguma coisa parecida, mas que nada tem a ver com meu útero ou minha feminilidade, mas que possa ser desencadeada pelas enormes tensões que tomaram conta do meu cérebro. O Professor Palais me perguntou que tipos de tensões seriam essas às quais eu me referia.

Poderiam ser elas relacionadas com a vinda do bebê? Ou com os meus exames na Universidade de Sorbonne? Seriam essas as tensões? Quanto ao "penetrar", eu respondi que achava que os assuntos de sexo tinha de vir sempre com outra roupagem. Eu havia lido que Freud considerava a fantasia algo que, por ser difícil de ser enfrentado de frente, nós tratamos de fragmentar e recompor com algum pedaço de outra coisa, como fazem os compostos químicos, que podem se ligar com partes de outros compostos. E assim, eles aparecem nos sonhos, fantasias ou em nossos "atos falhos". "Interessante o Professor Sigmund Freud, não?", eu completei... Imagine o leitor que eu pude dizer dois absurdos como esses! Contudo, o meu querido médico achou o assunto interessante e pediu que eu expandisse um pouco mais a minha teoria. Ele adora quando eu faço as minhas teorias! Não é disso que os professores da Universidade de Sorbonne gostam? Eu até pensei que minhas histórias inventadas de amantes, com Malraux, Gide, Sartre e tantos outros intelectuais, pudessem ter alguma relação com essa expectativa que eu tenho em relação à Sorbonne.

Ele deu uma gargalhada e acrescentou que, "para uma aluna brilhante da Universidade de Sorbonne, que estuda Proust e sua obra, até as fantasias de amantes não podem ser construídas com homens comuns: têm de ser com intelectuais do porte de Malraux para cima!" Nós dois rimos muito dessa história. Eu disse a ele que, de algum modo, nossas conversas estavam abrindo algumas portas de meu coração – metaforicamente. Ele me disse que Freud adorava brincar com as palavras. Especificamente, ele se referia à associação de palavras.

Carl Gustav Jung era contemporâneo de Freud e os dois trabalharam um tempo até bem próximos. Discutiam os tratamentos dos pacientes. Dizia Sartre que o primeiro contato de Jung com as obras de Freud foi pela leitura de *Interpretação dos sonhos*, obra publicada no começo do século XX. O Professor Palais me perguntou se eu sabia o motivo de eu falar tanto de pessoas famosas, grandes intelectuais, como se elas tivessem participado de minha vida, quando eu sabia que, no fundo, isso era apenas uma fantasia.

Eu reagi ao seu comentário e disse que ele se cuidasse, pois houve um sério rompimento entre Freud e Jung! E o mesmo poderia acontecer entre nós dois! Jung fundou até a sua própria teoria, tema que eu havia estudado em um de meus seminários da Sorbonne – o Professor Palais que se cuidasse, pois eu sabia o bastante sobre a "psicologia analítica" para desmoralizá-lo se eu assim o quisesse! E isso se aplicaria para o inconsciente coletivo, os arquétipos de Jung e o que fosse mais! Minhas diferenças com o Professor Palais me pareciam quase intransponíveis, sobretudo com as suas suposições de que eu estivesse mentindo sobre os meus casos amorosos.

O mais interessante disso tudo é que ele não perdeu a calma, continuou com a sua argumentação, mantendo um tom sereno em sua voz, como sempre ele fazia. E me respondeu que ele não havia dito que eu mentia. O que eu fazia era algo diferente. Eu criava as minhas fantasias, para com elas poder lidar, ao meu modo, com a realidade – o que é algo bem diferente. Mentir é dizer uma inverdade de forma consciente. Fantasiar é fazer uso de um mecanismo psíquico, para com ele buscar alguma forma de lidar com um conflito. Nada que tenha a ver com o mundo real, mas uma resposta a uma necessidade psicológica.

O Professor Palais me explicou que por essa razão eu havia criado uma história em minha mente, muitas vezes pegando emprestadas imagens da vida real. O bom disso, segundo ele, era que ao deixar os meus sentimentos aflorarem mais livremente, ele poderia mergulhar em minhas fantasias e nelas buscar as razões de meu sofrimento. E quem sabe conseguir me ajudar a sair dessa crise em que eu me encontro agora. Ele me deu um exemplo. Perguntou se eu lembrava da noite em que o senhor André deu aquele susto na família.

Eu devolvi-lhe a pergunta e quis confirmar se o que ele estava tentando trazer à discussão era o episódio daquele domingo em que estávamos prontos para viajar a Deauville. E papai apresentou um terrível sangramento em sua úlcera de estômago, que o fez botar quase metade de seu sangue pela boca. Eu disse que sim. E indaguei dele qual a relação desse episódio com a nossa conversa de hoje. Ele perguntou-me como eu me sentira naquele dia. Eu falei que quase morri de medo. Eu pensei que papai morreria de tanto sangrar. "Isso não lembra a morte de François Martin?", ele perguntou.

É interessante, mas o Professor Palais me contou que quando Freud e Jung se encontraram pela primeira vez, os dois ficaram quase um dia inteiro trocando ideias. Depois, passaram a trocar correspondências. Mas eles acabaram rompendo a sua amizade. Embora os dois acreditassem na existência do inconsciente – das fantasias –, eles tinham algumas diferenças de opinião impossíveis de ser conciliadas. Freud atribuía à sexualidade um papel fundamental nas doenças da mente. Jung ia além, buscando explicações em outras esferas do pensamento, como o "inconsciente coletivo".

Segundo o Professor Palais, o "inconsciente coletivo" seria um poço de memórias, que poderiam ser definidas como "arquétipos", que herdamos de nossos ancestrais. Nós não nos lembramos dessas imagens conscientemente, mas temos uma predisposição para reagir às coisas da vida como nossos antepassados o faziam. Por exemplo, se alguém perde sangue vivo pela boca, isso é sempre um sinal de que estamos sob uma grande ameaça à nossa saúde. Não seria verdade essa ideia?

Eu respondi que, obviamente, sim! Quando papai começou a sangrar daquela maneira, eu pensei que ele iria morrer. É certo que eu havia desejado que ele morresse naquele domingo em que cheguei de surpresa em casa e o encontrei em uma situação impossível de se imaginar, com a moça que cozinhava para ele e mamãe. Por que razão o meu papai precisaria se esfregar naquela mulherzinha insignificante, se ele tinha a minha mamãe?

Mais do que isso: ele tinha a mim para amá-lo, eu imagino que mais do que qualquer pessoa nesse mundo! Eu odeio quando o Professor Palais vem com seus arquétipos de Jung! Eu poderia matá-lo de raiva nesses momentos! "Mas matar a quem?", ele me perguntou. "Matá-lo ou matar o meu papai?" Eu odeio quando faço as minhas transferências, não é disso que o Professor Palais fala o tempo todo? Essa coisa de atacá-lo, de desejar assassiná-lo, quando o que, na realidade, eu desejo é atacar o meu papai? Mas eu não quis matar ninguém.

O Professor Palais pediu que eu me acalmasse, pois ele poderia me garantir que eu não havia matado ninguém, muito menos o meu próprio pai. Eram apenas as minhas fantasias. Muitas vezes, os homens traem as mulheres que eles amam e isso não significa, necessariamente, que o seu amor por elas tenha terminado. "Mas é horrível surpreender o meu papai aos beijos e abraços com uma mulher que não seja a minha mamãe", eu disse a ele, com a voz quase inaudível. "Ou com alguém que não é a sua menininha que ele ama tanto, não é mesmo?", o Professor Palais completou.

"Seria eu uma defensora das ideias de Freud ou de Jung?", perguntei a ele. Eu disse que minhas fantasias "freudianas" já haviam atrapalhado muito a minha vida. Foi assim com a minha profissão e, mais grave, com minha vida pessoal. O Professor Palais respondeu que eu tinha razão em pensar assim. E foi por uma coisa desse tipo que eu havia criado aquela história de um pai bêbado e horrível, que terminara morrendo de tanto botar sangue pela boca, do mesmo jeito que no susto que tive com o senhor André – meu pai. Graças a Deus, com ele foi apenas um susto e tudo ficou bem. Porém, a fantasia de matá-lo – o outro que inventei – teria sido uma boa forma de punir meu pai por sua ridícula traição.

O Professor Palais perguntou se eu havia entendido a sua interpretação de minha fantasia. Eu respondi que sim. Ele me disse que meus estudos na Sorbonne me deram bastante "munição", para que eu retirasse da literatura alguns elementos presentes em minhas fantasias. Eu ri um pouco do que ele falou. Mas a vinda de meu bebê deve ter sido o mais importante. E os meus estudos na Universidade de Sorbonne, com um grande nível de exigência dos meus professores, mas sobretudo de mim mesma, quanto ao meu desempenho acadêmico, foram a "gota d'água" para eu perder o controle. E eu perdi o contato com o mundo real. Sinceramente, eu acho que o Professor Palais está coberto de razão em sua interpretação dos fatos – quero dizer, de minhas fantasias.

O que eu poderia resumir de minhas conversas com o Professor Palais, melhor dizendo, de minhas consultas com ele, é que as descrições das perversões e comportamentos das personagens de Proust me serviram de gatilho, para que eu pudesse reconhecê-las em mim mesma. Veja o Professor Palais que eu me referi às consultas e não conversas! Seria isso um progresso em meu tratamento? As fantasias que povoaram minha mente foram, obviamente, tiradas de meu próprio cérebro – afinal, eu as teria, obviamente, de extrair de algum lugar –, pois a mente de outros seres humanos não seria tão diferente da minha. Todos tiveram pais, avós, irmãos e filhos. E as relações muitas vezes conturbadas ou patológicas entre as pessoas e seus familiares acabam por deixar as suas marcas. E nem tudo é doença. A maioria delas são simples representações, que ficam registradas em nosso subconsciente, verdadeiras ou não, e que podem nos ajudar ou prejudicar na formação de nossa personalidade.

Uma criança normal não registra tão claramente os ruídos surgidos nas noites e que vêm do quarto de seus pais como algo ameaçador ou agressivo. Eu imagino que o Professor Palais nem mesmo se lembre do que seus pais faziam quando estavam sozinhos em seu quarto. Entretanto, para algumas pessoas, e as razões eu desconheço, algumas dessas experiências vividas na infância são registradas como algo desconfortável ou que nos causa alguma confusão na interpretação de seu significado. Eu não saberia dizer como, mas de alguma forma eu criei fantasias muito desagradáveis sobre a forma como meus pais lidavam um com o outro, quando se fechavam em seus aposentos, na hora de dormir. Isso nem mesmo o Professor Palais poderá dizer com certeza, eu imagino.

O certo é que a forma como o menino Marcel percebia a sua relação com a sua mãe e a presença ameaçadora e ríspida de seu pai foram capazes de despertar algo em meu subconsciente. Eu confesso que ao ler a obra, eu me reconheci em Marcel e depois no narrador, quando ele descreveu o desapontamento do grande e famoso Professor Adrien Proust, o maior especialista no tratamento do cólera na França, ao perceber que seu menino não seguiria a sua carreira e talvez optasse por "algo menor", como a filosofia ou a literatura. É incrível como nós, mesmo adultos, buscamos sempre satisfazer as expectativas de nossos pais, mesmo quando racionalmente as consideramos irrelevantes. O Professor Palais tem me mostrado o quanto é importante encontrarmos uma forma de nos reconciliarmos com os nossos "fantasmas".

Por sua sugestão, eu tenho escrito tudo o que me vem à cabeça, sobre a minha vida desde criança e sobre o tempo em que trabalhei na *Nouvelle Revue*

Française. Ele me explicou que isso pode ajudar na minha recuperação. Porém, eu ainda não estou completamente convencida de que essas coisas fazem parte de um mundo de fantasias e não são acontecimentos reais. A propósito, eu sonhei na noite passada que eu cuidava de um bebê recém-nascido. Era o filho de uma estudante de doutorado da Sorbonne. Veja que terrível a situação dessa pobre moça! Ter de vencer as provas da Sorbonne e, ainda por cima, cuidar de um bebê recém-nascido! Seria essa a hora de se inventar um bebê?

Eu contei ao Professor Palais, numa de minhas sessões terapêuticas, que uma das partes que eu mais recordava de minhas conversas, após o sexo, com André Malraux era sobre a obra *Les misérables*, de Victor Hugo, e a demonstração de bondade do bispo, que acolhera Jean Valjean e de quem ele havia roubado os castiçais de prata. Impressionava-me a capacidade de perdoar que tinha o bispo. Jean Valjean se lembra de sua promessa de não mais delinquir. Mas depois ele diz que tampouco recordava dessa. Segundo o religioso, ele deveria lembrar da prata, para se tornar novamente um homem honesto. Eu recordei que há uma parte em que ele rouba sem querer uma moeda do pequeno Gervais, mas se arrepende e procura pelo menino de quem roubara a moeda, para devolvê-la.

Eu também gostaria de devolver o que roubei das outras pessoas. O Professor Palais me pergunta o que eu teria roubado dos demais. Eu lhe expliquei que Freud e Jung iriam concordar que uma menina de boa família como eu não pode ter certos desejos. Quantas vezes eu quis roubar o meu papai, para fugirmos os dois! "Mas Jung e Freud achariam esses pensamentos proibidos!", eu disse a ele, soltando uma bela gargalhada! Porque o sexo é algo tão complicado, Professor Palais? Diga-me, Professor, por que o prazer é tão complicado de se ter?

Jean Valjean foi viver nos Alpes, no outro lado da França, na obra *Les misérables*, de Victor Hugo, onde assume o nome de senhor Madeleine e torna-se um cidadão respeitado e dono de uma fábrica em Montreuil-sur-Mer. Ele é respeitado por sua generosidade com as pessoas. Mas um dia, Jean vê um homem simples, que fica preso embaixo de sua carroça. Ele – então, com o novo nome, senhor Madeleine – faz uso de uma força quase sobre-humana e com a ajuda dos músculos de suas costas, consegue suspender a carroça no ar, salvando o pobre homem. Javert, o policial, assiste à cena, o que faz com que aumentem suas suspeitas de que Madeleine seja Jean, o prisioneiro que ele conhecera em Toulon.

Terei eu uma força como a de Jean, para poder levantar a minha "carroça no ar"? "O senhor entendeu a minha metáfora, Professor Palais?", questionei eu, apertando o meu estômago e sentindo a mesma dor que o meu pai sentiu antes daquela golfada derradeira que o matou, em minha fantasia freudiana. O Professor Palais disse que era um bom sinal eu utilizar em minhas fantasias personagens como Jean Valjean, de *Les misérables*, pois ele conseguiu dar um novo sentido à sua existência, fazendo uso da bondade – e pôde, assim, cuidar de sua Cosette.

Eu não me importei de contar ao Professor Palais sobre a minha vontade quase incontrolável de roubar os objetos da casa de Marcel Proust. E ainda chantageá-lo por suas perversões sexuais. Pobre Proust! Ter alguém a condená-lo simplesmente por sua vontade de atender aos seus desejos. E eu, Odette Martin, seria diferente de Proust, em minhas fantasias sexuais? Em minha opinião, Proust e eu fizemos a mesma coisa: ele na literatura e eu na vida. O Professor Palais me interrompeu e perguntou: "Na vida ou na fantasia?". Eu sei lá como separar essas duas coisas! Ele me confortou, dizendo que eu estava cada vez melhor, em minha capacidade de separar o que realmente acontece com os meus pensamentos. Eu quero falar um pouco sobre os meus roubos. Eu fiz tudo, acredite o leitor, por uma espécie de vontade incontrolável. O Professor Palais diz que isso se chama compulsão. Eu sempre repeti os meus pequenos roubos – pequenos para Proust, mas grandes para mim, que vivo modestamente. Na verdade, cada vez que eu roubo algo dele, sinto um enorme prazer. Eu acho até que me interesso mais por roubar do que pelo valor real das coisas que eu tomo de Proust.

É sempre a mesma coisa, eu sou envolvida por um desejo muito forte de roubar alguma coisa, pode ser uma bobagem qualquer do escritor, um caderno, uma lamparina, um cinto de couro. Eu fico tensa um pouco antes do momento exato de meu roubo e, logo depois do ato em si de roubar, eu sinto um alívio enorme. E depois vem o meu remorso. O Professor Palais disse que nada disso aconteceu. Ele fala que eu devo ter lido algo sobre o assunto na Biblioteca da Sorbonne, provavelmente numa de minhas aulas de psicologia. Eu já nem lembrava mais de que havia, sim, uma disciplina de psicologia entre os cursos opcionais. Teria eu assistido alguma aula sobre cleptomania? Então, Professor Palais, eu sou uma ladra somente em pensamentos? E isso deve ser punido com a cadeia? O Hospital Pitié-Saltêtrière é uma espécie de cadeia? Ele respondeu que não. É um lugar para cuidar de pessoas que estão doentes. E às vezes roubar é uma doença.

Eu lembro que ele sorriu, quando mencionou a parte final da frase: "cuidar de sua Cosette". Eu respondi ao Professor Palais que, quando eu ficasse melhor de saúde e pudesse ir para casa, eu poderia, quem sabe, também dar um jeito na vida e passar a "cuidar de minha Cosette". Ele sorriu e disse que era exatamente isso que ele buscava com o meu tratamento: "que eu, um dia, pudesse cuidar de minha Cosette". Nós dois rimos de nossa conversa, que parecia trivial, mas era muito, mas muito importante.

Numa de minhas últimas sessões, eu contei ao Professor Palais sobre um sonho que tive com Marcel Proust. No sonho, ele parecia fisicamente corajoso – e até um pouco petulante. E estava se batendo em duelo com um oficial que o teria ofendido numa das festas no Boulevard Saint-Germain. O duelo era com pistolas. Mas o embate parecia seguro: aceitava-se que o tiro com a pistola fosse dado meio a esmo, com quase nulas as chances de produzir algum risco aos desafiantes. Eu não saberia explicar como, mas, subitamente, o duelo passou a ser travado com espadas, que raramente chegavam ao ponto de produzir sangramentos.

No caso específico de meu sonho, quase acidentalmente, Proust fere mortalmente o seu adversário, que cai inerte. Eu até lembrei do Caso Mores-Mayer, no qual o capitão Armand Mayer havia sido morto em duelo nas mesmas circunstâncias. O Professor Palais comentou que talvez eu estivesse me sentindo melhor e com vontade de sair do hospital, mas ainda me debatia intimamente com a possibilidade de que houvesse riscos a serem enfrentados no mundo real. Isso seria parte de minha preparação interior para o enfrentamento das ruas – a minha luta de espadas.

Eu achei interessante a interpretação do meu pai. E até pensei que, se o senhor e a madame André fossem na realidade meus pais, então poderia ser plausível que o jovem que insiste em acompanhá-los possa ser um cavalheiro com quem eu tenha tido algum romance verdadeiro. Eu não sei a razão, mas isso me parece cada vez mais possível. Seria ele o meu Marcel Proust? O meu Marcel? O Professor Palais me perguntou se eu havia percebido que o chamara de pai. Eu respondi: "Eu?". Ele disse, sorrindo, que eu havia cometido um "ato falho", sugerindo que ele e madame André eram meus pais. Palais me explicou que, às vezes, o nosso cérebro guarda uma palavra ou alguma coisa que nos aflige, ou está mal resolvida dentro de nós, e começa a enfiá-la dentro de alguma fantasia. A sua função como médico seria garimpar em meus sonhos, em busca de pistas que me ajudassem a resolver os meus conflitos.

Eu brinquei com ele que Marcel Proust também tinha lá suas rusgas com seu pai, o doutor Adrien Proust, um grande epidemiologista e higienista da Faculdade de Medicina da Universidade de Paris. "Imagine só, Professor Palais, se o pai é tudo isso, um professor reconhecido, sempre a defender os princípios da boa higiene, ambientes abertos, bem iluminados e arejados, e o seu próprio filho – Marcel – decide viver confinado, num ambiente fechado, escuro e nada ventilado como era o seu quarto. Não seria um pouco de provocação?", eu mencionei.

Ele concordou comigo que era uma observação interessante. Eu segui com minhas ideias e falei que o Professor Adrien Proust era parecido com José, o pai de Jesus Cristo. Ambos eram figuras paternas um pouco invisíveis. Jesus e Proust tiveram mães fortes – como a Virgem Maria e madame Jeanne Proust. O Professor Palais adorou a minha comparação e perguntou se a minha fantasia de apresentar o meu pai – François Martin – como um bêbado, fraco e detestável não era uma maneira de deixá-lo como José e o Professor Adrien Proust. Eu movimentei os meus ombros, num sinal de dúvida e mais nada. E sorri.

Voltando a Marcel, o certo é que o rapaz a quem me refiro não possui nenhum sinal de que goste de dormir com homens. Ao contrário, ele parece viril e atraente. Marcel Proust não gostava de mulheres, ao menos do que me conste, foi apenas em sua infância que ele revelou interesse pelas meninas – o narrador de sua obra-prima, esse me parece ser como o rapaz a quem me refiro: um ser masculino. O fato incontestável é que ele faz surgir em minha mente algumas imagens muito sensuais. Se o Professor Palais me perguntasse, numa de nossas conversas, que tipo de homem eu escolheria para ser o pai de meu bebê, eu acho que responderia – sem pestanejar – que o meu preferido seria o rapaz que sempre acompanha o casal André – o outro Marcel. O que me traz sempre uma fatia de *tarte au citron*. Ele me interrompeu: "Interessante, não? Ser ele quem lhe traz as tão esperadas fatias de *tarte au citron*".

Em meus apontamentos – refiro-me ao meu futuro livro – eu tratei de incluir também todos os casos amorosos de que tenho recordação. São tantos e com tantos homens! E as coisas terríveis que testemunhei quando criança, tudo isso eu tenho escrito nos cadernos que eles me deram aqui no hospital. Uma enfermeira comentou comigo que eu falei a ela que chegaria a setenta e cinco deles. Como Marcel Proust e seus setenta e cinco cadernos! Imagine o leitor: eu sendo filha de pais amorosos! Não seria algo inusitado? Numa de minhas sessões, nós conversamos – o Professor Palais e eu – sobre minhas visões noturnas. É sempre a mesma coisa: eu vejo uma linda catedral! Ela vai sendo construída aos poucos. Uma parte central, uma parte lateral, depois o outro lado, de um jeito que ela vai ganhando corpo e crescendo com segurança.

Ele diz que minha cura será mais ou menos assim: nós dois, juntos, construiremos a nossa catedral, como a Catedral de Amiens, uma das maiores da França! E pensar que sua construção se iniciou no século XIII! Foi um bispo de nome Evrard de Fouilly quem a começou. O leitor deve saber que ainda hoje a Catedral de Amiens abriga a cabeça de São João Batista – dizia um padre que a peça rara foi parar lá depois da Quarta Cruzada. A cabeça teria sido parte do butim obtido de um saque na cidade de Constantinopla, pelos cruzados e alguns venezianos. Eu me entusiasmei tanto com a minha conversa com meu médico, ao ponto de não resistir e completar que o grande crítico de arte John Ruskin, a quem Proust tanto admirava, dizia que as catedrais são a metáfora da perfeição na arte!

Como eu adoro essas conversas com o Professor Palais! Eu confesso que começo a gostar dele! Ele me explicou que, devido ao meu estado confusional, eu terminei por confundir também os padres. Havia um que abusava de mim, mas ele não era o da história da Catedral de Amiens, tampouco outro da vida real. O Professor Palais me explicou que eu devo estar pensando em padres, mas que isso poderia ter outra explicação. Ele observou que eu sempre dou um jeito de falar sobre padres. De início, eu falava de padres ruins, mas mais recentemente eu me concentro nos padres que são bondosos – como no dia em que contei sobre o padre da igreja de minha infância. Ele cuidava muito bem de seu jardim de lavandas. E eu tenho certeza de que era porque o padre sabia que eu as colhia todas as manhãs, antes de ir para a escola, as apertava com todas as forças de minhas mãozinhas sujas e as usava para perfumar a parte de trás de minhas orelhas. Era a maneira que eu havia encontrado de tolerar minha ida diária à escola, com certa dignidade.

"Será que eu dei também um jeito de proteger as minhas crenças e a minha religião?", eu pensei. E se eu me sentir mais forte, será possível eu cuidar novamente de meu bebê? Eu perguntarei ao Professor Palais a respeito desse assunto. Marcel na certa concordará. Eu agora me lembro de minha barriga crescendo a cada mês. Como é linda uma mulher que dará à luz um bebê! E é mais lindo ainda se existe amor entre o casal. O casal André se dá tão bem! Teria sido impossível para mim sobreviver, naquele mundo de pobreza e violência, sem a ajuda de madame André. O Professor Palais vai me ajudar a cuidar de meu bebê. Foi isso que ele me disse hoje pela manhã. E aos poucos eu poderei voltar para os braços do meu Marcel. Eu não falo sobre o Marcel Proust, pois isso é uma história diferente. Proust é o tema de minha tese doutoral, na famosa Universidade de Sorbonne. Eu estou enxergando as coisas com mais clareza. Marcel e meus pais estão tão orgulhosos de mim!

De início, eu fui forçada a manifestar minha indignação pelo fato de ele, Professor Palais, um grande especialista, ter aceitado a minha hospitalização, a qual eu pensava ser parte de uma conspiração contra a minha pessoa. Mas eu já consigo perdoá-lo e reconhecer alguns de seus talentos profissionais. Pois ele me deixou muito feliz, num desses dias, quando perguntou se o fato de eu falar tanto sobre padres não poderia ser por uma vontade de um dia me casar. Eu ri muito do Professor Palais! E respondi que eu só aceitaria me casar se fosse com o rapaz que acompanhava o casal André nas visitas ao hospital! Ele me respondeu que eu estava cada vez melhor e começando a ver o céu menos nublado. E que ele estava com uma sensação muito boa a respeito de meu tratamento. E ele suspeitava – e isso ele disse quase às gargalhadas – que eu talvez nem precisasse me casar novamente, pois eu já era uma mulher casada!

Eu fiquei muito feliz com o seu comentário, até me permiti sonhar com o tal rapaz – o meu Marcel. Como seria bom se ele fosse a pessoa com quem eu me casei ou iria um dia me casar. Afinal, eu já havia aceitado muito bem a sua proposição de que talvez o casal André não fosse um casal qualquer, mas sim o meu pai e a minha mãe. Se o rapaz atraente pudesse ser o meu Marcel, eu me casaria com ele sem titubear! E até faria com ele, numa noite de amor – veja o leitor! Eu, Odette Martin, falando de amor! –, um bebê. Sim, eu faria com ele um bebê, a quem eu amaria com todo o meu coração e a quem eu cuidaria, mas do jeito que as verdadeiras mães o fazem, como Louis fazia comigo ou como madame André o fez, quando me acolheu e me perdoou.

Nesse sentido, há uma coisa muito íntima e que eu compartilhei há poucos dias com o Professor Palais. Trata-se de um assunto extremamente delicado e eu tenho até dificuldade de transformá-lo em palavras. Mas esses comprimidos que tenho aceitado engolir duas vezes ao dia, e já se vão quatro semanas deste novo tratamento, eu me arriscaria a dizer que estão me ajudando a organizar meu pensamento. Eu tenho tentado lembrar de uma coisa que sempre vem à minha mente quando eu falo sobre a Catedral de Amiens, mas parece que eu apago esse tema imediatamente de minha memória.

O Professor Palais me perguntou ontem sobre esse assunto e falou algo que me irritou profundamente, mas eu não consigo entender a razão. Ele perguntou se eu gostaria de falar sobre Marcel, mas não Proust: o outro. Outro? E eu sei lá quem possa ser essa pessoa! Eu nunca soube de nenhum outro Marcel que não fosse Proust em minha vida! O mais curioso é que o Professor Palais não insiste no assunto, dando-me a impressão de que ele também é muito delicado com esse tema. O tal Marcel deve ser uma pessoa muito importante, quem sabe é algum presidente da França e um intelectual da *Nouvelle Revue Française*, a quem eu não tive a honra de conhecer.

O meu médico falou que eu posso ter esquecido de Marcel por causa de minha doença, que produz essa dicotomia, essa separação que eu faço da realidade e da imaginação, essa tal simetria, uma luta entre forças opostas dentro de mim. Como a tal Catedral de Amiens, que o Professor Palais concorda que é belíssima, mas diz que no meu caso ela teria outros significados – como se fosse uma metáfora, uma representação que se faz de uma coisa com outra bem diferente: os escritores as usam muito. Entretanto, ele me explica que uma catedral deve ser construída de modo organizado.

E se eu desejo ter de volta a minha saúde e a minha felicidade, eu devo tratar de deixar a minha mente como a Catedral de Amiens. Ele brinca comigo que, no dia em que eu aceitar a possibilidade da existência desse Marcel – que não é o Marcel Proust –, eu estarei melhor de minha doença. Que coisa mais difícil de entender! E mais importante do que isso, eu tenho de deixar com que meus pensamentos permitam que o meu bebezinho seja bem-vindo novamente.

A boa notícia é que, com os medicamentos, eu já não vejo tantos inimigos como via antes. E tenho até me preocupado com a minha higiene pessoal. Seria algum progresso? Mas o assunto, o assunto tem relação com um beijo. Sim, um beijo. O leitor deve lembrar que o menino Marcel, na obra de Proust, ficava esperando sempre, ansiosamente, pelo beijo que sua mãe lhe dava antes de dormir, ao ponto de sofrer muito, enquanto ela não entrava em seu quarto, fazia um carinho em seu rosto e o beijava. Era a única forma de que ele pudesse ficar em paz e pegasse no sono.

Marcel Proust passou o resto de sua vida esperando por alguém que lhe desse um beijo como aquele de sua mãe. Eu já posso me lembrar dos fatos com mais clareza – separar o real do imaginário. Foi muito difícil para mim cuidar de meu bebê. "Imagine, Professor Palais, eu ter medo até de colocar o meu bebê em meu peito, para amamentá-lo! Veja se é possível uma mãe ter medo de amamentar o seu bebê? Até um animalzinho consegue alimentar a sua cria! Por que eu não consigo fazê-lo? Não é de enlouquecer?", eu disse a ele.

Pois eu tenho sonhado muito com a senhora André, essa senhora de mais idade, simpática e sorridente, que vem sempre me visitar, acompanhada por seu marido. Eu tenho sonhado que estou deitada em minha cama, já tendo tomado o meu banho e vestido meu pijama, e ela entra, com um sorriso meigo, aproxima-se de mim, e me beija. Sim, ela me beija com uma ternura imensa! E isso me faz dormir em paz. Como o menino Marcel se sentia! Isso não parece curioso? Sabe, caro leitor, eu tenho, de fato, me sentido cada vez melhor com os medicamentos. Minhas agitações diminuíram e me sinto bem mais tranquila. Passei a me alimentar melhor e, uma coisa muito importante, acho que estou acreditando no que os médicos me dizem.

O Professor Palais me lembrou que eu já não me coloco como Camille Claudel, como se eu fosse vítima de uma injustiça. Tenho aceitado a possibilidade de que eu estive doente e necessitei de ajuda médica. Se eu puder cuidar de mim mesma, eu acho que poderei cuidar também do meu bebê. Afinal, é tão bom dar o seio para uma criança inocente se alimentar, sobretudo se esse novo ser humano saiu de dentro de nós. "Como é bom saber, Professor Palais, que eu já não sinto medo de falar de meu bebê!" Palais, Palais, Palais! Eu começo a gostar de ter aceitado entrar nesse seu "palais"! "Não é esse o significado de seu nome, Professor Palais?" Eu estou me tratando com um psiquiatra cujo nome é Palais. Se fosse Proust, ele diria que a minha *Catedral de Amiens*, de John Ruskin, é um palácio! O palácio do Professor Palais! Ah, eu ando tão otimista nesses últimos tempos.

Eu arrisco uma interpretação de ordem psicológica, como se eu fosse o Professor Palais. Ele que me corrija, se achar necessário. Eu acho que Proust descreveu o processo de elaboração do luto por nossas perdas um pouco antes do Professor Sigmund Freud. O que o pai da psicanálise fez em *Luto e melancolia*, Proust antecipou em *Albertine disparue*. Em *Le côté de Guermantes*, ele esclarece que, "como os mortos não mais existem, senão dentro de nós, é a nós mesmos que atingimos sem cessar, quando ficamos obstinados a relembrar os golpes que lhes desferimos". Seis semanas depois da morte de Jeanne Weil – madame Proust, sua mãe –, o escritor escreve à senhora Strauss contando que quando ele saía de casa, voltar era o mais difícil. Ele lembra que sua mãe estava sempre a esperá-lo, preocupada com sua condição médica. E isso o enchia de remorsos. O Professor Palais disse que eu estava absolutamente certa em minha observação.

Essas coisas que ele me diz são muito significativas e poderão representar – quem sabe – o início de minha cura. A propósito, os médicos e enfermeiros da equipe do hospital me perguntam sempre sobre o meu livro. Eu respondo que ele está quase pronto.

Como o fez Marcel Proust em *À la recherche du temps perdu*, minha narrativa – eu espero – poderá acabar com o nascimento de um livro. Freud e Jung iriam gostar de eu ter usado o termo "nascimento". O Professor Palais me disse – em tom de brincadeira – que eu estou quase falando na possibilidade de estar envolvida com o nascimento de um bebê.

Afinal, são tantos detalhes e anotações. Eu tenho sentido algumas coisas estranhas. Parece que meus pensamentos estão mais organizados, sim, organizados! Essa seria a melhor forma de descrevê-los! E, com isso, minha memória parece trazer de volta imagens de uma vida anterior. Nela, eu sou uma pessoa normal, com uma vida normal e que está às voltas com a conclusão de sua tese doutoral. E na Sorbonne! Parece-me claro que eu busco encontrar um tema para essa tão esperada tese.

Baudelaire, Balzac, Proust, Gide, Malraux! Todos os nomes desses grandes homens parecem invadir meu pensamento. Eu sinto que já li e fiz muitas anotações a respeito da obra de cada um. Eu estou me sentindo tão segura nos últimos dias, que conversei com o Professor Palais sobre a possibilidade de mostrar os meus cadernos para o casal André e para o meu amor, Marcel. Eu falei: "Meu amor, Marcel?". Pois Palais achou uma excelente ideia! Meu Deus, eu chamei o Professor Palais de meu "palácio"! Meu Palais! Não é lindo um palácio onde os problemas parecem ter chance de solução? O meu querido professor parece tão gentil e amoroso comigo: como o "Monsieur Madeleine", de

Les misérables, de Victor Hugo! Eu adoro essa coincidência! E se eu passasse a chamá-lo de Professor "Madeleine" ou mesmo de minha *tarte au citron*? Eu me sinto tão feliz! Parece que sou Marcel Proust, ao descobrir que seu tempo poderia ser "*retrouvé*"!

Nossa conversa parecia terminada, quando o Professor Palais voltou à carga, dizendo que a personagem de Jean Valjean, na obra de Victor Hugo, lutara por dezenove anos, para conquistar o direito a uma vida normal, depois de ser preso por roubar um pedaço de pão, para alimentar os seus sobrinhos, e de suas várias tentativas de escapar da prisão. Eu comentei que meu tempo de "prisão" no hospital havia sido mais curto. Ele sorriu e concordou com um movimento positivo com a cabeça. Ele falou sobre o passaporte amarelo que Jean – não o meu amante, em minhas fantasias, mas o Valjean de *Les misérables* – recebeu e o marcou profundamente, por onde andasse, como o estigma que o lembrava ser um antigo detento e um pária da sociedade, em qualquer lugar onde ele estivesse.

Eu o interrompi e perguntei: "Seria algo semelhante à minha loucura?". O Professor Palais respondeu que era normal eu ter receio de que esse tempo no hospital pudesse me dificultar o futuro. Mas a realidade seria outra. Esse tempo seria um passaporte "azul", para eu voltar a ser uma pessoa como qualquer outra. Eu disse a ele que o "azul", nesse caso, era uma metáfora – poderia significar a minha liberdade. Eu continuei a conversa dizendo que a vida de Valjean mudaria depois de ele testemunhar a generosidade do bispo que o perdoou e mentiu aos policiais que ele não havia roubado os seus talheres de prata – foi um presente do bispo.

Eu comecei então a chorar, fiquei muito emocionada. Ele perguntou a razão de eu ter ficado assim. Expliquei a ele que eu havia tido uma daquelas coisas que ele chamava "livre associação". Ele pediu que eu explicasse melhor o meu sentimento. Eu então o abracei e falei que eu havia percebido que ele se tornara para mim um equivalente ao que o bispo Myriel havia sido para Jean Valjean, uma pessoa capaz de iluminá-lo e inspirá-lo, no sentido de se tornar um indivíduo melhor. O Professor Palais ficou visivelmente emocionado. E disse que sim, de fato, eu havia feito um enorme progresso.

Eu brinquei com ele que Victor Hugo devia ter adivinhado que, um dia, surgiria uma Odette Martin, no caso ela, uma mulher sensível como ele e que amaria os seus textos e os de Proust. Não fosse assim, ele não teria escolhido o nome de "Monsieur Madeleine" para a nova identidade da Jean Valjean. Dessa forma, Victor Hugo e Proust ficariam para sempre ligados, através da palavra "*madeleine*", ao menos para mim. Era o meu "passaporte azul".

Eu não sei se poderia ser devido ao nosso interesse comum pela obra *Les misérables*, de Victor Hugo, ou por *À la recherche du temps perdu*, de Marcel Proust, mas eu perdi a vergonha de compartilhar com o Professor Palais os detalhes mais íntimos de minha vontade quase incontrolável de roubar os objetos da casa de Proust. Ele insiste em dizer que são apenas fantasias, mas para mim isso permanece real. Céleste Albaret deve ter horror de mim! É sempre a mesma fantasia: eu sou impulsionada por um desejo muito forte de roubar alguma coisa, pode ser uma bobagem qualquer, desde que pertença ao escritor. Eu fico tensa um pouco antes do momento do roubo, realizo o delito e a isso se segue um profundo alívio, depois de consumado o meu ato. E me vem o remorso. Um imenso e doído remorso.

O Professor Palais me explicou que essas coisas passarão. Fazem parte de minha doença afetiva. Segundo as suas estimativas, eu até me esquecerei delas no futuro. Ele brincou comigo que os escritores sempre "roubam" algo de seus antecessores, como o estilo e algumas de suas ideias. Ele não vê crime nenhum nesse sentido. E que eu deveria considerar minhas fantasias de roubos "das coisas de Proust" como um elogio à grandeza de sua obra. Ele próprio – Proust – era réu confesso, quando dizia que havia se inspirado no estilo de Baudelaire, Balzac e outros grandes da literatura. Nós, seres humanos, quando formamos a nossa própria identidade, "roubamos" um pouco do jeito de ser de quem admiramos, mas impregnamos o "butim" com a nossa própria individualidade. Eu acho que entendi o que ele quis me dizer. Confesso que me senti até aliviada. É bom saber da boca de um especialista que o que achamos "crimes inafiançáveis" de nossas fantasias pode ser algo solucionável com conversas, remédios e, acreditem, choques elétricos. Eu perguntarei sobre isso depois.

Eu estou cada vez mais convencida de que o Professor Palais está coberto de razão quando diz que o meu amor pela obra de Proust implica uma imediata simpatia pelo pensamento de Freud. E é este último quem lhe dá muitas das munições que fazem com que eu me sinta melhor e com esperanças de retornar à minha vida normal. Veja o leitor a questão da arte. Freud disse em *Totem e tabu* que "somente na arte acontece de um homem atormentar-se por desejos de realizar algo semelhante a uma satisfação. E graças à ilusão artística esse jogo produz os mesmos efeitos emocionais de algo real". Eu penso ser isso tão verdadeiro! Como Freud, Proust amava os livros e a arte. Se para Freud, *Moisés*, de Michelangelo, era a mais bela estátua do mundo, para Proust desfrutar de *A vista de Delft*, de Vermeer, era a epifania, por excelência. Proust resumiu bem o que nos oferece a arte, quando disse que a ausência de limites da arte seria como um "teclado, com seus milhões de toques de ternura, de paixão, de coragem, de serenidade", a oferecer-nos um universo sem limites e diferente de todos os outros.

Eu tenho pensado muito sobre o tempo. Afinal, é sobre o tempo que passei aqui nesse hospital que desejo deixar um registro – como o de Proust, mas meu. Seria esse um dos desafios da existência humana e da filosofia. Como se fosse um embate contra a nossa vida, cuja existência física é tão efêmera: registrar nossas histórias poderia afirmar nossa essência humana. No livro XI das Confissões de Santo Agostinho, podemos aprender sobre a *mímesis*, termo oriundo do grego e que significa a faculdade humana de imitar e depois reproduzir. Na filosofia aristotélica, ela representa os fundamentos da arte. Platão pensava que tudo era uma imitação e que o próprio universo era o resultado de uma imitação verdadeira, um mundo das ideias. Mas com alguns toques da genialidade humana.

Quando falamos em pensar, no mundo das artes, fala-se de uma faculdade humana de expressar através de símbolos o que é oculto, além do cotidiano ou do real. O leitor entende que uma obra literária é algo ficcional, mas baseada em elementos da realidade, que seria o universo do autor. Eu sou o autor destes vários cadernos, que o Professor Palais deseja que eu transforme numa obra literária. Isso está muito bem explicado na *Clássica* de Aristóteles. E quem achar que Proust está sozinho nisso, de usar a literatura para capturar o sentido do tempo em suas múltiplas dimensões, está redondamente enganado: Thomas Mann o fez, em sua *Montanha mágica*, e Virginia Woolf também, em *Mrs. Dalloway*.

O meu Marcel parece estar de volta em meus pensamentos. Será que ele ainda me ama, depois de tudo que eu fiz? O Professor Palais me disse que sim. Será possível que Marcel me aceitará, depois de tudo o que se passou? Eu não tinha como cuidar de nosso bebê. E se eu o deixasse cair no chão? E se ele não gostasse do sabor do meu leite? Marcel tem de entender. O meu desespero foi tão grande! E meus pais, o casal

André – não é estranho eu poder dizer "meus pais, o casal André?" –, eles dizem que me amam muito e terão toda a paciência do mundo comigo. Odette André. Agora eu sei de tudo. Odette André. Ao diabo com Odette Martin!

É esse o meu nome! Eu sou uma boa moça, que se apaixonou pela primeira vez por seu príncipe encantado – uma fera que jamais precisou de qualquer encanto para se transformar no meu príncipe. Ao diabo com Odette Martin! Eu soube que amaria Marcel desde o momento em que o vi sentado em sua toalha colorida, no Jardin des Tuileries. O meu amado Marcel, o pai do meu bebê. Eu simplesmente não resisti às tantas pressões, de minha tese na Sorbonne, sobre Marcel Proust, e de ser mãe. Eu entrei em pânico com a possibilidade de ser mãe! Ter de cuidar de um novo ser humano: foi algo muito forte, demais para mim. E eu acho que o que houve depois foi consequência disso. Graças a Deus que eu tenho o Professor Palais para me proteger! Ele diz que eu estou melhor a cada dia. Será que isso é de fato verdade?

E se for assim, onde estará o meu bebê? Certamente aos cuidados da gente mais bondosa do mundo, que são os meus pais e Marcel. E eu irei com eles para casa, inicialmente por um final de semana. E se tudo correr bem, se eu me sentir feliz e segura, poderei sair com eles do hospital outras vezes, até o dia em que o Professor Palais e sua maravilhosa equipe me deixarão ir de vez. Eles sempre dizem que eu sou uma jovem bonita e muito inteligente. Brincam comigo que eu logo voltarei para o meu amor. E poderei de novo namorar. Imagine o leitor! Eu, namorar! E que eu já escolhi há muito tempo a quem amar: Marcel e nosso bebê! E que Marcel está à minha espera, para me levar daqui, no dia em que eu estiver bem.

Marcel? Meu Deus, é claro que existe o meu Marcel! O meu Marcel que eu amo tanto! Onde anda o meu Marcel? Quem sabe haverá um dia em que alguém, como o senhor Swann, na obra de Proust, deseje acariciar as catleias de meu vestido. E será o meu Marcel. Mas alguém que acredite realmente no amor, não uma pessoa que trate dos assuntos do coração com frieza e distanciamento. Eu não desejo para mim o cinismo e a frieza dos príncipes de Guermantes, tampouco o jeito de ser de seres vazios, como o casal Verdurin! Ou mesmo a forma de se relacionar que Proust imaginou para a personagem do senhor Swann! Para mim terá de ser alguém como Marcel.

Eu não quero um senhor Swann para mim. Eu desejo alguém saudável, uma pessoa que acredite no amor. Eu me casaria com o Professor Palais sem vacilar, hoje mesmo, se ele me pedisse em casamento, mas se eu encontrar Marcel será melhor. O meu querido médico me explicou que o que sinto por ele é algo diferente, como uma substituição de um objeto amoroso. Ele diz que eu devo buscar Marcel, alguém do mundo de fora do hospital, um amor verdadeiro. E esse alguém, segundo ele, é Marcel, que já existe e está esperando por mim.

Seria pedir muito que minha vida daqui para a frente seja diferente da frieza e cinismo da maioria das personagens de *À la recherche du temps perdu*? Eu não quero ter uma vida de aparências, de poses, conversas planejadas e ausência de afeto. Meu desejo é ser feliz, amar de verdade. E que eu possa fazer parte de um mundo em que as pessoas acreditem no amor e na felicidade. Eu não quero para mim o jeito de ser do senhor Swann! Ele, e muitas das personagens de Proust, fazia parte de uma sociedade doente, que vivia de aparências, os burgueses queriam somente ser aceitos pela aristocracia, uma aristocracia vazia e que vivia de futilidades. E, para isso, faziam o que tinha de ser feito. Vendiam a alma!

Mas eu desejo um amor verdadeiro. Em meus cadernos de anotações, eu reli a parte em que um casal de nome André havia mudado meu destino. E em minha despedida deles, eles deixam claro que sua porta estaria sempre aberta, caso eu desejasse retornar. O Professor Palais me disse, e eu senti que ele usou de palavras com muito cuidado e doçura, que eu tinha algumas feridas abertas em meu coração e que apareciam claramente em meus textos. Ele falou primeiro de meu cuidado sempre que eu mencionava algo sobre o casal André. E sobre Louis, o travesti que em minhas fantasias fazia "*trottoir*" perto de onde eu morava em minha infância, adolescência e que me tratava como se fosse sua filha.

O doutor disse que eu os protegi em meu texto. Mencionou depois, também, e de forma muito cautelosa, sobre o bebezinho que eu pensava que havia sido retirado de dentro de mim. Na verdade, o bebê estava muito bem. Ele havia sido afastado temporariamente de mim, somente pelo tempo que fosse necessário, até eu voltar a ficar bem novamente. Ele me disse que eu tenho um amor, alguém com quem eu irei refazer a minha vida. E é ele quem cuida de nosso bebê, com a ajuda de meus pais. E que ele tem certeza de que eu vou cuidar do meu bebê. Foi nessa parte que o Professor Palais ficou um pouco em silêncio, como se esperasse por minha reação. Eu então respondi a ele que sim, eu lembrava do bebê que em meus delírios eu pensava ter matado antes mesmo de ele ter uma oportunidade de viver.

O meu médico me perguntou se nós dois poderíamos conversar um pouco sobre esse assunto, pois trata-se de algo muito importante e difícil de ser discutido. Eu me sinto mais segura. Ao menos consigo dizer "o meu médico" sem ficar confusa. Ele garantiu que eu não havia assassinado nenhum bebê. Ao contrário, eu havia protegido o meu bebê. Protegido? Como eu poderia proteger o meu bebê? Se eu estou neste hospital? O Professor Palais me respondeu que, como eu não conseguia cuidar de meu bebê, eu tive de adoecer. Exatamente assim: eu adoeci para protegê-lo de mim mesma. Assim, Marcel e meus pais, o casal André, eles cuidariam do bebê até eu melhorar.

Eu lembrava, sim, de um bebezinho que havia saído de dentro de mim e que eu amava muito! E amava também Marcel. O meu Marcel, o pai do meu bebê. O Professor Palais me disse que não era André Malraux, tampouco Jean ou Gide o pai de minha criança:

era Marcel, e não Marcel Proust. Era o meu Marcel: Verdun. Ele me explicou que todas essas coisas que escrevi eram para me ajudar a fazer desaparecer os pensamentos ruins sobre meu medo de que o bebê morresse. Que ele morresse, porque eu não conseguiria cuidá-lo naquele momento, como ele merecia ser cuidado.

Ele me fez entender que eu bloqueei tudo em minha mente, fiquei doente, como se fosse num passe de mágica. Uma trágica mágica. "Um surto?", eu perguntei. "Sim", Palais respondeu. "Psicótico?", eu perguntei novamente. "Sim, você pode chamá-lo assim", ele disse.

Veio então à minha memória uma parte da vida de Proust. Eu falei então ao Professor Palais que Marcel Proust havia escrito contos, versos e ensaios, muito antes de escrever *À la recherche*. Eram textos publicados em *Le Banquet* e *Revue Blanche*, que foram depois incluídos em seu livro *Les Plaisirs et les jours*, numa edição de 1896, ilustrada pela famosa Madeleine Lemaire. Alguns de seus poemas foram musicados por seu amante e amigo de toda a vida Reynaldo Hahn. Mas o que eu quero dizer não é isso, e sim que Proust passou despercebido pelo público e recebeu críticas muito pesadas. Houve uma, feita por um crítico de literatura de nome Jean Lorrain – outro Jean a me perseguir –, que foi tão agressiva que Proust decidiu desafiá-lo para um duelo no bosque de Villebon.

Eu me surpreendi com as palavras do Professor Palais sobre o que eu havia falado sobre Marcel Proust.

Ele disse que eu havia feito uma "associação livre" sobre o duelo de Proust com Jean Lorrain, porque eu agora tinha a certeza de que, se alguém quisesse me causar algum dano, ele – o Professor Palais – estaria ao meu lado para "duelar" com quem quer que fosse. Eu fiquei muito contente com a sua interpretação de minha fantasia. Era um sinal de que eu havia encontrado nele um "outro pai", que me ajudaria a me sentir mais segura para enfrentar os futuros duelos do mundo... "Um novo surto psicótico, por exemplo?", eu perguntei com ar de brincadeira – mas no fundo seriamente. "Sim, eu estarei sempre por perto para protegê-la de qualquer duelo com quem quer que seja, até mesmo as suas próprias fantasias", ele disse. "Como eu amo o Professor Palais! Como é bom eu ter alguém como ele a cuidar de mim e de minha loucura", eu pensei comigo mesma.

Como o menino Marcel Proust, que brincava no escuro com sua "lâmpada mágica", projetando sombras de figuras nas paredes de seu quarto em Combray, eu mergulhei em minhas fantasias. E simplesmente me esqueci de tudo. O Professor Palais surpreendeu-me quando me respondeu com doçura que nunca houve nenhum amante em minha vida. Nenhum André Malraux ou André Gide. Tampouco um Jean ou Sartre. Eram fantasias que havia construído dentro da minha cabeça. Eu nunca amara ninguém antes de Marcel. Havia somente Marcel, e depois o nosso bebê. Meu e de Marcel. Nada de amantes, ou melhor, apenas um: Marcel. Então, eu não era nenhuma Phèdre, que precisava ser castigada pelos deuses. O Professor Palais riu de meu comentário e disse que eu estava, de fato, bem melhor. Palais indagou se eu lembrava desse nome: Verdun. Marcel Verdun. Eu respondi que sim. Era o nome do meu marido. Aquele que me levava para comer *tarte au citron* e que eu adorava. O doutor Palais sorriu e depois perguntou se eu havia gostado de saber que era ele quem vinha sempre me visitar com meus pais. Eles traziam *madeleines*, mas Marcel vinha sempre com as *tartes citron*. O Professor Palais me perguntou se seria ele o meu amor verdadeiro. Eu respondi: Sim! Ele comentou que, sendo isso verdade, talvez eu começasse novamente a aceitar a possibilidade de que as pessoas possam se amar e ser felizes.

O Professor Palais me disse que as pesquisas de Sigmund Freud sugerem ser na infância a origem da maioria de nossos conflitos emocionais mais profundos. Eu respondi a ele que para mim não havia nada de original nas palavras de Freud, pois Proust – o meu idolatrado romancista – em sua obra literária maior viajou incontáveis vezes à cena do beijo de sua mãe e à "derrota" de seu pai, no "duelo" que travou com o pequeno Marcel, pela atenção de madame Proust, antes de todos irem dormir. O doutor Adrien Proust sugere até que ela se mude para o quarto do filho, se assim o desejasse. O certo é que a figura do narrador deixa clara a "origem infantil dos desejos humanos mais constantes". Eu estou gostando cada vez mais das ideias do Professor Freud, pelo menos no que diz respeito ao meu caso.

O Professor Palais soltou uma gargalhada! E disse que eu o havia chamado de Professor Freud! Ele ria e disse que agradecia muito eu tê-lo chamado de Freud! Eu ri com ele desse meu "deslize". Ele me corrigiu, dizendo que esses deslizes eram denominados "atos falhos", como se uma palavra entrasse fora de contexto, mas trouxesse com ela alguma revelação. E o leitor deseja saber o que eu lhe respondi? Eu disse ao Professor Palais que ele era melhor que o Professor Sigmund Freud, ao menos para mim. Pois ele era médico e amigo, era capaz de me cuidar como paciente e, ao mesmo tempo, ser uma espécie de pai para mim. Ele me agradeceu a gentileza e acho que ficou emocionado.

Nós conversamos depois sobre um termo utilizado por Proust – o "lago desconhecido" – e que, segundo o Professor Palais, poderia estabelecer um provocante paralelo entre o universo proustiano e o de Sigmund Freud. Eu lembrei imediatamente do texto, que fala de uma "linguagem magnífica, tão diferente daquela que falamos habitualmente, na qual a emoção desvia o que queríamos dizer e faz desabrochar em seu lugar uma frase completamente diferente, emersa de um lago desconhecido onde vivem expressões sem relação com o pensamento e que por isso mesmo o revelam". Ele comentou que era curioso que no dia 14 de novembro de 1913, quando *Du côté de chez Swann*, primeiro dos sete volumes – as mais de três mil páginas – de *À la recherche du temps perdu*, de Marcel Proust, é publicado, testemunhamos um interessante fenômeno: a sua contemporaneidade com a publicação de *Totem e tabu*, do pai da psicanálise, Sigmund Freud. Sem jamais terem se encontrado pessoalmente, ambos viveram numa mesma Europa, entre a segunda metade do século XIX e a primeira do XX, mergulhando no "lago desconhecido" da psicologia humana. O "inconsciente" de Freud seria o equivalente psicanalítico do "lago desconhecido" da literatura proustiana.

Eu adorei esse conceito de que Proust e Freud haviam mergulhado na análise do mesmo fenômeno. Antes deles, tudo que se fez na busca do entendimento do que há de oculto em nossas mentes prescinde do enfrentamento direto. Proust mudou para sempre os rumos da psicologia romanesca, ao dedicar-se ao que foi sempre esquecido, inconsciente e condenado. Como ele próprio diz "é a ideia de escrever para dizer o que se deveria calar", antecipando sempre aos editores "o caráter imoral" de seus textos. Afinal, não é trivial falar de nossos segredos mais íntimos e que os olhos não conseguem penetrar. O Professor Palais me explicou que no quinto volume da obra, intitulado *La Prisonnière*, o corpo da mulher é descrito como se fosse destituído do órgão masculino. Proust o apresenta como "um divino quebra-cabeça, de saliência acidental, que enfeia o homem".

Eu refleti sobre o seu comentário e completei que o ventre da personagem mulher Albertine dissimulava o lugar que, no homem, "enfeia como um grampo que permaneceu fixado a uma estátua partida, e se fecha na junção das coxas por duas valvas de uma curva tão suave, tão repousante, tão claustral, quanto a do horizonte, quando o sol desaparece". Que interessante essa passagem do texto, não? Palais comentou que, mais tarde, Lacan iria também se debruçar também sobre o tema do "corpo fragmentado" – o "quebra-cabeça", de Proust –, que se revela, nos sonhos, fantasias ou quando o processo psicanalítico consegue desvendá-lo.

Ele me explicou que as "duas valvas" do corpo de Albertine dizem respeito à percepção de Proust sobre a personagem, não mulher, mas homem. A personagem é feminina, mas a sua construção – e aniquilação – é a de uma figura masculina, talvez impactada pela morte trágica de uma das maiores paixões de Proust, o seu motorista Alfredo Agostinelli, num acidente aéreo. Eu o interrompi e fiz outro comentário, que me pareceu pertinente. As mesmas "valvas" seriam a matéria-prima para inspirar a anatomia das *madeleines* de Proust, os biscoitinhos que o menino Marcel mergulhava no chá. E ao trazê-las à boca, na maturidade, fazem-no retornar – na obra – aos tempos de infância, em sua mítica Combray. "As madeleines tinham um formato erótico", eu completei. Palais completou meu raciocínio, dizendo que, não por casualidade, Sandro Botticelli é um dos artistas favoritos de Proust, e o reverencia através da beleza de sua obra *O nascimento de Vênus*, afresco da Galeria Degli Uffizzi, em Florença, o qual representa Afrodite saindo de uma concha – novamente uma "valva".

"Como é incrível a mente humana!", eu falei, emocionada. O Professor Palais estava entusiasmado com a nossa discussão. E completou que Sigmund Freud dizia que "as chamadas recordações da primeira infância não são vestígios de acontecimentos reais, mas uma elaboração ulterior desses vestígios, que deve ter ocorrido sob a influência de diferentes forças psíquicas que intervieram depois". E que quando Freud tenta explicar a sua importância psicanalítica, numa de suas correspondências ao confidente e amigo Wilhelm Fliess, ele diz que "as lembranças da infância são estilhaçadas dentro da mente e os estilhaços se recombinam como o fazem os compostos químicos, para falsificá-los". Dessa forma, um fragmento de uma cena vista se liga a outro de uma cena ouvida, e assim por diante, para formar uma fantasia, enquanto os fragmentos restantes se combinam de outras formas. Assim, a fantasia "mata" a recordação.

"Mata a recordação", que metáfora mais interessante! Assim, nossos conflitos mais difíceis de ser elaborados ficam mergulhados nesse oceano profundo, até que um anjo bom, como um certo Professor Palais surja e me ajude a interpretá-los e entendê-los; para que eu possa lidar melhor com eles e retornar a uma vida mais feliz. O Professor Palais me explicou que era exatamente assim. Se formos capazes de decifrar, juntos, essa difícil linguagem, poderemos penetrar nesse universo psíquico ou – como quer Proust – no "lago desconhecido" de nossas mentes, propiciando a ressurreição do conflito e, quando possível, o seu enfrentamento.

Ele me disse, orgulhoso, que eu era, realmente, uma moça privilegiada, pois havia lido muito. E isso ajudava na compreensão das coisas. Palais lembrou que era de 1906 a publicação da tradução da obra *Sésame et les lys*, do autor inglês John Ruskin, feita por Proust. Encantava-o o seu prefácio, no qual Proust descreve o que seria para ele o amor à leitura. Ele abriu sua pasta de couro marrom e tirou uns papéis. Leu então um trecho do prefácio, em que Proust diz: "Não fazia muito tempo que lia no quarto e já era preciso ir ao parque, a um quilômetro da vila. Mas após o jogo obrigatório, eu abreviava o fim da merenda.... Eu deixava os outros terminarem de lanchar na parte baixa do parque, à margem dos cisnes, e subia correndo no labirinto até uma alameda onde eu me sentava, impossível de ser encontrado... Nessa alameda, o silêncio era profundo, o risco de ser descoberto, quase nulo..." Era assim que Proust encontrava a privacidade necessária para desfrutar da leitura de um bom livro, explicou-me Palais.

Ele seguiu a sua leitura em voz alta: "Algumas vezes, em casa, no meu leito, muito tempo depois do jantar, as últimas horas da noite, antes de adormecer, abrigavam também minha leitura... arriscando ser punido se fosse descoberto e ter insônia, que, terminado o livro, se prolongava, às vezes, a noite inteira...". Para Proust, a leitura foi sempre uma experiência maravilhosa e única. O Professor Palais sugeriu que, em meu futuro romance, eu fizesse uma espécie de homenagem ao escritor, cuja qualidade literária é incontestável. Ele afirmou que havia certos momentos na prosa de Proust em que a graça da forma pode até mesmo suplantar a excelência da descrição psicológica das personagens. Seria, a seu ver, a mágica da poesia dentro da prosa.

Palais está coberto de razão. Eu farei, ao início de minha narrativa, uma breve alusão à "arte total", tão sonhada por Richard Wagner em suas óperas, pois Proust atingiu esse objetivo, intuitivamente, em *À la recherche du temps perdu*. Em seus escritos brotam, numa beleza inebriante, a força da natureza, a sensualidade das flores, as cores e as imagens das árvores, pássaros, montanhas e praias – adornados pelos pincéis dos grandes impressionistas. Proust faz uso da literatura, mas também a enriquece com o uso das artes visuais e da música. Proust é um escritor impressionista. Não falta a ele a metáfora da perfeição, roubada de Ruskin, na imagem da catedral de Amiens – monumental e simétrica – mirando o céu e se aproximando de Deus. Enfim, sua obra é de uma beleza que nos emociona e nos justifica como seres humanos.

O Professor Palais me propôs que nós dois trabalhássemos bastante, em nossas consultas, para que eu pudesse ir logo para casa com Marcel. Havia, sim, um Marcel em minha vida real. Marcel Verdun me dera o meu nome de casada: Odette Verdun. Ele era o pai do meu bebê: aquele que faz voltar no tempo, com a mágica de sua "tarte au citron". Ele tinha certeza de que nós nos amávamos de verdade. E isso era o oposto da minha visão sobre o casamento de Odette de Crécy com o senhor Swann. O Professor Palais me disse que apostaria comigo que eu jamais duvidaria do amor por Marcel Verdun. Do contrário, eu não teria ficado com ele quase todo o tempo, de mãos dadas e de conversas pelos cantos do refeitório e pelos jardins internos do hospital. E que, de acordo com os relatórios das enfermeiras, Marcel vinha visitar-me sempre, mesmo quando eu não aceitava receber visitas de ninguém.

Ele também disse que Marcel era um rapaz encantador. E que disse a ele que adorava as nossas discussões sobre Proust e outros autores. E que minhas opiniões literárias eram interessantíssimas. Marcel falou ao Professor Palais que ele apreciava Proust, mas adorava muito mais o teatro de Shakespeare, Marlowe ou os textos de Milton. Eu fiquei até ruborizada com os comentários do doutor, pois, subitamente, recordei-me de várias imagens prazerosas, de minhas conversas e passeios com Marcel. Nossas intermináveis discussões sobre os clássicos da literatura, de quem gostávamos mais, ele Shakespeare, Marlowe, e eu Proust, Hugo, mas sobretudo Proust. Eu lembrei do dia em que nós nos casamos. Foi uma cerimônia linda na igreja de Saint-Germain-des-Près!

Eu perguntei ao doutor qual seria então a razão de eu ter escrito sobre um bebê em meio a tantos amantes de mentira. Ele me explicou que a ideia de ser mãe começava a retornar aos meus pensamentos de vez em quando, pois eu estava melhorando. E minha melhora permitia que certos temas viessem à superfície em minha mente. Eu disse a Palais que havia ficado mais claro em minha mente que nenhum deles era o pai de meu bebê.

Eu fiquei surpresa. Meu coração acelerou imediatamente. Sem qualquer planejamento, a figura sorridente de Marcel Verdun apareceu cristalina em minha frente. E ele sorria e me dava a mão, trazendo consigo a minha torta preferida. O Professor Palais perguntou em que eu estava pensando naquele exato momento, pois meus olhos pareciam ter brilhado de modo diferente. Eu respondi que eu havia lembrado de meus passeios e conversas com Marcel. O doutor me explicou que poderíamos conversar a respeito desse assunto. Com muita delicadeza – como eu jamais havia visto antes em minha vida –, o Professor Palais provou-me as razões pelas quais o meu Marcel era tão importante para mim.

Ele me explicou calmamente, aos poucos, sem pressa, respeitando meus silêncios e tensões do momento, que havia existido, um bebê, de nome François, lindo e fruto de um amor verdadeiro. Contudo, aquilo teria acontecido num momento da vida no qual um bebê não teria o melhor dos futuros. Mas que o menino François estava em excelentes mãos, cuidado pelo pai, Marcel, e pelo melhor casal do mundo – os seus avós, o casal André. Eu comecei a chorar convulsivamente.

Aos poucos, comecei a me lembrar de várias cenas, inclusive os beijos apaixonados que Marcel e eu trocávamos, pelos cantos. E dos momentos de amor. Ele me disse que o pequeno François nascera muito saudável, numa clínica próxima ao hospital, para onde eu havia sido transferida temporariamente, para receber os melhores cuidados.

Marcel e meus pais, o casal André, haviam participado de tudo e, segundo o meu médico, estiveram comigo o tempo todo. O Professor Palais perguntou para mim se eu não teria nada a comentar sobre o pequeno François, agora que eu sabia que ele era meu e estava muito bem. Eu arrisquei a pergunta e indaguei do doutor se a ideia do nomezinho do bebê havia sido minha. Foi quando o meu querido médico – Ah, eu jamais esquecerei esse momento de nossa consulta! –, o Professor Palais, me contou que a escolha havia sido, sim, minha. Eu havia decidido que o bebê se chamaria François! Ele então me perguntou se eu imaginava a razão de minha escolha, justamente esse nome, entre tantos nomes lindos que havia no idioma francês.

Eu respondi a ele que era o nome do meu pai – François André. Ele achou que minha escolha havia sido uma manifestação inicial de minha melhora. Como se eu decidisse perdoar os "pequenos deslizes" de meu pai. Era como se eu passasse a aceitar que poderia haver um novo François, construído por uma relação de amor verdadeiro. Eu chorei tanto ao ouvir aquilo. Ele acrescentou que meu pai se chamava François André e o patife que eu criara em meu delírio era um François Martin que nunca existiu. E Odette Martin era outra de minhas fantasias.

Eu sou Odette Verdun – nome de casada! Sou uma mulher estudiosa, que nunca tirou notas vermelhas no liceu – e eu me refiro ao Lycée Condorcet, onde Proust estudou e Mallarmé e Sartre lecionaram! – e que entrou com uma das primeiras colocações no curso de letras da Universidade de Sorbonne! E que adorava Proust! Melhor dizendo, que sabia tudo, literalmente tudo, sobre a vida e obra de Marcel Proust. E era por essa razão que meu trabalho de tese doutoral estava sendo preparado nesse tema – até eu adoecer.

Eu não vejo razão para que o doutor possa ter me mentido a esse respeito. Afinal, as pessoas não são tão más assim. "Há que se ter fé na humanidade", alguém disse. O Professor Palais me disse que eu adoeci exatamente quando andava às voltas com meus trabalhos de pesquisa. E que não é raro alguém adoecer da cabeça quando está sofrendo uma grande tensão. E depois, depois tudo ficou mais difícil, quando veio o meu bebê.

Eu lembro que vivia mergulhada na obra de Proust! Eu passava os dias e as noites na biblioteca, fazendo anotações e anotações. Marcel vinha me buscar, com o nosso bebezinho, para que eu o amamentasse. Mas como tudo era difícil para mim! Eu duvidava que houvesse dentro de meus seios um bom leite. Uma mãe de verdade deve dar um leite rico e saboroso para o seu bebê. E se ele me sugasse o seio e não viesse nada além de meu suor? Eu simplesmente não suportava a ideia de desapontar o meu bebê! Se fosse assim, era preciso adoecer, para que mamãe cuidasse dele, como o fez no tempo em que eu era um bebê.

Eu percebo que a minha memória tem melhorado a cada dia. E isso é maravilhoso. Eu me sinto cada dia melhor. Eu confidenciei ao Professor Palais que eu tive um sonho estranho na noite passada. Eu sonhei que eu cuidava da filha de Gilberte e de Robert de Saint-Loup, eu a embalava em seu bercinho e a levava comigo para passear pelos parques de Paris. E sem o medo de causar-lhe qualquer dano. Se eu posso cuidar da filha da linhagem dos "Guermantes" e dos "Swann", eu poderei encontrar o meu tempo "*retrouvé*".

Não é esse o título do sétimo volume de *À la recherche du temps perdu*, não se chama *Le temps retrouvé*? O Professor Palais e eu rimos muito sobre o *Le temps retrouvé*! Ele disse que ninguém sabe mais do que eu sobre a obra de Proust. Eu brinquei com ele que eu sabia até os endereços das personagens. O duque e a duquesa de Guermantes viviam no Quartier de Saint-Augustin, na Paris VIII. O príncipe e a princesa de Guermantes, na Rue de Varenne, na Paris VII. E a marquesa de Saint-Eurerie e a princesa de Parme, na Faubourg Saint-Germain, na Paris VI e Paris VII.

Eu lembrei também que Marcel Proust escreveu um livro que foi para ele uma preparação para a sua obra definitiva. Chamava-se *Jean Santeuil*. Proust perguntou a si próprio se poderia chamá-lo de um romance. E ele mesmo respondeu que era menos talvez, e muito mais como uma essência de sua vida nele recolhida, sem que tivesse havido intromissão de qualquer outra coisa. O livro jamais havia sido feito, mas colhido, como se colhe uma rosa perfumada e vermelha num jardim.

Eu sinto que também há flores em meu jardim. O Professor Palais brinca comigo e diz que "essas rosas são do jardim de meu coração". A rosa do meu jardim é o meu bebê. Como é bom eu poder dizer que a rosa do meu jardim é o meu bebê. Quando o seu irmão Robert nasceu, Marcel Proust deve ter ficado um pouco enciumado. Mas eles eram tão companheiros! Robert seguiu a profissão de seu pai, o Professor Adrien Proust, um homem famoso por suas conquistas na Medicina! Marcel sempre sentiu que havia desapontado o pai, com sua escolha literária. Terei eu desapontado os meus pais? O Professor Palais me garantiu que eu posso retornar dentro de alguns meses aos meus estudos na Sorbonne. Eu cuidarei de meu bebê e tudo ficará bem.

Eu achei interessante o que disse Proust de seu ensaio literário que antecedeu o seu *À la recherche du temps perdu* – esse *Jean Santeuil* a que me refiro. Foi seu primeiro texto, no qual ele se predispõe a simplesmente narrar. Meus professores, na Sorbonne, diziam que isso se chama "romance de formação". Não é fantástico? Eu tenho me lembrado de meus estudos na Sorbonne! Talvez os meus escritos tenham sido produzidos de uma forma semelhante, mas em meio à minha doença. E essa doença mental que me invadiu se encarregou de evitar que houvesse "intromissão de qualquer outra coisa". Seria, portanto, um material preparatório, de uma vida imaginária, que nunca vivi, mas a concebi em minha mente.

O Professor Palais me explicou que foi demais para minha mente suportar as demandas emocionais da vinda de um bebê. Por isso eu fiquei com pânico de deixá-lo cair no chão. E se o leite não escorresse de meus seios? Como eu alimentarei o meu bebê? Foram sempre essas preocupações que me fizeram quase enlouquecer, ou melhor, o Professor Palais diz que eu de fato enlouqueci. E misturei as minhas tarefas da Sorbonne, a tese sobre a vida e a obra de Marcel Proust, com minha vida real, a gravidez, Marcel, meus pais, tudo ficou tão confuso. Que alívio quando surgiu Combray!

Como foi bom degustar as *madeleines* mergulhadas no chá de tia Léonie! O mais fascinante do meu "inconsciente coletivo" de Jung ou de minhas "fantasias" freudianas é que eu já consigo responder imediatamente – eu mesma, sem a ajuda do Professor Palais – quando surgem pensamentos mais confusos em minha mente. Não há nenhuma Odette de Crécy fora do romance de Proust! Ela vive apenas nas suas páginas.

Nada disso aconteceu na vida real. Não é maravilhoso eu ser capaz de separar o que é real do que é fantasia? É uma sensação indescritível eu ter a possibilidade de identificar precisamente os fatos do meu dia a dia, de Marcel, dos meus pais, do meu bebê, e até da Universidade de Sorbonne! Eu consigo separar direitinho a minha vida de *À la recherche du temps perdu*! O Hospital Pitié-Salpêtrière foi muito útil para mim! O Hospital Pitié-Salpêtrière é o meu "palais"!

O Professor Palais me disse que, se eu reconhecer a possibilidade de que isso tudo não seja real, e sim fantasia, eu poderei melhorar a cada dia. E logo eu poderei me recuperar e seguir com minha vida normal. Se o leitor quiser saber como eu me sinto agora, eu acho que o meu coração está quase explodindo de alegria. Eu me vejo com perspectiva, consigo vislumbrar um futuro. Quem sabe se esses meus cadernos, onde deixei fluir a minha imaginação, melhor dizendo, a minha loucura, num amálgama de realidades e fantasias, sejam parte de uma memória, não de sensações que nos fazem lembrar partes de um tempo perdido – como dizia Proust –, mas de um tempo a ser resgatado, como ele tratou de escrever em *Le temps retrouvé*.

Seria uma memória real, pois é minha, eu a criei, como um registro de minha trajetória de vida, de quem eu fui e de quem sou, num ambiente imaginário. Na realidade, eu me servi dessas informações literárias para incluí-las numa fantasia. Tudo seria parte de minha loucura, da qual agora, com a ajuda médica, estou conseguindo me libertar. O mais curioso é que já posso ver as coisas com mais clareza. Seriam os medicamentos do Professor Palais? Eles me dão certa secura na boca e um pouco de rigidez nos músculos, mas seus efeitos em meu pensamento são surpreendentes! Eu consigo pensar com mais calma e de modo organizado!

Palais comentou que durante a Segunda Guerra Mundial, entre os anos de 1940 e 1941, no *gulag* de Grjazovec, bem ao norte de Moscou, havia um grupo de oficiais poloneses presos, os quais encontraram uma forma de sobreviver à sua destruição intelectual e moral através da cultura. Eles liam uns para os outros temas de sua predileção. Um deles, de nome Joseph Czapski, era pintor e escritor. E ele escolhe falar sobre Proust e sua obra aos outros detentos. Ele conta como foi o seu primeiro contato com *À la recherche du temps perdu*, quando em 1924, recém-chegado a Paris, um dos seus volumes cai em suas mãos. Ele começa a leitura, mas fica mesmo interessado na obra quando lê *Albertine disparue* e fica impressionado com a descrição do desespero e da angústia do narrador quando Albertine foge. "Veja, Odette, o poder da literatura! Como ela é poderosa e nos ajuda a sobreviver até mesmo num *gulag*, no meio da neve e do frio do norte da Rússia", disse Palais.

Relendo as páginas que escrevi, não as sinto como parte de minha vida, mas como uma obra literária, uma primeira parte, a nave central de uma imensa catedral, a minha *Catedral de Amiens*, a qual, quem sabe um dia, eu conseguirei completar a sua construção.

Eu perguntei ao doutor se isso poderia significar a possibilidade de um reencontro com o pequeno François. Eu amo tanto o meu François! Como é bom poder pronunciar o seu nome sem medo de fazê-lo sofrer! Eu quero que aconteça logo o meu reencontro com François! O Professor Palais me disse que não apenas com ele, mas, quem sabe, com Marcel, o pai de meu bebê. Pois ele havia sido informado que todos estavam à minha espera, para levar François para passear de carrinho no Parc Monceau. Era o mesmo parque onde o meu idolatrado Marcel Proust, o Proust verdadeiro, brincava quando menino. Eu disse que nossa casa se situava bem perto dali. E que Marcel era um jovem e talentoso professor de letras da Sorbonne.

Ele havia procurado pelo Professor Palais várias vezes, dizendo que queria muito estar perto de mim. E o doutor me disse que tinha certeza de que Marcel me amava muito e sonhava com o dia em que nós três pudéssemos começar uma nova vida. E quem iria dizer que eu poderia um dia pensar na felicidade. Eu que havia narrado a vida de gente vazia e sem coração, como aqueles tipos que buscavam sempre a bajulação das pessoas mais importantes e que frequentavam os saraus e jantares na mansão dos Verdurin ou dos Guermantes.

O Professor Palais me explicou que o fato de o casal André fazer parte de meus escritos pode ser um sinal de saúde mental, que me ajudou durante o meu estado de loucura. E madame André estava sempre em meus pensamentos, quando eu precisava dizer algo sobre uma pessoa boa. Mas, em geral, meus pensamentos giravam em torno de minha infância sofrida e de meus casos amorosos, sempre tão vazios. Eu lembro claramente o momento em que o senhor Swann encontra Odette, depois de procurá-la desesperadamente por todos os lugares, numa noite, em Paris. Ele diz que olhava para tudo como se fosse "um viajante que chega num belo dia às margens do Mediterrâneo". O senhor Swann, a personagem de Proust, relata que "está incerto da existência dos países dos quais acaba de sair, se deixa deslumbrar o olhar, mais do que lhes lança olhares, pelos raios que emite em sua direção o azul luminoso e resistente das águas".

Ele subiria então na carruagem em que Odette de Crécy estava sentada e diria ao cocheiro da sua que os seguisse, para que depois eles se amassem demoradamente. Se eu pudesse, agora, apostar, imagino que a minha carruagem, um dia, chegará. Mas será uma carruagem que me conduzirá ao amor e à felicidade com Marcel. Eu serei uma boa mãe, amorosa como madame André! E não será como a carruagem do senhor Swann e de Odette de Crécy! Será minha e me conduzirá a algo bonito, uma vida com Marcel Verdun e meu pequeno François. E eu serei, então, uma pessoa feliz.

Acho que é esse também o desejo de meus pais. Eu decidi assumir de agora em diante que eles são os meus pais! Não é interessante? E como o casal André de minhas anotações, a porta dos André que me visitam diariamente no hospital estará sempre aberta para mim, caso o meu desejo seja o de voltar. E Marcel estará sempre nas visitas, depois trará François com ele, até o dia de minha libertação! Uma análise mais ampla da obra de Proust sugere que ela termine com a criação de sua obra, formando o seu "eu-escritor", ou seja, sua trajetória ao longo do romance seria a própria formação de um escritor.

Como eu terei – imagino – dentro de algum tempo também o meu próprio livro, com base em meus escritos – ao menos é isso que entendi das palavras do Professor Palais, no hospital –, todos os momentos de minha loucura ficarão lá registrados. O meu médico querido explicou-me que, sendo assim, o meu tempo confinada neste hospital não terá sido perdido ou vivido em vão. Eu terei também construídas as bases de minha catedral, a mesma que o grande crítico de arte inglês John Ruskin mencionava em sua obra e fascinara Proust. Tanto o meu médico – Professor Palais – quanto eu, temos grande interesse na obra-prima de Proust e sabemos que o que realmente fica não são os fatos de nossas vidas, mas as lembranças afetivas, as sensações, os momentos, aromas, gostos, sons ou as paisagens vividas. De modo que os meus registros poderão me tornar, quem sabe, um dia, também uma escritora.

"Sabe, Professor Palais, eu tenho pensado muito sobre a minha internação no Hospital Pitié-Salpêtrière. De início, eu apenas conseguia expressar a minha revolta. Eu estava indignada com o fato de eu me ver num lugar estranho, uma espécie de prisão, para a qual eu fora enviada sem o meu consentimento. Como fizeram com Camille Claudel. Essa parte eu já considero superada. E eu aceito que, no caso dela e provavelmente no meu, as internações foram plenamente justificadas". Ele me interrompeu e comentou que o fato de eu aceitar essa parte da história já era um grande progresso rumo à minha recuperação. Ele explicou que eu precisava ser contida, pois assim não faria mal a ninguém – em especial ao meu bebê – ou a mim mesma e as outras pessoas.

Mas eu gostaria de saber um pouco mais sobre o significado do que aconteceu – essa coisa de tirar os loucos de perto dos demais. Ele sorriu e disse que esse tópico era o foco de pesquisas de muitos especialistas – o que leva uma sociedade a desejar se ver livre da loucura. Sem ser muito reducionista, argumentei com o Professor Palais que eu gostaria de entender melhor a necessidade dessa "exclusão dos corpos". "Não foi isso que fizeram, na Idade Média, com os hereges e com os leprosos?", indaguei. "O que é afinal um louco, Professor Palais?" Ele me surpreendeu com sua resposta. Disse que a ideia sobre a loucura depende de cada sociedade, e de cada "*temps retrouvé*", eu brinquei.

Ele respondeu que tinha muito interesse em estudar o que nos leva a excluir certos tipos de comportamentos ou de doenças. A loucura não pode ser vista em seu "estado primitivo". Ela só existe quando há um grupo social que a rejeita ou acolhe, ou seja, dentro das normas da sensibilidade das civilizações. Tanto na Idade Média quanto no Renascimento, a loucura era parte do cotidiano. Foi depois, a partir do século XVII, que surgiram as internações. Eu o interrompi e brinquei: "Foi assim que a loucura se tornou silenciosa? Escondendo os loucos, como se eles não existissem, dentro de hospícios e hospitais como o Salpêtrière? Eu prefiro os tempos de Shakespeare e de Cervantes, em que os loucos eram portadores de 'revelações'!", eu exclamei.

O Professor Palais deu uma de suas maravilhosas risadas! Ele me contou que os loucos, na Idade Média, eram parte do horizonte social, como se fossem a expressão de uma vivência trágica, que dizia verdades que os normais jamais ousam dizer, como se eles fossem os porta-vozes de "revelações". Eu adorei a palavra "revelação"! E disse a ele que era quase a sensação que eu vivia quando dava a primeira mordida numa *tarte au citron*. Ou quando o menino Marcel Proust molhava uma *madeleine* no chá e depois a punha em contato com as suas papilas gustativas.

O Professor Palais concordou comigo que eram de fato "revelações". Mas ele me disse que na Renascença o tratamento dos loucos começou a se modificar: eles passam a ser isolados da sociedade. Se antes eles eram aceitos, podendo falar livremente de suas "revelações", nas estradas ou nas "naus dos loucos", isso é substituído por uma invisibilidade da loucura: eles são diluídos numa massa amorfa de devassos, portadores de doenças venéreas, libertinos, blasfemadores, suicidas e outros diferentes ou desatinados. "Foi assim que se chegou à minha internação?", eu perguntei. Ele respondeu: "sim". Eu questionei: "E se uma pessoa que vive numa ilha deserta tem uma fantasia ou uma revelação, é sinal de que ela enlouqueceu?". Ele me respondeu que teria curiosidade em observar a reação dos piratas que atracassem o seu navio na praia e a encontrassem fazendo aquelas coisas estranhas.

O certo, disse ele, é que os loucos em geral não registram suas histórias. E que ele adoraria ler uma boa discussão entre a razão e a loucura. Eu acrescentei que eu poderia ser, depois de minha recuperação, uma escritora que contasse a minha experiência com a loucura. O problema é que eu escreveria depois de recuperada. O bom mesmo seria registrar exatamente o que havia em meus cadernos – os meus "*cahiers*" de Proust – dos tempos de minha loucura. O Professor Palais completou, dizendo que, a partir do século XIX, os médicos decidiram "libertar" os loucos do convívio fechado com os hereges, os usurários, os homossexuais e libertinos, dando-lhes um tratamento médico. É quando a loucura deixa de ser uma questão social, moral e legal, para se tornar um problema da medicina.

Eu tive de interrompê-lo nesse momento, pois, em minha opinião, se isso trouxe os loucos para mais perto dos médicos, o que me parece bom, a loucura continuou a ser algo a ser isolado do mundo das pessoas normais. Ela parece um idioma que não existe senão entre os loucos! Eu penso nos artistas que ficaram loucos. Sade, Van Gogh, Artaud. O artista não produz sua obra mesmo na loucura? "Eu acho, Professor Palais, que a verdade jamais é totalmente apagada das mentes humanas e muitas vezes a loucura pode ser um bom discurso sobre a verdade. Mas isso deve assombrar muita gente". Ele concordou comigo, em silêncio.

"Afinal de contas, meu querido médico, o que o senhor deseja encontrar em seus pacientes não seria a verdade que pode aparecer através de seus pensamentos?", eu continuei. "Ou deixaremos que a vivência trágica dos loucos apareça somente na violência e sofrimento deles próprios e de seus familiares, ou através do que os loucos expressam através da arte?", eu completei. Eu acho isso muito injusto, pois alimenta uma falsa associação entre esses dois estados da mente. A maioria dos loucos que conheci no hospital não eram iluminados. Eram doentes, pessoas muito sofridas e que necessitavam medicamentos e cuidados da equipe médica. Muitas vezes, até choques elétricos. Entretanto, os loucos que eram artistas, na maioria dos casos, produziam pouco do ponto de vista artístico. "De modo, Professor Palais, que eu prefiro ser escritora e ter o meu pensamento normal, em vez de depender de minha loucura!", eu exclamei.

Ele soltou uma enorme gargalhada. Pensando em voz alta, o Professor Palais começou a me contar sobre Deleuze, que afirmou que, no que é chamado loucura, há um furo, um rasgo, uma luz repentina, um muro que é atravessado. E, em seguida, surge uma dimensão muito diferente, que poderíamos chamar de desabamento. Van Gogh escreveu que devia explodir esse muro que separava a luz do desabamento. E devemos atravessá-lo lentamente e com paciência. Não são todos os artistas que conseguem fazer um furo no muro que separa a razão da loucura, e com muito jeito extraem disso a inspiração para a arte. A maioria dos loucos se destrói junto com o seu muro.

Van Gogh, por sua vez, dizia que, ao pintar, sentia-se normal. De modo que a arte pode ser ao mesmo tempo uma forma de manter o que resta de sanidade ao artista. O Professor Palais me tranquilizou, dizendo que, em sua opinião de especialista, eu iria logo para casa e, juntamente com Marcel, eu cuidaria de nossa vida familiar. Eu voltaria a ser quase como eu era antes. Eu não seria a mesma, pois as experiências de vida sempre nos transformam. Mas eu deveria ficar tranquila, pois ele tinha certeza de que eu seria capaz de cuidar muito bem do nosso bebê e seria feliz com Marcel, na companhia também de meus pais. Quanto à minha literatura, ela estaria sempre à minha espera, pois a "matéria-prima" de minha "obra-prima" estava segura e registrada em meus "*cahiers*".

Eu falei a ele: "Bela não conseguiu salvar o seu pai das garras da Fera, na obra de madame de Beaumont? E descobriu que a Fera era um príncipe encantado? E viveram felizes para sempre? Por que não poderia ser assim comigo também?". O médico concordou. Eu sei que Proust era um tanto cético em relação ao amor e à felicidade, no seu *À la recherche du temps perdu*, mas, em meu caso, não seria maravilhoso eu saber que, por fim, o meu tempo não foi perdido e a felicidade poderá sorrir novamente para mim?

Eu serei o meu Marcel Proust. Eu me deitarei, cobrirei meu corpo com lençóis e repousarei meu rosto no travesseiro, à espera do beijo materno. O mesmo beijo que o escritor por toda a vida buscou, marcando profundamente a sua literatura. E que será a condição necessária para que eu possa, finalmente, dormir em paz. O Professor Palais me perguntou sobre Jean, um dos sócios da *Nouvelle Revue Française*, sempre tão gentil comigo, em minhas histórias escritas. Eu pensei um pouco e sorri. Disse a ele que eu adorava Jean Valjean, sempre tão generoso com Fantine e com Colette. Ele completou dizendo que não se importava de compartilhar a personagem de Jean Valjean com os demais Jeans de minha imaginação. Nem mesmo com Jean Santeuil, de seu livro inacabado.

O meu livro, contudo, não seria inacabado. Eu já me sentia resgatada, bem como as minhas personagens, mas para a vida. Proust compunha personagens inspirados em várias pessoas que ele conhecera. Não vejo nada de anormal no fato de o escritor compartilhar coisas bonitas com alguém. Acho que o Professor Palais e eu estávamos os dois bastante emocionados com a nossa conversa. Afinal, os médicos são pessoas como qualquer um.

Eu perguntei a ele novamente se eu voltaria a ser quem eu era antes. Ele respondeu que nenhuma mulher é a mesma depois de ter um bebê e isso acontecia com todas as mamães, não apenas comigo. Os desafios de ser mãe começam pela imagem que a mãe cria dela mesma quando tem consciência de que está esperando um bebê. Eu perguntei ao Professor Palais se eu fiquei doente porque tinha medo de que o meu bebê morresse.

Eu então me lembrei que eu comecei a ficar muito nervosa quando não sentia os movimentos do bebê dentro de mim. Eu imaginava que ele estivesse sofrendo ou que estivesse morto. Noutros momentos, eu me preocupava se ele poderia nascer com algum defeito, sem os seus dedinhos, por exemplo. O Professor Palais me explicou que o casal cria uma certa imagem de como será o seu bebê e muito do que acontece nas fantasias de cada um tem relação com a forma como a pessoa é capaz de lidar com essa nova situação. Mas que esses medos são normais até certo grau de intensidade. E que eu havia passado dos limites e por isso necessitei de ajuda médica.

Ele me explicou que a gravidez é um período muito difícil para qualquer pessoa, pois a vinda de um bebê afeta a vida da família como um todo. Ele brincou comigo que tudo se modifica. Se a mocinha Odette tem um bebê, ela deixa de ser a "filha do papai e da mamãe" e se torna ela própria uma mamãe. E isso é algumas vezes muito difícil. O marido se torna papai e nossos pais se tornam avós. Tudo se modifica e as pessoas precisam se adaptar às novidades. Eu disse a ele que, sendo assim, é provável que o meu jeito de lidar com meus pais e com Marcel tenha uma relação direta com a maneira como eu me relacionaria com o meu bebê. O Professor Palais respondeu que eu tinha razão quanto a isso. Eu brinquei com ele que essa nova organização gerou muita confusão em meu cérebro. Ele concordou e disse que era mais ou menos isso que havia se passado comigo. Eu comentei com ele que quando Proust escreveu sua obra-prima, ele também se baseou em suas vivências infantis. Ele me respondeu que as pessoas, em geral, passam bem por esses períodos da vida, mas às vezes as coisas podem ficar difíceis – como no meu caso – e é importante receber ajuda de profissionais no assunto.

Eu brinquei com ele que, no meu caso, eu tive muita sorte em estar perto dele e não de Proust, pois o escritor tinha uma vida emocional muito confusa. Ele falou que Marcel e meus pais foram fundamentais na hora de buscar a ajuda de que eu precisava. Eles entenderam rapidamente os sinais que eu havia demonstrado. E trataram de me proteger e ao meu bebê. Eu disse a ele que eu estava otimista. Meu bebê estava bem e Marcel estava à minha espera. E havia ainda a chance de eu fazer como Proust e transformar essa loucura – o meu "tempo perdido" de Proust – em uma bela obra de arte. O Professor disse que ele tinha certeza de que a minha *À la recherche du temps perdu* seria um sucesso, pois eu tive o privilégio de nascer numa época em que a medicina havia melhorado muito.

"Graças ao Professor Sigmund Freud?", eu perguntei. Ele respondeu que sim, mas que havia vários especialistas no assunto, que haviam contribuído para a minha melhora. "Como um tal Professor Palais?", eu brinquei com ele. Ele agradeceu emocionado. Eu então criei coragem e perguntei a ele sobre algo que me deixava muito nervosa – os choques. Eu escutei que uma moça tinha um problema semelhante ao meu – ela ficou depressiva logo depois do nascimento de seu bebê – e recebeu choques elétricos na cabeça. E ela melhorou. O Professor Palais me respondeu que sim. Eu não havia melhorado o suficiente com os medicamentos e foi preciso usar essa técnica nova de tratamento. Ele conhecia muito bem o trabalho dos dois pesquisadores italianos – Ugo Cerletti e Lucio Bini – que haviam introduzido o uso de correntes elétricas para tratar casos como o meu. Contudo, ele tinha esperança de que eu pudesse ficar bem, de agora em diante, apenas com os seus medicamentos.

O Professor Palais também me explicou que o nascimento de um novo bebê transforma o cotidiano de sua mãe e isso havia me deixado muito ansiosa. Eu perguntei se ele se referia também à Universidade de Sorbonne. Ele disse que sim. Seria um motivo a mais de tensão. Eu sempre fui uma moça muito estudiosa e com grandes expectativas quanto ao meu desempenho profissional – e essas cobranças eram muito mais minhas do que dos demais –, eu fiquei muito nervosa. E acabei deslocando todas as minhas angústias para o meu bebê. Como eu me sinto aliviada e feliz! Meu Deus, eu falei a palavra "feliz"! Como é bom deixar para trás tanto sofrimento e insegurança. Por sorte, o meu destino foi diferente do de Camille Claudel!

Eu sinto que tenho dentro de mim um pouco da alma proustiana. Como o Proust menino, eu prefiro a leitura, como ele próprio descreve no prefácio escrito em 1905, para a obra *Sésame et les Lys*, de John Ruskin. O menino Proust diz preferir a leitura de um bom livro ao "jogo para o qual um amigo vinha nos buscar", "a abelha ou o raio de sol incômodos que nos forçavam a erguer os olhos da página ou mudar de lugar", ou "o jantar para o qual era preciso voltar e durante o qual só pensávamos em subir para terminar, assim que possível, o capítulo da leitura interrompido". Quem eu sou, na realidade? Ora, o leitor já deve ter percebido que eu não sou nenhuma das duas "Odettes" que existem dentro de mim, nem a imaginária Odette de Crécy, de *Du côté de chez Swann* e tampouco a triste figura de Odette Martin, a mulher que conheceu a boa literatura francesa com a ajuda de seu corpo. Serei eu então Odette André? A filha do casal André? Sim! Depois, Odette Verdun, esposa de Marcel? E mãe do pequeno François?

Não. Eu não sou nenhuma delas. Eu sou um simples escritor brasileiro, alguém que imagina encontrar um pouco de felicidade através da arte de escrever. E não poderia haver melhor modelo do que Marcel Proust, um homem capaz de descrever com tanta beleza as emoções advindas dos corações humanos, das flores, dos animais, das coisas da natureza, ou também o mais erótico dos sexos, através das formas, cores e aromas de uma flor, ou descrevê-lo como um galho a penetrar por entre os espaços de uma janela. Veja o leitor como a magia das palavras nos permite viajar sem qualquer limite geográfico ou de pensamento. Eu jamais conheci Paris ou caminhei por suas ruas. E nunca sonhei poder me aproximar de obras de arte dos grandes museus. Quem me dera, se eu pudesse visitar o Museu de Arte Moderna de Nova York e apreciar de perto *A noite estrelada*, de Vincent Van Gogh, ou *A persistência da memória*, de Salvador Dalí. Adentrar o Museu Nacional Reina Sofia e vislumbrar *Guernica*, de Pablo Picasso; *As meninas*, de Diego Velázquez, no Museu do Prado, em Madrid; ou *A ronda noturna*, de Rembrandt, no Rijksmuseum, em Amsterdam.

Como Proust, eu adoraria – quem sabe – então encontrar a princesa Soutzo, da Romênia e da Grécia! Eu posso até ver a elegância de seus trajes de festa e a sua vivacidade nas conversações dos belos salões de chá! Assistir Réjane, no Theatre des Varietés, em

Paris! Ou a beleza de Sarah Bernhardt! Coisas como essas atraíam tanto o jovem Marcel Proust, em suas passagens pelo Hotel Ritz, em 1917. A princesa era tão elegante e poderosa! Ela vivia numa das mais belas suítes do hotel e inclusive ofereceu-a caso Proust quisesse dela desfrutar.

Não obstante, eu sou um simples escritor, alguém que sonha com mundos possíveis e impossíveis dentro de sua mente e depois trata de transferi-los para o papel. Minhas férias jamais foram vividas em Combray, tampouco além de cem ou mais quilômetros desta pequena cidade em que eu vivo hoje e sempre vivi. Eu nunca poderia sonhar com os passeios pelo Bois de Boulogne, Parc Monceau ou testemunhar as mudanças nos trajes dos seus transeuntes, os quais depois de 1919 passaram a incluir também uniformes novos e estrangeiros.

Mas a literatura me irmana com o mundo. Talvez o leitor perceba em minha narrativa uma tendência proustiana, no que diz respeito às minhas quase intermináveis frases. Como ele, eu costumo interromper a ação, introduzindo frases muito longas sobre os mais variados temas que me ocorram. E esses podem ser a natureza da arte, os vários sentidos do tempo, a vida entre os canais de Veneza ou nas praças de Florença, sobretudo se o período for o da Renascença. Mas me aprazem igualmente as obras de Botticelli, Michelangelo, da Vinci ou Giotto. Ah, como eu adoro os belos afrescos da Capela Sistina! Mas também os temas que se referem à ética, à história ou à filosofia, enfim, qualquer tema que eu sinta alegria em adicioná-lo aos meus textos e que pode variar dos assuntos mais mundanos até as profundezas da filosofia socrática.

Eu sei que minhas interrupções e a inclusão desses assuntos podem causar irritação no leitor, dando a entender que o autor necessita, egoisticamente, impor suas agendas pessoais. Mas não, trata-se de uma questão de estilo. E estilo a gente imita, ao longo da vida, daqueles autores a quem admiramos e que gostamos de ler, buscando, sempre que possível, repelir os defeitos que detectamos naqueles autores que não admiramos. Quanto ao caráter do indivíduo que produz o texto, isso eu já aprendi há muito tempo que nada significa. Há pessoas detestáveis, mas que são escritores de alta qualidade literária. Enfim, tudo isso mesclado com nossa própria personalidade e algumas pitadas de nossa história pessoal, produz um resultado que revelamos em nossos textos.

Minha biblioteca me permite acesso aos clássicos e aos bons autores de qualquer tempo. Minhas visitas diárias a ela me ajudam a manter a forma e, mais importante, alimentam à saciedade minha alma. Já li Dante, Shakespeare, Cervantes, Thomas Mann, Dostoiévski, Proust e muitos outros autores. Isso tudo sem viajar ou precisar ir para muito longe de casa. Essa mentira que criei e se cristaliza na forma de um livro é mais uma forma que encontrei de declarar o meu amor incondicional à palavra. Oscar Wilde não disse isso em seu *Ensaio sobre a mentira*? As folhas em branco de meus cadernos – assim como os setenta e tantos "*cahiers*" de Proust, conforme conta sua assistente de anos, Céleste Albaret, que por mais de dez cuidou dele, e até a sua morte –, essas mágicas folhas recebem sempre com generosidade e total falta de censura as ideias que meu cérebro envia para o papel.

Caro leitor, eu fiz tudo que estava ao meu alcance para contar o que sei sobre a vida e a obra de Marcel Proust. Deu para perceber? Excluídos os meus devaneios literários, tudo o que eu escrevi sobre a sua vida e obra são objetos de uma longa e detalhada pesquisa sobre ele. Eu faço aqui outra confissão. Eu imaginei que o leitor jamais pudesse entender a presença de Machado de Assis nessa história. Eu amo o "bruxo do Cosme Velho"! Eu amo *Dom Casmurro*, *Memórias Póstumas de Brás Cubas*, *Quincas Borba*, *Esaú e Jacó* e tantas outras obras de Machado. Harold Bloom dizia que ele é o maior escritor negro de todos os tempos. Eu tratei de incluir Machado em algum ponto escondido desta história, para que o leitor levasse um susto, e ficasse com a "pulga atrás da orelha". Eu adoro colocar "pulgas atrás da orelha" dos leitores! Para testar o seu nível de atenção em relação à narrativa. Não é uma beleza a literatura? Será que funcionou? Afinal, Machado também fez uso da memória em suas narrativas.

Do mesmo modo, eu incluí um comentário de autoria da "Águia de Haia", o nosso grande Ruy Barbosa, em meio às discussões sobre o Caso Dreyfus. Foi para ver se o leitor suspeitaria que houvesse algo escondido mais ao fundo dessa história. Não é maravilhoso poder brincar com o leitor, colocando algumas pedrinhas de "Drummond" no meio do caminho? Foi nesse meu cantinho do mundo, no sul do Brasil, o local por onde Proust invadiu o imaginário dos brasileiros. Foi Mario Quintana, nosso grande poeta, quem primeiro traduziu *À la recherche du temps perdu*, nos anos 1940, pela Editora do Globo. É dele a tradução dos quatro primeiros volumes da obra-prima de Proust. Depois, as traduções dos três últimos volumes contaram com a ajuda de dois outros importantes poetas brasileiros, Bandeira e Drummond – entre outros.

Como bom poeta, Quintana traduziu a obra, mas em algumas passagens interpretou Proust à luz de seus devaneios poéticos. Sorte do leitor poder contar com seus devaneios! Quem diz o que fica e o que será deletado do texto original é a mente do leitor. Tudo é arte, ou seja, mentira, sob a forma de arte, como dizia Oscar Wilde. Não sei se foi Pablo Picasso quem falou, a propósito da ditadura de Francisco Franco, na Espanha, que um artista, mesmo confinado e sem qualquer material de pintura, encontrará meios para poder se expressar. Nem que para isso seja necessário fazer uso da ponta dos dedos e da própria saliva, para com eles produzir seus rabiscos artísticos, na poeira do chão de sua cela.

Se Deus me desse a alegria de ser um futuro Marcel Proust, seria ótimo. Mas eu sei que isso é impossível. Contudo, eu gostaria de ao menos ser um de seus aprendizes, quanto à sua capacidade de ser quase um cientista especializado em psicologia humana. Ao mesmo tempo, eu quero que ele me ensine a ser um artista – um pintor, por exemplo, pois a pintura pode invadir a mente das pessoas de forma instantânea. Será possível ensinar alguém a ser um artista? Eu temo que não. O artista nasce artista. Pode se aprimorar o talento com o tempo e a dedicação, mas se não tiver a alma de artista, ele jamais se tornará um deles. E Proust sabia escrever. Como sabia escrever!

E se eu pudesse produzir incríveis metáforas, então seria maravilhoso! Ah, como eu amo as metáforas! Eu adoraria ser um produtor contínuo de belas metáforas. Eu amaria escrever sobre personagens que declaram sua paixão à pessoa amada, através de uma alusão a uma flor, uma fruta ou uma paisagem. Eu nunca encontrei maior sensualidade nas páginas de um livro do que nas frases em que Proust usou a anatomia de uma flor, para descrever a beleza e a sensualidade das partes mais íntimas do corpo de uma mulher. Ou o erotismo produzido pela sensação e consistência produzidas pela penetração de nossos dentes, na carne firme de uma saborosa fruta madura – um pêssego, por exemplo.

Foi assim, sem jamais ter pisado no solo francês, que eu imaginei as minhas personagens a circularem pelas ruas e becos, na Paris do final do século XIX e início do século XX, para dar ao leitor uma ideia de como tudo é possível e sem limites através da arte. Minha suspeita é de que Proust deu-se conta do vazio e da monotonia da vida. Uma mulher como Odette de Crécy – igual a tantas outras – torna-se mais interessante, se associarmos à sua imagem algum elemento oriundo de um corpo perfeitamente moldado e eternizado numa escultura grega. Seus traços comuns podem ganhar outro colorido, se houver um fio de contato da personagem com uma figura feminina citada, por exemplo, no Antigo Testamento ou presente em um dos afrescos da Capela Sistina. Uma paisagem simples, e aparentemente sem valor, de nosso cotidiano – como as árvores que observamos na paisagem, quando estamos numa viagem de trem – pode ganhar outra dimensão, se a ela atribuímos alguma semelhança com uma tela de Vermeer ou de Turner.

Em resumo, a vida para Proust parece não ter muita graça, quando a olhamos apenas de modo objetivo. É preciso adorná-la, colori-la, expandi-la, levá-la a outras dimensões ou às suas últimas consequências. Ao fazer uso de nossa imaginação, de nossos sentidos e sentimentos, a arte torna-se um instrumento valioso, capaz de transformar a aridez da vida em algo muito mais interessante. A catedral gótica de Amiens, uma das maiores da França – quase o dobro da Notre-Dame de Paris –, tão bem ao gosto de John Ruskin, e aproveitada metaforicamente por Marcel Proust, mostra-nos que a arte terá sempre a possibilidade de nos oferecer uma experiência de transcendência e de eternidade. Na ausência de um Deus, ou mesmo na crença da presença dele, a arte é uma metáfora da elevação. Ela dá mais sentido à nossa existência. Para Proust – e para Odette Verdun –, a literatura foi um caminho - entre tantos outros – na busca de um tempo que valesse a pena ser desejado.

Fone: 51 99859.6690

Este livro foi confeccionado especialmente para a
Editora Meridional Ltda.,
em Gentium, 11/15 e
impresso na Gráfica Odisséia.